QUAND JE NE SERAI PLUS LÀ

Linda Green

QUAND JE NE SERAI PLUS LÀ

TRADUIT DE L'ANGLAIS (ROYAUME-UNI)
PAR FREDDY MICHALSKI

PRÉLUDES

Titre original :

AFTER I'VE GONE
Publié par Quercus Editions Ltd, Londres, 2017.

Ce livre est un ouvrage de fiction. Toute référence à des événements historiques, à des personnes ou à des lieux réels est utilisée à des fins fictives. Les autres noms, personnages, lieux et événements sont le fruit de l'imagination de l'auteure et toute ressemblance avec des faits réels, des lieux existants ou des personnes réelles, vivantes ou décédées, serait purement fortuite.

Couverture : © Stephen Mulcahey / Trevillion Images.

Prélude est un département de la Librairie Générale Française.

ISBN : 978-2-253-04562-5

À la mémoire de Samantha Hunt.

À un moment donné de notre existence, tous autant que nous sommes, nous perdons notre mère. Mais lorsque ce jour arrive, elle est censée être vieille et ridée, voûtée et frêle.

Personne ne conçoit qu'elle puisse être fauchée dans la fleur de l'âge. Alors qu'elle continue à avoir ses règles chaque mois et n'a toujours pas reçu de carte pour ses quarante ans lui recommandant avec humour de « calmer ses ardeurs », alors même que, pour l'amour du ciel, elle n'a pas encore commencé à utiliser de crème antirides.

Lorsque la vie s'arrête de façon si brutale, elle perd tout son sens, la terre cesse de tourner et le monde avec elle. On vous a enlevé vos fondations et, chaque instant, le sol pourrait céder sous vos pieds. À l'image d'un jeu de labyrinthe sur ordinateur, dont vous savez que la bille risque de disparaître dans un trou à tout moment.

Précaire. La vie est précaire. Et si on essaie de vous convaincre du contraire en disant que vous êtes cinglé de croire une chose pareille, n'oubliez jamais que les vrais cinglés sont ceux qui le nient avec tant de force. Parce qu'il n'est qu'une seule certitude absolue dans l'existence : nous allons tous mourir un jour. Et ce jour pourrait être bien plus proche que nous le pensons.

PREMIÈRE PARTIE

JESS

Lundi 11 janvier 2016

Une seconde ou deux avant de sentir sa main sur mon cul, je reçois une bouffée de sa mauvaise haleine, une particularité des plus étranges commune aux peloteurs des transports publics : apparemment, ces gens-là ne semblent attacher aucune importance à leur hygiène personnelle.

— C'est quoi, ton problème ? je m'écrie aussitôt en me tournant vers lui.

Immédiatement, la foule qui se bouscule derrière les portillons automatiques s'écarte. Car s'il est une chose que les banlieusards détestent encore plus que les retards, c'est une confrontation en public.

De toute évidence, le mec à l'haleine douteuse et à la main baladeuse ne s'attendait pas à ma réaction. Il regarde à droite et à gauche, impatient de se trouver un bouc émissaire.

— Nan, c'est bien à toi que je cause, toi, le mec entre deux âges en costard gris satiné. Ça t'éclate de peloter le cul des femmes, c'est ça ?

Il traîne un peu des pieds, baisse les yeux au sol et se fraie un passage jusqu'à la barrière d'accès.

— C'est ça, vas-y donc, à ton boulot, et traîne pas. Je parierais que les femmes de ton bureau sont impatientes de te revoir. Mais la prochaine fois, garde tes paluches dégueulasses dans tes poches, OK ?

Je jette un œil derrière moi et vois Sadie qui me regarde en haussant les sourcils.

— Quoi ? je lui dis. Si tu veux mon avis, il s'en est tiré à bon compte.

Comme un passage s'est dégagé devant moi jusqu'au portillon, je l'emprunte sans hésiter et attends Sadie de l'autre côté.

Un jeune mec aux cheveux sombres s'arrête devant moi.

— Bien envoyé, dit-il avec un sourire. Vous voulez que je vous le rattrape ?

Avec sa veste couleur prune sur un T-shirt blanc, on dirait qu'il s'est trompé de jour en débarquant par erreur un lundi pour une soirée habillée du vendredi.

— Ce que je veux en réalité, c'est que tous les spécimens du sexe masculin aillent au diable et cessent de me casser les pieds.

Son sourire retombe immédiatement.

— Bien compris, dit-il avant de s'éloigner.

— Pourquoi t'as fait ça ? me demande Sadie en ouvrant de grands yeux. Il essayait juste d'être gentil.

— Ouais, ben parfois, c'est pas évident.

Sadie secoue la tête.

— Je ne te comprends pas. Aujourd'hui, c'est quoi ? La journée nationale du rabaissement de caquet, c'est ça ?

— J'ai faim, mes règles ne vont pas tarder et c'est toujours une mauvaise combinaison. Allez, viens, faut que je mange.

Mon petit déjeuner (comme je hais le mot « brunch[1] », je me refuse à l'utiliser alors qu'il est dix heures et demie passées) consiste en un énorme muffin aux myrtilles (que j'espère pouvoir inclure parmi mes cinq fruits et légumes quotidiens) et une canette de Tango[2] (qui comptera peut-être elle aussi dans le lot comme numéro deux). M'man me répétait sans cesse

1. Mot composé de *breakfast* (petit déjeuner) et *lunch* (déjeuner). (*Toutes les notes sont du traducteur.*)

2. Soda aux fruits.

que viendrait le jour où je ne pourrais plus manger et boire toutes ces cochonneries sans que mon corps et ma ligne s'en ressentent. J'avais pris ça comme un feu vert pour en avaler autant que possible aussi longtemps que je n'en subirais pas les conséquences.

Alors que je fais la queue pour payer, j'entends des pas qui s'approchent. Sadie me donne un petit coup de coude et je relève les yeux sur le mec qui m'avait proposé de rattraper le peloteur. Et, surprise, il tient des fleurs à la main. Pas juste quelques fleurettes, non, un vrai bouquet composé confectionné à la main, je crois qu'on dit, même si je n'ai jamais vu de machine confectionner des bouquets.

— Quelques excuses pour un peu plus tôt, dit-il. De la part du sexe masculin. Pour bien montrer que nous ne sommes pas tous des tarés absolus.

Dans la file, toutes les conversations s'arrêtent et j'ai conscience que mes joues ont pris la même couleur que les roses au milieu du bouquet.

— Je vous remercie, dis-je en le lui prenant des mains. Vous n'étiez pas obligé de faire ça.

— Je sais, mais j'en avais envie. Je désire également vous inviter à dîner, mais, comme je ne suis pas certain de vouloir risquer une engueulade en public, j'ai laissé ma carte de visite au milieu des fleurs. Appelez-moi si vous acceptez mon invitation. Et merci d'avoir été mon soleil du matin.

Il tourne les talons et s'éloigne d'une démarche pleine d'assurance, superbe et fière.

— Je te déteste, dit Sadie. Je n'arrive pas à comprendre pourquoi je me suis choisi pour meilleure amie une fille à laquelle des inconnus offrent des fleurs.

— Mais ce n'est pas toi qui m'as choisie, je lui réponds. C'est moi, tu te rappelles ? Essentiellement parce qu'à l'entrée en maternelle, c'est toi qui avais la plus belle trousse.

— Ouais, bon, d'accord. Mais je te déteste quand même. Tu n'as même pas besoin de faire d'efforts.

Malgré ta doudoune, tes leggings et tes Doc Martens, c'est toi qu'un superbe inconnu invite à dîner.

— Il est bien possible que je ne le rappelle pas, dis-je à voix basse, soucieuse de toutes les oreilles qui traînent aux alentours.

— En ce cas, t'es une tache encore pire que je ne pensais.

— Oui, ben, ce qui est sûr, c'est que je ne vais pas le faire tout de suite.

— On se la joue, on fait la difficile, c'est ça ?

— Non, je meurs simplement de faim et il est hors de question que je fasse quoi que ce soit avant d'avoir englouti mon muffin aux myrtilles.

Sadie me sourit et contemple les fleurs. En plus des roses, il y a des lys et des tas d'autres trucs dont je ne connais même pas le nom.

— Ç'a dû lui coûter bonbon, remarque-t-elle.

— Dommage alors qu'il n'ait pas su que je me serais juste contentée d'un muffin aux myrtilles !

Elle éclate de rire et, presque malgré moi, je resserre la main sur le bouquet.

Comme un lundi matin, le centre-ville de Leeds est égal à lui-même : gris et bruineux, avec quelques séquelles du dernier week-end toujours visibles. Je suis plantée devant le passage pour piétons quand je sens qu'on me fourre dans la main une revue gratuite. Je la prends, non parce que j'ai envie de la lire, mais parce que je me sens pleine d'empathie à l'égard de cette personne contrainte de se lever aux aurores pour aller coller de force des magazines dans les mains de banlieusards grincheux. Je la roule et la coince dans la poche latérale de mon sac à dos en traversant la chaussée. La femme qui me précède tient à la main un sac fourre-tout bourré à craquer, son bras droit tendu loin du corps, et je résiste à la tentation de lui dire qu'elle ressemble à une poupée Barbie dont un gamin aurait tordu un membre dans le mauvais sens. Je suis convaincue que si la gent féminine continue dans cette voie, les petites filles finiront par naître avec un bras droit écarté selon un angle bizarre, fin prêt à recevoir les sacs fourre-tout que les sages-femmes ne manqueraient pas d'y suspendre.

Sadie suit mon regard et sourit d'un air entendu. L'une et l'autre, nous sommes membres à plein temps de la brigade des sacs à dos et nos cotisations sont à jour.

— Je me demande s'ils vont faire quelque chose pour Bowie[1] au boulot, lance Sadie. Ils passeront peut-être « Labyrinth » et « Absolute Beginners ».

— Ouais, je lui réponds. S'ils faisaient ça, je te parie qu'ils en auraient, des spectateurs.

Vu que, pendant presque tout le trajet en train, Sadie n'a pas arrêté de me parler de David Bowie, je décide de ne rien dire, mais, en réalité, j'en ai déjà ma claque de tout ce tintouin. Chaque fois que je regarde sur Facebook, je tombe sur des tonnes d'hommages à sa mémoire qui, immanquablement, étalent leurs merdouilles de RIP[2], exactement comme si tous ces gens l'avaient connu dans la vraie vie et souffraient cruellement de la disparition d'un proche. Sans jamais s'interroger sur les sentiments qu'éprouve celui ou celle qui a réellement perdu un être cher. Sinon même la personne la plus importante de leur existence.

Nous quittons la rue pour nous engager dans la chaleur toute relative du centre commercial. Quelqu'un a eu la brillante idée de ne pas fermer le bâtiment, de sorte qu'en hiver, les clients sont contraints de s'installer avec manteaux et écharpes aux terrasses des restaurants, alors même qu'ils se trouvent, techniquement parlant, dans le centre commercial.

Je suis Sadie dans l'escalator. Situé au niveau « Loisirs » comme tous les restaurants, le cinéma indépendant est plutôt tendance, avec canapés moelleux et service de pizzas aux spectateurs dans leurs fauteuils. C'est ainsi

1. David Bowie est décédé le 10 janvier 2016.
2. *Requiescat in pace* (Qu'il repose en paix).

que je justifie l'emploi que j'y occupe (bon, il y a ça, et aussi le fait que je ne commence pas mes journées avant onze heures, même quand il s'agit du premier poste du matin). Jamais je ne pourrais travailler dans un multiplex, j'aurais bien trop l'impression de laisser les Détraqueurs[1] aspirer mon âme.

Une fois n'est pas coutume, Nina, la gérante, a quitté son bureau, car elle est d'astreinte à la réception. Elle contemple mes fleurs et hausse les sourcils.

— J'espère que tu ne songes pas à mettre en place un mausolée Bowie dans cet endroit ?

— Ça n'a rien à voir avec lui. On me les a offertes, en fait.

— Pour quelle raison ?

— Pour avoir dit à un gars que c'était un connard.

— Très drôle.

— Non, c'est la vérité. Sauf que le mec qui me les a données, ce n'est pas le connard en question.

Nina secoue la tête et soupire.

— Donc, si je comprends bien, tu t'es acheté des fleurs en venant au boulot pour faire croire qu'on te les avait offertes.

— En fait, intervient Sadie avant que j'aie eu le temps de placer un mot, elle les a reçues de la part d'un super beau mec qui s'est approché d'elle dans la gare et l'a invitée à sortir avec lui. Elle est simplement trop modeste pour le reconnaître.

— Oh, en vrai ? Et c'est quoi son numéro ? demande Nina.

Je sors la carte de visite de sous la cellophane et la lui lis.

— Appelle-le si tu veux, je lui dis. Il est bien possible que je ne prenne pas cette peine.

Nina roule des yeux au plafond et retourne à ce qui l'occupait sur l'écran. Sadie hoche la tête et nous nous dirigeons vers la salle du personnel. Une fois à

---

1. Personnages tirés de *Harry Potter*.

l'intérieur, je constate que je tiens toujours la carte de visite dans ma main.

— Comment s'appelle-t-il ? me demande Sadie en suivant mon regard.

— Lee Griffiths. Apparemment, il est directeur associé dans une société de relations publiques de Leeds.

— Waouh ! Un monsieur important. Appelle-le.

— Non. Il s'agit probablement d'une blague.

— Eh bien, si tu n'en veux pas, je serais très heureuse de prendre en charge une marchandise de seconde main.

Je lui souris quand nous gagnons le hall d'entrée où Tariq et Adrian sont occupés à installer la nouvelle moquette rouge conduisant à la salle numéro un.

— Et voilà, mesdames, dit Adrian. Juste à l'heure pour le premier essai.

— Moi d'abord ! s'écrie Sadie.

Je ris en la voyant chalouper des hanches sur la moquette rouge, dans un sens puis dans l'autre, et prendre la pose pour des photographies imaginaires de paparazzis inexistants.

— Attends, je lui dis en me jetant au sol devant elle. Donne-moi le titre du film de la première.

— *Les Suffragettes*[1], hurle-t-elle d'une voix perçante, avant de se joindre à moi, à plat ventre sur la moquette.

— C'est quoi, tout ce boucan ? demande Nina en passant la tête.

— Devine le titre du film de la première ! dis-je. Tu veux essayer ?

— Non. Je veux que vous cessiez de vous comporter comme deux gamines dans une structure gonflable et que vous vous mettiez au boulot.

Sadie gémit en voyant Nina retourner à la réception.

— Je parie que Carey Mulligan n'a jamais eu à endurer ça, dit-elle.

1. Film (2015) dont une des actrices est Carey Mulligan.

J'attends d'être seule dans la salle du personnel à l'heure du déjeuner pour envoyer un texto à Lee. Je tiens à m'assurer qu'il n'y a personne dans le coin – au cas où ce ne serait qu'une mauvaise blague. Je décide d'être brève et gentille.

Salut, et merci encore pour les fleurs. Donne-moi une heure et une date pour notre rencontre. Je finis ma journée à 19 heures jusqu'à mercredi, ensuite je travaille tard pendant une semaine. Jess.

Sachant pertinemment que je risque de passer pour une fieffée imbécile, j'hésite une seconde et décide de me jeter à l'eau. Je souffle profondément et appuie sur la touche *Envoi*. Une fois la chose faite, je ne peux que constater combien sa réaction m'importe, à savoir s'il va répondre ou non. Par bonheur, j'attends moins de trente secondes avant que mon portable ne bipe pour m'annoncer l'arrivée d'un message. De toute évidence, c'est le genre d'homme qui ne doit pas craindre de passer pour un mec en manque.

Salut, Jess. Que dirais-tu de mercredi à 19 h 30, au Botanist ?

Le *Botanist* est un bar super branché tout proche du centre commercial. Je n'y ai jamais mis les pieds, surtout parce que je ne suis pas du genre super branchée et que je ne connais personne qui le soit.

Je lui renvoie un texto pour lui dire que je serai bien là à l'heure dite, comme s'il s'agissait d'un de mes bars favoris. Il répond :

Super, je piaffe déjà d'impatience.

À l'entrée de Sadie, je suis toujours assise à la table, contente de moi, l'air un peu béat.

— Tu l'as appelé, je me trompe ? dit-elle.

— Juste un texto.
— Et tu vas sortir avec lui.
— Peut-être bien.
— Si vous vous mariez tous les deux, je me lance sur les traces du peloteur de service et je l'invite au mariage.
— Je doute qu'il y ait le moindre risque qu'on se marie tous les deux.
— Et pourquoi pas ?
— On ne joue pas dans la même catégorie.
— Conneries. Tu le vaux bien, non ? Tu ne feras pas tache dans le décor.
— Je continue à penser qu'il a fait ça par défi. Mais dans tous les cas, tu seras seule à rentrer par le train mercredi. Essaie de m'imaginer, entourée de gens super branchés, en train de commander des cocktails dont je n'ai jamais entendu parler.
Sadie pouffe.
— J'espère que c'est lui qui régale.
— Moi aussi. Sinon, on ira au *Subway*, tu peux y compter.

C'est seulement à ma sortie de la gare de Mytholmroyd en chemin vers la maison que j'y pense : je rentre avec un bouquet de fleurs et papa ne va pas manquer de me poser des questions. Je songe une seconde à les balancer par-dessus ma tête – style jeune mariée –, mais un bref regard sur mes arrières me confirme qu'elles ont toutes les chances d'être rattrapées par un mec trop gros aux cheveux longs, qui n'apprécierait probablement pas mon geste. Je décide de donner à papa une version édulcorée des événements : s'il peut accepter l'idée qu'un mec tombe sous mon charme, je suis pratiquement certaine en revanche qu'il risque de péter un câble si je lui parle du peloteur.

Je longe les rangées de petites maisons mitoyennes dont les jardins sur l'arrière sont garnis de cordes à linge chargées de lessives qui sèchent, comme une carte postale d'antan. Je parie que le lendemain de Noël, les gens du Sud qui regardaient les inondations aux infos ne pensaient pas une seconde qu'un lieu comme Mytholmroyd pouvait même exister. Ça me prend d'ailleurs la tête la plupart du temps, de voir combien cet endroit est vieux et étriqué. Certains habitants ont vécu là toute leur existence, sans jamais avoir mis les pieds à Leeds et moins encore à Londres, et je crois que c'est la raison pour laquelle, à ma sortie du lycée professionnel, j'avais sauté sur le premier boulot venu à Leeds. Non, je ne faisais pas ce que j'avais envisagé de faire, mais, au moins, je pouvais quitter Mytholmroyd.

Notre porte d'entrée donne directement sur la rue et la porte arrière sur le jardin. Si jamais j'ai les moyens de m'offrir un appartement à Leeds (ce dont je doute fort), j'ai déjà décidé que j'en prendrais un dans les étages, pour empêcher les piétons de jeter des regards indiscrets à l'intérieur quand j'ouvrirai ma porte.

J'entre par l'arrière de la maison, comme d'habitude. Papa s'active dans la cuisine, c'est l'une de ses rares soirées de liberté, le restaurant italien où il travaille ferme le lundi.

— Ça sent bon, dis-je.

Papa relève les yeux de la casserole dont il touille le contenu et son regard tombe immédiatement sur les fleurs que je tiens à la main.

— Elles sont jolies.

— Ouais.

Je pose les fleurs sur le plan de travail, sachant pertinemment qu'il ne se contentera pas de cette réponse laconique.

— Alors, qui est-ce qui t'a offert ça ? demande-t-il.

Il continue à remuer les légumes dans la casserole en faisant mine de se désintéresser de la réponse.

— Un mec que j'ai rencontré à la gare ce matin.

Il hoche lentement la tête et dépose sa cuillère en bois sur la planche à découper.

— C'est gentil de sa part.

À son ton de voix, on pourrait croire que le mec en question est un tueur en série et je décide de lâcher le morceau.

— Ouais. Et je mange avec lui mercredi soir.

— Voyez-vous ça...

Il reprend sa cuillère et mélange ses légumes avec un peu trop d'énergie.

— Il a quel âge, ce mec ?

— Soixante-dix, je dirais, peut-être quatre-vingts, en poussant un peu.

Il se retourne pour me faire face, mais mon sourire est déjà en place.

— Très drôle, dit-il.

— Ben, tu t'attendais à quoi ? À première vue, je dirais qu'il n'a pas encore la trentaine, mais je ne sais pas vraiment. Si tu y tiens, mercredi, j'emporterai un questionnaire.

— Donc, tu ne l'avais jamais rencontré avant aujourd'hui ?

— Nan.

— Et il s'est approché de toi ce matin, il t'a offert ce bouquet et invitée au restaurant ?

— Ouais. C'est à peu de chose près ce qui s'est passé.

— Et tu ne trouves pas ça bizarre ?

— Pas vraiment.

Je commence à me dire qu'au bout du compte, ça m'aurait simplifié la vie de lui parler du peloteur de la gare.

— Moi, je trouve ça un peu bizarre.

— Écoute, il faut que tu me laisses faire des trucs de ce genre, c'est tout à fait normal, non ?

— Sauf qu'il n'y a rien de normal, tu ne crois pas ? Offrir des fleurs à quelqu'un qu'on ne connaît pas. Peut-être qu'il fait ça tout le temps. Une sorte d'arnaque qu'il réserve aux jolies filles.

— Papa, avec toi, je ne peux jamais avoir le dernier mot. C'est pourtant bien toi qui me répètes toujours de sortir plus souvent.

— Ouais, mais je ne voulais pas dire avec un inconnu.

— Eh bien, ce n'est plus un inconnu. Il m'a offert des fleurs et invitée à dîner. J'ai dit oui. Je croyais que ça te ferait plaisir.

Un mensonge éhonté. Je savais par avance qu'il réagirait très exactement de cette façon, mais je sais également comment le contrer en cas de prise de bec. Il contemple ses pieds.

— J'en suis heureux pour toi. C'est juste qu'après la dernière fois, tu sais bien… je n'ai pas envie de te voir souffrir.

— Callum était un enfoiré, un inadapté émotionnel.

— Jess…

— Ouais, c'est la vérité ! Mais moi, j'ai grandi depuis – je ne risque pas de refaire la même erreur, tu ne crois pas ?

— Et donc, comment sais-tu que ce mec n'est pas comme lui ?

— Je n'en sais rien pour l'instant, mais il m'a offert des fleurs, ce qui est plutôt un bon début, et si je ne l'apprécie pas mercredi, je ne le reverrai plus. *Simples*[1].

Papa acquiesce. Il fait de son mieux pour assumer à lui seul les fonctions de deux parents, mais je regrette quand même que m'man ne soit plus là pour lui dire de me laisser tirer les leçons de mes erreurs.

— D'accord, je lui donne sa chance. Il s'appelle comment ?

— Voldemort.

Pour la première fois depuis le début de la conversation, il réussit à sourire.

— Vraiment ?

— Il s'appelle Lee et il est directeur associé dans une société de relations publiques de Leeds et je ne sais rien

1. Référence au slogan des suricates de la publicité Comparethemarket.com – l'équivalent du site de comparaison français LesFurets.com.

d'autre de lui – mais si tu me soumets ta liste de questions avant demain minuit, je ferai en sorte de les lui présenter pendant le dîner, OK ?

Je lui offre une sortie théâtrale et monte dans ma chambre. À mon retour dans la cuisine, dix minutes plus tard, papa a mis les fleurs dans un vase. Je lui souris. Parfois, il fait tellement d'efforts que c'en est douloureux.

▶ De Sadie Ward à Jess Mount

Il y a 2 minutes

Ton père vient de m'apprendre... Je n'arrive pas à croire que tu sois morte. Ni à croire que jamais plus tu ne me feras plier de rire. Je suis tellement, tellement désolée de n'avoir pas pu te sauver. Je t'aime à jamais. Repose en paix, Jess.

JESS

Lundi 11 janvier 2016

Je suis dans ma chambre un peu plus tard quand je découvre le message de Sadie. C'est la photo que je vois en premier, Sadie et moi quand nous étions à l'école primaire. J'ai les chaussettes en accordéon sur les chevilles et les cheveux en bataille et nous sourions l'une et l'autre à pleines dents comme deux attardées. Je suis sur le point de lui envoyer un message quand je lis les mots qu'elle a postés ci-dessus.

Je les relis, deux fois de suite, certaine d'avoir raté quelque chose. J'attends qu'un nouveau message de sa part s'inscrive pour me dire qu'il s'agissait d'une plaisanterie. Mais non, rien. Je l'appelle.

— Pourquoi viens-tu de m'envoyer ça ?

— De quoi tu parles ?

— L'avis de décès sur Facebook, Repose en paix.

— À propos de Bowie ?

— Non, à propos de moi.

— Mais je n'ai rien posté te concernant.

— Bien sûr que si. Sur mon mur. Il y a deux minutes de ça. Une photo de nous deux à l'école primaire et des trucs comme quoi tu n'arrivais pas à croire que je n'étais plus de ce monde et combien tu étais désolée de n'avoir pu me sauver. Pour résumer en deux mots, tu disais que j'étais morte.

— Pourquoi j'irais faire une chose pareille ?

— Je n'en sais rien. C'est bien pour ça que je t'appelle.

— Honnêtement, je n'ai rien posté du tout.

— Consulte Facebook tout de suite. Tu verras par toi-même.

— OK.

Grand silence sur la ligne l'espace d'une minute.

— Mais il n'y a rien, m'explique-t-elle finalement, ça fait des heures que je n'ai rien posté. Et j'ai regardé sur ton fil d'actualité, il n'y a rien non plus.

Je regarde à nouveau mon téléphone et lui lis le message.

— Mais c'est complètement dingue. Jamais je ne ferais une chose pareille. Même pas pour plaisanter.

Un commentaire apparaît sous le message de Sadie. De la part d'Adrian, du travail.

— Écoute, je lui dis, Adrian vient de poster ça.

> Oh, Jess, si triste de te perdre. Ton sourire me manquera et aussi les rires qu'on a connus. Repose en paix, ma douce.

— Peut-être qu'on a piraté ton compte, dit Sadie. Nina en serait tout à fait capable. Elle a pu mettre la main sur ton téléphone ou quelque chose de ce genre.

— Mais comment se fait-il que moi je voie ça, alors que toi, tu ne peux pas ?

— Je sais pas. Peut-être qu'il existe un moyen de faire un truc pareil.

— Toi aussi, on a dû te pirater, parce que le message vient de ton compte.

— Change ton mot de passe. Je vais également changer le mien. Ça devrait stopper tout ce bazar.

— OK. Je te rappelle dans peu de temps.

Je me connecte à mon compte. Comme je suis incapable de me souvenir de mes mots de passe, je suis obligée de noter le nouveau dès que je l'ai enregistré. Je quitte Facebook et me reconnecte pour vérifier mon mur. Il y a maintenant onze commentaires sous le message de Sadie, deux en provenance de personnes que je n'ai pas revues depuis le lycée et que je ne suivais plus sur Facebook depuis bien longtemps. Je n'ai pas la moindre idée de ce qui m'arrive, mais je vais y mettre un terme illico presto. Je commence à taper : *Ha, ha, très drôle. Il semblerait que l'annonce de ma mort ait été très exagérée* – je crois me souvenir que la phrase vient d'un livre ou d'une pièce de théâtre, je ne sais plus bien. J'envoie mon message. Rien n'apparaît sur l'écran. Je fais un nouvel envoi, puis un troisième. Toujours rien. Je ne pige pas. Je ne comprends rien à ce qui se passe. Je rappelle Sadie.

— J'ai changé mon mot de passe, mais c'est toujours là. Des tas de gens ont posté des commentaires, mais moi, je n'arrive pas à envoyer le mien.

— C'est peut-être un virus ou quelque chose.

— Et tu es sûre que tu ne peux pas le voir ?

— Absolument.

— Je ne comprends pas comment c'est même possible.

— À tous les coups, ce sera un hacker de treize ans qui s'ennuie à mourir devant son devoir de maths et s'éclate en écrivant des trucs de cinglé.

Je soupire et secoue la tête.

— Alors, à ton avis, qu'est-ce que je devrais faire ?

— Un scan antivirus. Ça devrait tout nettoyer. Et si personne ne peut le voir à part toi, ce n'est pas très grave, t'es bien d'accord ?

— Et si jamais les gens qui ont envoyé leurs commentaires peuvent le voir, eux ? Et s'ils croient que je suis réellement morte ?

— Eh bien, en premier lieu, Adrian m'aurait adressé un message, tu ne penses pas ?

— Je crois bien.

Adrian est adorable. Je suis en fait très touchée par la tristesse de son post. Ce qui est parfaitement stupide, j'en ai tout à fait conscience.

— Mais les choses que les gens ont écrites dans leurs commentaires, je poursuis. C'est vraiment le genre de trucs qu'ils diraient.

— Tu sais, personne n'ira raconter qu'il est ravi que tu aies passé l'arme à gauche, non ? Tout le monde dit à peu près la même chose quand quelqu'un décède.

— Adrian me dit toujours « ma douce ». Comment peut-on savoir qu'il m'appelle « ma douce » ?

— Probablement parce qu'il appelle tout le monde « ma douce » sur Facebook ? Il doit bien exister un algorithme qui te donne les mots que les gens utilisent le plus fréquemment.

— Et si tu avais raison à propos de Nina, finalement ? Elle a peut-être quelque chose à voir dans tout ça.

— Possible qu'elle soit motivée, c'est un fait, mais je ne suis pas sûre qu'elle soit suffisamment intelligente pour réussir un coup pareil.

— Bon, alors, qui d'autre me déteste ?

— Personne ne te déteste, Jess.

— Et Callum, t'en fais quoi ?

— Lui non plus n'est pas vraiment de la catégorie super cerveau, non ?

— Pourquoi ne m'en avoir rien dit à l'époque ?

— Parce que tu n'aurais pas écouté. De toute façon, demain matin, tu poses la question à Nina, tu verras bien ce qu'elle va te répondre. Et cesse de te tracasser pour rien. De toute évidence, tu es bien vivante, non ?

— Ouais.

Un temps de silence à l'autre bout de la ligne mais j'ai l'impression de déjà savoir ce que Sadie dira ensuite.

— Tu vas bien, t'es sûre, hein ? Tu me préviendrais si tu…

— Tout va bien.

— Et tu me le dirais si ce n'était pas vrai ?

— Tu le sais très bien.

— Parfait. Maintenant, tu coupes ton téléphone, tu fais ton scan antivirus, tu élimines tout ce qui se présente et je te parie que demain matin, tu n'auras plus rien.

— OK. Merci. À demain.

Je repose mon téléphone et ouvre mon ordinateur portable. Peut-être que je ne pourrai rien y lire, peut-être que seul mon mobile est infecté. Je clique sur Facebook et déroule tous les posts des deux dernières heures. Rien. La photo n'y est pas. Je clique sur mon fil d 'actualité pour vérifier. Le message de Sadie apparaît aussitôt, suivi de tas de commentaires. Des gens qui demandent à savoir ce qui est arrivé. Et d'autres qui commencent à envoyer leurs posts sur mon mur. Jules du temps du lycée et Tariq du boulot ainsi que deux amies de m'man. Tous disent la même chose : ils sont en état de choc et n'arrivent pas à croire que je ne sois plus de ce monde. C'est un fardeau trop lourd à porter pour une famille.

J'essuie les larmes qui coulent sur mes joues et me dis de ne pas être aussi débile. S'il s'agit d'un virus, celui qui l'a créé n'aura pas réfléchi une seconde, incapable de s'imaginer combien il peut bouleverser quelqu'un qui a réellement perdu un être aimé. Sadie a probablement raison – ça ne peut être qu'un gamin se mourant d'ennui qui a fait ça pour rigoler et je ne devrais pas me sentir visée personnellement.

J'entends des voix qui proviennent de la télévision au rez-de-chaussée. Apparemment pas un match de football – peut-être un programme culinaire. C'est à peu près les deux seules choses que papa regarde. Je me pose un instant la question de savoir si je ne devrais pas le rejoindre, rien que pour me vider la tête. En me blottissant tout contre lui sur le canapé comme jadis. Il aimerait ça, il dit toujours qu'on ne passe pas suffisamment de temps ensemble. Mais je choisis de n'en rien faire, car il me demanderait probablement ce qui ne va pas. Soit ça, soit il me poserait de nouvelles questions concernant Lee.

Je prends mes écouteurs, les branche sur mon portable et démarre la première chanson qui se présente sur le menu, mais je ne parviens pas à chasser les messages de mon esprit. Je me rappelle soudain mon peloteur :

et si ce mec était un nerd fêlé d'info qui aurait décidé de prendre sa revanche après l'humiliation publique que je lui ai infligée à la gare ce matin ? Et s'il avait réussi d'une façon ou d'une autre à dénicher ma photo et à retrouver ma trace en ligne ?

J'enlève mes écouteurs et balance mon téléphone sur le lit. Je me lève, vais jusqu'à mon ordi et démarre un scan de sécurité antivirus. Je vais le laisser tourner toute la nuit et, demain matin, tout aura disparu.

► Joe Mount

12 JUILLET 2017 – MITHOLMROYD, ROYAUME-UNI

J'ai le cœur brisé de vous annoncer que Jess, ma fille bien-aimée, est décédée hier des suites d'un accident. J'ai perdu ma petite fille et je n'ai pas les mots pour dire tout ce qu'elle représentait pour moi. Mon seul réconfort est qu'elle sera au moins en compagnie de sa maman et que Deborah veillera sur elle pour nous deux. Repose en paix, ma belle enfant.

JESS

Mardi 12 janvier 2016

J'ai trouvé la mort dans un accident. Je plisse les paupières avec force avant de rouvrir les yeux, rien que pour m'assurer que je suis pleinement éveillée. Mais les mots qui me font face ne changent pas et je sens un grand froid m'envahir. Le scan de sécurité a eu beau tourner toute la nuit, il n'a rien trouvé. *Pas de virus dans le système*. C'est probablement la première fois que quelqu'un se sent déçu de lire ces mots. S'il ne s'agit pas d'un virus, c'est quoi, alors, nom d'un chien ? Je suis sur le point d'appeler Sadie, quand je comprends que cela ne servira à rien – elle ne pourra rien lire des posts, il va falloir que je les lui montre dans le train. Elle verra alors de ses propres yeux que je n'invente rien.

En relisant les mots de papa, je sens des larmes me piquer au coin des yeux, car ils correspondent bien à ceux qu'il utiliserait. Je le vois assis à la maison, pianotant à deux doigts sur le clavier de l'ordinateur (il n'envoie jamais de posts depuis son téléphone, il dit que ses doigts sont trop gros pour les touches et n'apprécie pas les textes prédictifs). Ses yeux sont rouges. Un mouchoir en papier chiffonné ressort de la poche de son cardigan préféré – le gris, celui que m'man lui a offert au Noël précédant son décès. Tout cela me donne un sentiment de réalité bien trop concrète à mon gré. Ce n'est pas un simple hasard. Rien à voir avec un hacker d'occasion en train de s'éclater. Mais bien plutôt quelqu'un qui me vise, moi, délibérément.

C'est seulement quand je me prépare à relire le post pour la troisième fois que je remarque la date qui le précède : *12 juillet 2017*. Je la fixe longuement tandis que mon cerveau essaie de traiter l'information. Comment peut-on changer une date d'envoi sur Facebook ? Le 12 juillet 2017, c'est dans dix-huit mois, très exactement. Je déroule les posts de la veille au soir. Lorsque je les avais lus, ils remontaient à un passé tout proche, soit *deux minutes* ou *une heure auparavant*. Et voilà que celui de Sadie est daté du *11 juillet 2017*. J'ai du mal à respirer, le souffle creux et court. Je tape sur Google : *Comment changer les dates sur Facebook ?* et pousse un soupir de soulagement quand je constate que c'est possible : apparemment, on peut changer les dates des posts en remontant jusqu'au 1er janvier 1905. Mais une seconde plus tard, je lis également qu'on ne peut pas changer de dates en se projetant dans l'avenir. C'est une impossibilité.

Quelqu'un essaie de me chambouler les méninges. Peut-être un gamin avec lequel j'allais à l'école qui sait ce qui m'est arrivé et doit trouver très marrant de me faire ainsi perdre la boule. Il y a maintenant quelques commentaires sous le post de papa. L'un provient de ma cousine Connie en Italie, auquel elle a ajouté un émoji cœur brisé. Puis un autre d'un chef du restaurant où papa travaille, disant combien il est désolé pour cette perte cruelle.

Personne n'a encore demandé de quel genre d'accident il s'agissait. J'ai certainement été écrasée par un autobus. C'est le style d'acte stupide dont une tête de linotte comme moi serait parfaitement capable, je devais probablement avoir le nez collé à mon écran de portable. Je me surprends à espérer que l'accident n'aura pas été trop sanglant, car, quelle que soit la manière dont j'ai pu trouver la mort, la simple pensée qu'on ait été obligé de me ramasser en morceaux sur la chaussée me révulse. Franchement, je n'aimerais pas ça. Mais alors, pas du tout.

Mais je ne vais pas me laisser prendre pour cible de cette façon. Je signalerai cette mauvaise farce à Facebook et ce sera à eux d'en trouver l'auteur avant de le bloquer ou je ne sais quoi. Ils pourront même impliquer la police dans l'affaire, ou en tout cas en menacer le responsable. Je veux juste que ça s'arrête.

J'enfile ma robe de chambre, un truc mauve trop grand et informe – Sadie soutient toujours qu'il me fait ressembler à un personnage de *Monstres et Compagnie*. En gagnant la salle de bains, j'entends papa dans la cuisine du rez-de-chaussée et essaie de chasser de mon esprit son image devant son ordinateur portable, pleurant toutes les larmes de son corps.

D'habitude, quand je passe après lui, je baisse la température de la douche. Il aime l'eau chaude bien plus que moi, de la même façon qu'il boit son thé plus brûlant que le mien. Mais aujourd'hui, je ne change rien aux réglages, reconnaissante de tout ce qui pourrait me vider la tête de ce qui m'arrive – même cette sensation cuisante quand l'eau frappe mon corps. Lorsque j'ai terminé, ma peau est assurément plus rosée qu'à mon habitude. J'attrape la serviette posée sur le radiateur et m'enroule à l'intérieur. Chaque fois, c'est une habitude de m'man qui me revient à l'esprit, cette façon bien à elle qu'elle avait de me sécher après le bain quand j'étais gamine, en me frottant le corps tout en chantant des chansons ringardes des années quatre-vingt.

Lorsque je descends dans la cuisine, papa est en train de boire ce qui doit être son troisième café de la journée. Il sourit, s'approche de moi et m'embrasse sur le front. Parfois, il m'arrive de prendre mes distances pour lui rappeler que je n'ai plus sept ans, mais aujourd'hui, je ne dis rien, je me contente d'un petit sourire. Je sais qu'il ne sera pas déjà allé sur Facebook. Certains jours, il ne prend même pas la peine d'allumer son portable quand il part au travail. Mais je suis pratiquement certaine qu'il ne pourra pas voir les posts. Et j'éprouve un énorme soulagement.

— Tu vas bien ? demande-t-il.

— Ouais, j'ai simplement passé une mauvaise nuit, c'est tout.

— Tu avais froid ? Je vais te rajouter une couverture si tu veux.

— Non. C'est juste que j'ai mis un temps infini à trouver le sommeil.

Il hoche la tête. Je vois les fleurs sur la table, toujours au même endroit que la veille au soir. Avec tout ce qui s'est passé, j'avais quasiment oublié Lee.

— Couche-toi tôt ce soir dans ce cas, en prévision de ton grand rendez-vous, me dit papa en m'apportant mon mug qu'il dépose devant moi.

— Il ne s'agit pas d'un *grand* rendez-vous, je lui dis.

— Il s'agit de quoi alors ?

— D'un repas. C'est tout.

— Très bien, répond-il avec un clin d'œil.

Je baisse la tête, incapable de le regarder en face sans cette pensée qui ne me quitte plus : si je venais à mourir, quelles en seraient pour lui les conséquences ?

Je retrouve Sadie sur le quai comme à mon habitude. Nous ne travaillons pas toujours aux mêmes horaires, mais si c'est Chris ou Liz qui établissent le planning du personnel, ils essaient toujours de faire en sorte que nous soyons ensemble. Au lycée, les gens se fichaient de nous. Mon professeur d'anglais nous appelait Jessadie, il disait que nous étions inséparables, comme deux siamoises. Mais j'avais toujours aimé ça, je préférais avoir une seule meilleure amie plutôt que de faire partie d'un grand troupeau. Et même d'un trio. Au lycée, les trios étaient un cauchemar, on ne savait jamais auprès de qui s'asseoir.

— On m'a envoyé un post de papa maintenant, je lui annonce en sortant mon portable de ma poche. On dit que je suis morte dans un accident. Et l'expéditeur a changé la date, comme pour faire croire que ça s'est produit l'année prochaine.

— Mais comment peut-on faire ça ? demande Sadie.

— S'il faut en croire Google, on ne peut pas, je lui réponds en cliquant sur Facebook pour me connecter à mon compte. C'est bien pour cette raison que je commence à disjoncter. Le scan antivirus n'a rien trouvé. Quelqu'un s'en prend à moi délibérément.

— Montre-moi. Je ne vois toujours rien sur le mien.

Je ne réagis pas parce que je fixe mon mur qui est revenu à la normale. Je ne vois plus les posts. Je déroule le fil d'actualité sur toute sa longueur. Rien. Je relève les yeux vers Sadie, mon portable à la main.

— Ils ont tous disparu.

— Tant mieux. Il aura peut-être suffi de tout ce temps pour que ton changement de mot de passe prenne effet.

— Mais ils étaient encore tous là, juste avant que je ne quitte la maison. J'ai justement vérifié avant de sortir parce que je voulais te les montrer.

Derrière le regard qu'elle me jette, j'entends presque Sadie choisir ses mots au plus juste avant d'ouvrir la bouche.

— Bon, mais au moins ils sont partis, c'est l'essentiel.

— Mais moi, je tenais absolument à ce que tu les voies !

— Je te crois, Jess. Mais ça n'a plus d'importance maintenant, tu es d'accord ? Ils ont disparu et c'est bien ce que tu voulais.

— Ouais, je suppose que tu as raison.

— Tu pourrais toujours vérifier auprès de Facebook ? Ils pourraient peut-être te dire si ton compte a été piraté.

— Mais je n'ai plus aucune preuve désormais, non ? Ils n'auraient que ma parole, comme quoi j'ai reçu des posts de fêlé sans rien pour étayer mes dires. Ils ne prendraient même pas la peine d'aller voir.

— Effectivement. En tout cas, comme je t'ai dit, c'était probablement un ado boutonneux de treize ans à Hong Kong qui n'avait rien de mieux à faire.

Quelques instants plus tard, j'entends le sifflement sur les rails quand notre train arrive en gare. Sadie a raison. Je devrais oublier tout ce qui m'arrive, je le sais très bien. Mais je sens qu'une part enfouie de moi s'y refuse. C'est quelqu'un qui a fait ça en sachant parfaitement combien ce serait traumatisant. Et c'est une chose que je ne peux pas laisser passer.

Aujourd'hui, Nina a rejoint les rangs de la piétaille qui constitue « l'équipe d'accueil », à savoir nous autres vulgaires sous-fifres. Accueil est un bien grand mot pour nos fonctions qui consistent à alimenter au plus vite les spectateurs des différentes salles en pizzas et burgers (haut de gamme et donc plus chers parce qu'ils contiennent du halloumi[1]). Je suppose que c'est du même ordre que les éboueurs qu'on appelle aujourd'hui collecteurs de déchets, ou la menuiserie et la métallurgie en lycée professionnel devenues désormais « matériaux résistants ». Par les temps qui courent, tout un chacun se doit de porter un titre reluisant.

— Pas de fleurs aujourd'hui alors, me dit Nina quand je la dépasse dans le couloir.

Je me retourne et la regarde en essayant de deviner derrière son petit air suffisant si elle se sent coupable.

— Est-ce que tu aurais tripatouillé mon téléphone portable ? je lui demande.

— C'est quoi, cette question ?

— Une question à laquelle je voudrais une réponse. Hier, tu paraissais très intéressée par la personne qui m'avait offert des fleurs.

— Et tu crois honnêtement que je me sens suffisamment désespérée pour aller fouiner dans ta liste de contacts à la recherche de ton présumé petit ami ?

— Peut-être as-tu eu envie d'aller voir ma page Facebook.

— Pourquoi aurais-je fait une chose pareille ?

1. Fromage typique de Chypre.

— Je sais pas. À toi de me dire. Certaines personnes prennent leur pied à ce genre de trucs.

— Eh bien, je ne fais pas partie de ces gens-là. Je ne m'intéresse aucunement à ta vie privée. Et je te suggère – elle pointe un doigt vers mon visage – de ne pas propager ce genre d'accusations.

Je la regarde pour tenter de savoir si elle me dit la vérité. Avec ses cheveux blonds teints bien tirés en queue-de-cheval, le reste de sa figure a l'air d'avoir été lifté. Elle possède un modèle de visage peu amène, à la fois vide et inexpressif, qu'on retrouve sur les photos anthropométriques, mais, en dépit de son air suffisant, je ne suis pas sûre qu'elle soit capable de réussir une opération aussi habile qu'un piratage de mon compte.

— Très bien. Nous en resterons donc là, lui dis-je en m'éloignant.

J'entends dans mon dos un claquement de langue sonore et un juron étouffé que je choisis d'ignorer. Je vais dans la salle du personnel me préparer un thé en secouant d'abord la bouilloire pour vérifier qu'elle contient suffisamment d'eau avant d'appuyer sur le bouton. Personne alentour. Je sais que je ne devrais pas, mais c'est plus fort que moi. Je sors mon portable de mon sac et vais sur ma page Facebook.

Les posts sont de retour, avec des commentaires encore plus nombreux. Des cargaisons d'émojis tristes et de messages de condoléances. Mes doigts se crispent sur mon téléphone. Je ne comprends plus. Le pirate aurait-il découvert mon nouveau mot de passe ? Je vais sur mon compte et le change à nouveau. Je vérifie aussitôt, les posts sont toujours là. Et leurs dates sont toutes de juillet de l'année prochaine.

La bouilloire s'est arrêtée, mais je n'ai même plus envie de me faire du thé. Je cours chercher Sadie.

— Regarde, dis-je en me dépêchant de la rejoindre dans la cuisine, où je la trouve en train de ranger les ketchups et les moutardes. Ils sont revenus.

Je lui colle l'écran devant la figure. Elle se recule d'un pas, le fixe, puis se tourne vers moi, le front plissé, l'air préoccupé.

— C'est dingue, hein ?

— Mais il n'y a rien sur ton écran, fait-elle d'une petite voix.

Je retourne mon mobile pour jeter un œil à mon tour. Elle a raison. Ce sont mes publications habituelles. Pas de messages de condoléances en vue.

— Je ne comprends pas ! je m'écrie. Ils étaient là il y a une minute, dans la salle du personnel. Je viens de vérifier !

J'ai droit à son fameux regard, celui qu'elle m'adressait jadis quand plus rien ne tournait rond. Celui qui dit : *Je ne tiens pas à te blesser, mais je crois bien que tu as perdu la boule.*

— Tu ferais peut-être mieux de laisser ça de côté un moment, tu ne crois pas ?

— Je sais que ça n'a aucun sens, mais on dirait vraiment que je suis la seule à les voir.

Sadie acquiesce lentement.

— Comme je t'ai dit, tu devrais peut-être cesser de consulter ton téléphone à tout instant.

— Ouais, dis-je en remettant l'appareil dans ma poche. Tu as raison.

Elle me sourit, mais, même elle, qui a l'expérience de ces choses, ne peut masquer ainsi combien elle se fait du souci pour moi. Elle reprend son rangement des ketchups et des moutardes.

— Allez, dis-je. Je vais te donner un coup de main. Passe-moi les ketchups.

► **De Sadie Ward à Jess Mount**
12 JUILLET 2017 À 20:37

Je continue à espérer lire un de tes posts ici. Je vois ton nom et je pense que ce sera toi qui m'envoies un truc débile, mais, bien sûr, ce n'est pas le cas. C'est quelqu'un qui adresse un hommage à ta mémoire. Et le plus stupide dans tout ça, c'est que tu n'as jamais eu la moindre idée du nombre de personnes qui t'aimaient. Je sais que, parfois, aux yeux des gens, tu passais pour une connasse prétentieuse, mais c'était faux, au fond de toi, ce n'est pas ce que tu étais. Tu avais aussi peu d'assurance que le reste d'entre nous. Peut-être encore moins, je crois. C'est pour cette raison que tu as craqué si fort pour Lee. Comme si tu n'arrivais pas à croire que quelqu'un puisse réellement t'aimer. Je regrette que tu ne l'aies pas su parce que maintenant, Jess Mount, il te suffit de regarder. Regarde tous les gens qui font la queue pour simplement te dire combien ils t'aimaient. Des gens qui ont le cœur brisé que tu ne sois plus de ce monde. C'est stupide, tu ne trouves pas, que personne ne t'en ait jamais rien dit avant que tu meures ? Même Nina a pleuré au boulot quand elle a appris et toi, tu pensais qu'elle te détestait. Je t'aime, Jess. Tous, nous t'aimons. Et tu nous manques comme pas possible. Et ne t'en fais pas pour H. Je trouverai le moyen de prendre soin de lui.

JESS

Mardi 12 janvier 2016

Je relis plusieurs fois le message de Sadie. Ainsi que les commentaires qui suivent. Les gens qui lui font part de toute leur affection. Qui lui disent d'être forte. Et aussi combien Lee doit être au désespoir. Et tout le monde pense à « H ».

Je lis, allongée sur mon lit, mais j'ai la tête qui tourne comme sur un manège de fête foraine. Tant de pensées s'y bousculent, de ricochet en ricochet, avant de s'écraser contre mon crâne et je me dis que ce n'est qu'un ramassis de bêtises insignes. Sauf qu'une minuscule part de mon être ne veut toujours pas s'en convaincre. Une part minuscule qui ne peut s'empêcher de se sentir ridiculement excitée à l'idée de sortir encore avec Lee dans dix-huit mois. Ce qui implique que je suis doublement stupide, parce que, si je crois une chose pareille, je serai morte à ce moment-là et donc, le fait d'avoir un petit ami n'aura plus vraiment d'importance.

La chose la plus incongrue est de savoir de quelle manière l'individu qui m'inflige ce délire peut être au courant de tant de détails me concernant, parce que Lee n'est pas mon ami sur Facebook et que je ne l'ai rencontré qu'il y a deux jours l'espace de quelques petites minutes. Ceux qui adressent leurs condoléances à Lee ignorent jusqu'à son existence.

Je m'assieds dans mon lit, avec pour seul espoir que cela empêchera le monde de tourner. Au lieu de quoi j'ai l'impression de me retrouver spectatrice en bordure du manège, avec les jambes qui tremblent et la certitude que je vais vomir d'un instant à l'autre. Et de toutes les questions qui cherchent à s'imposer à moi, la seule qui sorte du lot se résume à une lettre : qui est H ? Les gens lui envoient des messages d'affection et Sadie me dit qu'elle va veiller sur lui, alors que j'ignore totalement qui peut bien être ce fichu H. Tout ce qui me vient à l'esprit, c'est le mec de Steps[1], mais je suis pratiquement sûre qu'il n'a rien à voir dans l'affaire. Peut-être que j'aurai un chaton que j'appellerai H. Je sais que je veux un chaton, un chaton tigré, mais je sais aussi que si j'en ai un, je l'appellerai Minerva, d'après McGonagall dans *Harry Potter*. Il est exclu que je l'appelle H.

Une autre chose me dépasse, tous ces posts continuent à m'être adressés depuis le futur, à dix-huit mois de là. L'individu qui me fait subir ça cherche-t-il à me convaincre que ce sera là mon avenir ? Une sorte de voyant démoniaque qui saurait par avance qu'il ne me reste que dix-huit mois à vivre ? En termes de médias sociaux, c'est l'équivalent d'une poupée vaudoue à son effigie piquée d'une centaine d'épingles – tout à côté d'un carillon qui s'égrène. Pas étonnant que je pète les plombs dans ces conditions. Je veux que ça s'arrête, mais je ne sais pas comment je dois m'y prendre pour y parvenir. Il est inutile que je téléphone à Sadie, je sais combien elle se tracasse déjà pour moi et je ne tiens pas à lui imposer ce nouveau délire. Je ne peux rien montrer à papa, il est totalement exclu que je lui annonce de but en blanc : « Hé, tu sais, tu ne t'es jamais remis du décès de ta femme, hein ? Eh bien, j'ai découvert que moi aussi j'allais mourir, dans dix-huit mois. » Cette option n'est pas envisageable. Et je ne peux pas non plus m'adresser à la police : personne ne pourra rien voir de ce que j'avance, car je n'ai aucune preuve. Et si jamais les flics se donnent la peine d'enquêter, ils apprendront

1. Groupe de pop britannique créé en 1997, dont l'un des chanteurs s'appelle Ian « H » Watkins.

tous les détails de mon histoire et décideront que je suis totalement givrée.

Je soupire et pose la tête sur le bureau. Le fait est que je ne leur en voudrais même pas, tant cette histoire dépasse l'entendement. Je soupire à nouveau avant de me redresser brutalement, incapable de comprendre pourquoi je n'y avais pas pensé jusque-là. Je vérifie mon ordi pour m'assurer que les posts sont toujours présents et fais une capture d'écran avec un petit sourire aux lèvres, comme si j'avais pris quelqu'un la main dans le sac sans qu'il s'en aperçoive. Malheureusement, mon sourire ne dure que quelques petites secondes, le temps de constater que l'image enregistrée correspond à ma page Facebook habituelle, celle que tout le monde peut voir. J'ai un nœud à l'estomac, j'essaie à nouveau, mais rien ne change. Même si quelqu'un avait la capacité de pirater mon compte et de poster tous ces messages, il n'existe aucun moyen pour que cet individu prévienne une capture d'écran, ce n'est pas possible.

J'ai une autre idée. Je sors mon téléphone et prends une photo de mon écran d'ordinateur. En fait, j'en prends trois d'affilée, pour être sûre. Mais quand je les regarde, les clichés eux aussi ne me donnent que ma page standard. Celle qui ne s'affiche même pas sur ce putain d'ordi, que je repose aussitôt par terre en tremblant de tous mes membres.

Je me rallonge sur mon lit. Sadie a peut-être raison : serais-je en train de craquer ? Serais-je la seule à pouvoir voir les posts parce qu'ils n'existent que dans ma tête ? Et tout le monde sait de quoi ma tête est capable. Possible que le processus soit un peu différent cette fois, ce qui expliquerait pourquoi je ne me suis pas méfiée dès le départ. En plus, c'est logique, quand on y réfléchit. Si l'on vous empêche de prendre les commandes d'une façon, on trouve un autre moyen d'arriver à ses fins, en court-circuitant les sécurités. Si mon esprit me joue des tours, il se débrouille comme un chef, en tout cas. Et je ne suis même pas certaine d'être suffisamment intelligente pour oser inventer une chose pareille. Je lâche un petit rire étouffé, j'en suis arrivée au point où le scénario le mieux adapté à ma situation est simple : je deviens folle.

On entend parler de gens dont les globules blancs attaquent leurs propres cellules saines. Et si j'étais programmée pour ça ? Et si mon aptitude à me convaincre que je suis condamnée à être malheureuse était telle que je détruis tous les signes de bonheur possible dès qu'ils apparaissent ?

Mercredi 13 janvier

J'ouvre les yeux, ébahie que je sois parvenue à m'endormir. J'attrape aussitôt mon téléphone. De nouveaux posts, de nouveaux commentaires. Plus encore de tristesse et de désespoir, que moi seule peux voir. Si toutefois je les vois *réellement*.

Au moment de mon entrée dans la cuisine, je m'arrange pour faire comprendre à papa que je n'aurai pas le temps de prendre de petit déjeuner. Il lève les yeux vers moi.

— Tu trouveras une banane là-bas, sur le côté, dit-il en me montrant le plan de travail d'un signe de tête.

— Ça ira, je te remercie, je lui réponds.

— Tu devrais manger quelque chose.

— Ça va, je t'assure.

— Tu te réserves pour ton grand rendez-vous de ce soir, c'est ça ?

— Ouais, quelque chose comme ça.

Il ne m'a pas quittée du regard.

— Il est encore temps de le renvoyer dans ses foyers, tu sais, dit-il. Si jamais tu as des doutes. Ta mère m'a posé un lapin à notre premier rendez-vous. Tu le savais, ça ?

— Je n'ai pas de doute. Et oui, vous me l'aviez déjà raconté l'un et l'autre à plusieurs reprises.

En voyant son visage, je baisse la tête et contemple mes pieds.

— En tout cas, il faut que je parte maintenant, sinon je vais rater mon train. Tu ne m'attends pas, OK ?

— Amuse-toi bien. Et fais attention à toi.

J'acquiesce et ouvre la porte. Lorsque je jette un œil au passage par la fenêtre, il est toujours assis à la table de la cuisine et fixe le bouquet de fleurs.

Aussitôt ma journée terminée, je me change dans les toilettes. Comme je n'ai pas la moindre idée de ce que je suis censée porter dans un bar branché pour un rendez-vous avec un directeur de société, j'ai emporté ma robe rétro préférée et me tortille de mon mieux pour l'enfiler en essayant dans le même temps de me débarrasser d'un morceau de papier hygiénique mouillé collé à ma chaussure. Je me dis que si ma tenue détonne un peu, autant que ce soit un vêtement confortable, un truc dans lequel je me sentirai bien et dont tout le monde dit qu'il me va à merveille. Je ressors du cagibi et me contemple dans le miroir. Le haut est parfait. Si le miroir pouvait parler comme dans *Blanche-Neige*, il dirait probablement : « Ma belle, je ne suis pas très convaincu par tes collants mauves et tes Doc Martens », mais heureusement que nous vivons dans un monde où les miroirs ne parlent pas, cette humiliation m'est épargnée.

Je souligne le contour de mes yeux d'un trait chargé, applique une ombre à paupières aux paillettes cuivrées et complète le tout par deux couches de mascara. Un soupçon de baume à lèvres et c'est bon. C'est les yeux *ou* les lèvres, disait toujours m'man, inutile de faire les deux. Je me colle les cheveux derrière l'oreille sur un seul côté et ébouriffe le reste. Ce qu'il y a de bien avec ce look un peu désordonné, c'est que ma chevelure semble s'y prêter à merveille.

Lorsque je sors des toilettes, je vois Adrian qui s'avance vers moi avec son gros aspirateur à traîneau.

— Tu es très en beauté ce soir, ma douce.

Il sourit. Je lui rends son sourire, mais j'ai du mal à lui répondre. Je ne pense qu'au commentaire qu'il a rédigé à mon propos sur Facebook.

— C'est ce soir ton grand rancard ? demande-t-il.

— Comment es-tu au courant ?

— Les murs ont des oreilles ici, dit-il. Sans compter que certaines personnes ont la langue particulièrement déliée.

Je secoue la tête. Nina, sans aucun doute.

— Eh bien, en tout cas, ce mec a de la chance.

— Je te remercie. Vaudrait mieux que je ne le fasse pas attendre.

— Le retard est de bon ton, c'est très distingué, ma douce, me lance-t-il par-dessus l'épaule. Toujours arriver avec un retard d'une élégance parfaite, c'est ainsi que les gens remarquent ton entrée.

Je souris et m'éloigne. Toujours pas convaincue par mes collants mauves.

J'ai résisté toute la journée à la tentation de consulter mon portable, je m'en étais fait la promesse. Mais une fois sur l'escalator, ma main l'attrape et, d'un geste dont je pourrais jurer qu'il est totalement incontrôlable, je vais sur Facebook.

Et j'ai immédiatement la sensation de débarquer par inadvertance au beau milieu d'une veillée mortuaire. Tous ces endeuillés éperdus de chagrin qui se raccrochent les uns aux autres pour puiser quelque réconfort et présentent leurs condoléances à leurs chers et tendres et à leurs proches. Ce qui, dans mon cas, se trouve inclure l'homme que je vais rejoindre pour mon premier rendez-vous. J'ai l'impression d'être projetée dans une autre dimension, au beau milieu d'un film dont le personnage principal sait qu'il mourra en seconde partie. Ce soir, si jamais il se produit au cours de la conversation un temps de silence gênant, il faut absolument que je me souvienne de ne pas lâcher tout de go : « À propos, des tas de gens te font part de toute leur affection après ma mort. »

J'arrive devant le *Botanist*, décor fer forgé et look rustique, et descends les marches. Il y a des tables à l'extérieur, mais elles sont toutes vides ce soir. Une serveuse tout sourires, qui, au contraire de moi, arbore une tenue sophistiquée et ne sent pas la friture, s'avance, sans même toucher le sol, me semble-t-il. Je balaie rapidement la salle d'un regard et repère Lee à une table en coin à l'autre bout. Il porte la même veste prune, mais son T-shirt est d'une autre couleur. Je le soupçonne d'être de ces individus agaçants qui ont toujours l'air chic quelle que soit leur tenue.

— Bonsoir, dit la serveuse.

Elle me regarde et attend sans dire un mot, mais je fais comme un blocage sur le nom de famille de Lee.

— Bonsoir, je suis… euh… je suis avec ce monsieur, dis-je en pointant le doigt vers lui.

Elle acquiesce en masquant élégamment sa surprise devant l'incongruité d'un tel rendez-vous, un homme comme lui avec quelqu'un dans mon genre.

— Parfait. Suivez-moi.

Je m'exécute. Lee relève les yeux et, quand il m'offre son large sourire, je jurerais que la moitié de Leeds plonge instantanément dans l'obscurité : il brille d'un éclat tel qu'il ne peut être alimenté que par le réseau électrique national.

— Salut, Jess, dit-il en se levant pour me faire la bise. Tu es magnifique. Je suis tellement heureux que tu aies pu venir.

Il m'accueille comme si j'étais une vieille amie et non une jeune femme rencontrée à l'improviste dans une gare l'avant-veille. Je me dépêche de m'asseoir, en cherchant désespérément à chasser de mon esprit la pensée de le savoir pleurant ma mort.

— Merci, dis-je. Ça me change de mon quotidien, quand je cavale pour ne pas rater mon train en attrapant tout juste de quoi manger au passage.

— Et au moins tu n'as pas à affronter la promiscuité de banlieusards sordides, ajoute-t-il avec un sourire.

— Non, ça aussi, c'est vrai.

— Et ça t'arrive souvent ce genre d'incident ?

— Suffisamment.

— Il y a, comme tu l'as dit, des tas de tarés en liberté là-dehors.

— Des connards.

— Pardon ?

— J'ai dit qu'il y avait des tas de connards. Apparemment, Leeds en est plein.

— Eh bien, je suis honoré que tu me comptes à titre gracieux au nombre des non-connards.

Il me sourit en disant cela. Je suis sur le point de lui répondre que j'aurai peut-être changé d'avis avant la fin de la soirée, mais y réfléchis à deux fois. La serveuse revient et demande ce que nous aimerions boire. Je jette un œil au menu sur la table, avec sa collection de cocktails dont je n'ai jamais entendu parler. Lee me regarde, attendant que je choisisse.

— À toi te choisir, lui dis-je. Tout me convient.

Il hausse les sourcils et je constate pour la première fois combien ses sourcils sont remarquables : sombres, épais et, pour un homme, d'un dessin très élégant.

— Nous prendrons deux Collins jasmin-citron, s'il vous plaît, dit-il.

La serveuse acquiesce et le sourire qu'il lui adresse n'a rien de graveleux.

— Donc, dit-il une fois que nous sommes seuls, où travailles-tu ?

— Au cinéma du centre commercial, je lui réponds, le doigt pointé vers les étages avant de baisser le bras aussi vite en comprenant combien mon geste est ridicule. J'appartiens à l'équipe d'hôtesses, ce qui veut dire que je sers les clients, que je suis parfois à la réception et que je fais aussi tout ce qui a besoin d'être fait.

— Est-ce que tu aimes ton travail ?

— C'est un boulot, non ? dis-je avec un haussement d'épaules. Et ça signifie aussi que j'ai l'occasion de voir des tas de films. Bon, des bouts de films, en tout cas.

— Ils ont de la chance de t'avoir.

— Tu pourras le rappeler à mon patron, si le cœur t'en dit.

— Eh bien, s'ils ne t'apprécient pas, nous sommes sur le point de passer une annonce pour une réceptionniste.

— Je ne suis pas vraiment sûre que ce soit mon truc. Au cas où tu ne l'aurais pas remarqué, j'ai parfois tendance à ouvrir mon bec un peu trop fort.

Lee sourit à nouveau.

— Je n'avais rien remarqué. Dans tous les cas de figure, nous n'allons pas transformer cette soirée en entretien d'embauche. Elle ne sera consacrée qu'au plaisir.

Je baisse les yeux sur le menu, surtout pour masquer la rougeur que je sens monter à mes joues. Ce dont j'ai vraiment envie, c'est d'un burger, mais je soupçonne que ce ne serait pas le choix d'un homme aussi sophistiqué que lui.

— Et si nous choisissions l'un et l'autre le buffet ? propose Lee en sentant mon hésitation. Grosso modo, il s'agit d'un mezze, un assortiment de plats, et ensuite on mélange et on partage.

— Ça me paraît très bien.

— Mais c'est à toi de choisir les entrées.

— OK. Dans ce cas, ce sera les champignons à l'ail.

— Est-ce que tu essaierais de me tenir à distance ? demande-t-il avec un sourire.

— Nan. C'est juste que je n'ai pas envie de manger un truc servi dans une gamelle ou sur un morceau d'ardoise et je n'ai pas la moindre idée de ce que peut être une sauce piri-piri, mais je n'aime pas le mot.

— Tu es vraiment une bouffée de fraîcheur, dit-il en se penchant vers moi.

— C'est gentil, je lui réponds. Mais tu risques de changer d'avis une fois que j'aurai mangé mes champignons à l'ail.

Il n'y a pas de pause gênante pendant la conversation. Pas une seule fois de la soirée. Nous bavardons sur les sujets les plus divers : où dénicher les meilleures pizzas de Leeds, les films merdiques, moi qui ne possède pas de parapluie et lui incapable de rouler à vélo. Lorsque nous en arrivons aux desserts, je tourne et retourne une seule question dans ma tête, savoir ce qu'il en serait de passer les dix-huit mois à venir en compagnie de cet homme. Avec la pensée que, même si je meurs à ce moment-là, au moins, je mourrai heureuse.

— Donc, suis-je parvenu à conserver mon statut de non-connard ? me demande-t-il. Ou me suis-je révélé tout aussi nul que le restant de mes congénères ?

— Rassure-toi, tu es toujours parmi les non-connards, je lui réponds avec un sourire. Et moi, alors ? Est-ce que tu veux reprendre tes fleurs ?

— Non, tu peux les garder. Mais si tu avais passé toute la soirée le nez sur ton téléphone portable, ma réponse n'aurait pas été la même.

Je déglutis, en me demandant l'espace d'une seconde s'il est au courant d'une façon ou d'une autre de ce qui m'arrive.

— Pourquoi dis-tu ça ?

— Parce que je déteste cette sale habitude, c'est tout. À mon sens, c'est parfaitement grossier. Une de mes ex-petites amies faisait ça tout le temps, ce qui me mettait en furie.

— Dois-je comprendre qu'elle n'est pas restée longtemps ?

Il hésite avant de répondre.

— Non, effectivement. À mes yeux, c'est un motif de rupture de contrat.

— Mais si j'avais besoin de le consulter pour mon boulot ?

— Ouais, mais à moins que tu ne sois médecin de garde ou quelque chose du même genre, combien d'individus ont réellement besoin de faire ça ? Et certainement pas pendant une soirée entière. La plupart des gens sont en fait obsédés par ce qui occupe les autres ou par les vidéos stupides diffusées sur Facebook.

Je serre les mains sous la table et essaie de sourire.

— Dans ce cas, tu ferais bien de ne pas t'inscrire comme ami sur ma page Facebook. C'est toujours moi qui les partage avec les autres.

— Facebook est en perte de vitesse et, d'ailleurs, je n'y suis plus. Tous les jeunes sont maintenant sur Instagram. Et l'année prochaine, ce sera autre chose. C'est comme tout, ça bouge et ça avance sans cesse. Il faut simplement avancer avec son temps.

— Là, tu parles comme un spécialiste de relations publiques, dis-je.

— Désolé, répond-il avec un grand sourire. De toute façon, ce n'est pas à moi de t'apprendre le dernier truc à la mode. Quel âge as-tu ?

— Vingt-deux ans.

— Et voilà – tu as dix ans de moins que moi. Ce serait à toi de m'indiquer la prochaine pratique en vogue.

Je hausse les épaules, en essayant de ne pas montrer combien je suis choquée qu'il ait trente-deux ans ni de penser à papa en pleine crise de délire quand il le saura.

— Je ne suis pas vraiment les nouveautés du jour. J'aime faire mes trucs à moi. Porter ce que j'ai envie de porter, faire ce que je veux, dire ce que je veux. Et non pas ce qu'un blogueur quelconque ou une appli me dit de faire.

— Une sorte d'esprit indépendant, je me trompe ?

— Je n'aime pas qu'on m'emmerde, c'est tout.

— J'avais remarqué, dit-il, toujours avec un sourire.

Notre cookie cuisiné maison avec pépites de chocolat arrive. Accompagné de deux cuillères. Il m'en passe une et attend que j'en aie avalé la première bouchée.

— Il est bon ? me demande-t-il.

J'acquiesce sans mot dire, gênée de lui montrer mes dents couvertes de chocolat.

Il prend sa cuillère et essaie à son tour.

— De premier ordre, dit-il.

— Toujours choisir ce qu'on aurait pris à l'âge de douze ans, je lui réponds.

— Tu aurais été partante pour des champignons à l'ail quand tu avais douze ans ?

— Ouais. Mon papa est chef cuisinier. Et j'ai appris à aimer l'ail quand j'étais toute petite. C'était important pour lui, il ne voulait pas que je devienne une de ces gamines qui refusent de manger ce que prennent leurs parents. Il est à moitié italien. Ce qui explique bien des choses.

— Aurais-tu alors un nom de famille italien sensuel et plein de soleil ?

— Non. Mon nom de famille, c'est Mount. Ce qui m'a valu bien du plaisir à l'école. C'est sa mère qui était italienne, pas son père, et donc je porte un nom parfaitement ringard.

— Mais tu as son look italien quand même.

— Uniquement les yeux. Tout le reste vient de maman.

— Une dame qui doit être très belle dans ce cas, me dit-il.

Je baisse les yeux sur la nappe.

— Elle est décédée, je lui réponds. Il y a sept ans de ça. Un cancer. Mais c'était une beauté. À tous les points de vue.

— Je suis désolé.

— Pas de problème.

Je tends la main pour saisir mon verre, mais il la prend dans la sienne avant que je ne l'atteigne.

— Je suis sincère. Je suis vraiment navré. Je n'en avais aucune idée. Tu as dû vivre des moments très difficiles.

— Merci, dis-je en essayant de ne rien laisser paraître. Mais j'ai survécu, c'est à peu près tout ce que je peux dire. Pour autant, elle me manque au quotidien.

— Est-ce que tu es proche de ton père ?

— Oui, je crois. Je vis toujours avec lui. Le choc a été violent, pour lui comme pour moi.

Je n'en dirai pas plus et je suis même surprise d'en avoir révélé autant. En temps normal, cela ne m'arrive jamais, certainement pas en tout cas lorsque je viens de faire une nouvelle rencontre. Mais peut-être ai-je enfreint ma règle parce que je sais que c'est un monsieur important. Aux dires de ma page Facebook en tout cas.

— Et tes parents à toi ? je lui demande, impatiente de changer de sujet.

— Divorcés. Maman vit toujours à Horsforth, là où j'ai grandi. Je passe la voir deux fois par semaine. Son rôti de bœuf du dimanche vaut le détour.

— Et ton père ?

Il secoue la tête.

— Je ne l'ai quasiment pas revu depuis.

Je voudrais en savoir plus, mais je sens qu'il n'a pas envie de s'étendre sur le sujet. Je me rends compte qu'il me tient toujours la main. La sensation est agréable. C'est simplement juste et bien.

Un peu plus tard, il tient toujours ma main dans la sienne, lorsque je jette un œil à ma montre pour regarder l'heure.

— Merde ! Il faut que je parte. Mon dernier train est dans dix minutes.

— Je te trouverai un taxi si tu préfères, dit-il.

— Non, honnêtement, c'est bon. Je vais prendre le train.

Il demande l'addition qu'il règle en liquide avant que j'aie eu le temps de lui proposer de partager.

— Merci, le prochain dîner, c'est pour moi.

— Donc, tu penses qu'il y aura une prochaine fois, c'est ça ? me demande-t-il en haussant les sourcils.

— Ouais. Il faut au moins deux rancards pour déterminer si un mec est un connard ou pas, sinon trois. Le premier soir, ils se donnent tant de mal pour faire bonne impression qu'ils peuvent réussir à cacher leur vrai fond. Le deuxième, ils baissent un peu leur garde et disent un truc stupide. À la troisième rencontre, ils croient avoir remporté le morceau et débitent toutes sortes de conneries.

— Donc, c'est une sorte de processus d'élimination comme au base-ball, trois rancards et on est *out*, c'est ça ?

— Peut-être bien. Mais tous n'ont pas forcément droit au troisième.

— Donc, je devrais m'estimer heureux si j'arrive jusqu'au deuxième.

— En tout cas, merci pour le premier. Je ferais bien de me dépêcher.

— Laisse-moi t'accompagner à la gare.

— Il va falloir que tu coures, je te préviens.

— Pas de problème.

Il sort sur mes talons et nous partons au pas de course. Une seconde plus tard, je sens sa main qui se glisse dans la mienne.

— Waouh, dit-il. Usain Bolt n'a rien à t'envier.

— Il faudrait que ça devienne un sport olympique, tu sais. Le dernier sprint jusqu'au train, en six minutes.

Nous cavalons à grandes foulées sur la route puis dans la gare de Leeds. Je sens mon nez qui commence à couler et prie le ciel qu'il ne dégouline pas de morve, si jamais il désire m'embrasser. Nous atteignons le portillon automatique et je fouille ma poche à la recherche de mon billet.

— Si tu ne le retrouves pas, tu pourras toujours rester chez moi, dit-il. Mon appartement est juste devant le quai 17b.

— Ça fait un peu Harry Potter. Et tu traverses le mur en courant pour le rejoindre ?

— C'est triste à dire, mais non. Il faut que je fasse le grand tour.

Je déniche mon billet et le lui montre.

— Désolée, je lui dis.

— Eh bien, l'offre tient toujours pour une prochaine occasion.

Il s'avance et m'embrasse sur les lèvres. Si j'ai la goutte au nez, il est trop poli pour faire une remarque.

— Vas-y maintenant, dit-il en souriant quand nous nous séparons. Avant que tu ne rates ton train.

Je souris, acquiesce et me dépêche de franchir la barrière. Je remonte l'escalator quatre à quatre et me retrouve de l'autre côté à l'instant où le train de Manchester Victoria arrive à quai.

Je trouve une place à côté de la fenêtre. Mon téléphone vibre. Je le regarde.

Pour toi, je ne sais pas, mais moi, j'ai encore du mal à retrouver mon souffle. Bisous

— Belle soirée ? me demande papa à mon retour.

Il est presque minuit et je pensais qu'il serait déjà couché.

— Ouais. Super. Il se trouve que Lord Voldemort est quelqu'un de très agréable dans la vraie vie.

Il sourit.

— Et Lee, alors ? Tu crois que je l'apprécierais ?

— Ouais, dis-je. Je crois bien.

— Dans ce cas, c'est parfait. Je monte me coucher.

— Il était inutile de m'attendre, tu sais. Je suis une grande fille maintenant.

Il se retourne vers moi.

— On ne cesse jamais de se faire du souci, Jess. C'est ce qu'on apprend quand on devient parent. Quel que soit l'âge de tes enfants, tu ne cesses jamais de te faire du souci.

▶ **Joe Mount**

14 JUILLET 2017 – MYTHOLMROYD, ROYAUME-UNI

Pour tous ceux qui m'ont posé la question, je posterai le détail des dispositions prévues pour les funérailles de Jess dès qu'elles seront prises. Nous devons simplement attendre que le coroner ait terminé ses investigations. Apparemment, c'est une procédure de routine quand il s'agit d'une mort soudaine. Merci à tous pour vos cartes de sympathie, vos messages de condoléances et vos adorables hommages à sa mémoire. Rien ne peut apaiser ma douleur pour l'instant, mais il est réconfortant de savoir que la disparition de Jess ne vous est pas indifférente et qu'elle comptait autant pour un aussi grand nombre de personnes.

JESS

Jeudi 14 janvier 2016

Je suis heureuse que ma mort ait été aussi soudaine. M'man m'avait dit un jour que sa plus grande douleur n'était pas physique, c'était de voir la nôtre, nous, les témoins impuissants de sa lente et intolérable agonie. Une mort subite épargnera au moins cela à tout le monde, ne restera que le choc à encaisser. Un choc visiblement fort, selon les commentaires que j'ai pu lire.

Je repense au genre d'accident que j'aurais pu avoir. Je me souviens d'un jour à l'école primaire, nous faisions des dessins à la paille et, au lieu de souffler, j'avais inspiré. La peinture était rouge et la maîtresse avait failli avoir une crise cardiaque quand elle s'était retournée en voyant le liquide écarlate qui dégouttait de ma bouche. Ce sera certainement une chose aussi débile du même genre, j'en suis persuadée. J'espère simplement qu'on n'inscrira pas sur ma pierre tombale : *Ci-gît Jess Mount, décédée de façon parfaitement stupide.*

Je m'assieds sur mon lit et secoue la tête en prenant conscience que, bien malgré moi, je me laisse entraîner dans le foutu délire qu'on m'impose. C'est ce que veut mon tortionnaire, je le sais. Mais quand on lit un post de son père parlant des dispositions à mettre en place pour son propre enterrement, il est difficile de ne pas prendre la chose au sérieux. Et plus encore.

Je songe alors à l'éventualité que ce ne soit pas un accident, mais bien un geste délibéré de ma part. Un suicide, donc, ce qui expliquerait l'implication du coroner dans l'enquête. Néanmoins, je ne crois pas que j'aurais eu suffisamment de tripes pour passer à l'acte. Même si j'avais mes raisons. Et si je continue toujours à sortir avec Lee d'ici un an, je ne vois pas en quoi je pourrais me sentir suicidaire.

Je m'autorise un petit sourire, en me rappelant combien c'était bon de sentir ma main dans la sienne en courant hier soir vers la gare. Il y aura un deuxième rancard, cela va de soi, et je le sais. Et si je dois en croire ce que je lis – ce qui n'est pas le cas –, il y en aura toute une flopée ensuite. Jusqu'à ce que je me fasse écraser par un bus ou quelque chose.

En fait, je tomberai probablement dans le vide qui sépare les wagons du quai. Ce qui, pour une fille qui a passé sa vie entière à courir après les trains, serait presque dans l'ordre des choses. Mais l'accident ferait désordre et il y aurait des spectateurs. Je préférerais éviter.

Je soupire et me lève. Je contemple mon portable en train de charger sur la commode, déterminée à ne pas le toucher. L'expéditeur des messages doit certainement disposer d'un moyen pour savoir si je l'allume et les lis. Si je ne les lis pas, si je ne me plains pas de ce qui m'arrive et ne signale rien à la police, peut-être finira-t-il par se fatiguer et s'en prendra-t-il à quelqu'un d'autre. Je ne peux imaginer celui qui fait ça continuer son petit jeu encore bien longtemps.

Je l'espère très fort en tout cas : car imaginer, pour le restant de mes jours, un putain de Doctor Who collé à mes basques, m'envoyant du futur des comptes rendus postérieurs à ma mort suffira amplement à me faire disjoncter complètement.

— Alors ? me demande Sadie aussitôt que j'arrive à la gare.

— C'était bien, je lui réponds, en faisant de mon mieux pour effacer le large sourire qui me barre la figure.

— Bien comment ? Sur une échelle de un à dix.

— Je sais pas. Peut-être neuf.

— J'en conclus que c'est lui qui a payé.

— Grand seigneur jusqu'au bout des ongles.

— Dois-je comprendre qu'il ne t'a pas proposé de te sauter ?

— Il m'a dit que je pouvais passer la nuit chez lui si je le désirais.

— Alors, pourquoi tu ne l'as pas fait ?

— Allons, je ne suis pas dévergondée à ce point. Pas pour un premier rendez-vous.

— Comme si ça t'avait jamais dérangé par le passé.

— Ouais, bon, mais c'était il y a longtemps.

— Il t'a quand même roulé une pelle, non ?

— C'est bien possible.

— Et la note ?

— Neuf.

— Deux neuf pour une fille qui ne donne jamais de dix ! Sacré nom d'un chien ! Je ferais bien d'aller m'acheter un chapeau.

— Va te faire voir. Il lui reste largement le temps de tout faire foirer. Et à moi aussi, d'ailleurs.

Je dis ça, parce que c'est le genre de jugement dont je suis coutumière. Mais même ce faisant, je pense à ce qu'a écrit Sadie sur Facebook, comme quoi j'avais craqué violemment pour Lee parce que j'étais convaincue que personne ne m'aimait.

— Et tu le revois quand, alors ?

— Il m'a dit qu'il m'enverrait un SMS.

— Ils disent tous ça.

— Je suis sûre qu'il le fera.

— Comment se fait-il que tu en sois aussi certaine ?

— Il le fera, c'est tout.

Nous montons dans le train pour Leeds. La deuxième voiture, comme d'habitude. Désormais, Sadie ne fait plus de commentaires sur le sujet. De temps à autre, quand il y a beaucoup de monde et que nous devons monter dans les voitures de queue, elle me regarde pour vérifier si je vais bien, mais ne dit rien. Elle n'est pas aussi bête.

Mon portable me signale l'arrivée d'un message et je vois le nom de Lee apparaître sur l'écran. Je ne l'ai ajouté à mon répertoire que hier soir, sur le chemin de retour. Je clique.

Quand puis-je te revoir ? Que dirais-tu d'un rendez-vous à déjeuner si tu travailles tard cette semaine ? Vendredi ?

— Qu'est-ce que je t'avais dit ?

— Je suis impressionnée, lance Sadie après un joli sifflement pour marquer le coup. Il ne faut pas le lâcher, celui-là.

Je lui renvoie par texto :

Vendredi c'est parfait. À 12 h 30 alors. Je reprends à 2 heures.

Il me répond très vite :

Super. Même endroit à 12 h 30. Je suis impatient de te revoir. Bises

Je remets mon portable dans ma poche.

— Alors ? me demande Sadie.

— Vendredi à déjeuner.

— Il est mordu.

— Apparemment.

— Super. C'est bon de te voir souriante. J'imagine que tous les autres trucs ont cessé ? Tu sais, tes messages sur Facebook.

J'hésite. J'ai envie de lui dire la vérité, mais il est probable que ce sera comme la dernière fois, les posts ne seront pas visibles sur mon écran. Et je ne veux pas qu'elle se fasse à nouveau du souci pour moi, je ne connais que trop bien cette expression inquiète que j'ai pu lire sur son visage par le passé et j'en ai vu suffisamment pour me durer toute une vie.

— Ouais, je lui réponds. Tout est redevenu normal.

C'est de la bouche de Nina que je l'apprends. Si j'avais pu choisir quelqu'un comme porteur de mauvaises nouvelles, elle aurait été l'avant-dernière sur ma liste, juste derrière la professeur Ombrage[1].

— Tu es au courant pour Alan Rickman ? me demande-t-elle quand nous nous croisons dans la cuisine.

— Au courant de quoi ?

— Il est mort. Dans la vraie vie, je veux dire, non pas dans son rôle de Rogue des mains de Voldemort.

Je la fixe droit dans les yeux, refusant de croire ce que je viens d'entendre.

— Tu es sûre ?

— Ouais. C'est sur le site d'infos de la BBC et aussi un peu partout. Un cancer apparemment. Il n'avait pas encore soixante-dix ans. Qui sera le suivant, hein ? Ils cassent tous leur pipe cette semaine.

À l'entendre, on croirait à une sorte de jeu de massacre sur les célébrités. Je pose l'assiette que je tiens à la main et tourne les talons pour quitter la cuisine.

— Hé ! me rappelle-t-elle. Ne me laisse pas toute seule. Il reste plein de tables à desservir.

Je ne l'écoute pas et me dirige droit vers les toilettes. Elle n'a bien sûr aucune idée de ce que cette nouvelle représente pour moi. Je vénérais cet homme quand j'étais adolescente. Severus Rogue était de loin le meilleur personnage de Harry Potter et il était incarné par Alan Rickman, qui lui donnait vie à la perfection – ses défauts, ses secrets, ses conflits intérieurs. J'avais regardé les cinq premiers films avec m'man et je me souviens encore combien il m'avait été difficile de voir *Harry Potter et le Prince de Sang-Mêlé* sans elle. Je savais qu'elle l'aurait adoré autant que moi.

J'entre dans les toilettes et fonds en larmes. J'ignorais même qu'il était malade. Pour autant, cela ne m'aurait pas rendu sa perte plus facile. C'est juste le choc, rien

1. Personnage de *Harry Potter*.

de plus. Le décès de m'man. La mort d'Alan Rickman, et maintenant moi, censément sur le droit chemin de ma propre disparition, mais le choc est abominable. Je sors mon portable et vais sur le site d'infos de la BBC. J'y trouve des hommages de J. K. Rowling et de Daniel Radcliffe qui disent exactement ce qu'on pouvait attendre de leur part : un acteur brillant, un mec adorable, un ami pour la vie. Sur Facebook, mon mur est plein d'hommages à sa mémoire. Je le fais défiler et partage deux des meilleurs. Je lance une recherche Google pour trouver la scène que je veux joindre, celle de la toute première leçon de potions, copie le lien et le poste avec le mot « Toujours » au-dessus.

Je déroule plus avant et vois des photos, des cheveux sombres défiler à travers mes larmes. Les gens disent des choses tellement gentilles : combien il est triste que ce soient les meilleurs qui partent en premier ; les petits détails débiles dont ils se souviendront. J'écarte les mèches de cheveux humides de mes yeux et comprends brusquement que ce ne sont plus les témoignages à la mémoire d'Alan Rickman que je lis, mais bien ceux qu'on m'adresse, à moi. C'est moi que tous ces gens pleurent. Moi. Leur choc et leur tristesse, ils les expriment parce que j'ai quitté ce bas monde et c'est bien moi qui ai laissé un vide dans leur existence. Mes larmes coulent maintenant à flots. Je ne suis pas certaine qu'elles soient destinées à Alan Rickman, à m'man ou à moi. Peut-être à nous tous. À tous ceux qui sont partis trop vite.

Une dizaine de minutes plus tard, j'entends la porte s'ouvrir.

— Jess. Ça va ?

J'essuie mon nez sur ma manche et ouvre la porte des toilettes.

Sadie considère ma mine défaite et me serre dans ses bras.

— Je suis désolée. Nina vient de m'apprendre. J'ai pensé que tu te serais réfugiée ici. Cette semaine va être une vraie saloperie. Je sais combien il avait d'importance à tes yeux.

Je renifle bruyamment contre son oreille.

— Ce sera moi la suivante. Papa prend ses dispositions pour mon enterrement. Et toi tu dis combien je te manque.

Sadie s'écarte et me regarde. Je lui présente l'écran de mon portable.

— Tu ne pourras pas voir les posts, je le sais, mais ils sont bien là. Moi, je peux les voir. Dans dix-huit mois, vous dites tous des choses ridiculement gentilles sur moi, sauf que je commence à en avoir maintenant ma claque de ce trop-plein de gentillesse. J'attends que l'un de vous dise enfin que je n'étais qu'une pouffe avec trop d'états d'âme, un goût de chiotte pour choisir mes fringues et une grande gueule.

Sadie secoue la tête et me prend mon téléphone.

— Il n'y a rien sur toi ici, Jess. Tout ça concerne Alan Rickman. Je comprends que tu sois bouleversée, mais tu ne dois pas sombrer à nouveau.

— Je sais que ça paraît stupide et pourtant, c'est bien là – mais uniquement quand je suis toute seule. Je ne peux pas faire de capture d'écran ni même en prendre une photo, mais il faut que tu me croies quand je te dis que c'est bien là.

Sadie caresse mes cheveux mouillés.

— Allez, viens, me dit-elle en me prenant par la main pour me conduire devant le lavabo. On va te laver un peu le visage. Tout le monde va se demander où tu as disparu. Je sais que c'est un grand choc, Jess, et je peux comprendre que ça ait fait remonter des tas de choses de ton passé, mais il faut que tu tiennes le coup jusqu'à ce soir, OK ? Je te promets que tu y verras beaucoup plus clair demain matin.

J'acquiesce et range mon portable, en priant le ciel qu'elle ne se trompe pas.

JESS

Avril 2008

Je reste un long moment debout devant sa tombe, je suis complètement vide, je n'ai même plus de larmes. Apparemment, le fait de savoir que sa mort était annoncée devait censément la rendre plus facile. Mais non. Et si quelqu'un ose dire qu'au moins elle ne souffre plus, je jure que je lui colle mon poing dans la figure. Bien sûr qu'elle souffre. Elle nous a quittés. Et c'est ce qu'elle craignait le plus au monde.

Je ne sais pas ce qui se passe ensuite et je ne suis pas sûre de vouloir qu'il se passe quoi que ce soit. Je peux peut-être rester ici, à côté d'elle, là où je la sens si proche de moi. Car la seule chose que je sache vraiment, c'est que je ne peux pas supporter de m'en aller.

Maintenant que m'man n'est plus là, rien de ce qui peut m'arriver désormais n'en mérite la peine, mais elle m'avait dit de ne pas penser en ces termes et m'avait fait de grands sermons à ce sujet. Comme quoi elle voulait que je sorte et vive ma vie en faisant tout ce qu'elle ne s'était jamais résolue à faire. En me répétant que j'étais sa petite et que j'étais une brave. Suffisamment forte pour franchir ce cap. Mais maintenant qu'elle n'est plus, je ne me sens plus forte du tout. Tout ce que je suis capable de faire se limite à me tenir debout. En cet instant, la simple idée de mettre un pied devant l'autre est au-delà de mes forces.

Je contemple le cercueil dans la terre en dessous de moi. Je n'ai qu'une envie, sauter dans le trou et m'asseoir dessus. Arracher le couvercle et la voir, encore une fois, avant qu'elle ne s'en aille. Avant qu'on ne la recouvre et qu'elle ne disparaisse à jamais.

Je sens une main sur mon épaule. Je tourne la tête et vois papa debout à mon côté, les yeux rougis, les joues creusées, exsudant sa douleur et sa souffrance par tous les pores de la peau.

— Je ne veux pas la laisser, dis-je.

— Je sais, répond-il. Moi non plus.

— Est-ce qu'on ne pourrait pas la ramener à la maison avec nous ? Est-ce qu'on ne pourrait pas l'enterrer dans le jardin derrière la maison ?

Il fait non de la tête, s'essuie les yeux et ajoute :

— Elle est en toi. Tu peux tout le temps la porter en toi et avec toi. Elle est dans ton cœur.

Je le regarde. Il est sérieux en me disant ça, je le sais. Mais pas plus que moi, il n'a de solution pour dépasser ce moment. Et moi, ça me rend malade d'être toujours traitée comme une gamine. Elle n'est pas en moi, elle est dans le cercueil que j'ai devant les yeux. Un cercueil qui sera bientôt recouvert de terre, avec une pierre tombale qui dira : « Deborah Mount, épouse, mère et fille tant aimée » et les gens passeront à côté, ils liront l'épitaphe, mais pas une seconde ils n'auront la moindre putain d'idée de tout ce qu'elle représentait réellement pour nous.

ANGELA

Jeudi 14 janvier 2016

Lorsque les gens parlent de faire bonne figure, je comprends qu'à leurs yeux, c'est une simple formule, une expression toute faite. En revanche, en ce qui me concerne, c'est la meilleure image qui soit pour décrire le rituel obligé auquel je me prête tous les matins depuis aussi longtemps qu'il m'en souvienne. Lorsque je regarde le miroir, j'y vois mon véritable moi, la femme que je suis réellement : ce visage fatigué, marqué et creusé par les tracas et le chagrin, cette tristesse qui se lit dans mes yeux, cette peau desséchée et cireuse. Il est exclu que je sorte dans cet état, je ne tiens pas à ce que le monde extérieur connaisse cette version de celle que je suis, par trop brutale et trop honnête. Sinon, l'esprit des gens passera en surmultiplié, ils comprendront ce qu'il en est réellement et poseront trop de questions. Toujours des questions. Et toujours de ceux qui croient connaître par avance toutes les réponses.

Donc, je me recompose une bonne figure et, par les temps qui courent, le processus est plus que jamais long et laborieux. Néanmoins absolument indispensable. Je me ceins le front de mon bandeau à maquillage et dégage mon épaisse frange de mon visage. Ce simple geste accentue le contraste de mes racines qui auraient bien besoin d'une teinture, mais, pour l'instant, j'ignore ce détail. La crème hydratante pénètre mes pores, mais ma peau en voudrait toujours plus. Chez Boots, la femme qui officie derrière le comptoir des produits de beauté m'avait appris un jour que la couleur naturelle de mon épiderme se situait entre deux nuances de fond de teint et donc j'avais opté pour la plus foncée, toujours avec le souci de ne pas ressembler à un cadavre réchauffé. Depuis, je n'en ai jamais changé. J'attends que la crème soit absorbée avant d'appliquer, à la houppette, le fard compact d'un poudrier à l'ancienne – ceux dont le couvercle fait office de miroir. Je suppose qu'aujourd'hui, cette pratique est passée de mode. Je vois les jeunes femmes appliquer leur poudre en vrac à l'aide d'énormes brosses sans lésiner sur la quantité, comme s'il s'agissait d'une urgence vitale. Le résultat ne me convient guère, c'est toujours un peu n'importe quoi, vite et mal fait, et trop aléatoire à mon goût. Comme j'aime à savoir que je ne laisse pas de traces, je couvre mon visage tout en douceur, sans gâchis ni surcharge, en m'épargnant ces gestes fleuris trop vifs devenus désormais monnaie courante. Ensuite, pour mon fard à joues, je me sers d'une brosse. Toute petite celle-là, et je n'en mets que très peu. Ce sont mes yeux qui me demandent le plus de temps. Je souligne leur contour au crayon noir, lentement et avec grand soin. Sans cela, je me sens nue et je n'oserais même pas ouvrir la porte au facteur. Puis j'ombre légèrement mes paupières d'un fard translucide avant d'appliquer une couche de mascara noir sur mes cils. Mes sourcils trop minces auraient eux aussi bien besoin d'être soulignés d'un trait de couleur, mais ma frange les couvre presque totalement. Et la touche finale, un peu de rose à lèvres nacré. Une teinte que j'utilise depuis trente ans et je ne sais pas ce que je ferais si jamais sa production s'arrêtait un jour.

J'ôte mon bandeau et brosse mes cheveux de façon que leurs extrémités bouclées encadrent délicatement mes maxillaires. Voilà, c'est ça, ma bonne figure. Celle que je me dois d'arborer tous les jours, mais je tiens obstinément à ce que le reste du monde n'en sache rien. Avec un peu de chance, je parviendrai à convaincre tous ces gens que c'est bien là mon véritable moi et couperai ainsi court aux questions sur ce que cache mon masque sans leur donner l'occasion d'en écailler le vernis. Et je continuerai à le porter. Toujours souriante et répétant à l'envi si on me le demande que tout va très bien. Parce que c'est la seule façon que je connaisse d'affronter mon quotidien.

Je consulte ma montre. Il n'est que sept heures et demie. Je suis une lève-tôt et l'ai toujours été, même quand je n'avais rien à attendre de ma journée. Je ne travaille pas le jeudi et c'est l'une des choses que j'apprécie dans les supermarchés, cette latitude qu'ils laissent à leurs employés à temps partiel. Parce que c'est le jeudi que Lee passe me voir après son travail. Il éclaterait de rire si je lui apprenais pourquoi c'est mon jour de repos et me dirait que c'est un peu bêta. Sauf que je tiens absolument à ce que tout soit parfait pour lui – la maison propre et rangée, le dîner au four et moi parfaitement apprêtée. Il est bien possible que nous allions de l'avant l'un et l'autre, mais nous n'oublions pas. Nous n'oublierons jamais.

Je descends au rez-de-chaussée et entends Radio 2 dans la cuisine. Elle me tient compagnie toute la journée, bien que parfois je mette un CD pendant l'émission de Jeremy Vine, parce que je préfère la musique aux bavardages. En particulier dès qu'il s'agit de politique. Je n'y trouve strictement aucun intérêt.

J'enfile mes gants en caoutchouc et commence par l'évier. Ma mère m'avait appris la façon de nettoyer une cuisine comme il faut, jusqu'à voir le reflet de son visage sur la robinetterie. Les « petits coups de chiffon vite faits », ce n'était pas son genre. J'aspire le parfum de la crème à récurer, des senteurs de pin, paraît-il, mais ce sont les autres odeurs, plus piquantes, que j'apprécie. Celle des adjuvants chimiques, je présume. Ce qu'il faut pour que tout sente le propre. Je me rassure ainsi qu'aucun mauvais relent ne passera au travers.

Lorsque j'en ai terminé, la cuisine est immaculée, elle pourrait servir de décor à une pub comme à la télé.

C'est une bonne façon d'attaquer la journée, transformer un cadre banal en quelque chose de spécial.

Je consulte ma montre, Lee sera là dans dix minutes. Tout comme moi, il aime être ponctuel. On ne se défait pas facilement de ses vieilles habitudes. C'est difficile, bien sûr, à cause de l'heure de pointe, mais il semble toujours se débrouiller pour partir au bon moment. Quand il avait trouvé ce travail, je m'étais fait du souci tant je craignais qu'il ne devienne un obsédé du boulot, un de ces hommes qui donnent systématiquement la priorité à leur fameuse carrière pour se réveiller un jour à l'âge de cinquante ans et constater qu'ils ont oublié de fonder une famille. Mais le fait qu'il ait encore du temps à consacrer à sa mère me laisse espérer qu'il puisse également faire d'autres choses, se détendre. Le travail n'est pas toute sa vie. Même s'il y a un moment maintenant qu'il n'a plus parlé de femmes. Pas depuis Emma en tout cas – et naturellement, c'est un sujet que nous n'abordons jamais.

Je jette un œil au plat de lasagnes au four et le tourne pour m'assurer que la cuisson est parfaitement uniforme. Je sais que, quand il sort, Lee choisit des plats plus chic, mais il continue à apprécier les lasagnes de sa mère et son rôti de bœuf du dimanche. Et je le sers copieusement, bien plus que dans les restaurants élégants qu'il fréquente. Et c'est vrai que j'essaie vraiment de vivre avec mon temps. La semaine dernière, j'ai fait une tourte de pâtes au thon et au chili. Un de ces petits trucs à la mode que j'avais vu sur les pubs du supermarché Sainsbury.

Juste à l'heure prévue, j'entends sa clé dans la serrure. Il y aura bientôt dix ans qu'il est parti de la maison, mais j'aime bien qu'il se serve de sa clé, comme si cette demeure était toujours la sienne. Il y a toujours quelque chose de spécial dans le fait de revenir là où on a grandi. En tout cas, c'est ce que j'imagine.

— Bonjour, mon chéri, dis-je en allant au-devant de lui dans le couloir.

Il sourit et se penche pour m'embrasser. Il a les joues froides, mais ses yeux me semblent particulièrement brillants ce soir. Il a les yeux de son père, bien sûr. Même si ce sujet-là n'est jamais abordé non plus.

— Bonjour, maman. Ça sent très bon.

— Des lasagnes, je réponds. Elles seront prêtes dans une minute. Entre et viens te réchauffer.

Je prends son manteau que je suspends à la patère et le suis dans la cuisine.

— Alors, ton travail, ça va ?

— Ouais, super. Surchargé de boulot comme d'habitude et Carl est souffrant, ce qui ne nous aide en rien. Mais nous tiendrons le coup.

Il sourit à nouveau. Je ne lui pose jamais trop de questions sur ses activités, j'en comprends le principe mais ne m'intéresse pas vraiment aux détails et il le sait. Ce qui m'importe, c'est qu'il ait un bon métier, le genre de métier que j'avais toujours espéré pour lui. C'est ce que désirent tous les parents – que leur enfant ait une vie meilleure que la leur et de plus belles perspectives d'avenir. Et je sais qu'il doit avoir un bon salaire parce qu'il y a peu d'hommes de son âge qui pourraient s'offrir comme lui un bel appartement en centre-ville.

— Je suis sûre que tu sauras gérer la situation. Comme à ton habitude. Et maintenant, tu t'installes, c'est moi qui fais le service.

— Je peux te donner un coup de main ?

— Non, merci, chéri. Mets-toi à ton aise, c'est tout.

Il me propose toujours son aide et, chaque fois, je la refuse, mais c'est quand même agréable à entendre.

— Tiens, lui dis-je en posant l'assiette devant lui.

Je m'apprête à lui verser un verre de vin. Rien qu'une moitié en réalité, il n'en prend jamais plus quand il conduit.

— Non, c'est bon, me fait-il en le couvrant de la main.

— J'espère que tu n'as pas arrêté l'alcool pour un motif farfelu, dis-moi ? je lui demande en m'asseyant face à lui. Du genre pour une œuvre caritative quelconque prêchant un mois de janvier sans alcool ?

— Non, c'est juste que j'ai un peu trop bu hier soir.

— Avec tes collègues de bureau ?

— Non, j'étais au restaurant, avec une amie.

Je commence à découper mes lasagnes.

— Quelqu'un que je connais ?

— Nan. Je ne l'ai rencontrée que cette semaine.

Il a beau baisser les yeux, je réussis à surprendre son regard.

— Et c'est qui, alors ?

— Je ne peux jamais rien te cacher, pas vrai ? fait-il en relevant la tête.

Mais il sourit en disant ces mots. Un sourire qui laisse entendre que ma question ne le gêne en rien. Je déglutis, consciente du petit signal d'alarme qui commence à clignoter en mon for intérieur.

— En tout cas, il est visible que cette rencontre te rend heureux.

— Elle s'appelle Jess. Premier rendez-vous hier soir, donc, ce n'est que le tout début, mais elle me plaît. Elle me plaît énormément.

— Elle travaille dans ta société ?

J'espère que non. Du peu que je sache, ses collègues de sexe féminin sont très carriéristes.

— Non, mais pas très loin. En fait, je l'ai rencontrée à la gare et on a juste bavardé.

— Que fait-elle dans la vie ?

— Elle travaille au cinéma du centre commercial. Elle accueille et place les clients dans la salle.

Je hoche la tête. Pas le genre donc à faire passer sa carrière avant sa famille.

— Et jolie, en plus, non ?

— Maman…

— Quoi ? On ne peut plus poser ce genre de questions de nos jours ?

— Elle est époustouflante, en fait. Mais pas dans le genre glamour convenu. Juste superbe. Avec les pieds sur terre.

— Quand est-ce que tu me la présentes alors ?

— Laisse-moi le temps. Nous n'en sommes qu'à notre premier rendez-vous.

— Oui, alors débrouille-toi pour me l'amener au plus vite à déjeuner un dimanche.

— Pour son examen de passage, tu veux dire ? demande-t-il avec un nouveau sourire.

— Non. Pour que je puisse lui souhaiter la bienvenue dans la famille.

Il hausse les sourcils.

— Comme je t'ai dit, n'allons pas trop vite. Chaque chose en son temps et une étape à la fois. Je ne veux rien précipiter.

— Tu as trente-deux ans, Lee. Je doute fort qu'on puisse t'accuser d'aller trop vite.

Il s'arrête de manger un instant et me regarde. Pour la première fois de la soirée, l'atmosphère semble s'être refroidie.

— Si tu mets la pression à quelqu'un pour qu'il fonde un foyer, peut-être commettra-t-il une erreur. Peut-être le regrettera-t-il pour le restant de ses jours. Et peut-être aussi qu'il en rejettera la faute sur ceux qui l'entourent.

Le froid s'est changé cette fois en glace. Je mastique longuement ma bouchée, incapable de savoir si j'arriverai à l'avaler. Je n'ai pas encore le cœur au bord des lèvres, mais cette sensation m'est familière. Lee possède ce genre de talent, il est capable de tout faire remonter à la surface par un commentaire acide et blessant, un changement de ton ou simplement un regard. Tel père, tel fils.

— Je ne te mets pas la pression, je lui réponds. Mais si tu décides de l'amener ici, elle sera la bienvenue, tu peux y compter.

Nous reprenons notre repas. Après quelques minutes de silence, j'amène la conversation sur le Leeds United, un sujet inépuisable. Et un terrain beaucoup plus sûr.

Un peu plus tard, après son départ, je mets le lave-vaisselle en marche et me rends dans la chambre d'amis. Elle est glacée, mais je garde le radiateur fermé, parce que j'estime que c'est du gâchis de chauffer une pièce qu'on n'utilise pas.

Je m'agenouille par terre et ouvre le tiroir situé sous le double lit. Tout s'y trouve rangé par ordre de taille, en commençant par les habits de bébé toujours dans leur emballage d'origine avec leurs étiquettes. Je n'achète que du neuf ; j'aime cette idée de tout recommencer à zéro. Les teintes sont plutôt neutres, entre blanc et citron, sauf un ensemble d'un adorable vert auquel je n'ai pas pu résister – ce qui est difficile à trouver de nos jours, il y a tellement de bleu ou de rose partout. Néanmoins, je reste très exigeante dans mes choix. Rien que le meilleur pour mon premier petit-enfant. Ce tiroir, je n'ai pas eu le courage de l'ouvrir depuis que tout s'est terminé avec Emma, mais, aujourd'hui, j'entrevois une lueur d'espoir et me sens de nouveau assez forte pour le regarder. Voire peut-être pour reprendre mes achats.

Je tends la main vers le fond, palpe l'emballage satiné et la sors quand je la trouve. Mes doigts tremblent légèrement, tandis que j'ôte le papier de soie qui protège la robe de baptême. C'est le seul habit de Lee que je tiens à donner à mon petit-enfant. Je revois mon fils ainsi vêtu, ses yeux énormes levés vers moi, ses mains serrées sur la dentelle qu'il tire avec force. Si on ne la cherche pas, je ne pense pas qu'on puisse remarquer la minuscule tache de sang dont la couleur s'est estompée avec les années. En plus de quoi, si quelqu'un la repérait, elle passerait aisément pour autre chose et personne ne se poserait de questions. Sauf *lui*, bien sûr. Mais il ne sera pas présent. Lee n'a plus de contacts avec son père. Ça, au moins, je le sais.

Mais il y a une chose que je n'ai pas dite à Lee : chaque fois que je le regarde, c'est son père que je vois, dès qu'il parle, c'est lui que j'entends et, quand il est tout près de moi, c'est son odeur que je sens. Tel père, tel fils, dit-on. Et cette pensée me glace les sangs.

► **Joe Mount**

14 juillet 2017 – Mythlomroyd, Royaume-Uni

En ces moments si difficiles, j'essaie de me concentrer sur le souvenir des moments de bonheur. Comme celui-ci, le jour du mariage de Jess. Elle et moi, nous avons tous les deux pleuré quand je l'ai conduite jusqu'à l'autel. Je ne pense pas l'avoir jamais vue aussi belle. Et je me sentais le père le plus fier de la Terre.

JESS

Jeudi 14 janvier 2016

Je contemple la photo : Lee et moi le jour de notre mariage. Je sais que Photoshop fait du bon travail, mais pas à ce point. On ne peut pas traficoter un cliché qui n'existe pas. Je sais que je suis confrontée à un événement créé de toutes pièces qui ne s'est jamais produit. Je porte une jupe longue, la taille sanglée par une large ceinture-écharpe, et un bustier sous un haut en dentelle à manches mi-courtes qui laissent mes épaules dénudées. Jamais encore je n'ai arboré ce style de coiffure, mes cheveux relevés en chignon ne laissant retomber que deux mèches libres et le tout couronné par une tiare. Une tiare, putain de merde ! J'ai aussi un collier de perles et mon maquillage est différent. J'ignore totalement comment me fabriquer ce look et pourtant, l'erreur n'est pas permise, c'est bien moi que je vois debout à côté d'un homme qui est incontestablement Lee. Il porte un costume sur mesure et une cravate mauve, mais, sinon, c'est bien le même que celui que j'ai vu mercredi. En plus de quoi, face à l'objectif, il rayonne d'un grand sourire conquérant, au contraire du mien, hésitant, incertain et timide, qui n'illumine rien du tout. Je crois que je dois être nerveuse. C'est un événement important, car jamais je ne m'étais attendue à convoler en justes noces – je considérais simplement que je n'étais pas faite pour le mariage. Je veux dire, aujourd'hui, c'est inutile, non ? Plus de règles, plus de conventions, tout est permis, non ? Et pourtant, j'épouse Lee et j'en ai la preuve sous mes yeux incrédules. Une preuve qu'il semble impossible de réfuter. Parce qu'il ne s'agit pas simplement de nos visages en surimpression sur un couple quelconque de jeunes mariés. Ce sont bien mes épaules et mes bras et la bague que je vois est bien à mon doigt.

Je prends une profonde inspiration tant le manque d'oxygène m'oppresse et la belle bouffée d'air que j'avale un peu trop tard me fait comprendre que tout ce temps, j'avais bloqué la précédente en oubliant de respirer. Un grand frisson me parcourt des pieds à la tête et mon corps se met à trembler. Je regarde un avenir où Lee et moi devenons mari et femme, à un moment donné au cours des dix-huit mois à venir. Il n'y a pas de date sur la photo, mais elle semble avoir été prise en été, les feuilles sont bien vertes et je distingue quelques fleurs un peu floues en arrière-plan. Peut-être n'étais-je pas mariée depuis bien longtemps quand je suis décédée ? Ce qui est d'une absurdité totale, une véritable histoire de fous. Je me déniche un mari et, après ça, je casse ma pipe.

Une part minuscule de mon être, celle où je n'ai jamais vraiment cessé d'avoir treize ans, exulte et exécute en moi une succession de roues, telle une gymnaste sur son tapis, parce qu'elle épouse un mec comme Lee. Mais je parviens à la chasser de mon esprit parce que, vraiment, c'est un détail sans importance. Si mon père a posté cette photo, c'est pour se souvenir de moi après ma mort. Et c'est bien de ça que nous parlons ici.

Sauf que, en vérité, c'est complètement faux puisque Facebook dit que les posts en provenance du futur sont impossibles. Si je vois ça, c'est bien parce que je le veux. Mon manque d'affection est tel que je tiens absolument à me convaincre que Lee m'épouse. Et quant au reste, eh bien, nous sommes en terrain connu, pas vrai ? Je suis en train de disjoncter complètement. Je deviens de plus en plus obsédée par les gens qui meurent et, si je n'y veille pas scrupuleusement, je risque de faire foirer ma relation avec Lee pour cette raison.

Je me jette sur mon lit et pleure en silence dans mon oreiller. Je refuse de retourner là-bas. À ma sortie, j'avais essayé de convaincre papa de m'en faire la promesse, mais il avait fait non de la tête, il ne pouvait pas se le permettre. Comme il m'avait vue perdre complètement les pédales une fois, il savait que cela pouvait se reproduire. Et depuis, c'est la vérité qui reste suspendue au-dessus de nos têtes. La santé mentale est un continuum. Je me souviens qu'on nous l'avait expliqué à tous les deux quand on avait finalement arrêté mes médicaments. Dans ce domaine, il n'existe pas plus d'amélioration que de guérison. À un instant donné, nous sommes tous à un point sur une ligne et, quelques mois plus tard, nous pouvons nous situer à un point différent – pour le meilleur ou pour le pire. C'est la seule vérité qui soit. La folie est présente en moi de manière permanente et il s'agit simplement de savoir si je choisis de la laisser trouver un ancrage.

Le lendemain, aussitôt que j'aperçois Lee dans le restaurant, mon cœur s'emballe. Le voilà, c'est lui, mon futur mari, mais je ne peux pas le lui dire, naturellement. Si je laisse échapper la plus infime allusion au fait que j'ai vu une de nos photos de mariage, il prendra probablement les jambes à son cou et s'enfuira. Et je ne peux pas dire que je l'en blâmerais.

— Bonjour, dis-je en arrivant à sa table. Je suis en retard ?

— Non, répond-il en se levant. Je suis toujours en avance.

Il se penche vers moi et, l'espace d'une seconde, je n'en mène pas large, ne sachant pas si, à l'image de notre premier rancard de mercredi dernier, nous devons nous contenter de bises sur la joue en guise de bonjour ou passer au baiser sur les lèvres que nous avons échangé au moment du départ. C'est Lee qui décide de prendre les choses en main de sa propre autorité. Tandis que mes lèvres me picotent ensuite, j'essaie de chasser de ma tête la pensée que c'est mon futur mari qui vient de m'embrasser.

Je lui souris et m'assieds, en frétillant presque sur mon siège le temps de déplier ma serviette.

— Alors, comment vas-tu ? demande-t-il.

— Je vais bien, je te remercie, dis-je, même si c'est un mensonge.

Je contemple la bouteille d'eau pétillante et les deux verres sur la table.

— Ça te convient ? demande-t-il en suivant mon regard. Je me suis dit que tu ne voudrais pas boire avant de reprendre ton travail.

— En effet, jamais. Et l'eau, c'est très bien, merci.

— Si j'avais réfléchi un peu plus, on aurait pu aller ailleurs pour un brunch.

— Non, le déjeuner, c'est très bien. Je ne suis pas très fan des petits déj' de toute façon.

— Au contraire de moi, dit-il. Si je pouvais, je prendrais un bol de céréales à chaque repas.

— Quoi ? Du muesli ?

— Non, pas ces trucs-là. Des Coco Pops et des Rice Krispics – toutes ces cochonneries pour gamins que je continue à manger, à croire que je n'ai jamais vraiment grandi.

Je lui souris en crochetant mes cheveux derrière une oreille.

— Je suis surprise que tu aies encore toutes tes vraies dents.

— Ce n'est pas le cas, répond-il en faisant mine d'ôter ses incisives pour s'arrêter aussitôt quand il voit ma figure. Tu vois, j'ai presque failli t'avoir.

Il sourit, je laisse retomber mes épaules et mes muscles se relâchent. J'apprécie le confort de ce second rendez-vous et secoue la tête.

— Au moins, comme ça, je ne suis pas seule à manger des cochonneries. Est-ce qu'on commande des royal burgers, alors ?

— Absolument. Tu as une longue journée devant toi. À quelle heure finis-tu ?

— Dix heures et demie. En fait, la dernière équipe termine à onze heures et demie, mais cela nous empêcherait de prendre le dernier train pour rentrer et donc, Sadie et moi sommes volontaires pour terminer à dix heures et demie plus souvent que les autres.

— Qui est Sadie ?

— Ma meilleure copine. Elle était à la gare avec moi lundi.

Apparemment, Lee n'a gardé aucun souvenir d'elle.

— Grande, cheveux foncés coupés court, avec un blouson en cuir.

Il acquiesce, mais je suis sûre qu'il n'avait même pas remarqué sa présence. Je me sens un peu triste pour Sadie, mais je sais que cela ne lui ferait ni chaud ni froid.

— Et cela ne te dérange pas de travailler le soir ?

— Non, pas vraiment. En tout cas, ça m'évite la cohue de l'heure de pointe dans les transports.

Je ne lui dis pas que, jusqu'à présent, je n'avais rien de mieux à faire de mes soirées. Mais je pense soudain qu'avec mes horaires, nos rendez-vous à venir ne seront pas très faciles à caser. Qui peut savoir si ce n'est pas pour cette raison que je l'épouse ? C'est peut-être la seule façon que j'aie trouvée de le voir.

— Eh bien, souviens-toi seulement de ce que j'ai dit à propos du poste de réceptionniste qui est vacant chez nous. Sans compter que tu gagnerais probablement plus.

— Je te remercie, mais je suis bien là où je suis.

— Il y a combien de temps que tu travailles là-bas ?

— Depuis ma sortie du lycée pro.

— Et quelle option ?

— Art et design. J'avais l'intention de partir à l'université et d'obtenir un diplôme de spécialité.

— Pourquoi ne pas l'avoir fait en ce cas ?

— Je n'ai pas obtenu les notes que j'espérais. Je travaillais déjà au cinéma pendant les vacances et on m'a proposé de m'embaucher à plein temps. J'ai simplement pensé sur le moment que ce serait la meilleure chose à faire.

— Et aujourd'hui ?

Je hausse les épaules.

— Comme je t'ai dit, ça va et j'ai la chance de pouvoir voir plein de films gratuitement.

La serveuse s'approche et nous demande si nous avons fait notre choix.

— Bœuf ou poulet ? m'interroge Lee.

— Bœuf, s'il te plaît.

J'avais renoncé à la viande rouge pendant un moment après la mort de m'man. En même temps qu'à nombre d'autres petites choses. C'est peut-être ce qui explique que j'en mange plus maintenant qu'avant son décès, uniquement pour me prouver que je le peux.

— Super. Nous prendrons deux burgers de bœuf sur le gril, s'il vous plaît, dit-il à la serveuse. Avec des frites en accompagnement.

Elle hoche la tête et lui sourit. Le genre de sourire que je ferais volontiers moi-même si je prenais la commande d'un mec comme Lee, une sorte d'expression rêveuse qui disparaît aussi vite dès qu'elle comprend que c'est en pure perte. Elle doit certainement se demander ce qu'il peut bien me trouver. Probable qu'elle croie que je suis sa petite sœur ou quelque chose de ce genre. Mais je m'entends hurler en mon for intérieur : *En fait, je ne sors pas seulement avec lui, je vais l'épouser.*

Je me garde bien d'exprimer cette pensée. Je ne me souviens que trop bien du regard des gens quand on laisse percer la folie.

— Et donc quels films sont au programme cette semaine ? me demande-t-il.

— *The Danish Girl.* Celui où Eddie Redmayne change de sexe.

— Je crois que je préférerais encore m'enfoncer des punaises dans les yeux.

— Nous passons aussi deux films avec Alan Rickman, en hommage à sa mémoire. *Harry Potter et le Prince de Sang-Mêlé* et *Truly, Madly, Deeply.*

— Celui-là, je ne l'ai pas vu.

— Juliet Stevenson y interprète le rôle de son épouse. Le thème, c'est la façon dont elle essaie de survivre après la disparition de son mari. Sauf qu'il revient d'entre les morts jusqu'à ce qu'il soit sûr que tout se passera bien pour elle.

Je m'interromps, je sens que ma voix risque de se briser. Je ne sais pas comment je vais faire avec cette épée de Damoclès au-dessus de ma tête. Exactement comme si je me hantais moi-même depuis la tombe avant même d'être décédée. Si je ne fais pas attention, je vais tout faire foirer. D'ailleurs, c'est peut-être là le cœur du problème. Qui sait ? J'ai une telle trouille d'être heureuse que j'invente aussitôt des trucs dans ma tête pour tout bousiller.

— Une vraie rigolade, apparemment, dit Lee. Je crois que je ferai l'impasse sur celui-là aussi, si cela ne te dérange pas.

J'acquiesce en souriant. Un petit sourire timide. Parce que je suis désormais convaincue que je me dirige tout droit vers ma propre destruction et c'est moi-même qui me suis donné cette mission. Il faut absolument que j'arrête. Pour la première fois depuis une éternité, la chance s'offre à moi d'établir une vraie relation avec un homme, mais, pour qu'elle puisse exister, il faut que Lee tombe amoureux de moi. Et j'ai bien conscience que ce n'est pas en jouant les pleurnichardes obsédées par la mort que je vais le séduire.

Nos burgers et nos frites arrivent.

— Donc, dis-je en attrapant une frite, où faut-il aller pour trouver les meilleures frites de Leeds ? À toi la parole.

► De Sadie Ward à Jess Mount

28 JUILLET 2017

Tu seras enterrée la semaine prochaine et je ne peux pas le supporter. J'ai échoué dans mon rôle d'amie, je le sais. J'ai douté de toi au moment où je n'aurais jamais dû et je n'étais pas là pour toi au moment où c'était important. C'est une chose que je vais toujours regretter. Mais je veux que tu saches que je serai l'amie dont tu as besoin désormais. Et je ne connaîtrai pas le repos tant que tu ne pourras pas réellement reposer en paix.

JESS

Vendredi 29 janvier 2016

Sadie s'est souvenue de ce que je lui avais dit. À dix-huit mois d'ici, elle s'offre une sorte de super trip « seule coupable » à cause de tous les trucs de Facebook qu'elle me disait d'ignorer. Je regrette qu'elle se fasse tant de reproches et je me sens mal de lui en avoir parlé. Je ne dois plus remettre ce sujet sur le tapis, même si ça tourne mal. Parce que, si je fais une chose pareille, elle battra sa coulpe encore plus fort quand je…

J'arrête mon manège juste à temps et remets mon portable dans la poche de mon sweat à capuche. Ce qui m'arrive n'est pas réel, c'est dans ma tête que tout se passe. Les posts ne sont même pas visibles – personne d'autre que moi ne peut les voir. Je me regarde dans le miroir de la penderie. Je suis Jess Mount et je ne vais pas mourir. Hors de question que je craque à nouveau. Cette fois, j'ai beaucoup trop à perdre et je ne vais pas laisser cette chose reprendre son emprise sur moi.

Après deux semaines et demie, je suis toujours surprise de constater combien tout se passe à merveille avec Lee et c'est pour moi une expérience toute nouvelle. À ce stade, en temps normal, mon détecteur à connards s'est déjà déclenché. Mais Lee n'a rien dit ni fait laissant à penser qu'il appartient à cette catégorie. Au contraire, l'opinion que j'ai de lui ne fait que grandir jour après jour et, pour une raison incertaine, il semble éprouver la même chose à mon égard. Je ne l'ai vu en tout et pour tout que quatre fois, uniquement parce que je travaillais tard et non parce que c'était mon choix. Pour être honnête, ces horaires du soir commencent à me gonfler sérieusement, tant il est difficile de nous trouver une soirée ou un week-end lorsque je suis de repos. À croire que nous appartenons à deux fuseaux horaires différents, ce qui est stupide, puisque nous sommes dans la même ville. Lee n'en a rien dit, mais je suis sûre qu'il tire un peu la gueule. Il fait des plaisanteries sur les déjeuners devenus nos nouvelles soirées, mais j'ai la vague impression que, en réalité, il ne trouve pas ça très drôle. Il faut absolument que je réagisse pour régler le problème, mais je ne sais comment faire.

Lorsque j'arrive sur le quai, Sadie est déjà là. Je m'avance jusqu'à elle, la prends dans mes bras et la serre fort contre moi.

— Et c'est censé m'aider en quoi ? demande-t-elle aussitôt.

— Je n'ai pas le droit de faire un câlin à ma meilleure amie ?

— Tu attends quelque chose de moi ?

— De quel genre ?

— Je ne sais pas. Mais c'est soit ça, soit tu te prépares à me présenter tes excuses. Tu viens toujours demain, dis ?

C'est le dix-huitième anniversaire de sa petite sœur. En fait, je ne devrais plus qualifier Maddie de petite – elle est plus grande que Sadie. Mais c'est un peu bizarre quand même, car nous faisions la baby-sitter auprès d'elle quand ses parents sortaient, une fois tous les quinze jours. Et ils insistaient pour me payer moi aussi, alors que je n'étais là que pour tenir compagnie à leur fille.

— Ouais, je réponds. J'attends avec impatience d'être devenue une de ces vieilles rabat-joie dont la présence gênerait les gamins. Et il est probable que nous commencerions à nous plaindre de la musique trop forte.

— Et ensuite, tu dors à la maison ?

— Ouais, pourquoi tu me poses la question ?

— Je sais pas, je pensais juste que tu risquais de prendre la tangente de bonne heure pour aller retrouver ton chéri.

Je baisse les yeux, car c'était exactement mon intention. C'est mon seul samedi libre du mois et je le passe avec ma meilleure copine au lieu de Lee. Il avait été déçu quand je le lui avais appris, mais je lui avais expliqué que c'était prévu depuis très longtemps. Que je connaissais Maddie depuis qu'elle était bébé. Et qu'elle était en quelque sorte ma propre petite sœur.

— Lee est d'accord.

— Tu peux l'amener si tu veux. Il n'est pas trop tard pour qu'il change d'avis.

Je sens mes joues s'empourprer. En réalité, je ne lui avais même pas posé la question. Je veux dire, ce sera une soirée disco pour fêter le dix-huitième anniversaire d'une ado dans une salle attenante à l'église à Mytholmroyd, et donc pas vraiment le genre de territoire dans lequel s'aventure un directeur de société. En outre, à part moi, il ne connaîtra personne. Sans compter que papa a dit qu'il ferait un saut en rentrant du travail et il faudrait que je les présente l'un à l'autre, ce qui ne serait pas une mince affaire. Il est plus que probable que papa dirait un truc stupide et la soirée ressemblerait à un de ces rêves où des gens qui, vous le savez pertinemment, ne se sont jamais rencontrés se trouvent réunis dans une même pièce.

Non, quand Lee fera effectivement la connaissance de papa, je veux que ce soit en privé et en petit comité. Certainement pas lors d'une soirée d'anniversaire dans une salle paroissiale.

— Non, c'est bon, je te remercie. Il va probablement sortir avec ses potes quelque part à Leeds.

Sadie acquiesce. Je sais qu'elle est curieuse de faire sa connaissance dans les règles, mais je la soupçonne en même temps d'être ravie qu'il ne vienne pas. Je me souviens du temps où elle sortait avec Robbie, avec moi collée à ses basques, plus gênante qu'autre chose.

Le train arrive en gare et nous montons. Comme d'habitude, elle me laisse choisir nos places et me gardera probablement à l'œil quand le train prendra de la vitesse ou brinquebalera en prenant un virage. On ne se défait pas facilement de ses habitudes.

J'indique leur place aux spectateurs pour *Kung Fu Panda 3* quand je sens mon portable vibrer dans ma poche. Un coup d'œil à l'écran m'apprend que c'est Lee qui m'appelle, mais je vais devoir attendre que tout le monde soit installé. Ce sont les gamins qui prennent le plus de temps, chargés comme ils sont entre cornets de pop-corn, gobelets de soda et sachets de friandises. Je jure que certains parmi eux doivent consommer leur propre poids en sucre le temps de la séance.

Finalement, lorsque le générique apparaît, je fonce dans le couloir avant de me faufiler en douce dans la salle du personnel vide.

Je rappelle Lee et il répond immédiatement.

— Salut, dis-je. Désolée de t'avoir raté un peu plus tôt.

— Non, pas de souci. Écoute, je sais que c'est un peu à la dernière minute et je comprends parfaitement que tu aies quelque chose de prévu demain, mais Carl est en congé de maladie et lui et son épouse sont censés assister à un grand dîner avec remise de prix demain soir. Notre société doit recevoir une récompense pour ses talents créatifs et nous avons droit à deux places à la table du lord-maire. Pourrais-tu m'y accompagner ?

L'espace d'une seconde, je me sens totalement prise au dépourvu. D'abord, je n'arrive pas à croire qu'il me le demande à moi, mais, en même temps, j'imagine la tristesse de Sadie si je lui annonce que je ne viens pas à la soirée de sa sœur.

— Hum, je ne sais pas. Je veux dire, c'est vraiment très gentil de ta part de m'inviter, mais je ne veux pas laisser tomber la sœur de Sadie.

— Je sais et je le comprends. Je ne te poserais pas la question si ce n'était pas aussi important.

— Y a-t-il quelqu'un d'autre dans ta société qui peut y aller ?

— Malheureusement non. Amy est à Londres pour une conférence sur les relations publiques, Mike aux fiançailles de sa fille et Scott prend l'avion pour les États-Unis demain, un voyage professionnel. Nous sommes réellement coincés.

J'hésite à nouveau, en me demandant comment je pourrais participer aux deux.

— À quelle heure ça doit se terminer ?

— Je ne sais pas. Neuf heures et demie, dix heures ? Ça démarre à sept.

— Eh bien, je pourrais peut-être y aller avec toi et j'irai ensuite à la soirée de la sœur de Sadie, disons pour la dernière heure. Est-ce que ça irait comme ça ?

S'ensuit un temps de silence à l'autre bout du fil. Si je ne fais pas très attention, je vais finir par me les mettre à dos tous les deux.

— Ouais, si c'est bon pour toi, ce serait bien. Je veux dire, moi, je dois être présent dans tous les cas, mais il faut que je vienne accompagné et… bon… j'aimerais que ce soit toi.

Je sens que mes larmes ne sont pas loin. Et je sais aussi que je dois me décider rapidement avant d'éclater en sanglots ou de le mettre en rogne.

— Merci. J'aimerais beaucoup venir.

— Jess, tu es une vraie star et je te dois une fière chandelle. À charge de revanche.

— Pas de problème. J'y gagnerai un repas gratuit.

— Et la nourriture sera excellente en plus. La soirée a lieu au Queens Hotel. Très classe.

Je réalise brusquement avec effroi que je n'ai rien à me mettre qui soit digne d'une soirée habillée au Queens Hotel.

— Et quelle est la tenue exigée ?

— Tenue de soirée.

— Je ne suis pas sûre d'avoir quelque chose de ce genre et je ne peux pas vraiment me permettre…

— Pas de problème, me coupe Lee. Je ferai passer ça en frais généraux. C'est la moindre des choses au vu des circonstances. Tu te décarcasses pour nous apporter ton aide et j'estime que nous devons prendre la dépense à notre charge, ce n'est que justice.

— Tu es sûr ?

— Absolument. Et pas de discussion, c'est inutile. Je prends quoi comme taille, trente-six ou trente-huit ?

— Trente-huit.

— OK. Je t'enverrai peut-être des photos des choix possibles, tu me diras ce que tu en penses.

— Merci.

— Non. C'est moi qui te remercie, Jess. Je suis tellement heureux que tu aies accepté. Je te parlerai plus tard.

Je repose le téléphone. La part de ma petite personne qui attend avec impatience cette superbe occasion est en train de batailler comme une chatte en colère contre cette autre part qui se sent comme une vraie peau de vache de laisser ainsi tomber Sadie et sa sœur.

Adrian entre dans la salle.

— Salut, ma douce, dit-il. Ça va ?

— Ouais. Tout va bien, merci.

— Sauf qu'à voir ton air, on croirait que tu rassembles tout ton courage pour te préparer à regarder *Kung Fu Panda 3* du début jusqu'à la fin pour la quatrième fois.

Je lui souris.

— Quelle est la meilleure manière de décevoir quelqu'un gentiment, Ade ?

— Homme ou femme ?

— Une femme.

— Dis-lui que tu sais qu'elle comprendra parce qu'elle est une amie géniale.

— OK.

— Tu me diras comment ça s'est passé.

J'acquiesce et me prépare à sortir de la pièce. Adrian m'appelle par mon prénom et je me retourne vers lui.

— Mais tu ne le fais qu'une seule fois. Plus, ce serait abuser.

À la fin de *Kung Fu Panda 3*, en compagnie de Sadie, je m'attaque au nettoyage de la salle numéro deux. Je ne comprends toujours pas comment les gens réussissent à mettre un tel bazar en l'espace de quatre-vingt-dix minutes, alors qu'ils sont censés regarder un film.

Un sac-poubelle à la main, je progresse lentement dans la rangée derrière Sadie et essaie de prendre une voix naturelle et banale en sachant en même temps qu'il n'en sera rien.

— Je t'ai dit que je serais là dès le début demain, je sais, mais Lee m'a téléphoné tout à l'heure, et il a une urgence.

Un cornet de pop-corn encore à moitié plein à la main, Sadie relève la tête et me regarde.

— De quoi s'agit-il ?

— Il doit se rendre à un dîner de remise de récompenses demain soir. C'était normalement le directeur qui devait y aller, mais il est souffrant. Il a dit qu'il se sentait vraiment mal de me demander ça à moi, mais personne d'autre n'est disponible.

— Pourquoi dois-tu y aller toi aussi ?

— Sa société dispose de deux places à la table du lord-maire. C'est une sorte de grand raout. J'ai eu le sentiment que je ne pouvais pas refuser et je savais que tu comprendrais.

Mes paroles restent suspendues dans l'air qui s'épaissit soudain comme une chape. Une seconde, je me demande si l'approche suggérée par Adrian est bien la bonne – elle sonne un peu trop comme une menace.

— Mais tu viens quand même, dis ?

— Ouais, mais après le grand tralala. Il devrait se terminer vers dix heures et je pourrai prendre le train.

Sadie n'a pas l'air convaincue.

— OK.

— Je suis vraiment navrée, Sadie. Et dis aussi à Maddie combien je suis désolée.

Elle acquiesce, mais, quand je la vois fourrer quelques gobelets dans le sac-poubelle d'un geste brusque, je crois que j'aurais préféré m'entendre dire mes quatre vérités plutôt que de la voir accepter ma décision à contrecœur.

Mon portable vibre dans ma poche. Je le sors et regarde les deux photos que Lee m'envoie : une robe noire en dentelle à longues manches et une autre qui laisse les épaules nues. Sur la seconde, je distingue une étiquette Jigsaw. Je n'ai jamais mis les pieds dans cette boutique où tout me semblait toujours trop cher. Je les montre à Sadie qui se retourne et fronce les sourcils.

— Putain de merde, dit-elle. Il se la joue Richard Gere dans *Pretty Woman* ou quoi ?

— C'est une vraie tenue de soirée. Je lui ai laissé entendre que je n'avais rien pour ce genre d'occasion.

— Et donc, c'est lui qui te l'achète ?

— Non, pas lui personnellement. Sa société. Il fait passer ça en frais généraux.

Elle ouvre de grands yeux et crapahute sous les sièges pour y récupérer quelques déchets.

— Laquelle je prends alors ? je lui demande.

— Je sais pas. Mais ce que je pense n'a pas vraiment d'importance, tu crois pas ? C'est à lui qu'il faut poser la question, non ?

Je renvoie un message pour dire à Lee qu'elles me plaisent toutes les deux, à lui de voir celle qu'il préfère. Sadie va chercher l'aspirateur au moment où Adrian entre dans la salle. Il aperçoit le visage de Sadie puis le mien.

— Est-ce que j'aurais foiré mon coup en te donnant ce conseil ? me demande-t-il.

— Non, je lui réponds. Je crois que j'ai réussi à faire ça toute seule comme une grande.

À mon retour, je vois papa garer sa voiture devant la maison.

— Salut, chérie, dit-il en claquant sa portière avant de fouiller sa poche à la recherche de ses clés. Belle soirée ?

— Ouais, ça s'est bien passé. Je te trouve fatigué.

— Il y avait foule ce soir. Un repas entre collègues de bureau. Mais mieux vaut ça qu'une salle vide.

J'acquiesce quand il m'ouvre la porte de la cuisine. Il y fait froid, papa n'aime pas laisser le chauffage allumé quand nous travaillons tous les deux.

— Je vais nous préparer deux chocolats chauds, ça te dit ? dit-il.

— Merci. Ce serait super.

Je le laisse chauffer le lait avant de le mettre au courant, de sorte qu'il soit un peu distrait.

— Changement de programme pour demain soir. J'accompagne Lee à une remise de récompenses à Leeds avant d'aller à la fête d'anniversaire de Maddie.

— Oh ! Comment ça se fait ?

— C'est le directeur de la société qui était censé y aller, mais il est malade. Ils ont deux places à la table du lord-maire et Lee a pensé que ça ferait mauvaise impression de ne pas y assister. C'est au Queens Hotel.

Papa lâche un sifflement en versant le lait dans des mugs et touille le mélange avec conviction.

— Waouh ! Très classe. À quelle heure ça se termine ?

— Il m'a dit vers dix heures. Je prendrai le train immédiatement après.

— La soirée sera pratiquement finie quand tu arriveras chez Sadie.

— Ouais, je sais. Je ne pouvais vraiment pas faire mieux.

— Et Maddie alors ?

— Il n'y aura pas de problème. Elle sera de toute façon entourée par ses amis du lycée et ne s'en apercevra même pas.

Papa semble un peu interloqué en posant les mugs sur la table.

— Mais c'est vraiment dommage de laisser tomber ses amis.

— Sauf que je ne voulais pas non plus laisser tomber Lee.

— Mais tu ne le connais que depuis cinq minutes.

— Ouais, et ça risque fort de ne pas durer beaucoup plus longtemps si je ne réussis pas à le voir à un moment ou à un autre.

— Assure-toi simplement que tes amis soient toujours là pour toi, d'accord ?

— Et c'est censé vouloir dire quoi ?

— C'est sur eux que tu pourras toujours compter, Jess. Longtemps après que les petits copains auront disparu.

— Oui, mais peut-être que celui-ci ne disparaîtra pas.

— Tu auras malgré tout besoin de tes amis, Jess. Qu'il disparaisse ou pas. Et si tu comptes vraiment pour lui, il le comprendra.

— Merci pour ces belles paroles d'encouragement. Fais-moi savoir quand tu commences ton émission radio de conseils psy aux auditeurs.

Papa réussit à sourire.

— Je ne fais que te protéger. C'est mon boulot.

— Je sais, je sais. Mais il faut que tu saches que je suis assez grande pour veiller sur moi toute seule désormais.

Il ne dit rien et mélange une dernière fois son chocolat avant de reposer sa cuillère dans la soucoupe.

— Donc, seras-tu obligée de louer une tenue pour cette réception demain ?

— Non. Lee m'achète une robe de soirée. Sur le compte de sa société. Il dit que c'est le moins qu'ils puissent faire.

Papa hoche lentement la tête.

— Tu sais que je serai toujours prêt à t'acheter tout ce dont tu auras besoin, Jess.

— Je te remercie, mais il a insisté. Cependant, tu peux m'aider sur un point précis. Je n'ai pas de chaussures pour aller avec une telle robe. Est-ce que cela te dérangerait si j'empruntais la plus belle paire que possédait m'man ? J'en prendrai grand soin, je te promets.

Je vois sa main trembler quand il porte son mug à ses lèvres et je me sens soudain mal à l'aise de lui avoir posé cette question.

— Écoute, ce n'est pas important, j'ajoute. Je peux sortir un moment pendant ma pause déjeuner demain. Je n'avais pas réfléchi.

— Non, il n'y a aucun problème. Prends-les. C'est ce qu'elle aurait voulu. Tu ne vas quand même pas te présenter devant le lord-maire en Doc Martens, pas vrai ?

Je souris et lui fais une bise sur la joue avant de saisir mon mug.

— Merci. Je vais aller les chercher à l'étage si tu es d'accord, OK ? Je veux m'assurer qu'elles sont à la bonne pointure.

Il hoche la tête. Je monte au premier en veillant à ne pas renverser le chocolat chaud sur la moquette et pose mon mug sur le palier avant d'entrer dans la chambre de papa. Je sais exactement où se trouvent les chaussures. Mais le simple fait d'être là est une sensation étrange : j'ouvre la penderie, m'accroupis et glisse la main vers le fond. Papa a emporté la plupart des affaires de m'man au magasin de charité mais il en est certaines dont il n'a jamais pu se résoudre à se séparer. Celles qui semblaient faire tellement partie d'elle qu'on ne pouvait pas les voir sans aussitôt l'imaginer en train de les porter. Les vêtements sont tous sous housse plastique à une extrémité de la penderie et les accessoires rangés dans un grand carton posé dans le fond.

Je le tire vers moi et, en ôtant le couvercle, j'ai l'impression d'ouvrir une énorme boîte aux souvenirs. Je touche l'écharpe verte et me souviens de sa douceur contre mon visage quand j'étais enfant. Le bonnet en laine multicolore qui sent encore les feux de joie de Bonfire Night[1] et les promenades d'hiver quand il gelait. Je tiens dans mes mains le collier de perles mauves que je tortille comme elle le faisait sans même en avoir conscience. Je le remets en place et fouille encore. Les talons aiguilles noirs sont en dessous. Elle ne les portait pas souvent, la plupart du temps, elle se contentait de chaussures plates beaucoup plus pratiques. Mais aux rares occasions qui exigeaient un look un peu glamour, ce sont ces escarpins-là qu'elle aurait choisis. Je me souviens d'avoir admiré son reflet dans le long miroir de la chambre tandis qu'elle ajustait le col de sa robe en velours mauve, qui se trouve toujours dans la penderie. Je lui avais dit qu'elle était très belle. Elle m'avait souri en m'expliquant qu'elle savait se pomponner quand elle avait le temps. Et c'est vrai qu'elle était belle. Papa le pensait aussi. Mais elle était de ces femmes qui n'en sont jamais réellement convaincues.

Je remets le couvercle sur la boîte que je range dans la penderie et emporte les chaussures. Je récupère mon chocolat chaud sur le palier et, quand j'entre dans ma chambre, je le jure, c'est elle que je vois, chaussée de ces escarpins, qui admire son reflet dans le miroir avant de sortir.

---

1. « La Nuit des feux de joie », qui a lieu chaque 5 novembre au Royaume-Uni.

► De Joe Mount à Jess Mount

29 JUILLET 2017

Ton enterrement lundi sera la journée la plus difficile de toute mon existence, plus difficile encore que celui de ta maman. J'ai perdu les deux personnes que j'aimais le plus au monde. La seule chose qui me donne la force de tenir, c'est ce petit bonhomme. Je n'arrive pas à croire que cette photo ait été prise il y a seulement trois semaines. Pour Harrison, tu étais, et tu aurais continué à être la meilleure maman du monde. Pour ceux d'entre vous qui se posent la question, il va très bien et c'est Lee avec l'aide d'Angela qui veille sur lui. Mais, aujourd'hui, il vient voir papy. Et je lui donnerai un baiser et lui ferai un câlin tout spécialement de ta part, Jess. Et je ferai en sorte que ton précieux petit garçon ne t'oublie jamais. Bises.

JESS

Samedi 30 janvier 2016

Je fixe la photo du bébé sur l'écran. Un petit nez en bouton, les plus belles fossettes qui soient et, sur la tête, quelques touffes de cheveux sombres, avec de grands yeux bleus aux sourcils relevés qui lui donnent un air étonné – mais pas autant que moi en cet instant. Adorable est un mot trop faible et il ressemble tellement à Lee que c'en est presque hallucinant. C'est Harrison. Probablement le « H » dont tout le monde parle. C'est mon bébé. Et là, le visage collé au sien, c'est moi. Sa maman. Sauf que je ne me reconnais plus. De toute évidence, je suis fatiguée et je n'ai quasiment pas de maquillage, mais, à la façon dont je regarde mon bébé, la femme que je vois n'est pas celle que je suis... Ce n'est plus mon visage, mais alors, plus du tout. Il laisse entrevoir un trop-plein de trucs adultes et de sentiments trop grands, des choses dont je n'ai pas fait l'expérience et que je ne comprends pas. Le plus près que je puisse m'en approcher, c'est en pensant à m'man, à cette façon qu'elle avait de me regarder et que je retrouve parfois encore chez papa. Une expression pleine d'amour et d'instinct protecteur où se mêlent espoir et crainte, excitation et inquiétude.

Néanmoins, ce que j'ai devant les yeux n'est pas un effet de mon imagination. Même ma pauvre tête ne saurait inventer et faire apparaître pareille illusion. Je suis confrontée à une réalité tangible, la photo est un objet concret et le poupon un être bien vivant. Ses petits doigts dodus me tirent les cheveux et je sens quasiment leur toucher sur ma peau, tout comme son odeur de bébé contre ma joue. J'ai bien conscience qu'en ce moment précis, il n'a pas d'existence, mais pour autant, cela ne signifie en rien qu'il ne soit pas réel. De la même façon, en cet instant, cette version de moi sur la photo n'existe pas – mais elle deviendra réalité dans dix-huit mois.

Cette pensée suffit à me couper les jambes et je m'assieds lourdement sur le lit. Ainsi donc, je vais devoir me coltiner toutes ces conneries réservées aux seuls parents, alors que je n'ai même pas le sentiment d'être adulte. Comment vais-je tenir le coup avec un bébé ? Visiblement, je ne tiens pas la distance très longtemps. Je regarde à nouveau la photo. Je ne suis pas experte en bébés, mais je dirais qu'il est âgé de quelques mois, ce qui laisse entendre que je mourrai peu de temps après sa naissance. Peut-être à cause d'une dépression postnatale. M'man disait qu'elle avait sérieusement accusé le coup – c'est peut-être même génétique, allez savoir ? Même si, sur la photo, je ne parais pas déprimée. J'ai juste l'air complètement vannée.

J'essuie mes larmes. C'est trop, tout ce qui m'est apparu. Encore et toujours, une part substantielle de mon être tient obstinément à se convaincre qu'il s'agit simplement d'un produit de mon imaginaire hyperactif. Mais la vérité est là, je l'ai devant mes yeux. Je regarde encore une fois la photo, Harrison et moi. Je suis peut-être mentalement instable, mais je sais reconnaître mon bébé quand je le vois.

Je ne suis pas prête pour ce qui doit advenir. Pour rien de tout ce qui m'attend. Sans trop savoir comment, au cours des dix-huit mois à venir, je me marie, j'ai un bébé et je meurs. Exactement comme si ma vie était en avance rapide. Comment vais-je pouvoir tenir le coup ? Moi, la fille qui n'en a rien à foutre de rien, incapable de se lever avant dix heures du matin et qui mange des muffins aux myrtilles en guise de petit déjeuner.

La fille qui a bousillé toutes ses chances d'avoir un vrai métier pour aller travailler dans un cinéma parce que c'était marrant et qu'elle y gagnait de voir des films gratos. La fille qui a craqué complètement au décès de sa mère et que le père continue de dorloter comme dans un cocon. Je meurs peut-être à cause du poids de toutes ces responsabilités. Ce n'est pas ça, ma vie. Ce n'est pas celle que je suis censée être.

Je m'allonge sur mon lit et éclate en sanglots. Je veux que ça s'arrête, je veux que tout reprenne son cours normal. Je veux continuer à m'interroger sur le moment où Lee va vouloir me sauter, je veux savoir si nous partons ensemble en vacances cet été et si nous sortirons encore ensemble à Noël. Ce sont les préoccupations des filles de mon âge. Je n'ai jamais demandé que ma vie à venir me soit révélée par le détail, je ne tiens pas à connaître les réponses, il me suffira de les découvrir à mesure que le temps passe, comme tout un chacun. Je n'ai qu'une envie, mettre un terme à cette course qu'on m'impose, la tête me tourne et je veux descendre en marche. Mais je ne sais pas comment faire.

Je fixe à nouveau mon fils tout bébé. Même ces simples mots sonnent bizarrement dans ma tête. Je n'ai jamais réellement songé à avoir des enfants, la responsabilité était trop grande pour la fille que je suis. Ainsi, j'ai la manie d'abandonner les choses un peu partout et la femme qui travaille au bureau des objets trouvés de la gare de Leeds m'appelle par mon prénom. Telle que je me connais, je serais probablement capable d'oublier mon bébé dans le train. C'est ça, le genre de mère merdique que je serai. Je pense à maman, à tout ce qu'elle a fait pour moi. Comment pourrai-je jamais être à sa hauteur ?

Et voilà que toutes ces réflexions tournent en boucle maintenant dans ma tête, alors que je devrais penser à mon rendez-vous avec Lee ce soir. Comment le regarder en face, alors que j'ai vu notre bébé à venir ? Comment lui cacher une chose pareille ? Ce n'est pas bien.

Rien de ce qui m'arrive n'est bien et il va falloir que je trouve le moyen de vivre une relation avec lui alors que je regarderai notre futur fils grandir sur Facebook au quotidien ?

Je colle la photo de mon portable sur ma poitrine. Je sais que c'est de la folie pure, mais je la veux absolument tout contre moi. Je sais que je devrais cesser de la regarder, mais il est trop tard désormais. J'ai un bébé. C'est ma responsabilité de veiller à ce qu'il aille bien.

Je pourrais peut-être tenter de déterminer la façon dont je vais mourir et, qui sait, empêcher que cela ne se produise ? Un peu comme dans *Retour vers le futur,* en changeant le cours des choses et en modifiant mon propre destin, si seulement je parviens à me trouver au bon endroit à la bonne heure, juste à l'instant où l'éclair frappe. Peut-être est-ce la raison pour laquelle je reçois tous ces trucs. Peut-être qu'un inconnu du futur essaie de me sauver la vie.

Je secoue la tête à la pensée qu'un individu quelconque en aurait quelque chose à foutre de ma petite personne et jette un œil aux chaussures de m'man par terre à côté de la penderie. Elle, elle aurait su ce qu'il fallait faire. J'avais toujours pu lui parler de tout. Elle aurait réglé tous ces problèmes et fait en sorte qu'ils disparaissent. Elle me manque tellement aujourd'hui. Elle me manque plus que jamais.

Je passe ma journée de travail dans une sorte de brouillard, partagée entre l'inquiétude face à ce qui m'attend et l'attente fébrile de cette soirée. Sadie a pris sa journée pour aider aux préparatifs de la fête et je suis heureuse de me retrouver seule tant je suis sûre et certaine que j'aurais craqué si elle m'avait harcelée de questions sur ce qui n'allait pas.

Ma journée terminée, en chemin vers la gare, j'ai le sentiment d'aller à un rendez-vous avec mon avenir. Parlez-moi d'une pression ! Encore heureux que j'apprécie Lee, sinon je ne vois pas bien ce que je pourrais y faire. Que se passerait-il si je le larguais ? Non, je n'en ai aucune envie, je me demande juste si ce serait même possible. Si tout a déjà été décidé d'avance, comment puis-je envisager de faire vivre cette relation jour après jour ? Je fais quoi ? Je me contente de rester allongée sur un lit en pensant à mon mariage ?

Nous sommes convenus de nous retrouver devant la gare. À mesure que je m'en rapproche, je voudrais chasser mes idées noires, mais c'est plus facile à dire qu'à faire. Dès que j'aperçois Lee, tout ce que j'ai en tête se limite à la façon dont je le quitterai, littéralement, pour le laisser seul avec le bébé une fois que je ne serai plus. Accepterait-il de continuer à me voir s'il savait ce qui doit arriver ? Ce serait peut-être plus gentil de passer devant lui sans même un regard afin de lui épargner ce qui l'attend.

Lee sourit et me fait signe. Je m'approche en me répétant sans cesse que je dois absolument me comporter comme de rien n'était. Je ne peux pas laisser ces posts gâcher notre relation.

— Salut, toi, dit-il en m'embrassant sur les lèvres. Prête pour le bal ?

— Ce n'est pas vraiment un bal, dis-moi ?

— Non, je plaisante.

Mais la référence à Cendrillon ne m'a pas échappé. Je me tiens devant lui en leggings et Doc Martens et je suis sur le point d'être transformée en belle damoiselle qui va se rendre à un grand bal. Même si, toutes choses étant, je me dois de préciser que Lee n'a pas vraiment le look ni l'allure d'une marraine fée.

— Bien, je lui réponds. Parce que je ne pratique pas les danses de salon. Même si je suis tout à fait prête à m'empiffrer, à siffler et à applaudir à grands cris quand tu iras chercher ta récompense.

Il éclate de rire.

— Tu vas vraiment siffler ?

— Ben, ouais ! Pourquoi, ce n'est pas ce qui se fait d'habitude ?

— Non. Les gens se contentent d'applaudir poliment en essayant de ne pas faire la gueule, parce qu'ils n'auront pas été choisis.

— Comme au cours de la cérémonie des Oscars, tu veux dire. Est-ce qu'il y aura une caméra pour filmer en gros plan tous les nominés ?

— J'espère bien que non. Dans tous les cas, il est possible que nous ne gagnions pas.

— Bien sûr que si, vous allez gagner. Sinon, on ne t'aurait pas fait asseoir à la table du lord-maire. Il ne voudrait pas être associé à une bande de losers, tu ne crois pas ?

Il me prend la main et nous traversons la gare.

— Dommage que tu ne puisses pas simplement sauter par-dessus la rambarde du quai 17 3/4, dis-je.

— C'est le 17b.

— C'est pareil quand on est fan de Harry Potter.

— Oh, Seigneur ! Tu n'aurais pas aussi un de ces colliers Reliques de la Mort[1], dis-moi ?

— Oh ! que si. Et même un tatouage.

— À quel endroit ?

— Mystère…

— Il va donc falloir que je trouve. Simplement ne le montre pas en douce au lord-maire avant de me le faire voir.

— C'est promis.

— Et je prends note de ne jamais t'emmener à une soirée costumée, car je te soupçonne désormais d'avoir à la maison le déguisement complet du professeur McGonagall.

— En fait, j'ai celui de Bellatrix Lestrange. Ce sont toujours les méchants qui ont le meilleur look. Et toi, alors ? Qu'est-ce que tu choisirais pour ce genre de soirée ?

— Han Solo dans *Star Wars*, répond-il.

— Celui qui a un sabre laser ?

---

1. Référence à *Harry Potter*.

— Non, ça, c'est Luke Skywalker. Han Solo est plus âgé, c'est Harrison Ford qui interprétait son rôle.

Je le regarde fixement. Il aime Harrison Ford. Le bébé est censé s'appeler Harrison dans l'avenir. C'est peut-être une simple coïncidence. Mais peut-être pas.

— Tu es un grand fan alors ?

— Ouais. J'ai adoré tous les films de *Star Wars* et aussi tous ceux de la série *Indiana Jones*. Il a la classe, cet homme. C'est la classe incarnée. Même si, aujourd'hui, il a pris un peu de bouteille.

— Est-ce que tu donnerais son nom à ton fils ?

Lee se tourne vers moi, un peu interloqué.

— Que veux-tu dire ?

— Si un jour tu avais un fils, tu l'appellerais Harrison ?

— Je sais pas. C'est mieux que Obi-Wan Kenobi, en tout cas.

J'acquiesce en souriant. Mais c'est pourtant bien ce qui arrivera. Nous allons avoir un petit garçon qui s'appellera Harrison et il est fort probable que Lee évoque cette conversation quand nous serons en train de choisir son prénom. Je devrais peut-être dire quelque chose maintenant. Une chose que je pourrais lui remettre en mémoire également ce jour-là.

— Moi, je crois que je choisirais Severus[1], dis-je.

— Eh bien, salut et bonne chance avec ça.

Je ris mais ce n'est pas drôle. Pas vraiment. C'est de notre vie que nous parlons, sauf qu'il n'en sait rien encore. Et moi, je viens seulement d'accepter l'idée que ce ne soit pas un doux délire, mais bien la vérité.

Nous tournons à droite. Sous les arches de l'ancienne voie ferrée, les boutiques chic laissent place à des habitations sordides, lesquelles se transforment à leur tour en immeubles neufs en bordure du canal, avec des appartements de taille et de conception uniformes, et de petits balcons vitrés.

---

1. En référence à Severus Rogue, dans *Harry Potter*.

— On est arrivés, dit Lee.

— Quel étage ?

— Le dernier.

J'acquiesce en silence.

— C'est bon, il y a un ascenseur et tu seras heureuse d'apprendre qu'en temps normal, il fonctionne et ne dégage pas de relents désagréables.

Ce n'est pas à ça que je pensais. Je regardais simplement le balcon en me demandant si c'est de là-haut que j'allais tomber. Est-ce que les gens font ça dans la vraie vie ou seulement dans les films ? Un frisson glacé m'envahit quand je comprends que je contemple le lieu de ma mort. Je suis peut-être bourrée et je bascule dans le vide ? Est-ce que je vais tomber sur le chemin de halage ou dans le canal ? D'une façon comme de l'autre, ce ne sera pas joli joli. Mais d'un autre côté, en toute logique, avec un poupon de trois mois à ma charge, je ne devrais pas être bourrée. Il est probable aussi que si nous avions un bébé, nous n'habiterions pas un appartement comme celui-là. Lorsque le petit sera là, nous aurons peut-être déménagé dans un endroit totalement différent. Je me rends compte que Lee continue à me regarder. Je tente de libérer ma main.

— Bel endroit, je lui murmure.

— Ouais, avec tout ce qu'il me faut, vraiment. Dans la rue, il y a un café et une petite épicerie, plus un bar juste de l'autre côté du quai. Et à pied, mon lieu de travail n'est qu'à dix minutes.

— Super, je lui réponds en me frottant les mains pour essayer de réchauffer mon corps engourdi par le froid.

Je le suis dans l'immeuble dont il me tient la porte après avoir pianoté son code. Élégante, l'entrée, et elle sent le propre. Il appelle l'ascenseur qui s'ouvre presque instantanément et je monte dans la cabine aux parois couvertes de miroirs. Quand les portes se referment, je le surprends qui me regarde et me rends compte que, cette fois, nous serons vraiment seuls. Il me fait pivoter vers lui et m'embrasse, un vrai baiser de cinéma à pleine bouche. Je songe un instant qu'il va immobiliser l'ascenseur et qu'on finira par passer à l'acte comme dans *Liaison fatale*. Ce qui ne me gênerait en rien. La dernière fois que j'avais fait l'amour, c'était dans un meublé sordide au-dessus d'une laverie. De bien des façons, je fais mon chemin dans le monde.

L'ascenseur s'arrête et les portes s'ouvrent. Je lève les yeux vers lui.

— Dommage, dit-il. C'était un vrai plaisir. Mais bon, après toi.

Nous sortons, serrés l'un contre l'autre, sa main au creux de ma taille, pour nous diriger vers l'appartement à l'extrême gauche. Il ouvre et je le suis dans un petit vestibule dont les portes sont toutes fermées, avec l'impression de me retrouver dans un jeu d'aventure où il faut craquer un code pour pouvoir sortir.

— Tiens, donne-moi ton manteau, dit-il.

J'ôte mon sac à dos, défais mon manteau et commence à enlever mes Doc Martens.

— Tu n'es pas obligée de faire ça.

— Je n'ai pas envie de dégueulasser ton sol.

— J'ai une femme de ménage.

— Eh bien, dans ce cas, c'est son sol à elle que je n'ai pas envie de dégueulasser

Je me débarrasse de mes chaussures. Ce soir, au lieu de mes chaussettes épaisses habituelles, je ne porte que des bas et mes Docs m'irritent, mais je ne veux pas le reconnaître. Et comme je n'étais pas sûre de pouvoir marcher si loin en hauts talons, j'ai mis les escarpins de m'man dans mon sac à dos.

— Un petit tour du propriétaire ? demande Lee.

— Oui, s'il te plaît.

Par la porte la plus éloignée de l'entrée, il me fait entrer dans un salon dont le mobilier semble sortir tout droit d'un catalogue Ikea : parquet stratifié, meubles dernier cri, tapis et lampes. Mais c'est la fenêtre qui m'attire.

— Waouh, la vue est superbe.

— Ouais, ce n'est pas Paris, mais d'ici, Leeds n'a pas l'air trop moche, surtout la nuit.

Il me ramène dans le vestibule et ouvre la porte de la cuisine, avec deux tabourets devant le plan de travail. Je me demande combien de matins ont vu le second tabouret occupé, car Lee a certainement dû connaître des tas d'autres femmes et, pour être honnête, je suis surprise qu'il vive seul. D'habitude, les filles s'arrachent les mecs comme lui comme des petits pains.

— Très joli.

— Puis-je t'offrir quelque chose à boire avant d'y aller ? demande-t-il.

— Non, c'est bon, je te remercie.

Il hoche la tête et je ressors sur ses talons.

— La salle de bains est juste en face, au cas où, poursuit-il en ouvrant la porte à l'opposé.

Je suis accueillie par une mer de carrelage blanc immaculé et de chromes brillants. Des serviettes suspendues à leurs rails, parfaitement symétriques, leurs bords bien alignés. J'ai l'impression d'être dans la suite en terrasse d'un de ces hôtels chic qu'on voit à la télé. Et j'essaie toujours de savoir comment diable j'ai pu me retrouver avec un mec qui vit dans ce genre d'endroit. Comme s'il y avait erreur sur la personne.

— J'aurais bien trop peur d'entrer là et d'y mettre le bazar, dis-je.

— C'est justement ce qui fait la beauté d'avoir une femme de ménage. Quand je rentre chez moi le lundi, la salle de bains est toujours comme ça. Quel que soit l'état dans lequel je la laisse.

— Mais on est samedi aujourd'hui, dis-je. Comment se fait-il, on dirait qu'elle vient tout juste de passer ?

Il hausse les épaules.

— Je crois que je suis plutôt du genre soigneux. Et je n'aime pas vivre dans le désordre.

Je ferais bien de le prévenir si, effectivement, il m'épouse, car il se prépare à un grand choc. Quant à moi, il va falloir que je fasse de sérieux progrès.

— Et ici, continue-t-il en retournant à la porte proche de l'entrée, c'est ton dressing-room.

Il me laisse passer la première. La pièce pourrait figurer dans une revue de décoration intérieure. Un lit king-size avec un duvet gris gansé de noir, des oreillers et des coussins assortis, un parquet en stratifié avec tapis coordonné. Des murs blancs et des penderies à miroirs intégrées. Sans oublier les portes-fenêtres ouvrant sur le balcon.

Il s'avance, les ouvre et une bourrasque d'air glacé me frappe. Je n'ai aucune envie de sortir, mais, en même temps, je suis attirée par ce qui pourrait être le lieu de ma mort. Je passe la tête dehors, juste assez pour voir le canal en contrebas, et bats aussitôt en retraite en essayant désespérément de ne pas penser à la chute dans le vide.

— Pas très portée sur les hauteurs, hein ? demande-t-il.

— C'est juste qu'il fait un froid de canard et je suis gelée, c'est tout.

Il referme les fenêtres avant d'ouvrir la penderie dont il sort une robe longue noire.

— Ceci, dit-il en me la tendant, est pour vous, Madame.

Une minute auparavant, je pensais à l'endroit où je risquais de trouver la mort, et là, je contemple la robe que je vais mettre pour aller au bal. J'ai l'impression d'être projetée dans le plus étrange des films jamais réalisés par Walt Disney, celui où on vous offre le choix entre deux fins possibles : celle du Prince Charmant ou, sinon, celle où Bambi se fait abattre par le mec qui a aussi tué sa mère, ce qui met un terme à l'histoire. Je sais très bien laquelle des deux je choisirais.

J'avance la main et touche la robe. Il a choisi celle qui laisse les épaules dénudées et elle est encore plus belle que sur la photo. Son tissu scintillant miroite à la lumière et elle ne ressemble à rien de ce que j'aie jamais possédé.

— Oh, mon Dieu ! Merci, merci infiniment. Elle est magnifique.

— C'est le moins que je puisse faire, dit-il. J'apprécie énormément que tu te sois rendue disponible.

À ces mots, je me sens brusquement coupable. Surtout parce que la soirée de la petite sœur de Sadie m'était complètement sortie de l'esprit.

— Pas de problème. J'ai prévenu que je prendrais le dernier train pour rentrer, comme ça je pourrai assister à la fin de la fête.

— Ne sois pas bête, je vais te réserver un taxi. Tu ne vas pas aller courir après les trains habillée sur ton trente et un. Tu risquerais de laisser une pantoufle de vair sur le quai.

Il regarde mes pieds nus.

— Oh, est-ce que j'étais censé te trouver aussi des chaussures ? demande-t-il.

— Oh ! non, non. J'en ai apporté une paire. Mais je ne suis pas très douée pour marcher en talons hauts, c'est tout.

— Ouf, l'espace d'une minute, j'ai cru que tu allais te présenter en robe du soir et grosses godasses.

— Ne t'en fais pas, dis-je en décidant de ne pas lui avouer que les escarpins ne m'appartiennent pas vraiment. Je ne suis pas aussi nulle.

— Parfait, en ce cas, je ferais bien de m'habiller pour la soirée le temps que tu te changes toi aussi, dit-il en sortant son costume de la penderie. J'espère qu'il sera encore à ma taille. Si tu as besoin d'un coup de main, tu m'appelles.

Il me sourit et je lui rends son sourire. C'est bizarre de me retrouver avec cet homme dans sa chambre à coucher. Je me demande si c'est ici que Harrison sera conçu. Et comment diable suis-je censée me comporter normalement, alors que j'ai vu tant d'éléments de notre avenir à tous deux ? Lorsqu'il referme la porte derrière lui, je pousse un soupir et commence à me déshabiller, soulagée d'avoir mis mon soutien-gorge sans bretelles au cas où il aurait choisi la robe aux épaules dénudées.

Je la défais de son cintre. Lee a ôté l'étiquette avec le prix, mais je sais déjà combien elle a coûté, je suis allée voir sur le site de Jigsaw. Celle-ci vaut 179 livres sterling, l'autre 159. Je me sens flattée qu'il ait porté son choix sur la plus chère. Même s'il la fait passer en frais généraux.

Je me tortille pour l'enfiler et réussis à tirer la fermeture Éclair dans mon dos presque jusqu'au bout avant de faire face au miroir. Je ne reconnais pas la jeune femme au look glamour qui me regarde avec de grands yeux. Sophistiquée, certes, mais pas tout à fait. Ma chevelure est toujours en bataille mais j'ai ma brosse au fond de mon sac à dos dans l'entrée. Je prends une profonde inspiration et ouvre la porte.

L'homme en smoking qui attend dans le vestibule semble sortir tout droit d'un film de James Bond. Il se retourne, me détaille des pieds à la tête et je pense aussitôt au directeur d'hôtel de *Pretty Woman* quand il voit Julia Roberts en robe du soir pour la première fois.

— Waouh ! fait-il en s'avançant. Je n'en crois pas mes yeux.

— Je te remercie. Toi non plus, tu n'as pas l'air si mal. Mais je n'arrive pas à remonter la fermeture complètement.

Il passe derrière moi et je sens son haleine sur ma nuque quand il finit de la fermer. Ses mains touchent mes épaules et, la seconde suivante, il m'embrasse le cou. Une succession de baisers tendres et légers, comme s'il avait affaire à une petite chose belle et délicate. Puis il me fait pivoter face à lui et m'embrasse sur les lèvres. Avec insistance cette fois. Ses mains sont dans mes cheveux, elles tirent, elles serrent, comme s'il venait de passer deux vitesses d'un coup. Une main tombe sur ma cuisse, se glisse dans la fente de ma robe au-dessus de mes bas, son autre main sur mon sein droit.

À bout de souffle l'un et l'autre, nos lèvres se séparent une seconde, le temps de laisser entrer un peu d'air.

— Je savais que ce ne serait pas une bonne idée, murmure-t-il. J'étais assez stupide pour croire que j'allais pouvoir me maîtriser.

— Est-ce qu'on va être en retard ?

— Non, mais il ne faut pas traîner. Reste là.

Il disparaît dans la salle de bains et revient une seconde plus tard avec une petite pochette carrée dans la main.

— On ne peut quand même pas tacher ta belle robe, n'est-ce pas ? dit-il avec un sourire en la glissant dans sa poche.

Il soupèse mes seins avant de relever ma robe et de glisser la main dans ma culotte. Je me cambre et ma tête bascule en arrière, en appui contre le mur. Ses doigts bougent rapidement et sans effort. Putain, il est doué à ce petit jeu. Je lâche un gémissement et mords l'épaulette de sa veste pour m'empêcher de crier plus fort. Il sourit quand il me fait jouir. Exactement comme s'il adorait chaque seconde de mon orgasme. Il s'arrête le temps de défaire sa braguette et d'ouvrir la pochette du préservatif.

— Tu es si belle, murmure-t-il.

Son sourire a disparu, remplacé par une intensité que je ne lui avais encore jamais vue. Il s'avance, bascule mes hanches vers lui et ses yeux me brûlent tout entière. Il va me baiser, ici, contre le mur. Et je crois que je n'en ai jamais eu autant envie.

Un peu plus tard, nous restons collés au mur, la poitrine haletante, essayant l'un et l'autre de retrouver un peu de souffle.

— Eh bien, ça valait vraiment la peine de faire attendre le lord-maire, me dit-il avec un sourire en dégageant une mèche de cheveux de mes yeux.

— Nous n'avons pas raté le début, dis-moi ?

— Non. Tout ira bien. Mais cela ne m'aurait dérangé en rien.

— Moi, si. Je suis impatiente de m'attaquer à ce repas.

— Mais où est-ce que tu mets tout ça ? Tu es mince comme un fil.

— Ma mère disait toujours que je me réveillerais à mon quarantième anniversaire et que toutes les cochonneries que j'aurais bouffées me seraient tombées sur les cuisses en l'espace d'une nuit.

— J'espère bien que non, me dit Lee en passant la main sur ma cuisse. Je les aime plutôt bien comme elles sont.

Mon visage s'illumine d'un grand sourire. Jamais aucun mec ne m'a fait me sentir aussi bien et je veux en savourer chaque seconde. Mon estomac laisse échapper un gargouillis bruyant.

— Ça, dis-je en essayant de ne pas rire, c'est mon signal sonore, il indique que nous devons nous bouger le cul et aller manger un morceau.

— Viens alors, fait-il en souriant. Je ne suis pas prêt à engager le combat contre ton estomac.

Il se penche vers moi et me donne un dernier baiser avant de gagner la salle de bains. Et moi, je reste là, je ne bouge pas, je tente toujours de comprendre ce qui vient de m'arriver. Un détail me tracasse. Le fait qu'il ait utilisé un préservatif sans que je le lui demande signifie peut-être que j'ai l'air d'une fille qui ne se fait pas prier pour coucher. Une autre chose me préoccupe, je crains qu'il n'ait été un peu dégoûté par ma toison débordante, mais je déteste trop avoir mal pour m'épiler les côtés à la cire. Mais plus que tout le reste, je me fais du souci parce que je ne peux m'empêcher de penser à ces trucs sur Facebook au lieu de m'autoriser à tomber amoureuse de cet homme.

À notre arrivée à l'hôtel à sept heures tapantes, je suis convaincue que nous sentons encore le sexe. Nous nous dépêchons de traverser le hall pour rejoindre la réception où Lee présente nos cartons d'invitation au factotum posté à l'entrée. Celui-ci hoche la tête et nous montre l'extrémité opposée de la salle où les autres invités sont déjà tous installés. Lee me tient la main et me conduit vers les deux places encore vides à la table du lord-maire. Lorsqu'il recule mon siège, le lord-maire se lève, imité aussitôt par tous les autres hommes présents. Je souris et m'assieds sans perdre de temps, en soupçonnant fort qu'une énorme pancarte fluo au-dessus de ma tête indique : *Je suis en retard parce que je viens de faire l'amour avec lui*, avec une flèche désignant Lee.

Les femmes à la table me saluent poliment d'un signe de tête. Je suis sûre, nom d'un chien, qu'elles savent, elles aussi. Aucun fard à lui seul ne saurait donner à mes joues la teinte qui les colore.

— C'est un honneur de vous rencontrer, dit Lee en tendant la main au lord-maire. Lee Griffiths, Eclipse. Et voici Jess, mon amie.

Amie. Il a prononcé le mot. Ce qui signifie que c'est bien réel, finalement, je ne suis pas dans un film de Disney.

— Heureux que vous ayez pu venir, dit le maire en nous serrant les mains tour à tour. Je commençais à me dire que je serais peut-être obligé d'avaler trois dîners à moi seul.

— Ne vous faites aucun souci, je lui réponds. J'ai l'intention de ne pas laisser la moindre miette dans mon assiette.

Le lord-maire se penche vers moi.

— Et vous auriez raison, me confie-t-il avec un clin d'œil. Je ne viens à ces réceptions que pour la nourriture gratuite, mais ne le répétez pas, s'il vous plaît.

Il me présente à sa femme. Elle a les yeux un peu vitreux et des joues rebondies : je la soupçonne elle aussi de ne venir que pour la nourriture.

Lee me caresse la cuisse sous la table.

— Je t'avais dit qu'on arriverait à l'heure, me murmure-t-il.

— Les gens nous jettent des regards bizarres. Tu crois qu'ils ont deviné ce qui nous a retardés ?

— Ça m'est complètement égal. Ils sont juste jaloux. Les hommes, en tout cas.

Il me sourit à nouveau, mais, lorsque je relève la tête, toutes les femmes à la table le regardent. Apparemment, il n'y a pas que les hommes qui sont jaloux. Je me rengorge d'orgueil et j'ai envie de hurler : *Hé, il est à moi, on regarde mais on ne touche pas, s'il vous plaît !* Je n'en fais rien. Mais je dois avoir l'air incroyablement suffisante.

Lorsque la société de Lee remporte la récompense de la Meilleure Petite Entreprise de Leeds, je lâche un petit « youpi », siffle du bout des lèvres et applaudis si fort que j'en ai mal aux mains.

— Je te l'avais dit, je lui chuchote à l'oreille, quand il revient s'asseoir avec son trophée.

— À l'avenir, il va falloir que je t'écoute. Tu es plutôt douée pour les prédictions. Si tu as la moindre idée du vainqueur de la course de quinze heures vingt à York le week-end prochain, tu pourrais peut-être me glisser le tuyau à l'oreille.

Je souris, en regrettant que ce ne soit pas la seule et unique chose que je connaisse de l'avenir.

— Félicitations, dit ma voisine de table.

— Merci, répond Lee.

— À vous aussi, ma chère, ajoute-t-elle en souriant.

— Oh, mais je n'appartiens pas à leur société, je lui rétorque.

— Pas encore, rectifie Lee. Mais j'y travaille sérieusement.

Je relève les yeux sur lui.

— Ce qui signifie, me dit-il, que je veux que tu postules pour le poste de réceptionniste.

— Je te l'ai dit, ça ne m'intéresse pas.

— Le poste est à toi si tu le désires.

— Je suis capable de me trouver du boulot toute seule, je te remercie. De toute façon, je n'ai pas le type glamour de la réceptionniste standard.

— Dit la femme la plus glamour de toute la salle, ajoute-t-il, et je rougis. Tu serais parfaite. En plus, j'y gagnerais de te voir beaucoup plus parce que tu n'aurais plus ces horaires de dingue.

— Je vais essayer de me libérer un soir de la semaine prochaine.

— Les entretiens sont justement prévus la semaine prochaine, mercredi. Et le cas échéant, je serais très heureux de faire une exception pour une candidature tardive.

— Belle tentative, mais je ne suis toujours pas intéressée.

— Eh bien, si jamais tu changes d'avis, mon offre tient toujours.

Je lui jette un œil discret au moment où il tourne la tête. Il me semble un peu renfrogné. J'imagine que c'est le genre de mec qui a l'habitude de toujours arriver à ses fins et j'espère simplement qu'il ne m'en tiendra pas rigueur.

À la sortie par le grand escalier en façade du Queen's Hotel, Lee serre toujours son trophée contre lui et mes pieds me font souffrir le martyre. Un coup d'œil à mes escarpins et, aussitôt, ils m'évoquent m'man. Je me demande si elle aussi avait mal à ce point quand elle les portait.

— Quelle heure est-il ? je lui lance, car j'ai laissé ma montre à l'appartement.

— Un peu plus de dix heures, dit-il.

— Je devrais encore être dans les temps.

— Je t'appellerai un taxi de chez moi si tu veux.

— Merci. Tu es sûr ?

— De vouloir régler la course ? Oui. De te voir partir ? Non.

— C'est juste que j'ai promis, dis-je en relevant les yeux.

— Je sais. Mais je ne veux pas que cette soirée se termine ici. Je veux te ramener chez moi. Je veux que tu passes la nuit avec moi. Je veux me réveiller à ton côté demain matin. Je veux passer le week-end avec toi et t'emmener déjeuner dimanche chez ma mère. Faire tous les trucs que les couples sont censés faire ensemble. Je veux être avec toi, Jess. C'est aussi simple que ça.

Je sens mon cœur quadrupler de volume et j'ai peur un instant qu'il n'éclate. Toutes ces années que j'ai passées étendue sur mon lit dans ma chambre, à rêver qu'un mec me dise ces mots-là, et me voilà sur le point de le laisser en plan. Si je fais ça, putain, c'est que je suis bonne à enfermer chez les dingues. Et il aurait toutes les raisons du monde de me larguer – car les candidates prêtes à prendre ma place ne manquent pas.

— Je n'ai pas emporté de brosse à dents, dis-je.

— Tu pourras prendre la mienne.

— Ni de tenue pour la nuit. Et rien à me mettre pour le déjeuner de dimanche chez ta mère.

— Ça n'a pas d'importance. Tu n'as besoin de rien pour dormir et nous pourrons te trouver quelque chose à te mettre sur le dos demain. Les magasins seront ouverts à partir de dix heures.

Je contemple mes pieds qui me font vraiment mal au niveau des talons et la pensée de quitter Lee pour me rendre dans une salle paroissiale merdique à Mytholmroyd me paraît parfaitement incongrue. Sadie et Maddie peuvent comprendre ça, non ?

— Je me sens tellement mal de laisser tomber Sadie et sa sœur…

— Je suis sûr qu'elles ne t'en voudront pas. À cette heure, de toute façon, elles doivent probablement être bourrées toutes les deux. Et elles auront peut-être même oublié que tu n'es pas venue à leur fête.

Ce en quoi il se trompe, car mon absence ne risque pas de passer inaperçue et ça, je le sais. Mais je sais aussi ce que j'ai envie de faire. Je veux laisser mon ancienne vie derrière moi, je veux saisir tout ce que m'offre Lee et je le veux, lui. Et là, je le désire avec une telle intensité que plus rien d'autre ne compte.

— Ouais, tu as raison, dis-je.

— Je sais que j'ai raison. Explique-leur simplement que tu as raté le dernier train pour rentrer. Elles comprendront.

Il m'enlace, les bras autour de ma taille, et je me sens fondre au creux de lui, mes derniers pincements de culpabilité disparus.

— Viens, ma belle. Nous avons des choses à terminer tous les deux.

— Tu es sûr ? je lui dis en souriant.

— Eh bien, te concernant, je ne sais pas, mais moi, je n'ai pas pour habitude de faire les choses aussi rapidement. J'aimerais tout reprendre depuis le début, si tu veux bien. Prendre mon temps. Sans rater un centimètre carré de toi.

Il me serre contre lui et m'embrasse. Je suis totalement conquise. Là-haut, ils doivent réellement m'apprécier pour m'offrir un cadeau aussi magnifique. Quoi qu'il advienne, il est parfaitement exclu que je sabote cette relation.

J'attends que Lee aille dans la cuisine faire du café avant d'envoyer un texto à Sadie et Maddie.

Absolument désolée, la cérémonie s'est terminée tard et j'ai raté le dernier train. J'espère que la soirée a été belle. Bisous

Mon message est minable, même à mes propres yeux. J'envoie aussi un texto à papa en lui offrant la même excuse et je le préviens que je passe la nuit chez Lee. Un aveu un peu gênant à faire à son propre père, quand sa fille lui annonce en termes choisis qu'elle a l'intention de faire l'amour et qu'il devrait détourner les yeux.

Quelques instants plus tard, mon portable m'avertit de sa réponse.

Ça va ? Je peux venir te chercher ou je te paie le taxi si tu préfères. Plein de bisous × 2.

Il ne veut que mon bien, je le sais. Je l'entends qui me dit : « Je ne fais que mon boulot », avant même que je ne l'envoie sur les roses. Mais il a besoin de se confronter au fait que j'ai vingt-deux ans.

Je veux rester, papa. Je vais bien. Très bien, même. À demain. Bisous

Je me sens presque adulte quand je lui envoie mon message, puis, dès que je l'ai relu, j'ai l'impression d'être une tache absolue.

Papa me renvoie deux baisers. Je l'imagine assis dans la cuisine, les coudes collés sur la table, rongé d'inquiétude. Et je revois à nouveau dans ma tête ses posts sur Facebook si chargés de tristesse, comme s'il allait disparaître sous le poids de son deuil. Je me rends compte alors que je n'ai pas consulté mon portable depuis ma rencontre avec Lee après mon travail. Je vais sur Facebook et affiche mon mur. Je vois toute une liste de commentaires sous la photo que papa a prise de moi avec Harrison. J'ai à peine commencé à les dérouler que Lee réapparaît avec les cafés.

— Tu vois, je te laisse cinq minutes et, aussitôt, tu replonges dans Facebook.

Son ton est jovial, même si je perçois sur son visage quelque chose qui ressemble à de l'agacement.

Je parviens à lui sourire avant de revenir à mon écran. La photo de Harrison a disparu, ainsi que tous les commentaires qui suivaient. Mais de toute façon, dans le cas contraire, je n'aurais pas été assez stupide pour les lui montrer. Si je veux que cette relation perdure – et c'est mon désir le plus cher –, il est clair que je vais devoir garder pour moi certaines choses nous concernant tous les deux, pour moi et moi seule.

JESS

Juillet 2008

Quand papa frappe à ma porte, ma première réaction est de faire semblant de dormir, car je ne tiens pas à avoir cette conversation. Mais il sait parfaitement que je ne dors pas et je ne peux me résoudre à être méchante avec lui. Et donc, je réponds : « Ouais ? » en serrant les dents pour me préparer à ce que je vais entendre.

Il entre, s'assied sur le bord de mon lit et tripote les boutons de son cardigan, incapable de me regarder en face.

— Mme Booth m'a téléphoné aujourd'hui, dit-il.

Je roule des yeux et contemple le plafond.

— Elle dit qu'elle se fait du souci pour toi.

— Son seul souci, c'est que je foire mes examens l'année prochaine, ce qui risque de faire tache sur les tableaux de classement des écoles.

Papa soupire et c'est son tour de lever les yeux au ciel.

— Elle se préoccupe sincèrement de ton sort, Jess. Comme nous tous. Nous voulons simplement t'aider.

— Eh bien, vous ne pouvez pas, d'accord ? À moins de réussir à faire revenir les disparus d'entre les morts. Et je sais que tout le monde pense que je ne suis pas de taille à faire face – je le vois aux regards échangés autour de moi. Mais tu sais quoi ? Je fais face et je tiens le coup comme je peux, de la seule façon que je connaisse. Et je suis vraiment navrée de ne pas sauter de joie, mais c'en devient presque comique, figure-toi que j'en ai pas la moindre envie pour l'instant, car il n'y a que trois mois que m'man nous a quittés. Et tu sais quoi ?

Je ne pense pas me sortir de ce marasme au bout de, disons, six mois, un an, peu importe, parce que je n'en ai aucun désir, OK ?

Pour la première fois, papa me regarde de ses yeux mouillés de larmes. Et je me sens comme la dernière des dernières.

— Tu crois vraiment que maman aurait aimé nous voir nous comporter de cette façon ? Et si l'école s'inquiète à ton sujet parce que ton travail s'en ressent, nous devons réagir et te venir en aide, parce que c'est la dernière chose au monde qu'elle aurait voulue – que sa disparition ait un tel impact sur tes études.

— Mais je me fiche complètement de mes résultats scolaires. Tout m'est indifférent. Tu ne comprends donc pas ?

— Tu as dit à m'man que tu travaillerais dur pour pouvoir entrer dans une école d'art.

— Ouais, bon, j'essayais de me montrer positive, je savais que c'est ce qu'elle désirait entendre. Je n'allais pas lui dire que j'envisageais de me changer en nullarde éperdue de chagrin et de tout foirer après sa mort.

Papa passe les doigts dans ce qui lui reste de cheveux.

— Peut-être que si tu sortais un peu plus souvent avec tes amis... ? Ce n'est pas une bonne chose, tu sais, de rester tout le temps enfermée ici toute seule.

— Je ne veux pas sortir. Toi, tu ne sors pas.

— Mais si.

— Juste pour aller au travail. Tu ne vas jamais à aucune soirée, pas vrai ? Parce que tu n'en as aucune envie. C'est pareil pour moi.

— Ouais, mais moi, je suis un vieux jeton qui n'a pas d'amis. Toi, tu as quinze ans et tu en as des tas.

À ces mots, un filet de sourire éclaire son visage et, même si je fais de mon mieux pour le lui rendre, je réussis tout juste à relever un coin de ma bouche.

— Je vois Sadie. C'est la seule personne dont j'aie besoin en ce moment. C'est la seule qui me comprenne.

J'accepte les visites de Sadie, parce qu'elle m'autorise à être malheureuse, à pleurer, à dire que ce n'est pas juste. Je sais que je parle comme Bourriquet[1]*, mais c'est exactement ce que je ressens et je ne vais pas prétendre le contraire. Pas devant ma meilleure amie. Parfois, je regrette de ne pas vivre dans une de ces cultures où on doit porter le deuil une année entière, parce que ça me paraît autrement plus honnête et plus digne que ces gens tout sourires qui font juste semblant comme si rien ne s'était jamais passé et refusent d'en parler par peur de me faire de la peine.*

Papa se tient la tête entre les mains et je sais qu'il fait son possible. Je sais que je devrais m'approcher et lui faire un câlin, mais je ne peux pas. Parce que si je fais ça, je crains de faire ressortir toute ma souffrance au grand jour et il va péter un plomb. Après quoi, il aura toutes les raisons du monde d'être vraiment inquiet.

— S'il te plaît, Jess, essaie, fais un effort. En souvenir de ta mère, murmure-t-il.

— OK, je lui réponds du même ton.

Il se lève et sort de ma chambre avant de refermer la porte sans bruit.

---

1. Personnage du livre *Winnie l'Ourson* et du dessin animé de Walt Disney.

ANGELA

Dimanche 31 janvier 2016

Lee appelle à dix heures, ce qui est tôt pour lui et je me demande aussitôt s'il va annuler. J'espère sincèrement que non.

— Bonjour, chéri. Tout va bien ?

— Ouais, merci. Je me demandais juste s'il était trop tard pour ajouter un couvert au déjeuner de dimanche ? Parce que j'aimerais venir avec Jess, si tu es d'accord.

Je souris. C'est du sérieux. Je le savais.

— Bien sûr qu'elle peut venir. Ce sera un plaisir de faire sa connaissance.

— Super. Je n'étais pas certain que tu aies suffisamment à manger pour trois. Je peux apporter quelque chose si ça t'arrange.

— Non, ne sois pas bête. Tu sais que j'ai toujours de quoi.

— Je te préviens, elle a un bon coup de fourchette, dit-il.

J'entends un gloussement en fond sonore.

— N'aie crainte, il y aura largement de quoi faire. Elle n'a rien contre le rôti de bœuf, dis-moi ? Y a-t-il des choses qu'elle n'aime pas ?

— Juste la sauce piri-piri.

— Pardon ?

S'ensuit un bruit étouffé et une voix fait « aïe » tout bas, à distance du téléphone.

— Non, ne t'en fais pas. Elle mange absolument de tout.

— Ah, tant mieux.

Et je suis sincère. Emma avait un appétit de moineau et au début, j'avais craint qu'elle n'apprécie pas ma cuisine, mais Lee m'avait rassurée en disant qu'elle était toujours comme ça.

— Super. Je vous attends à une heure alors.

Je repose le combiné. L'espace d'une seconde, je reste paralysée, j'ai tant de choses en tête que je ne sais plus par où commencer. Avant qu'une urgence plus grande que les autres ne s'impose à moi et que je comprenne quelle est ma priorité. Je dois faire quelques courses et acheter un peu plus de nourriture. Le morceau de gîte de bœuf suffira amplement pour trois, mais je ne suis pas sûre d'avoir suffisamment de pommes de terre pour les servir sautées. Et je risque peut-être aussi de manquer de carottes.

Je mets mes chaussures, attrape sac et manteau et ferme la porte derrière moi. C'est vraiment commode d'avoir ce petit Marks & Spencer à la station-service en bas de la rue. Exactement ce qu'il faut pour une urgence de ce genre. Même s'il ne s'agit pas vraiment d'une urgence, c'est juste que je préfère en avoir trop que pas assez.

En temps ordinaire, Lee ne me les amène jamais aussi rapidement. Celle-ci doit être spéciale, je l'ai perçu dans sa voix. À l'évidence, il est fier d'elle et tient à la montrer et je la soupçonne d'être canon.

Je me dépêche de gagner le magasin au plus vite. D'habitude, pendant que j'y suis, je prends aussi le *Sunday Mirror*, mais, aujourd'hui, je n'aurai même pas le temps d'y jeter un œil. Je mets un sac de pommes de terre dans mon panier et me tourne vers les carottes. En temps normal, je ne les achète jamais toutes prêtes, mais là, je vais faire une exception. Pour gagner du temps. En tendant l'argent à la fille derrière la caisse, j'imagine qu'elle apprécie d'être employée chez M&S, sans compter que son salaire doit certainement être meilleur que le mien. Mais je ne crois pas que je pourrais un jour travailler dans une station-service, j'aurais sans cesse la peur au ventre à cause des hold-up toujours possibles. Au moins, dans un supermarché, on sait que c'est hautement improbable.

Je rentre chez moi immédiatement et sors l'aspirateur-traîneau du petit placard sous l'escalier. Un Miele sur roulettes. Je les préfère aux aspirateurs-balais, plus particulièrement ceux dont le réservoir à poussières est transparent, car je n'aime pas penser aux saletés sur la moquette et encore moins les voir. J'ai fait le ménage hier, mais je crois qu'un nouveau passage ne sera pas de trop. Pour autant, je ne crois pas qu'elle aurait mauvaise opinion de moi – il est probable que par les temps qui courent, les filles d'une vingtaine d'années ne se préoccupent plus guère de ce genre de détails –, mais je tiens à ce qu'elle sache que Lee a grandi dans une maison digne de ce nom, de celles où tout se fait proprement, comme il se doit. La dernière chose au monde que je veuille serait d'embarrasser mon fils. Il est bien possible qu'à ses yeux, la mère que je suis ne soit pas toujours un sujet de fierté, mais il est sûr que je ne lui ferai jamais honte.

Je mets le rôti au four bien en avance. Je le saupoudre de romarin, je l'ai déjà fait une ou deux fois par le passé et il m'a dit qu'il aimait ça. Pendant qu'il cuit, je m'attaque à la cuisine. Le temps de la nettoyer, je mets un CD de Robbie Williams qui me fait toujours penser à Lee quand celui-ci se montre impertinent. Non pas que mon fils sache chanter, oh ! que non. Mais il aurait eu sa place dans un boys band tellement il est bel homme. Pour être honnête, certains de ces garçons semblent n'être là que comme figurants pour épater la galerie, uniquement parce qu'ils sont beaux gosses. C'est vrai en tout cas des quelques-uns que j'ai entendus dans *X Factor*.

Je jette un œil à l'horloge et mets les pommes de terre au four avec le rôti. Je suis soulagée que Lee ne soit jamais sorti avec une végétarienne, car j'aurais dû les préparer séparément. Sauf que moi, je ne connais pas d'autre façon de faire, point final.

Une fois les légumes mis à cuire, je prépare un Yorkshire pudding. Un vrai de vrai, substantiel, servi en entrée avec du jus de viande. Ces Sudistes ne savent pas ce qu'ils ratent.

Je jette un dernier coup d'œil à la cuisine avant de monter à l'étage pour me rendre présentable. Tout est parfait, j'ai la situation bien en main. Exactement comme il se doit.

À une heure moins dix, je commence à regarder par la fenêtre de la chambre. S'il le savait, Lee n'apprécierait pas, mais je doute qu'il puisse m'apercevoir d'ici. Je ne tiens pas à les espionner, je veux juste les voir ensemble avant leur arrivée sans qu'ils en sachent rien.

Je remarque en passant le bord du mur à côté de la fenêtre. Il est peint aujourd'hui, là où il y avait jadis du papier peint. Mais je revois tout dans ma tête et j'ai encore aux oreilles le bruit du papier quand je l'ai arraché. Et la honte ne m'a jamais quittée, je la sens toujours.

Je m'écarte du rideau en voyant Lee se garer de l'autre côté de la rue. Il descend et fait le tour de sa voiture pour ouvrir la portière de sa passagère. C'est un gentleman, notre Lee, pas de doute là-dessus. Ce sont les jambes de la jeune femme que je vois en premier ou, plus exactement, ses bottes, avec ces gros talons massifs que toutes les filles aiment à porter aujourd'hui. Elle porte une robe tunique couleur moutarde et un anorak épais. De longs cheveux un peu embroussaillés. Elle sourit à Lee. Il la prend par la main et referme la portière.

Je me dépêche de redescendre au rez-de-chaussée en jetant au passage un œil au miroir du vestibule. Je me suis un peu pomponnée ce matin, juste quelques retouches pour ne pas sembler trop apprêtée non plus, et je suis occupée dans la cuisine quand j'entends la clé de Lee dans la serrure. J'arrive dans le couloir quand il lance son bonjour.

— Bonjour, chéri, je réponds en lui faisant une bise.

— Maman, je te présente Jess. Jess, Angela.

Elle me regarde avec de grands yeux et doit se sentir incroyablement nerveuse. Je me souviens de ma toute première rencontre avec les parents de Simon. Quasiment un repas de cérémonie, guindé, très officiel, au cours duquel un petit pois avait glissé de ma fourchette et était tombé par terre, après quoi j'avais hésité un long moment, incapable de décider si je devais me contorsionner pour tenter de le ramasser ou faire semblant de rien.

— C'est un vrai plaisir de vous rencontrer, lui dis-je en l'embrassant sur la joue. Entrez et faites comme chez vous, pas de chichis ni de cérémonie dans cette maison.

Elle me sourit et ses épaules semblent perdre de leur raideur. Lee lui prend son anorak. Il avait raison – elle est magnifique, avec des traits légèrement méditerranéens tout en pommettes et des yeux qui lui mangent le visage. C'est vraiment une belle plante – tout comme Lee, il faut bien le dire. Leur enfant sera sans aucun doute une splendeur.

Ils me suivent dans la cuisine.

— Je vais mettre les Yorkshire puddings au four maintenant que vous êtes là, dis-je.

— Attends de les goûter, Jess. C'est les meilleurs de la région.

— Ne dis pas ça, je réponds. Je suis sûre que la mère de Jess en fait d'aussi bons.

En voyant le regard qu'ils échangent tous les deux, j'ai immédiatement le sentiment d'avoir commis une bourde.

— Désolé, j'aurais dû te prévenir, intervient Lee. La maman de Jess est décédée il y a sept ans.

— Oh, je suis navrée, chérie. J'ai encore fait un impair, n'est-ce pas ?

— Mais non, me rassure Jess. Vous ne pouviez pas savoir. C'était une maman géniale, mais pour ce qui était des Yorkshire puddings, elle était nulle et avait d'ailleurs renoncé à en faire, elle achetait des mélanges tout prêts en sachets.

Elle sourit en disant ça, même si sa voix tremblote un peu. Elle me plaît, cette petite. Elle me plaît beaucoup.

— Eh bien, elle devait être très fière d'avoir une fille aussi belle. Vous portez cette tunique divinement. Et sa couleur est adorable.

Un soupçon de rose apparaît sur ses joues et elle baisse les yeux au sol. Celle-ci au moins n'a rien d'une arrogante, j'oserais même dire qu'il se dégage d'elle une certaine innocence, ce qui de nos jours semble être de plus en plus rare chez les filles de son âge.

— Merci. C'est un cadeau, explique-t-elle en levant les yeux vers Lee.

De toute évidence, elle l'adore, c'est écrit sur sa figure. Une porte vient finalement de s'ouvrir et cette fois, une possibilité nous est offerte. Une vraie possibilité.

— Eh bien, je suis heureuse de constater qu'il vous traite bien comme il faut. Que voudriez-vous boire ? J'ai du vin. Rouge ou blanc ?

— Juste un café pour moi, merci, me répond-elle.

— Et moi aussi, dit Lee. La soirée d'hier s'est prolongée tard.

— Naturellement, j'avais oublié la remise des récompenses, dis-je en mettant la bouilloire en marche. Et ça s'est passé comment ?

— Très bien, je te remercie, dit Lee. Nous sommes devenus officiellement la meilleure petite entreprise de Leeds.

— Mais c'est fantastique ! Mes félicitations. Est-ce que tu as reçu un trophée ou quelque chose ?

— Ouais, mais je l'ai laissé chez moi. La société va pouvoir frimer un peu.

— Et en plus, on était assis à la table du lord-maire, ajoute Jess. Il a été très sympa. Pas du tout coincé.

Lee avait raison, elle est effectivement très simple et, à l'évidence, très excitée par cette expérience toute nouvelle. Pas plus que moi, elle ne doit avoir l'habitude de ces soirées mondaines.

— Waouh ! Une belle rencontre avec des gens importants alors, non ?

Elle acquiesce avec un petit haussement d'épaules, à croire qu'elle n'en revient toujours pas.

— Et Jess était de loin la plus superbe de toutes les femmes présentes, naturellement, ajoute Lee.

Elle rougit à nouveau, baisse les yeux et Lee lui prend la main. Il semble tout aussi mordu qu'elle.

— Je n'en doute pas une seconde, dis-je en posant les cafés sur la table. Asseyez-vous tous les deux, je vais voir si les puddings sont prêts.

Ils le sont. Je les sers accompagnés de jus de viande maison. Un gros Yorkshire pudding chacun. Je me souviens qu'Emma avait froncé les sourcils la première fois qu'elle était venue. Apparemment, on ne servait pas ce genre de plat dans le Sud d'où elle était originaire. Jess pour sa part dévore le sien jusqu'à la dernière miette et termine avant nous, avant de lancer :

— Waouh ! Un vrai délice, merci.

— C'est moi qui vous remercie. Vous pourrez revenir, dis-je en plaisantant.

— Oh, tu peux y compter, fait Lee.

Je surprends son regard, quand il dit ces mots. Il est sincère. Il n'a pas l'intention de la lâcher, celle-là.

L'entrée terminée, je sors le rôti du four et c'est Lee qui le découpe. Il avait endossé le rôle du maître de maison dès que la place s'était trouvée vacante, alors même qu'il n'était encore qu'adolescent. Mon petit homme. C'est ainsi que je l'appelais. Plus aussi petit dorénavant, bien sûr. Mais il fera un père idéal, je le sais. Et là, pour la première fois depuis une éternité, j'ai véritablement l'espoir que cela va marcher.

— Alors, où habitez-vous, Jess ?

— À Mytholmroyd, près de Hebden Bridge, chez mon père.

— Il n'a retrouvé personne alors ?

Elle fait non de la tête.

— Non, il est toujours beaucoup trop amoureux de m'man. Je ne pense pas qu'il y ait un jour une femme qui puisse la remplacer.

— Vous devez être très proches tous les deux ?

— Ouais, je crois bien.

C'est une bonne chose, naturellement, qu'elle soit aussi proche de son père. À condition que ce lien ne devienne pas trop étroit et l'empêche de le quitter.

— Et j'imagine que vous lui manqueriez si vous n'étiez plus à la maison.

Elle laisse retomber bruyamment sa fourchette sur son assiette et relève les yeux, les sourcils froncés. Je ne comprends pas ce que j'ai pu dire. Peut-être s'est-elle méprise sur mes paroles.

— Je veux dire que ce sera difficile pour lui quand vous quitterez la maison. Quand vous fonderez votre propre famille et tout ça. Parfois, les hommes ont du mal à tenir le coup quand ils sont livrés à eux-mêmes.

Elle ouvre la bouche mais ne dit rien et j'ai droit à un regard appuyé de la part de mon fils.

— Le papa de Jess est chef de cuisine, me dit-il.

— Oh, en ce cas, ça l'aidera beaucoup. Des tas d'hommes sont incapables de cuisiner, vous comprenez. Ils n'ont pas l'habitude des corvées domestiques, mais, apparemment, lui devrait très bien s'en sortir.

Elle baisse la tête, un côté du visage caché par sa chevelure.

— Il est aussi très possible que Jess ne travaille plus bien longtemps au cinéma. Nous avons prévu des entretiens d'embauche mercredi.

— Oh, pour quoi ?

— Le poste de réceptionniste. En remplacement de Beth qui part en congé de maternité, mais nous sommes pratiquement certains qu'elle ne reviendra pas ensuite.

— C'est super, ça, dis-je, incapable de masquer mon soulagement.

Un instant, j'avais cru comprendre qu'elle désirait travailler dans les relations publiques. Encore une carriériste, je m'étais dit, une de plus. Mais le travail de réceptionniste est différent, on choisit ce poste avant d'avoir une famille. Ce n'est pas le genre de métier qui vous en empêche.

— Ce serait magnifique, ainsi vous seriez ensemble au quotidien ? je demande à Jess en me tournant vers elle.

C'est seulement alors que je remarque l'expression de son visage. Elle fixe Lee.

— En fait, je n'ai pas vraiment accepté de faire acte de candidature, répond-elle avec conviction, d'une voix ferme que je ne lui connaissais pas encore.

— Mais tu sais bien que tu te présenteras, dit Lee. Tu te fais simplement prier, je me trompe ?

Il la taquine, je le vois à sa figure, mais je ne suis pas sûre qu'elle apprécie vraiment. Elle pivote, constate que je la regarde et gigote un peu sur sa chaise.

— Ce n'est pas vraiment mon truc, précise-t-elle.

— Et moi je soutiens que ça lui irait comme un gant, objecte Lee. Tu ne trouves pas, maman ?

— Je ne tiens pas à être mêlée à ça, je lui réponds en levant les mains.

— Mais c'est parfaitement logique, explique Lee. Finis ses horaires invraisemblables au cinéma !

— Oh, je n'avais pas pensé à ça, dis-je. Vous finissez souvent très tard ?

— Ouais, dit-elle. Hier, c'était ma seule soirée de libre pour la quinzaine à venir.

— Oh ! Seigneur. Ce n'est pas très drôle, alors ?

— Ni pour elle ni pour moi, dit Lee. Il faut que je réserve un mois à l'avance pour voir ma propre copine.

Jess soupire et lève les yeux.

— Écoute, je vais y réfléchir. Mais je ne peux rien te promettre.

— Et voilà, je savais que tu changerais d'avis.

Je le vois qui lui prend la main sous la table.

— Eh bien, bonne chance si vous acceptez, Jess, dis-je. Non que vous en ayez besoin, je vous trouve parfaite pour ce poste. Désirez-vous encore des pommes de terre sautées ?

Lee m'aide à remplir le lave-vaisselle après le déjeuner. J'avais dit à Jess d'aller au salon et de prendre ses aises.

— Elle est adorable, dis-je à mon fils en lui tendant une assiette.

— Je sais, me répond-il.

— Veille sur elle, tu veux bien ?

Il relève la tête vivement.

— Et c'est censé vouloir dire quoi ?

Je reconnais aussitôt la colère que je vois dans son regard. Mais parfois, j'en reste encore surprise tant j'y retrouve un reflet de mon propre passé et, quand je sens mes épaules se raidir, je dois me rappeler que c'est à mon fils que je parle.

— Rien. Je veux juste que tu sois heureux. Elle a du répondant, celle-là. Tu dois faire attention, c'est tout.

— Je sais comment me comporter avec ma petite amie, dit-il.

— Bien, je lui rétorque avant de lui passer une autre assiette.

Ils restent encore une heure après le déjeuner. Lee dit qu'il va la raccompagner chez elle, ce qui lui évitera d'attendre le train le jour du Seigneur.

Je l'embrasse sur la joue quand elle part.

— Ç'a été un vrai plaisir de vous connaître, Jess. Et n'oubliez pas, désormais, votre place est réservée pour le déjeuner du dimanche.

— Merci, dit-elle. Je crois que ça me permettra de tenir le coup toute la semaine.

— Je te rappellerai ces paroles demain, lui dit Lee. Quand tu feras la queue pour ton muffin aux myrtilles.

Elle lui répond par une grimace. J'aime bien les voir se taquiner comme deux gamins et c'est bon d'entendre ces petits échanges de banalités du quotidien, ceux que je n'avais jamais partagés avec Simon. Pas que je me souvienne, en tout cas.

Après leur départ, je monte à l'étage et ressors la robe de baptême du tiroir sous le lit. Après mon rituel habituel afin de chasser les souvenirs méchants qui l'accompagnent, je ne me concentre que sur les bons. Je me dis que je n'aurai pas longtemps à attendre avant de la voir portée à nouveau. Autant de nouvelles images de bonheur à garder précieusement, qui peut-être enterreront les mauvaises à jamais.

MESSAGE PRIVÉ
Sadie Ward
31/07/2017 11:46

Jess, je t'envoie ce message à toi personnellement, parce que je ne peux pas mettre ça sur ton mur Facebook. Je sais que c'est stupide vu que tu es morte, mais je veux que tu saches quelque chose et, au moins, de cette façon, j'aurai l'impression de te l'avoir dit.

Je me suis rappelé ta lettre. Après l'avoir rangée dans un endroit sûr, je l'avais presque oubliée. Quand je l'ai lue, mon visage dégoulinait de larmes, c'est tellement toi de penser aux autres avant de penser à ta propre personne.

C'est la raison pour laquelle j'ai décidé d'aller voir la police. Parce que je sais maintenant avec certitude ce qui t'est arrivé. Je soupçonnais que ce n'était pas un accident, mais je n'avais aucune preuve. Désormais, j'ai ta lettre et il faudra bien que les policiers m'écoutent. Demain, je vais tout leur dire, à la veille de ton enterrement. Et s'ils n'écoutent pas, je vais crier plus fort jusqu'à ce qu'ils m'accordent leur attention. Je me bats pour toi, Jess. Je sais qu'il est trop tard pour te sauver, mais il n'est pas trop tard pour H. Certains n'apprécieront pas et s'ensuivra probablement une brouille générale, mais je m'assurerai de faire éclater la vérité.

Je n'arrive toujours pas à supporter la pensée qu'on va te mettre en terre. La seule chose qui me permette de tenir le coup est la pensée que, désormais, tu es au moins en sécurité. Là où tu es, personne ne pourra plus jamais te faire de mal. Je t'aime et tu me manques tellement. Bisous

JESS

Lundi 1er février 2016

Je n'ai pas la moindre idée de ce que me raconte Sadie. Mais vraiment aucune. Comment est-il possible que ce ne soit pas un accident ? Dois-je comprendre qu'on m'a tuée délibérément ? Peut-être même assassinée ? En ce cas, la police aurait été impliquée dès le départ. Or le mot de police n'a jamais été cité par personne. S'il y avait eu le moindre doute, les gens n'auraient pas manqué d'en discuter sur Facebook. Papa a dit en outre que le coroner avait mis un terme à son enquête et, s'il était resté des zones d'ombre dans ses conclusions, jamais il n'aurait donné son aval à mon enterrement.

Je ne comprends pas non plus en quoi une lettre de moi peut changer quelque chose et je n'ai aucune idée de quelle lettre elle me parle. Se serait-il produit avant mon décès un incident quelconque dont je n'aurais rien dit à personne ? Et comment peut-elle affirmer qu'elle sait ce qui s'est réellement passé ? Était-elle présente ? Peut-être a-t-elle été témoin de ma mort ? En ce cas, la police l'aurait interrogée et donc, rien de tout cela n'a de sens.

Peut-être se sent-elle mal de n'avoir pas cru les trucs sur Facebook, si mal qu'elle éprouve le besoin d'accuser une tierce personne de ma disparition ? Sauf que ce comportement ne lui ressemble en rien – en tout cas, ce n'est pas la Sadie que je connais. Le problème, c'est qu'elle risque de remuer la merde. Or c'est bien la dernière chose que veuille papa. Je présume que mon père et mon mari ne se contenteraient pas de laisser les funérailles suivre leur cours s'il existait le moindre doute sur les circonstances de ma mort. Et voilà que Sadie veut ouvrir son clapet et faire un scandale, ce qui les blessera tous les deux encore plus. Putain de merde. Comme papa réussit tout juste à mettre un pied devant l'autre, il risque de craquer complètement et je regrette que Sadie soit incapable de laisser les choses suivre leur cours en me lâchant une bonne fois pour toutes. Qu'ils m'enterrent, fassent leur deuil et continuent à vivre leur vie. Inutile de leur offrir un vrai scandale juste avant mes obsèques.

Je me lève et passe les doigts dans mes cheveux. *Ne t'approche pas de ton ordi*. J'entends une voix me houspiller en mon for intérieur. Je sais que je devrais cesser de lire tous ces trucs, mais c'est comme de découvrir sa biographie avant même d'avoir vécu sa vie. J'ai besoin de savoir comment tout ça va se terminer. Pas uniquement pour moi, mais pour Harrison.

Je retourne à l'ordi et fais défiler l'écran jusqu'à sa photo. Je suis impatiente d'en découvrir une nouvelle. Papa dit que c'est Lee qui s'en occupe avec sa mère et moi, je veux voir comment il grandit. Angela, elle est pas mal, mais elle a un côté un peu bizarre. Et je suis sûre d'une chose, nom d'un chien, je ne veux pas que ce soit elle qui élève mon fils. Elle a beau être très proche de Lee, j'ai bien du mal à l'imaginer très marrante au quotidien. Au contraire de m'man dont c'était la plus belle qualité – elle savait être ferme quand il le fallait, mais elle pouvait aussi être drôle et amusante.

Je laisse mes doigts frôler une joue de Harrison et n'ai qu'un seul désir, le toucher réellement. Je veux être sa maman, je veux le regarder grandir. Le protéger de toutes les saloperies de ce monde. Mais pour y parvenir, il va falloir que j'essaie de changer des choses. Ce n'est pas parce que je crois au début de cette histoire que je suis obligée d'en accepter la fin.

Je rassemble mes affaires, les fourre dans mon sac à dos et descends au rez-de-chaussée, décidée à au moins montrer mon nez avant de partir au boulot. Papa relève la tête quand j'entre dans la cuisine. Il n'a pas dit grand-chose à mon retour la veille au soir. Pour être juste, je n'ai pas dit grand-chose non plus : je suis montée presque directement dans ma chambre pour éviter une confrontation. J'espérais me sentir moins gênée ce matin, mais je me trompais.

— Bonjour, dit-il avant de consulter sa montre. Même si la matinée est déjà bien entamée. Bon week-end, j'imagine ?

— Ouais, très bien.

Il pousse un mug de thé vers moi quand je m'assieds.

— Merci.

— Alors, il a un bel appart ?

— Ouais, plutôt classe. Avec une vue superbe sur Leeds.

Il hoche la tête. Il sait évidemment ce que j'ai fait dans cet appartement, mais, au moins, il a la décence de ne pas en parler ni de m'offrir une leçon de morale.

— Et la cérémonie des récompenses, elle était bien ?

— Ouais. C'est sa société qui a gagné. L'hôtel était luxueux et la bouffe géniale. J'ai même bavardé avec le lord-maire, c'était super sympa.

Il boit une gorgée de thé.

— Alors, où es-tu allée hier ?

— Chez sa mère. Elle habite aussi à Leeds. Bon, à Horsforth.

— Elle est sympa ?

— Elle est plutôt bien, amicale et tout ça. Et elle fait un Yorkshire pudding du tonnerre.

— Mais…

Il relève les yeux. Ma voix m'a trahie et mon manque de conviction ne lui a pas échappé.

— Elle n'arrive pas à la cheville de m'man, je lui réponds avec un haussement d'épaules.

Il acquiesce lentement.

— Personne ne lui arrive à la cheville, chérie. C'est bien là le problème. Et son père ?

— Ils sont séparés depuis des années. Je ne pense pas qu'ils soient restés en contact.

— Et tu as appris son âge ? Je veux parler de Lee ?

Je soupire. Je ne lui avais rien dit après le premier rendez-vous, mais je me rends compte qu'il va bien falloir le faire, à un moment ou à un autre.

— Il a trente-deux ans. Mais il paraît plus jeune.

— Seigneur Jésus, Jess !

— Quelle importance ?

— Ça en a, quand tu t'inquiètes pour ta fille de vingt-deux ans.

— Pourquoi ? Je veux dire qu'il est plus mûr que les autres mecs avec lesquels je suis sortie. J'aurais cru que ce serait une bonne chose.

— Ouais, bon, j'imagine que je ne vois pas les choses tout à fait de la même façon.

Je sais où est le problème. Le sexe. Il ne tient pas à penser à un homme qui a passé la trentaine profitant de sa petite fille. Pour autant, il n'ira jamais le reconnaître, bien sûr.

— Juste pour que tu saches, c'est un homme bien plus responsable que tous ceux que j'ai pu connaître.

Papa soupire et contemple le plafond. Je soupçonne qu'il sait d'avance où je veux en venir.

— Eh bien, comment se fait-il qu'il vive toujours seul à trente-deux ans ?

— Je ne sais pas. La prochaine fois, je lui poserai la question, d'accord ? Ou je peux le faire venir ici et c'est toi-même qui la lui poseras.

— Tu aurais pu le faire entrer quand il t'a déposée hier au soir.

— Je sais. Et je suis heureuse de ne pas l'avoir fait, si c'est ce genre d'interrogatoire auquel il aurait eu droit.

Nous restons silencieux un moment. Je bois mon thé, plus pour m'empêcher de parler qu'autre chose. À dire vrai, si je n'ai pas invité Lee, c'est parce que je ne tenais pas à ce qu'il voie cet endroit. C'était déjà suffisamment déplaisant de traverser tout Mytholmroyd sans avoir en plus à me farcir l'inévitable conclusion : « Viens donc voir un peu où je vis, une minuscule masure au milieu d'une rangée de masures toutes pareilles. » Lee a pris l'habitude de vivre dans un appart très classe et, s'il débarque ici, il verra que je n'appartiens pas à son monde.

— J'essaie simplement de veiller sur toi de mon mieux, Jess.

— Tu es sûr de ça ? Tu n'essaierais pas plutôt de garder ta petite fille ici pour toujours ?

Je me lève et me dirige vers la porte. Papa jette un œil à l'horloge. Mon train ne part que dans un quart d'heure. Il le sait mais choisit de ne faire aucun commentaire.

À mon arrivée, aucun signe de Sadie, mais il faut dire que ce n'est pas dans mes habitudes d'être là si tôt. Je crois que je dois me préparer à une nouvelle conversation embarrassante. Même si je soupçonne fort que celle que j'ai eue avec papa n'était rien comparée à ce qui m'attend avec Sadie. Elle m'avait renvoyé un bref message dimanche, un simple « OK » sans rien ajouter, pas même quelques mots pour que je me sente un peu moins coupable.

Je la vois arriver sur la passerelle. Rien qu'à sa démarche, je sais qu'elle fait toujours la gueule, même son blouson de cuir semble se hérisser de piquants.

— Salut, lui dis-je quand elle me rejoint. Comment était la soirée ?

— Ben, plutôt bien.

— Je suis absolument navrée de n'avoir pas pu venir.

— Vraiment ?

— Je t'assure.

Elle acquiesce et nous restons plantées côte à côte en silence. Elle piétine un peu sur place, mais je la connais, elle n'a jamais réussi à me faire la tête bien longtemps.

— Ouais, ben… à ta place je ne le serais pas tant, me fait-elle.

— Qu'est-ce que tu veux dire ?

— Si j'avais eu à choisir entre un mec canon qui se proposait de me baiser comme un satyre en manque et une soirée d'anniversaire de pacotille pour les dix-huit ans d'une gamine, je ne pense pas que je serais navrée d'avoir raté la fête.

Je m'autorise un soupçon de sourire, en la jaugeant du coin de l'œil au cas où elle le trouverait malvenu.

— En fait, je lui réponds, il m'avait déjà baisée avant même qu'on arrive là-bas.

Elle en reste bouche bée et agrippe ma veste.

— Mais t'es une traînée absolue !

— Je pensais rentrer à la maison ensuite, tu te souviens ? Je n'allais quand même pas lui dire non.

Cette fois, plus de soulagement que d'autre chose, je souris franchement de la voir aussi cool.

— Mais je parierais que vous avez remis le couvert ensuite, je me trompe ?

— C'est bien possible, dis-je en m'efforçant de ne pas rire.

— Ta cystite a refait des siennes ?

— Ferme-la, lui dis-je tout en essayant de l'entraîner à l'écart des deux autres personnes arrivées sur le quai.

— Eh bien, elle sera vite de retour si tu continues comme ça. Tu n'as pas l'habitude, petite.

— Mais je pense que je pourrais facilement prendre le pli.

— Aussi bon que ça ?

— Je ne me plains pas. Mais je suis sincèrement désolée. De ne pas être venue à la fête, je veux dire. J'espère que Maddie ne m'en tiendra pas rigueur.

— À dix heures et demie, elle était déjà pétée.

— C'est exactement ce que m'a dit Lee.

Elle se tourne vers moi, en fronçant les sourcils.

— Qu'est-ce que tu veux dire ?

La phrase de trop. Je me rends compte trop tard que je viens de faire une bourde.

— Je me sentais vraiment très mal de ne pas pouvoir venir, c'est tout. Il essayait juste de me remonter le moral.

— Je vois, dit-elle sans paraître convaincue. Tu es restée toute la journée d'hier aussi ?

— Ouais, on est allés déjeuner chez sa mère avant de retourner chez lui.

— C'est un peu tôt pour rencontrer les parents, non ?

— Il va toujours déjeuner chez elle le dimanche. Ce n'est pas bien important.

Sadie hausse les sourcils.

— Moi, je dirais au contraire que c'est plutôt sérieux. Tu es sûre qu'il ne t'a pas emmenée chez maman pour avoir son approbation officielle ?

— Non, tu te trompes. Ce n'était pas du tout comme ça.

— Tu me le rappelleras quand elle sera devenue ta belle-mère.

J'ouvre de grands yeux. Elle ne peut pas savoir, naturellement, que ce sera la vérité. Mais ses mots me glacent. Je m'écarte de deux pas, avec l'espoir qu'elle ne pourra pas voir mon visage. Mais elle me connaît trop bien pour s'en tirer à si bon compte.

— Hé, c'était juste pour te taquiner

— Je sais.

— Elle est vraiment aussi désagréable ?

— Non. Un peu bizarre et rentre-dedans, mais rien d'insurmontable.

— Alors, où est le problème ?

Je lève les yeux au ciel. J'ai une envie forcenée de tout lui révéler, mais je sais aussi que plus j'en dirai, plus ce sera difficile pour elle quand je mourrai. Je ne peux pas lui imposer ça.

— Aussitôt qu'on fait référence à ce qui risque d'arriver dans l'avenir, ça m'évoque immédiatement tous ces délires sur Facebook, c'est tout, je lui réponds.

— Mais si je ne me trompe pas, tu avais dit que ça s'était arrêté ?

— Ouais, effectivement. Ça m'a juste embrouillé les méninges, sans plus.

Un temps de silence.

— Tu vas bien, alors ? me demande-t-elle d'une voix douce.

— Ouais, tout baigne.

— Bien. Parce que je dois t'avouer que tu m'as un peu fichu les jetons.

Je sens des larmes me piquer au coin des yeux. Sadie a toujours été si gentille avec moi, c'était la seule qui comprenait, ou au moins essayait de comprendre ce que je pouvais traverser. Et voilà que je vais lui coller toute cette culpabilité sur le dos. Il faut que je fasse tout mon possible pour qu'elle oublie ces messages délires, ou au moins la convaincre que je n'y croyais pas moi-même.

Quand le train entre au ralenti dans la gare, je me tourne face à elle le temps que les portes s'ouvrent.

— Peux-tu oublier que je t'ai parlé de tous ces trucs sur Facebook ? je lui demande. C'est juste que… ben… je me sens débile quand j'y repense. Et même complètement débile. Une idiote absolue, voilà ce que j'étais.

— Bien sûr, me dit-elle.

— Merci.

J'espère qu'un jour, dans l'avenir, cette conversation lui reviendra à l'esprit. Et aussi qu'elle l'aidera, peut-être, à ne plus se montrer si dure envers elle-même.

Le nouveau planning de la quinzaine à venir est affiché dans la salle du personnel. Je serai prise les deux week-ends à venir et jusqu'à vingt-deux heures trente tous les soirs à l'exception de demain, lundi et mardi de la semaine prochaine où je ne travaillerai pas.

— Oh ! super, dis-je en lisant le détail.

— Quoi ? demande Sadie.

— Je ne sais pas bien comment je vais faire pour revoir Lee au cours des deux semaines à venir.

— Va falloir que tu te contentes de quelques rancards brûlants mais à l'heure du déjeuner.

— Ce n'est pas la même chose.

— Parce que tu ne pourras pas le baiser, c'est ça ?

— Non, dis-je en me retournant brusquement. Je veux simplement passer du temps avec lui et pas juste entre deux portes. Le week-end dernier a été un rêve éveillé et Dieu seul sait quand nous pourrons refaire la même chose.

Sadie s'approche et consulte le planning.

— Je proposerais volontiers de te remplacer, dit-elle, mais on a les mêmes postes.

— Je sais. Mais je te remercie malgré tout. Ne reste plus qu'à espérer que cela ne le dérangera pas trop.

Environ une heure plus tard, je reçois un message de Lee.

> Merci pour ce superbe week-end. Le dernier créneau possible pour les entretiens est à midi mercredi. Je te le réserve. Dis-moi ce que tu décides. Pas de pression. Quand puis-je te revoir ? Bisous

Je ferme les yeux et soupire. Mercredi midi, je pourrais, je ne reprends le travail qu'à quatorze heures. Lee veut me revoir et si je continue à bosser au cinéma, cela n'arrivera jamais, il finira par mourir d'ennui à force d'attendre et s'en choisira une autre. Je ne peux pas courir ce risque. Je ne veux pas que ma nouvelle vie s'arrête aussi vite, elle me donne bien trop de plaisir. Je lui réponds sans perdre de temps, avant de me trouver une excuse pour changer d'avis.

Merci, je prends, si tu es sûr que j'ai bien les capacités pour cet emploi. Je ne travaille pas demain soir et mon prochain jour de repos sera lundi de la semaine prochaine. Bisous

Je remets le portable dans mon sac et relâche complètement mon souffle. Ça y est, je l'ai fait, pour de bon. Sadie va piquer une crise si je quitte mon emploi, je le sais d'avance. Mais je sais également que je ne peux pas continuer à travailler ici si je veux que cette relation perdure. Et il faut qu'elle perdure. J'ai vu mon avenir et c'est celui-là que je désire. Ouais, bon, peut-être pas avec la même fin… Mais je peux changer ça. Sauf que je dois m'assurer avant toutes choses que le reste se produise d'abord.

Mon téléphone bipe à nouveau, un autre message de Lee.

Ça, c'est super. C'est Carl qui conduira l'entretien. Tenue élégante mais féminine. Et les bottes que je t'ai offertes. Je suis sûr qu'il sera ébloui. J'ai un truc prévu pour le travail demain soir, donc, je crois qu'il va falloir attendre lundi. Bisous

Le côté féminin ne me convainc pas complètement et, pour être sincère, je ne sais même pas ce que signifie « élégante mais féminine ». Même si je suis quasiment certaine de ne rien avoir qui relève de cette catégorie. Il va falloir que je sorte pendant ma pause pour me dénicher quelque chose. Et ça me fait suer, parce que je suis carrément fauchée. Mais j'en ai besoin, j'ai besoin d'avoir le look de l'emploi. Je ne peux pas risquer d'humilier Lee en y allant en leggings.

Je prends ma pause, alors que Sadie est encore occupée aux cuisines. Si je vais dans un magasin du centre commercial, je peux être de retour avant qu'elle comprenne même que je suis sortie. Je me dépêche de descendre l'escalator. Il est clair que je ne trouverai rien chez Primark. Je contemple la vitrine de French Connection dont un mannequin porte une jupe crayon noire avec un chemisier blanc au tissu aérien presque transparent. Lorsque j'entre dans la boutique, consciente que je détonne dans le cadre, je m'attends presque à voir la vendeuse me prendre de haut comme dans *Pretty Woman*. Mais non. Elle sourit et me demande si elle peut m'aider. Je lui dis que j'ai besoin d'une tenue pour un entretien d'embauche, look élégant mais féminin. Quelques minutes plus tard, je suis dans la cabine d'essayage et contemple mon reflet dans le miroir. Et merde, j'ai vraiment l'air d'une réceptionniste. Et ça me fout les boules, alors même que c'est ce que j'ai demandé.

— Je prends, lui dis-je en ressortant.

Je ne regarde même pas le montant qui s'affiche au moment du paiement par carte quand je tape mon code. Quel qu'il puisse être, il en vaudra la peine si je peux être avec Lee.

▶ De Joe Mount à Jess Mount

2 AOÛT 2017

J'ai failli ne pas aller jusqu'au bout, tu sais. En voyant le corbillard s'arrêter devant la maison, j'ai songé un instant à rembarrer l'entrepreneur des pompes funèbres et à commander à son chauffeur de sortir de son véhicule pour pouvoir partir avec toi. Sans avoir bien sûr réfléchi à l'endroit où je serais allé, mais ce n'était qu'un détail sans importance. Tout ce que je savais, c'est que ce ne serait pas dans un cimetière pour t'enterrer. En fait, je crois qu'avant aujourd'hui, je n'avais pas tout à fait réalisé. Jusqu'à ce que je voie ton corps dans le cercueil. J'ai pleuré, Jess, à gros sanglots, bruyamment. Pendant tout le trajet en corbillard et la durée du service. Je n'étais pas le seul, bien sûr. Je crois que toutes les personnes présentes ont fondu en larmes à un moment ou à un autre. Mais j'étais le seul à enterrer ma fille.

Te dire adieu a été la chose la plus difficile que j'aie jamais faite. Je sais que Lee disait au revoir à son épouse, mais ce n'est pas pareil. Il est toujours possible qu'il se remarie un jour, mais moi, je ne retrouverai plus jamais une autre fille.

Harrison lui non plus ne retrouvera jamais une autre maman. Ce qui me fait le plus mal, c'est de savoir qu'il ne pourra pas se souvenir de toi. Mais à mesure qu'il grandira, je lui raconterai ta vie par le détail. Toutes ces petites choses stupides et un peu dingues que tu disais et que tu faisais. Au point que ton père et ta mère

s'arrachaient les cheveux. Et aussi toutes les choses brillantes et géniales. Ta façon d'illuminer une pièce dès que tu y entrais. Ta façon de le regarder alors même que tu étais restée éveillée toute la nuit et que tu manquais de sommeil.
Bonne nuit, Jess. Je suis tellement fier de t'avoir eue pour fille.

JESS

Mercredi 3 février 2016

Il se passe un long moment avant que mes larmes ne se tarissent et que je trouve le courage d'affronter papa. Je m'asperge les yeux d'eau froide à plusieurs reprises puis contemple le plafond en respirant profondément pour tenter de me calmer.

Lorsque je finis par descendre au rez-de-chaussée, je dois m'arrêter et refaire bonne figure avant d'entrer dans la cuisine. Une part de moi aimerait pouvoir jeter un genre de sort à mon père, pour le stupéfier ou l'étourdir, peu importe, quelque chose en tout cas qui l'empêcherait de vivre ce qui doit advenir. La seule et infime parcelle de réconfort qui me reste est de savoir que rien n'aura empêché mon enterrement en dépit de ce que Sadie a pu déclarer à la police. Sinon, je crois bien que papa n'aurait pas tenu le choc. Et si difficile que ce soit, au moins, maintenant, il sait que je suis en repos pour toujours.

Je fais un petit bruit de gorge quand il tourne la tête et me sourit.

— Bonjour, chérie. Tu t'es levée bien tôt.

— Ouais. Je me suis dit que je prendrai le petit déj' avec toi aujourd'hui avant de passer sous la douche.

Son sourire s'élargit.

— Super. Que dirais-tu d'œufs pochés sur toast ?

— Ce serait parfait.

Papa n'est jamais aussi heureux que lorsqu'il est aux fourneaux et il commence aussitôt à s'affairer. Vers la fin, m'man lui tenait souvent compagnie des heures durant et le regardait dans ses œuvres. Un jour, elle m'avait dit que c'était beaucoup mieux que toutes les thérapies qu'on avait pu lui proposer.

— Je vais travailler de bonne heure aujourd'hui, je lui dis.

— Tu vas retrouver Lee ?

— Pas exactement. J'ai un entretien d'embauche dans sa société.

Papa interrompt sa préparation du petit déjeuner aussi vite qu'il l'avait commencé. Il enlève la poêle du feu et se retourne vers moi.

— Tu ne m'en as jamais rien dit.

— C'est seulement lundi que j'ai pris ma décision.

Le pli qui lui barre le front se creuse encore plus.

— Mais je te croyais heureuse dans ton cinéma ?

— Je le suis, en quelque sorte. Mais ça devient de plus en plus difficile de trouver un créneau pour Lee quand je suis d'astreinte tous les soirs de la semaine.

— Tu tiendras le coup. Tu sais, des tas de gens sont restés ensemble malgré deux guerres mondiales. Si ses intentions sont sérieuses, ce ne sera pas un problème.

— Ouais, bon, on n'est pas en guerre et à moi, ça me pose un problème.

Il hausse les épaules et secoue la tête. Rien de bien neuf, prise de bec standard, mais c'est à ce moment-là que m'man serait entrée pour arrondir les angles et calmer les esprits. Elle me manque encore plus quand ça se produit.

— Et c'est quoi, le travail qu'on te propose ? me demande papa en forçant sa voix pour ne pas hausser le ton.

— Réceptionniste. Pour l'instant, ce n'est qu'un remplacement de congé de maternité, mais Lee est quasiment sûr qu'elle ne reprendra pas son travail.

— Tu vas abandonner ton boulot pour un remplacement de congé de maternité ?

— Il dit qu'ils me trouveront quelque chose si jamais elle revient.

— Mais tu ne connais rien aux relations publiques.

Je secoue la tête à mon tour.

— Merci de ta confiance, papa. Belle façon de me réconforter.

— Je suis sincère, voilà tout.

Je commence à bouillir au fond de moi, repoussant loin le fatras brumeux de pensées chaleureuses de papa au jour de mes obsèques.

— Eh bien, comme je t'ai dit, je vais à un entretien pour un poste de réceptionniste. J'accueille les gens, je leur prépare du café et je leur montre où ils doivent aller. Ce qui est à peu près ce que je fais au quotidien dans mon travail actuel, avec comme avantage que je ne serai pas obligée de sentir le burger frit toute la sainte journée ni de ramasser les cornets de pop-corn à moitié entamés abandonnés par les clients.

Papa soupire et retourne à ses œufs pochés sur toast. Sauf que cette fois, entre claquements et raclages, ses gestes sont plus heurtés et il est plus bruyant que tout à l'heure. Et il me tourne toujours le dos quand il s'adresse à moi.

— Et si ça ne marche pas avec Lee ?

— Tu fais vraiment tout ton possible pour me remonter le moral ce matin, on dirait.

— Je veux dire, si jamais vous vous séparez, ça pourrait devenir compliqué. Tu tiens absolument à ce qu'il soit aussi ton patron ?

— On ne se séparera pas.

— C'est ce que tu avais dit de Callum.

— Cette fois, c'est différent, je le sais.

— Comment peux-tu le savoir ? Il n'y a que quelques semaines que vous sortez ensemble.

Quand il se retourne pour me faire face, son exaspération est telle qu'elle dégouline sur sa peau. Je regrette de ne pouvoir lui dire pourquoi je suis si sûre de moi, mais c'est impossible, il faudrait également que je le mette au courant de tout le reste. Y compris le fait que je viens de lire son message sur l'abomination que l'enterrement de sa fille a été pour lui.

— Écoute, c'est du sérieux, cette fois. Il va falloir simplement que tu me fasses confiance sur ce point.

Il réussit un demi-sourire à contrecœur, dépose sans délicatesse les assiettes avec toasts et œufs pochés sur la table et s'assied en face de moi. Je me sens déchirée entre l'envie de lui balancer mon assiette à la figure ou d'aller lui faire un gros câlin. Finalement, je me contente d'un « merci » et mange mon petit déjeuner.

Lorsque je redescends un peu plus tard après ma douche dans la tenue que j'ai prévue pour l'entretien, il me regarde à deux fois à mon entrée dans la cuisine.

— Seigneur, me dit-il. Mais tu t'es vue !

— Qu'est-ce qui ne va pas ?

— Rien, répond-il. Tu es tellement différente, c'est tout.

— Tu veux dire que d'habitude je suis si mal fagotée que ça se voit immédiatement si je fais un effort ?

Il parvient presque à sourire. Presque, mais pas tout à fait.

— Mais c'est tout juste si je te reconnais. Tu ressembles à une réceptionniste.

— Un coup de bol, alors, vu que c'est l'emploi auquel je postule.

Il commence à vider le lave-vaisselle.

— C'est encore Lee qui t'a payé ces vêtements ?

— Non, je les ai achetés moi-même. J'aurai besoin de ce genre de déguisement si j'obtiens ce boulot.

— Mais tu n'en as pas les moyens.

— Je gagnerai plus qu'au cinéma.

— Et l'obligation de te lever de bonne heure chaque matin, tu en fais quoi ?

Je roule des yeux au plafond.

— Tu fais tout ton possible pour me décourager, c'est ça ?

— Je me montre simplement réaliste, Jess. Je sais combien tu détestes te lever tôt.

— Je ferai avec, d'accord ? Je pourrai peut-être dormir chez Lee certains soirs.

J'entends un fracas métallique quand il lâche une poignée de couverts avant de se tourner vers moi.

— Tout ça va bien trop vite, Jess.

— Trop vite pour qui ? Parce que moi, ça me convient tout à fait.

— Passer de zéro à cent en neuf secondes n'est pas une façon très raisonnable de conduire.

— C'est quoi, maintenant ? Le guide parental de *Top Gear*[1] ?

Papa soupire et repose la serviette à thé pendue à son bras.

— Ce n'est pas ce que tu désirais, Jess. Et que fais-tu de tes rêves de jadis ? Toutes ces magnifiques œuvres d'art que tu avais conçues au lycée ?

— J'ai grandi, papa. Je suis devenue réaliste.

— Et tu as un petit ami.

Je le regarde d'un air soupçonneux.

— Et c'est censé vouloir dire quoi ?

— Fais en sorte qu'il ne te change pas trop, Jess.

— Il ne me change en rien. C'est moi-même qui me change, toute seule, OK ?

Je me dirige vers la porte.

— Bonne chance, chérie, lance-t-il dans mon dos.

Je suis sortie si vite que je n'ai pas pris le temps de lui répondre.

Vu de l'extérieur, le bâtiment où Lee travaille est ancien et un peu crade, mais, dès qu'on y pénètre, c'est super chicos avec, aux murs, des panneaux très classes de leurs campagnes de pub et, dans un coin de la réception, un canapé moelleux mauve. La femme derrière le bureau relève la tête et sourit.

---

1. Émission de la BBC consacrée aux voitures de course.

— Bonjour, dit-elle. En quoi puis-je vous aider ?

— Bonjour. Je m'appelle Jess Mount. Je suis ici pour un entretien.

Il faut lui reconnaître cette qualité, son sourire reste toujours aussi éclatant, même quand elle comprend que je serai peut-être sa remplaçante.

— C'est super, prenez un siège, Jess, dit-elle en montrant le canapé. Puis-je vous offrir du thé ? Du café ?

J'ai beau n'être là que depuis deux minutes, je me sens déjà inférieure à elle.

— Du café, ce serait super, merci. Lait, pas de sucre.

Je m'assieds sur le canapé et c'est seulement quand elle se lève que je me souviens de la raison pour laquelle je la remplace. Son ventre apparaît après le reste de son corps et, pour être juste, son arrondi est parfait. J'ai vu des femmes qui semblaient sur le point d'exploser alors qu'elles n'étaient enceintes que de sept mois. Et mis à part son ventre rebondi, elle est restée mince. Et jolie qui plus est – cheveux châtain foncé jusqu'aux épaules, maquillage élégant, longues jambes. En remarquant ses talons aiguilles qui doivent être d'un inconfort absolu, je pense soudain que, si j'obtiens ce poste, je travaillerai probablement ici quand je serai moi aussi enceinte. Est-ce qu'on attendra de moi que je m'habille de la même façon, alors que je serai sur le point d'accoucher ? À ce stade de ma grossesse, je préférerais sûrement porter ma salopette et je parie que mes chevilles se seront épaissies. M'man disait que les siennes avaient gonflé quand elle était enceinte de moi et ses pieds avaient pris une pointure. Elle avait espéré qu'après l'accouchement, ils auraient retrouvé leur taille normale, mais ce ne fut pas le cas, et elle avait dû renoncer à ses chaussures en trente-huit qu'elle avait données à tante Sarah.

Quand la réceptionniste revient avec mon café, je jette un œil à ses chevilles. Elles me semblent parfaites.

— Merci, lui dis-je quand elle me le tend. Vos pieds doivent vous faire souffrir à la fin de la journée. Je suis incapable de marcher avec des talons aussi hauts et je ne suis même pas enceinte.

— Je sais, mais c'est la politique de la société. Elle n'est écrite nulle part ni rien, mais un jour, je suis arrivée en chaussures plates et j'ai eu droit à des regards et quelques commentaires.

Ça ne pouvait être que Carl. Jamais Lee ne ferait une chose pareille.

Mon cerveau part en mode « avance rapide » et essaie de faire le lien avec les posts reçus du futur. Lorsque je partirai à mon tour en congé maternité, il faudra bien qu'ils trouvent quelqu'un pour me remplacer, exactement comme pour elle. Et les gens feront probablement des plaisanteries fines, du genre : pour tomber enceinte, il suffit de rester debout derrière son bureau à la réception, ou alors c'est qu'il y a quelque chose dans l'eau. J'accueillerai les jeunes femmes qui viendront se présenter pour me remplacer, sachant tout ce temps que je serai morte quelques mois plus tard si je ne parviens pas à modifier ma destinée.

Je sirote mon café en essayant d'empêcher mes mains de trembler. Une autre femme descend l'escalier, suivie par un homme de haute taille bien bâti vêtu d'un costume gris. Je présume que c'est Carl. Je le vois qui lui serre la main et elle m'adresse un petit sourire en passant devant moi. Je me sens comme une vraie garce en lui rendant son sourire. Moi, je sors avec un des patrons de cette foutue boîte et ce poste, elle ne l'aura pas, alors qu'elle donnerait tout pour l'obtenir. J'espère simplement que la prochaine fois, lorsqu'il s'agira de me remplacer, elle se représentera. Et j'espère vraiment qu'elle le fera, je me sentirai moins garce sachant qu'elle pourra le garder pour de bon.

— Et vous devez être Jess, me dit l'homme en costume gris. Carl Walker. Heureux de faire votre connaissance, j'ai beaucoup entendu parler de vous.

Il me fait un clin d'œil en me tendant la main et je me demande aussitôt ce que Lee a bien pu lui raconter. Lui a-t-il appris que nous avions couché ensemble ? Je déteste l'idée que cet individu puisse être au courant de ce genre de détails. Je n'aurais jamais dû accepter cet entretien. Je devrais continuer à prendre le train avec Sadie pour me rendre à mon travail et ne pas essayer d'être celle que je ne suis pas. Mais il est trop tard pour me raviser. Je décevrais Lee si je me défilais aujourd'hui et, à cause de moi, il aurait l'air d'un imbécile. Et il aurait toutes les raisons du monde de me larguer. Je me lève.

— Bonjour, heureuse de vous rencontrer, dis-je en lui serrant la main.

Il retient la mienne un peu plus longtemps qu'il ne faudrait.

— Allons-y, si vous le voulez bien. Après vous.

Je sens son regard fixé sur mon cul, lorsque je gravis les marches. J'ai parfaitement conscience de ma jupe moulante et de mon chemisier transparent dans le dos et regrette de ne rien connaître des conversations entre hommes au travail dès qu'il s'agit de sujets personnels. Je ne sais pas jusqu'où ils peuvent aller quand ils papotent et, pour ce qui est du week-end que nous avons passé ensemble, j'ignore si Lee en a raconté autant à Carl que moi à Sadie. Je me sens sale. À l'image d'une prostituée qui veut en finir au plus vite de manière à pouvoir rentrer chez elle et prendre une douche.

Je m'arrête sur le palier du premier et j'ai beau lui céder la place, il me frôle au passage. J'aimerais penser qu'il ne l'a pas fait à dessein, mais je suis pratiquement sûre du contraire.

— Entrez et asseyez-vous, me dit-il en ouvrant une porte sur la gauche.

Je pénètre dans un vaste bureau avec un énorme fauteuil noir pivotant derrière la table de travail. Je m'installe sur la chaise qui lui fait face et croise les jambes, toujours surprise de les voir ainsi exposées au lieu d'être cachées par mes leggings.

Lorsque je relève les yeux, je découvre le regard de Carl fixé sur elles.

— C'est agréable de vous voir ainsi habillée pour le rôle qui sera le vôtre. Nous aimons qu'en première ligne, notre personnel soit toujours parfaitement bien mis et porte une tenue adéquate, rien de tel pour rendre le client heureux.

Il me fait un nouveau clin d'œil et s'assied lourdement dans son fauteuil. J'essaie de ne rien laisser paraître, mais cet homme me donne envie de vomir.

— Très bien, merci pour votre C. V., dit-il.

Je l'ai rédigé hier à l'aide d'un modèle qu'on peut trouver en ligne, avec l'espoir que sa structure très professionnelle compenserait le manque de contenu – même si j'ai un peu embelli les choses.

— Donc, Jess, vous travaillez à la réception du cinéma dans le centre commercial.

— Oui. Je m'occupe des réservations par téléphone et sur Internet, j'accueille et je place les gens comme il se doit. Notre cinéma est petit et, question taille, nous ne pouvons rivaliser avec les multiplexes, mais nous aimons offrir un service personnalisé et amical.

J'avais aussi lu un de ces articles en ligne relatifs aux entretiens et à la façon de tirer son épingle du jeu rien qu'au flanc. Apparemment, il s'agit d'appuyer sur les bons boutons et, à voir l'expression du visage de Carl, j'ai a priori réussi.

— Absolument. Il est essentiel pour une société comme la nôtre que nos clients comme nos clients potentiels se sentent les bienvenus à la seconde où ils arrivent chez nous.

— Eh bien, je ferai en sorte qu'ils le soient. J'aime mettre les gens à l'aise, faire tout mon possible pour qu'ils se sentent bien afin que leur première impression soit positive avant même qu'ils ne vous rencontrent.

Carl sourit. Et ne cesse de dévorer mes nichons du regard. Je vais l'avoir, ce poste, que je le veuille toujours ou non. Mon avenir se précipite sur moi à une telle vitesse que je cours le risque de ne plus toucher terre. Et je suis incapable de savoir si la tête me tourne tant je suis excitée ou si, en fait, la nausée me guette.

Un peu plus tard, dans ma tenue de travail habituelle – le déguisement que je portais pour l'entretien est soigneusement rangé dans la salle du personnel –, je suis en train de trier les couverts lorsque je reçois un message de Lee.

Félicitations. Carl a été emballé. Le poste est à toi. Que dirais-tu si je t'invitais à déjeuner demain pour fêter ça ?

J'ai réussi. J'ai obtenu ce que je voulais. Je regrette simplement de ne pas me sentir plus enthousiaste à cette perspective. Sadie entre dans la cuisine. Deux possibilités s'offrent à moi : je peux tout lui dire immédiatement pour me débarrasser de cette corvée, ou je peux reporter indéfiniment et me torturer l'esprit à deviner comment elle va réagir une fois mise au courant. À dire vrai, ce n'est pas vraiment un choix.

— Hé, dis-je. Tu as une minute ?

— Ouais, bien sûr, répond-elle, un peu soucieuse.

Je la fais sortir de la cuisine, emprunte le couloir et vérifie que personne ne se trouve à proximité avant de dire quoi que ce soit.

— J'ai… euh… j'ai un nouveau boulot, je lui annonce de but en blanc.

— Quoi ?

— À l'heure du déjeuner, j'ai eu un entretien d'embauche et le poste est à moi.

Elle me fixe, les yeux écarquillés, l'air complètement incrédule.

— Où ça ? Et tu feras quoi ?

— Dans la société de Lee. Comme réceptionniste.

Elle fait la grimace et pince le nez.

— Mais pourquoi diable irais-tu faire une chose pareille ?

— C'est le seul moyen que j'aie de voir Lee. Si je reste ici, ça ne marchera pas.

— Putain de merde, Jess.

— Quoi ?

— Tu le laisses prendre ta vie en charge complètement.

Je la fixe à mon tour. Je crois que c'est la première fois que je la vois jalouse. C'est pour cette raison qu'elle réagit si violemment en disant des trucs carrément faux.

— Non, ce n'est pas vrai ! Il se trouve qu'ils avaient un poste de disponible et donc, j'ai posé ma candidature. Ce n'est même pas avec Lee que j'ai eu cet entretien.

— Mais tu ne te serais jamais présentée pour ce poste si tu n'étais pas sortie avec lui.

— Non, probablement pas. Mais si je ne sortais pas avec lui, je n'en aurais pas non plus marre d'avoir mes soirées prises sans jamais réussir à le voir, tu ne crois pas ?

Sadie secoue la tête.

— Et donc, tu vas lâcher un boulot que tu aimes par amour pour lui ?

— Allons, ce n'est quand même pas une place de rêve ici, non ?

— Mais on rigole bien, quand même ?

— Ouais, ça, c'est vrai. Mais ça ne signifie pas que je vais travailler ici pour le restant de mes jours. Écoute, c'est pour l'instant un remplacement de congé de maternité. Si ça ne me plaît pas, je peux toujours revenir.

— Et donc ton poste n'est pas définitif ?

— Non, mais Lee estime que leur réceptionniste actuelle ne reviendra pas après avoir eu son enfant.

— Tu disais toujours que tu ne pourrais jamais travailler dans un bureau.

Sadie est au bord des larmes et moi, je me sens au-dessous de tout de lui infliger ce coup de massue, mais je n'ai pas vraiment le choix. Pas si je veux continuer à voir Lee.

Je hausse les épaules.

— J'ai juste besoin d'un boulot aux horaires standard, de neuf heures à dix-sept heures. C'est aussi simple que ça.

— Et nous deux, alors ? dit Sadie en secouant la tête.

— Qu'est-ce que tu veux dire ?

— Si tu fais tes journées de bureau et que tu le retrouves le soir, quand est-ce qu'on pourra se voir ?

— On pourra se retrouver le week-end.

— Sois pas bête, tu seras bien trop occupée à baiser avec ton chéri.

Je détourne la tête.

— Sadie, je t'en prie. Ne sois pas comme ça.

— Et tu t'attendais à quoi ?

— Je sais que c'est un choc, mais je pensais qu'au moins tu serais heureuse pour moi.

— Comment je pourrais l'être, alors que tu te laisses acheter de cette façon.

Je me hérisse aussitôt. Elle est allée trop loin cette fois.

— Tu dépasses les bornes.

— Pourquoi ? Parce que c'est la vérité ? Tu n'as jamais voulu être réceptionniste. Tu n'as jamais voulu avoir un boulot avec des horaires de bureau et tu n'as jamais voulu être la petite femme docile qui fait tout ce que lui demande son petit ami.

Je suis sur le point de lui répondre, mais le nœud qui me serre la gorge est trop gros pour que les mots puissent sortir. Je tourne les talons et me dirige vers les toilettes. Je n'arrive pas à croire que Sadie ait pu dire ça. C'est complètement faux. Elle est jalouse, c'est tout. Elle est convaincue que Lee m'arrache à elle et me prend pour lui seul et c'est pour cette raison qu'elle réagit si violemment en débitant des stupidités.

Je ferme la porte des W.-C. et m'appuie contre elle, en me répétant mille fois de suite que je fais ce qui est juste et bien. Mais quand je constate que ça ne marche pas, je sors mon portable pour me connecter à Facebook. Papa a posté une nouvelle photo de Harrison. Il dit que c'est un petit garçon bien brave, pour sa maman. J'appuie la tête contre la porte et me mets à pleurer.

MESSAGE PRIVÉ
Sadie Ward
03/08/2017 23:20

Ils n'ont pas voulu m'écouter, Jess. Ils avaient pourtant dit qu'ils le feraient, mais ils ne m'ont même pas demandé de déposition officielle. Ils se sont contentés de hocher la tête et de prendre mes coordonnées en m'assurant qu'ils me contacteraient, s'ils avaient besoin de renseignements supplémentaires.
J'espérais toujours qu'ils auraient retardé l'enterrement, mais ils n'en ont rien fait. Ils t'ont enterrée en même temps que d'éventuelles preuves et m'ont laissée là à chialer toutes les larmes de mon corps, alors que je n'avais qu'une seule envie, crier et hurler à tous les éplorés présents qu'ils ne connaissaient pas la moitié de ce qui s'était réellement passé et que ce n'était pas un accident. Que tout ce qu'ils avaient lu ou entendu dire n'était qu'un ramassis de mensonges. Je ne pouvais même pas regarder ton père, vu l'état dans lequel il se trouvait.
Au contraire de Lee. Lee a été quasiment le seul de l'assistance à faire bonne figure pendant le service. Les gens disent qu'il est toujours en état de choc. Mais c'est faux. Ça, je le sais. Le seul choc auquel il est confronté, c'est la facilité avec laquelle il a réussi à s'en tirer.

DEUXIÈME PARTIE

JESS

Vendredi 4 mars 2016

Une pensée me taraude et je n'arrive pas à m'en débarrasser : pourquoi Sadie est-elle aussi certaine que Lee est mon meurtrier ? C'est complètement absurde. Elle qui d'habitude a toujours les idées si claires, et moi qui croyais être la seule à avoir des problèmes de santé mentale. Une seule hypothèse me vient à l'esprit, la jalousie, je ne vois pas d'autre explication. Mais à y repenser, lorsque je lui avais appris que je quittais mon travail, la façon dont elle avait réagi dépassait vraiment les bornes. Et elle me bat froid depuis un mois tant elle en veut à Lee de m'avoir volée à elle. Et au bout du compte, elle laisse sa rancœur lui ronger les sangs à un point tel qu'elle finit par se convaincre que Lee m'a tuée.

J'ai bien essayé de lui faire comprendre que le problème venait d'elle, pas de Lee. De toute évidence, elle a le sentiment que je l'abandonne. Je lui ai suggéré de postuler pour un autre boulot, mais elle ne veut rien savoir. Et c'est vraiment dommage, car si elle reste là, au cinéma, sans moi, son état ira de mal en pis et je dois trouver le moyen de la faire revenir à la raison. Une fois que je ne serai plus là, ce sera trop tard. Après le décès d'une personne qu'on aime, on réfléchit de travers, et je sais de quoi je parle, je suis bien placée pour le savoir. Il faut que j'étouffe ça dans l'œuf au plus vite.

— Salut, dis-je à Sadie un peu plus tard à la gare, en la voyant déjà sur le quai.

— Salut, me répond-elle froidement, sans même chercher à masquer ses sentiments.

C'est mon dernier jour au cinéma. La dernière fois que nous ferons le trajet ensemble dans le même train pour nous rendre au travail. J'ai l'impression que c'est la fin d'une époque et la sensation est des plus bizarres. À la fin de cette journée, après tout ce que nous aurons partagé, Jessadie n'existera plus et ne reviendra jamais. Je le sais parfaitement. Je regrette simplement que cette rupture ne se soit pas conclue sur une note plus positive, au lieu de laisser place à cette atmosphère abominable.

— Est-ce que tu as changé d'avis pour ton pot de départ ? Il est encore temps d'organiser quelque chose si tu le désires, me dit Sadie.

— Non, je te remercie. Je ne veux pas en faire tout un plat. Et de toute façon, je retrouve Lee après le travail.

Elle fait la grimace et baisse les yeux, raclant sa chaussure gauche le long d'une ligne imaginaire.

— Pourquoi ne lui laisses-tu pas sa chance, Sadie ?

— La chance de quoi ? Lui et moi, on ne risque pas de devenir les meilleurs amis du monde, tu ne crois pas ?

— Tu n'en sais rien. Tu n'as jamais vraiment fait sa connaissance.

J'ai conscience que c'est autant ma faute que la sienne. J'ai si rarement l'occasion de voir Lee que je le veux pour moi seule dès que c'est possible. Je lui ai bien proposé de nous retrouver tous les trois pour prendre un verre, mais, à vrai dire, lui non plus ne m'a pas paru très enthousiaste.

— Je ne suis pas sûre qu'on réussisse à s'entendre tous les deux, fait Sadie. Nous n'avons pas grand-chose en commun.

— Vous m'avez moi en commun.

— Et donc, on parle de toi pendant toute la soirée ?

— Écoute, viens boire un verre avec nous après le boulot ce soir.

Elle hésite avant de répondre.

— Je vais y réfléchir, OK ?

J'imagine que c'est le mieux que je puisse espérer.

— Tu ne regrettes pas de partir, donc ?

— Non. J'ai besoin de faire ça, c'est tout, je lui explique.

— Tu ne diras plus ça après une semaine de réveils à sept heures chaque matin.

— Peut-être pas. Mais je passerai la nuit chez lui de temps en temps, ce qui facilitera les choses.

— Et ton père a aussi donné son accord, c'est ça ?

C'est à mon tour de baisser les yeux. Je réponds, avec plus d'espoir que de certitude.

— Il finira par s'y faire.

— Et dans ce cas, toutes les deux, on se verra quand, tu peux me le dire ?

— À déjeuner. Si cela ne te dérange pas de prendre un poste du matin.

— C'est toi qui régales alors ?

Pour la première fois, je vois un filet de sourire sur ses lèvres.

— Peut-être bien.

— Mais ce ne sera pas pareil, tu ne crois pas ?

— Non, effectivement. Mais ça ne veut pas dire pour autant que ce ne sera pas bien. C'est juste que les choses changent.

Elle détourne la tête à l'arrivée du train. Lorsque je m'assieds face à elle, elle continue à sécher ses larmes.

Sur le trajet à la sortie de la gare de Leeds, nous échangeons à peine quelques mots. Il n'y a plus rien à dire. Dès notre arrivée au cinéma, Sadie dépose ses affaires et se dirige vers la cuisine pour se mettre au travail. En temps normal, elle n'est jamais aussi impatiente de commencer sa journée.

— Salut, ma douce, me dit Adrian en entrant dans la salle du personnel avant de me serrer contre lui. Je n'arrive pas à croire que ce soit ta dernière journée.

— Je sais. Mais je reviendrai pour voir des films. Tu ne réussiras pas à te débarrasser de moi aussi facilement.

— Eh bien, débrouille-toi au moins pour ne pas renverser ton pop-corn. Dans ton nouveau boulot, tu seras peut-être une magnifique réceptionniste, mais n'oublie pas, je te connais, je sais que tu ne fais pas toujours très attention.

Je lui donne un coup de coude dans les côtes, incapable de prononcer un mot, et sors de la salle du personnel pour me retrouver face à Nina dans le couloir.

— Et on ne flemmarde pas pour son dernier jour, OK ? me dit-elle, sans que je sache si elle est sérieuse ou non.

— Je vais te manquer quand je ne serai plus là, je lui réponds, avant de poursuivre mon chemin.

La journée finie, Lee m'attend devant l'entrée quand je sors en compagnie de Sadie. Elle a accepté de prendre un verre avec nous, mais je n'en ai rien dit à Lee. J'ai pensé que ce serait mieux si c'était une décision de dernière minute.

— Alors, comment on se sent d'avoir tout son temps de libre désormais ? me demande-t-il en s'avançant pour m'embrasser.

— Uniquement pour un week-end, je rectifie.

— Ça, c'est ce que tu crois, dit-il.

Il glisse la main dans sa poche, sort une enveloppe et me la tend.

— C'est quoi ? je lui demande.

— Ouvre, tu verras bien.

Je le regarde, puis me tourne vers Sadie derrière moi.

— Désolée, je te présente Sadie, lui dis-je. Sadie, Lee.

— Salut, dit Lee avec un beau sourire avant de revenir sur moi.

J'ouvre l'enveloppe et en sors deux billets. Il faut un moment à mon cerveau pour comprendre qu'il s'agit de billets d'avion pour l'Italie. Et un moment de plus pour remarquer que la date de départ correspond à demain.

— Oh, mon Dieu. On part pour le week-end ?

— Une semaine, en fait.

— Je ne comprends pas. Et le travail alors ?

— J'ai engagé une intérimaire pour te remplacer. Je me suis dit que tu méritais de vraies vacances avant de commencer chez nous. Donc, une semaine à Venise – si tu peux me supporter aussi longtemps.

Je reste là, complètement ébahie. Il a fait ça pour moi. Il y a pensé, a tout organisé et c'est lui qui a payé. Personne ne m'avait jamais fait pareil cadeau. Si ma vie avec lui doit ressembler à ça au quotidien, je n'ai qu'une hâte, commencer au plus vite.

— Serais-je enfin parvenu à te laisser sans voix ? me demande Lee.

— Je n'arrive pas à y croire, dis-je finalement en me précipitant pour le serrer dans mes bras. Merci infiniment !

— Je t'en prie. Je vais te ramener chez toi pour que tu fasses tes bagages et ensuite je te conduis chez moi, nous devons être à l'aéroport Bradford de Leeds à huit heures trente demain.

— Waouh ! C'est magnifique. Merci encore, merci.

Je me souviens soudain de la présence de Sadie derrière moi, elle qui espérait prendre un dernier verre d'adieu. Je me tourne vers elle.

— Je suis navrée. Je ne m'attendais pas du tout à ce genre de surprise.

— Pas de problème, me répond-elle. Vas-y. Tu as des choses à faire.

D'un regard, j'essaie de comprendre si elle est sincère ou se montre simplement polie.

— Veux-tu qu'on te ramène chez toi ? Je suis sûre que Lee sera d'accord.

— Non, non, allez-y tous les deux. Je vais prendre le train. Je n'aime pas taper l'incruste.

Elle fait de son mieux pour ne rien laisser paraître, mais, au ton de sa voix, je perçois qu'elle m'en veut encore. Le ressentiment est toujours là et il restera. Il lui reviendra en mémoire dans l'avenir, un jour. Elle repensera à la façon dont Lee apparaissait à tout bout de champ pour se mettre entre nous deux. Et en gâchant tout au passage. En cet instant précis, les graines de sa haine à son égard sont en train de prendre racine et il n'y a rien que je puisse y faire. Elle l'a pourtant vu m'offrir ce cadeau incroyable, il n'empêche, elle reste toujours incapable d'être heureuse pour moi.

— OK, dis-je en haussant les épaules.

— Bon, très bien. Je te verrai après tes vacances, j'imagine. Amuse-toi bien.

— Merci.

Elle m'a dit ces mots du bout des lèvres en serrant les dents. Elle s'éloigne, mais je la rattrape.

— Sadie, au moins sois heureuse pour moi.

— Je le suis. Pour toi et cette foutue Cendrillon.

Je la laisse partir, en me rappelant un instant la façon dont on se rejouait toutes les deux la scène de *Pretty Woman*, puis je reviens vers Lee.

— Quelle mouche la pique ? me demande-t-il.

— Je crois que c'est dur pour elle d'être laissée sur la touche.

— Bon. Eh bien, on ferait mieux d'y aller. Nous avons un avion à prendre dans moins de douze heures.

Je prends sa main et marche à son côté. Je marche vers un avenir qui ne me fait plus peur. Parce que rien ne peut me faire de mal quand je suis avec cet homme. Rien du tout.

Nous nous garons devant chez moi. Je sais que je devrais demander à Lee d'entrer un moment, le temps que je fasse mes bagages, mais je ne peux m'y résoudre. Comme si je m'étais convaincue que ma bulle allait soudain exploser si je l'autorisais à pénétrer dans ma vraie vie. Et mon carrosse risquait aussitôt de se retransformer en citrouille.

— Je fais aussi vite que possible, je lui dis en défaisant ma ceinture.

— Pas de problème. Nous voyageons léger, n'oublie pas. Tout ce qui ne sera pas à portée de main, je te le trouverai là-bas. Laisse un peu de place dans ta valise.

— Merci, dis-je en sortant avant de fermer la portière.

Sadie a peut-être raison – peut-être que les gens comme moi n'ont pas droit à ces choses-là. Pas dans la vraie vie, en tout cas. L'idée me traverse l'esprit qu'elle aurait pu être partie prenante de tous ces posts sur Facebook. Après tout, le premier venait bien d'elle, non ? Et ils ont commencé le jour où j'ai fait la connaissance de Lee. Presque à la seconde où cette pensée se forme, je me déteste, car je sais que jamais elle ne me ferait ça, jamais elle ne serait aussi cruelle. Sachant tout ce que j'ai pu traverser.

À mon entrée dans la maison, papa se prépare un expresso.

— Bonjour, dit-il. Je ne m'attendais pas à te voir si tôt. Je croyais que tu allais à un pot d'adieu.

— Non, je lui explique. Changement de plan.

— Oh ?

Un large sourire illumine mon visage, c'est plus fort que moi.

— Lee m'emmène en vacances à Venise. Nous prenons l'avion demain matin. Je rentre juste le temps de faire ma valise et je retourne chez lui. Nous partons de bonne heure.

— Waouh, fait papa en sortant sa tasse de café fumant de la machine. C'est un peu soudain, tu ne crois pas ?

— C'était une surprise pour mon départ du boulot. Il a engagé une intérimaire pour me remplacer la semaine prochaine.

— Tu pars une semaine entière ?

— Ouais. Il a réservé l'hôtel et tout.

— Mais tu le connais à peine.

Je sens l'épingle percer ma bulle et l'air commence à s'échapper.

— Seigneur, ne remets pas ça sur le tapis, papa.

— Il n'espère quand même pas que tu vas laisser tout tomber de but en blanc pour partir avec lui. Ça demande un peu réflexion, non ?

— Quel genre de réflexion ?

— Savoir si c'est bien raisonnable, par exemple.

— Raisonnable ? dis-je un peu ébahie en entendant ce mot. Quand ai-je jamais fait quoi que ce soit de raisonnable ? Ce qui est raisonnable ne m'intéresse pas. Je veux que ce soit spontané et excitant et c'est exactement ce qu'il me propose. Et maintenant, si tu veux bien m'excuser, il faut que je fasse ma valise. Je ne veux pas faire attendre Lee.

— Il est dehors ?

— Ouais.

— Tu aurais dû le faire entrer.

— Tu viens très précisément de démontrer à l'instant pourquoi je ne l'ai pas fait.

Son visage se défait. Je me dépêche de grimper au premier en essayant de ne pas penser au foutoir que je laisse derrière moi et sors la valise de sous le lit. Je ne m'en suis pas servie depuis la fin de l'été dernier, lorsque Sadie et moi étions allés à Amsterdam pour un long week-end. Nous avions voyagé en train, mais, à vrai dire, nous n'avions pas vraiment le choix. Je ne pouvais pas courir le risque de monter dans un avion et de péter les plombs une nouvelle fois. Quand je pense soudain que demain, je vais être obligée d'en prendre un en compagnie de Lee en restant calme et sereine pendant toute la durée du vol. Il va bien falloir. Parce que je ne tiens pas à ce qu'il sache ce qui m'est arrivé. Je ne veux plus être cette Jess Mount-là, j'ai besoin de l'enterrer une bonne fois pour toutes, et son passé avec elle.

J'ouvre ma penderie. Je n'ai aucune idée de ce qui se porte à Venise, mais je suis pratiquement sûre que les seuls habits susceptibles de convenir se limitent à ma robe de soirée, ma tunique moutarde et les bottes que Lee m'a offertes. J'emballe le tout et y ajoute deux jeans slim, des leggings noirs et quelques longues chemises. Ainsi que mes plus beaux dessous, des shorts et des caracos avant de me précipiter dans la salle de bains et de vider la moitié du petit placard. J'attrape ma trousse de maquillage et retourne dans ma chambre pour une dernière vérification. Je repère les chaussures de m'man, toujours dans le bas de la penderie. Je sais que je devrais d'abord demander l'autorisation à papa, mais je suis sûre qu'il dirait oui et donc, je les emporte et ferme ma valise.

Je descends au rez-de-chaussée au plus vite. Papa est assis à la table de la cuisine, apparemment résigné à l'idée que je parte.

— Tu es sûre que tu as tout ce qu'il te faut ? me demanda-t-il.

— Ouais. Je crois.

— Ton passeport ?

Je grogne, retourne au premier quatre à quatre et fouille la commode jusqu'à ce que je le trouve.

— Merci, je lui lance en redescendant. Tu me sauves la vie.

Dès que les mots sont sortis de ma bouche, je prends conscience de ce que je viens de dire et me mords violemment la lèvre.

— Écoute, dit il en se levant. Je suis désolé d'avoir ainsi démarré au quart de tour. Je me fais du souci pour toi.

— Je sais. Mais il faut que tu me lâches un peu, que tu me laisses vivre ma vie.

— Je ferai de mon mieux.

— Ai-je la permission de prendre du plaisir à ces vacances ?

— Mais bien sûr.

— Bien. Parce que c'est mon intention.

— Tant que tu me donnes, toi, la permission de me tracasser pour toi. Parce que c'est ce qui arrivera, que ça te plaise ou non.

— Tout ira très bien. Je vais m'éclater comme jamais.

Papa acquiesce et s'avance. Je sais qu'il va me serrer dans ses bras et je dois faire un énorme effort pour chasser de ma tête cette image de lui en pleurs le jour de mon enterrement.

— Envoie-moi un message quand tu seras arrivée, dit-il.

Et il me serre contre lui, comme prévu. J'aspire un grand coup pour tenter d'arrêter la plainte qui menace de s'échapper de ma gorge.

— Il faut que j'y aille, dis-je.

— Bien sûr. Laisse-moi porter ta valise, que je puisse faire la connaissance de ton beau jeune homme.

J'hésite. Je n'ai pas vraiment envie qu'il rompe la magie de l'instant en venant mettre son grain de sel. Mais je sais également que je ne veux pas partir en vacances en laissant ce nuage sombre suspendu au-dessus de nos deux têtes.

— D'accord.

Je suis papa dehors. Lee sort de la voiture quand il nous voit et s'avance.

— Bonjour, monsieur Mount, dit-il, le bras tendu. Je suis Lee. Heureux de vous rencontrer.

P'pa lui serre la main d'une belle poigne.

— C'est réciproque. Mais appelez-moi Joe, s'il vous plaît.

— Pas de problème.

Nous restons plantés un instant sur le trottoir, mal à l'aise.

— Excellent choix, l'Italie, en tout cas, dit papa.

— On ne peut pas se tromper en allant là-bas, pas vrai ? De quelle région est votre famille ?

— Du Sud, près de Naples. Nous allons les voir quand nous pouvons.

En vérité, nous y passions la plus grande partie de nos vacances d'été quand j'étais plus jeune, mais l'été qui avait suivi le décès de m'man, je ne suis pas parvenue à monter dans l'avion et nous n'y sommes retournés que deux fois depuis. En partie parce que c'est une vraie galère de faire l'aller-retour en train.

Je regarde papa. Je lis sur son visage qu'il vient de se rappeler lui aussi l'épisode de l'avion.

— Est-ce que ça ira avec…

— Ouais, il n'y aura pas de problème, je le coupe. Nous devons y aller.

— Bien, conclut papa. Eh bien, prenez du bon temps tous les deux.

— Vous pouvez y compter, répond Lee. Et ne vous en faites pas, j'ai la ferme intention de prendre le plus grand soin de votre fille.

Papa hoche la tête, l'air rassuré. Nous montons dans la voiture, Lee démarre et je salue papa du geste quand nous prenons la route.

— Ton père me semble adorable, dit Lee.

— Ouais, c'est un fait. Et tu te débrouilles à merveille pour impressionner le père d'une jeune fille. Je crois que tu lui as beaucoup plu.

— Ça, c'est parce que je ne lui ai pas dit que j'envisageais de te faire subir les derniers outrages au quotidien.

— C'est probablement une excellente décision.

— Je te ferai visiter la ville également. Entre deux de nos petites séances.

— Je l'espère bien. Nous ne pouvons pas nous permettre de rentrer au bercail sans avoir de photos. Sinon, tout le monde saura à quoi nous avons passé notre temps.

Mon portable bipe. Un message de papa.

Il me plaît. Je pense qu'il aurait aussi plu à ta maman. Amuse-toi bien. Plein de câlins. Bisous × 2

C'est toujours ce qu'il fait, il ajoute un baiser de la part de maman et de lui, comme si elle était toujours là. Je regarde par la vitre et sens une larme glisser sur ma joue.

MESSAGE PRIVÉ
Joe Mount
4/09/2017 7:11

Je suis allé sur ta tombe hier soir. Et j'avais pris une pelle, j'avais décidé que je ne pouvais pas supporter ça plus longtemps et je voulais te déterrer pour être de nouveau avec toi. C'était complètement dingue de ma part, je le sais. Mais comme tu me l'as dit à une occasion, quand on est amoureux, on fait des trucs dingues. Et je fonds toujours d'amour pour toi, Jess. Je fonds d'amour pour toi depuis que j'ai entendu les battements de ton cœur avec le stéthoscope de la sage-femme. Depuis le premier coup de pied que j'ai senti contre ma main, alors que tu étais dans le ventre de ta maman. Depuis la seconde où tu es apparue en hurlant à pleins poumons, au point que j'en ai eu le souffle coupé, tant je savais à cette seconde que tu serais à jamais la chose la plus importante de mon existence.
Et donc, j'ai emporté la pelle. Tu ne te souviens probablement pas que j'en avais une. Je la gardais dans l'abri à outils dans le jardin de derrière. Je m'en servais surtout pour dégager la neige plus que pour autre chose. Je n'ai d'ailleurs pas souvenir d'avoir jamais creusé la terre, mais j'ai toujours pensé qu'un homme se devait de posséder une pelle.
Je l'ai mise dans la voiture. Et quand je suis arrivé là-bas, je l'ai prise avec moi pour aller sur ta tombe. C'est seulement à ce moment-là que j'ai pris conscience à quel

point c'était dingue de vouloir faire ça. La nuit était tombée, il était deux heures du matin (je ne dors pas bien par les temps qui courent), donc, à un moment où je ne craignais pas de croiser quiconque, pas même un promeneur de chien. Et je suis resté planté là, mon pied sur le bord de mon outil, prêt à creuser. J'ai au moins réussi à entailler la surface du sol et, l'espace de quelques minutes, j'ai creusé comme un possédé avant de comprendre que je ne pouvais pas faire une chose pareille. Je ne voulais pas te faire de mal, Jess. Je t'avais trouvé un des ces cercueils biodégradables en bois de saule, parce que tu avais toujours aimé les arbres, et j'ai pensé soudain que si je parvenais à aller si profond, ma pelle pouvait le traverser. Et je ne pouvais pas me résoudre à te blesser, Jess. C'était un risque que je ne pouvais pas courir, malgré mon désir de te ramener avec moi, d'être à nouveau près de toi.

J'ai lâché ma pelle et je me suis effondré par terre en pleurant toutes les larmes de mon corps. J'ai sangloté comme jamais encore de ma vie, pas même à ton enterrement. Parce que tu me manques, Jess. Plus que tu ne le comprendras jamais. Et c'est à cet instant que le réel a repris sa place finalement, quand j'ai compris que je ne pourrais jamais te faire revenir. J'ai souffert quand ta mère est décédée. J'ai souffert comme pas possible. Mais j'ai réussi à tenir bon grâce à toi. Mais maintenant que je ne t'ai plus, tout me semble dérisoire et inutile. C'est comme si je vous pleurais toutes les deux. Et je suis resté assis là entre vos deux tombes et je t'ai parlé. Parlé de toutes les petites choses dont le souvenir m'était resté. Je n'ai pas bougé jusqu'au lever du jour. Et j'étais encore là quand les premiers promeneurs de chien sont apparus. Un cocker a couru jusqu'à moi et m'a léché la figure. Son propriétaire s'est approché et s'est excusé. Il m'a demandé si j'allais bien. Il a probablement pensé que je devais être sacrément dangereux, assis comme j'étais dans un cimetière à sept heures du matin et armé d'une pelle. Je me suis tourné vers lui et j'ai simplement hoché la tête. Il m'a rendu mon salut sans rien dire, alors que, visiblement, j'étais tout sauf bien, et s'en est allé en appelant son chien.

Et je suis rentré à la maison, Jess. Puis j'ai rangé la pelle dans l'abri de jardin et il est probable que je ne m'en servirai plus jamais. Pas même pour dégager la neige. Parce que chaque fois que je la regarderai, c'est à toi que je penserai. En sachant que jamais plus je ne te reverrai.

JESS

Samedi 5 mars 2016

Debout dans les toilettes de l'aéroport Bradford de Leeds, le visage dégoulinant de larmes, je lis le post de papa. Mon papa. Cet homme raisonnable qui a toujours eu toute sa tête et n'a jamais commis un acte débile de sa vie. Et le voilà qui, d'un coup, au beau milieu de la nuit, emporte une pelle pour essayer de me déterrer. Assurément, ma mort lui fait perdre la boule et il finira probablement par sombrer en pleine déprime. Je veux dire, trop, c'est trop, c'est plus qu'on ne peut en encaisser, non ? Votre épouse meurt et ensuite, votre fille décède elle aussi. Plus personne à qui parler et pas d'amis. Pas ce que moi j'appellerais des amis. Ce sont uniquement des hommes, les gars avec lesquels il travaille. Mais il ne sort jamais avec eux et ne les appelle jamais. La seule personne qui reste dans sa vie, c'est Harrison, et il est un peu jeune pour être un interlocuteur digne de ce nom. Et si Lee et Angela s'en occupent, je ne suis pas sûre qu'il voie souvent son petit-fils. En outre, la pensée d'Angela mère de substitution de mon enfant me met mal à l'aise. Ce n'est pas ça, la vie que je désire pour lui. Mais comme je ne suis plus là, il n'y a pas grand-chose que je puisse y faire.

Je secoue la tête et range mon portable. Pour l'instant, je ne peux pas m'encombrer l'esprit avec ces choses. Lee m'attend et se demande probablement ce que je peux bien fabriquer. Je me mouche dans un morceau de papier hygiénique, essuie mes yeux et sors des toilettes. Le reflet que me renvoient les miroirs au-dessus du lavabo n'a rien de guilleret.

J'ai été stupide de consulter Facebook avant de monter à bord. Mon ami est sur le point de m'enlever pour des vacances inoubliables, et moi, je suis debout dans les toilettes, complètement défaite. Je me passe de l'eau sur la figure, sors ma trousse de maquillage et essaie de réparer les dégâts au plus vite.

Lorsque je ressors, Lee est appuyé contre le mur.

— Hé, me fait-il en levant les yeux. Tout va bien ?

Sa question laisse entendre qu'il soupçonne le contraire.

— Ouais, c'est bon, je te remercie. J'ai refait le plein d'oxygène en respirant profondément. Il y a un moment que je n'ai pas pris l'avion et je suis toujours nerveuse avant le décollage.

Présenté de cette façon, c'est moins grave. Je veux dire que des tas de gens sont nerveux dans un avion. Pas de quoi en faire un drame.

— Tu aurais dû m'en parler avant, dit-il en m'enveloppant de ses bras. Je ne lâcherai pas ta main pendant le vol. Et il ne durera pas longtemps. Tu seras arrivée avant même d'avoir compris. Il y aura juste une escale à Amsterdam.

Il m'embrasse sur le front. J'ignorais que le vol n'était pas direct et mon estomac refait des siennes. Je serre les poings pour qu'il ne voie pas mes doigts trembler.

Tout ira bien une fois que nous aurons décollé. C'est le décollage et l'atterrissage qui me posent un problème.

— Eh bien, je vais faire de mon mieux pour te distraire à ces moments-là.

Il prend ma main et me conduit dans la salle d'embarquement. Nos bagages ont déjà été enregistrés. Les autres passagers sont essentiellement de vieux couples qui essaient peut-être de raviver un peu la flamme de leur passion éteinte grâce à un séjour dans l'une des villes les plus romantiques du monde. Je remarque quelques regards furtifs de certaines femmes. M'man m'avait expliqué un jour que, même quand on vieillit, l'intérêt pour des mecs plus jeunes ne disparaît pas pour autant, mais les regards qu'on leur jette ne prêtent pas à conséquence dans la mesure où ils n'y accordent aucune attention.

Je serre la main de Lee et me colle contre lui. Si David Attenborough[1] faisait les commentaires, il dirait que la femelle fait ainsi savoir au monde que le mâle est pris et qu'il est inutile de s'en approcher.

— Tout ira bien, me chuchote Lee à l'oreille.

Et je le crois.

Et c'est vrai. Pas brillant, mais correct. Je crois que je ressemble à n'importe quelle passagère trop nerveuse plutôt qu'à une femme qui risque de péter les plombs. Et la seule chose qui me tienne et m'empêche de disjoncter, c'est la pensée de Harrison. Je sais que je ne mourrai pas pendant ce vol, sinon, Harrison n'existerait jamais. Or il existe bel et bien, j'ai vu des photos de lui. Et c'est ainsi que je me convaincs que ce voyage aller-retour jusqu'à Venise sera sans risques.

Et Lee, de son côté, tient sa promesse en m'embrassant le temps du décollage et de l'atterrissage. Et même si je suis pratiquement sûre que les commentaires des autres passagers vont bon train, je m'en fiche.

Je soupire longuement en détachant ma ceinture.

— C'était pas si mal, non ? me demande Lee.

— Non, grâce à toi.

— Je peux annuler le vol de retour et nous rentrerons par le train, si tu préfères.

— Sois pas bête. Tout ira bien.

---

1. Rédacteur scientifique britannique et réalisateur de documentaires naturalistes ou animaliers.

— Parfait. Je veux que tu cesses de te tracasser, c'est tout. Je veux que tu profites de chaque seconde de ces vacances.

— Je te le promets.

Nous prenons un bus-vedette à l'aéroport. La ligne orange. Lee semble savoir exactement où nous devons nous rendre, sans demander son chemin ni consulter de cartes. Il est certainement déjà venu ici par le passé et c'est plus fort que moi, j'aimerais savoir avec qui. De toute évidence, il a eu des amies avant moi. En grand nombre, j'imagine. Avec un physique comme le sien, on ne risque pas de se retrouver seul pour partir en vacances. Je peux bien sûr rêver d'être la première, mais je ne suis pas assez stupide pour m'en convaincre.

Je m'assieds à côté de la fenêtre et contemple les alignements de vieux bâtiments le long du canal. Lee passe un bras autour de mes épaules.

— Donc, voici le Grand Canal. Par ici, c'est un peu délabré, mais ça s'améliore à mesure qu'on se rapproche du centre.

— En tout cas, c'est toujours mieux que les abords de Leeds un lundi matin. Tu es venu souvent ici ?

— Oh, Seigneur ! Plutôt, oui. C'est un de mes endroits préférés.

Peut-être a-t-il amené ici toutes ses petites amies. Un peu comme une sorte de test d'initiation, à l'image de Richard Gere emmenant Julia Roberts à l'opéra dans *Pretty Woman*. Je ne sais si je suis censée dire des choses sur l'architecture de la ville ou sur son histoire. Ou peut-être, si j'en crois le film, me suffit-il d'apprécier ma toute première visite.

— J'adore déjà.

— Bien. Et nous allons nous offrir la totale pendant notre séjour. Et sans compter.

Je lui souris et pose la tête contre son épaule. Je suppose que si vraiment je dois quitter cette terre, je devrais au moins remercier le ciel de mourir heureuse.

— Prochain arrêt, c'est pour nous, annonce Lee au bout d'un moment.

Il attrape nos valises et me tend la main à la descente de la vedette. Je ne peux m'empêcher de frissonner.

— En tout premier lieu, il faut t'acheter un manteau digne de ce nom, dit Lee. Je t'avais prévenue que les températures seraient très fraîches.

— Je sais. Mais je ne pensais pas qu'il ferait plus froid qu'à Leeds.

— Ne t'inquiète pas. L'hôtel n'est qu'à cinq minutes à pied.

Il me guide dans la rue et tourne à gauche avant de franchir un petit pont et de prendre à droite.

— Et voilà, me dit-il en montrant le trottoir opposé.

Un portier en uniforme nous accueille en italien et appelle un bagagiste pour qu'il se charge de nos valises. J'entends Lee annoncer que nous sommes dans la petite suite, puis je lui emboîte le pas vers la réception. Où je découvre un piano à queue. Un foutu piano à queue. Parlez-moi d'une surprise : je n'en crois pas mes yeux et en reste bouche bée.

Mes bottes crissent sur le sol en marbre. Je me tourne vers Lee qui sourit et me saisit la main.

— Attends de voir la chambre, murmure-t-il.

La dame de la réception nous sourit et il donne son nom. Quelques instants plus tard, le bagagiste revient, nous conduit à l'étage et pousse une porte en bois. Lee écarte un bras pour me laisser entrer. La première chose que je vois au beau milieu de la pièce est un énorme lit rond garni de draps blancs et de coussins dorés avec, au-dessus, un abat-jour rouge et un plafond aux poutres sombres. Le mur derrière le lit est moucheté d'or et décoré de cadres anciens vides. À son opposé, au-delà du sol en marbre, des portes ornées de dorures et de miroirs donnent sur une terrasse surplombant le canal.

— Oh ! mon Dieu, je murmure. Je rêve ou quoi ? C'est bien réel ?

— Ouais, c'est ton chez-toi pour une semaine.

— Waouh ! J'aurais pu me contenter d'un Travelodge.

— Eh bien, tu mérites mieux que ça, répond Lee en souriant. En plus, quand on vient à Venise pour la toute première fois, il faut le faire avec style.

Le bagagiste repart après avoir reçu son pourboire.

Je remarque l'iPad sur le bureau.

— Si on était à Leeds, quelqu'un l'aurait déjà piqué au bout de cinq minutes, dis-je.

— Ils ont mon adresse, n'oublie pas, me répond Lee. Ce sont des vacances sans ordi ni téléphone, tu te rappelles ?

Il m'avait dit dans l'avion que c'était sa seule règle pendant les vacances. J'avais donné mon accord. Et sincèrement, ç'avait été un soulagement.

— Ouais, j'ai déjà éteint le mien.

— Bien, dit-il en s'asseyant sur le lit avant de tapoter le matelas. Viens. C'est l'heure de décompresser.

— Tu avais dit que tu allais me faire visiter la ville.

— Pas le premier après-midi, non.

Je souris et m'assieds à mon tour. Il saisit ma botte gauche et l'enlève, puis la droite, et commence à m'embrasser.

— Je n'ai jamais fait ça sur un lit rond, je murmure. Et je risque de dégringoler par terre.

— Eh bien, si ça se produit, je tomberai moi aussi pour te rejoindre.

Il m'embrasse dans le cou et commence à déboutonner ma chemise. Avec dans les yeux cette intensité que je lui ai déjà vue. Il est toujours comme ça quand nous allons faire l'amour et je me fiche bien que d'autres petites amies y aient eu droit elles aussi. Peut-être même celles qu'il a amenées ici. Tout ce que je désire, c'est qu'il continue à me regarder de cette façon, au cours du bref laps de temps que nous passerons ensemble.

Il ôte mon chemisier et se penche pour m'embrasser le ventre, sa main frottant mon entrecuisse. Je le laisse retirer mes leggings, puis il arrache le haut de mon string avec les dents. Je ris et l'aide à le faire glisser. Je m'apprête à lui retirer son T-shirt, mais il fait non de la tête.

— Pas si vite, dit-il. Je n'ai pas fini de te regarder.

Il me fait asseoir et dégrafe mon soutien-gorge qu'il balance au sol avant de m'allonger et d'écarter mes jambes. Il fait le tour du lit tout en enlevant son T-shirt, son pantalon et son caleçon.

— Fais-toi jouir, me murmure-t-il.

J'hésite une seconde, glisse ma main au bas de mon ventre et fais ce qu'il me demande, consciente de ses yeux qui me fouillent partout sans en perdre une miette. Il continue à tourner autour du lit, m'encourage et attend que je gémisse violemment en crispant les paupières avant de me rejoindre sur le lit.

— Bordel, t'es vraiment canon et je craque complètement, dit-il en me chevauchant. À mon tour maintenant.

Nous restons allongés sur le lit, collés l'un à l'autre par la sueur, et je sens une larme s'échapper du coin de mon œil et tomber sur son épaule.

— Hé, mais c'est quoi ? demande-t-il.

— Rien du tout, je lui réponds en secouant la tête. Juste un trop-plein d'émotions.

— C'est bien, parce que je t'aime.

J'ai du mal à déglutir en essayant de contenir le restant de mes pleurs qui commencent à remonter à la surface. J'attendais qu'il me les dise, ces mots. Même si je sais que je vais l'épouser et porter son bébé, j'avais besoin de les entendre.

— Moi aussi, je t'aime.

— Tout est pour le mieux alors, me répond-il. On est à égalité.

Le lendemain matin, quand nous sommes finalement prêts à nous lever, Lee demande que les petits déjeuners soient servis dans la chambre. Après avoir fait un brin de toilette dans la salle de bains, nous sommes en peignoir quand on frappe doucement à la porte.

— Entrez, s'écrie Lee.

Je suis assise au bord du lit quand la jeune femme entre. Des cheveux sombres noués en queue-de-cheval et de jolies lèvres en bouton de rose. Elle porte un plateau en laiton chargé d'une cafetière, de tasses et de soucoupes avec une sélection de croissants et se dirige directement vers la table en baissant les yeux. Elle s'apprête à y déposer le plateau quand je remarque le regard en coin qu'elle jette à Lee. Ses yeux s'écarquillent, je l'entends inspirer très fort et elle lâche un côté de son plateau. Les tasses glissent et se fracassent au sol. Elle marmonne quelque chose en italien avant de dire « absolument navrée » en anglais.

Avant même que j'aie bougé du lit, Lee se dirige déjà à grands pas vers elle.

— Mais qu'est-ce que vous avez fichu, nom d'un chien ? lui hurle-t-il à la figure.

Je la vois reculer contre la porte-fenêtre du balcon, complètement terrifiée.

— Lee, arrête ! je crie à mon tour en bondissant du lit pour m'interposer.

La fille me regarde et revient sur Lee avant de prendre la fuite, le visage baigné de larmes. Ce n'est qu'à cet instant que je le regarde et vois sa figure. Ses yeux se sont assombris, plus sombres que je ne les ai jamais vus sous ses sourcils froncés par la colère. Il a le souffle court et respire de façon saccadée.

— Mais quelle mouche t'a piqué, bon sang de bonsoir ? je lui demande d'une voix qui tremble autant que mes jambes.

— C'est rien, répond-il.

— Qu'est-ce que tu veux dire, rien ? Tu lui as hurlé dessus et tu lui as fait une peur de tous les diables.

Moi aussi, il m'a fichu la trouille. Et à le voir planté là, figé comme une statue, il m'effraie. Il ferme les yeux et j'entends un profond soupir s'échapper de sa gorge quand il se prend la tête entre les mains.

— Écoute, je suis désolé, d'accord ? J'ai pété un plomb, c'est tout.

— Elle a juste laissé tomber son plateau, inutile de te mettre dans tous tes états.

Mon cœur cogne dans ma poitrine. Je ne comprends toujours pas ce qui vient de se passer. Ce n'était plus le Lee que je connais, il a complètement dépassé les bornes.

Il s'avance vers le lit et s'y assied lourdement, la tête dans les mains.

— Je suis désolé, répète-t-il. Je sais que ma réaction était disproportionnée. Je veux juste que tout soit parfait pour toi. Et j'ai eu le sentiment qu'elle avait tout gâché.

— En ce qui me concerne, elle pourrait tout aussi bien lâcher un plateau avec un repas complet – ça n'aurait aucune importance. C'était un accident, ni plus ni moins. Au travail, je laisse tout le temps tomber des trucs et personne ne m'a jamais gueulé dessus comme tu viens de le faire.

Il laisse retomber ses mains et les tend vers moi. Instinctivement, c'est plus fort que moi, j'ai un mouvement de recul et il me regarde fixement. La chose que je ne parviens pas à chasser de ma tête, ce qui me fait flipper, c'est cet éclair d'une fraction de seconde dans le regard de la fille qui l'a reconnu dès qu'elle l'a aperçu. Elle sait qui il est, ce n'est pas possible autrement. Sinon, pourquoi aurait-elle réagi de cette façon ?

— Est-ce que… tu l'as déjà vue, cette fille ? je lui demande.

Lee relève les yeux sur moi.

— Non, répond-il sèchement.

— Mais tu es déjà venu ici par le passé ?

— Écoute, je t'ai dit que j'étais désolé. Restons-en là, tu veux bien ?

Il se lève et va dans la salle de bains. Mes mains continuent à trembler. Elle l'a déjà rencontré, j'en suis pratiquement certaine. Mais je ne comprends toujours pas son expression d'effroi en le voyant ni pourquoi lui a réagi de cette façon. Quand il ressort de la salle de bains, j'essaie de rassembler tout mon courage pour dire quelque chose, mais on frappe de nouveau : un homme en uniforme, avec des tasses de remplacement, une balayette et un ramasse-poussière. Il se confond en excuses en posant ses tasses avant de ramasser les débris de vaisselle par terre. Quand il se prépare à repartir, Lee le suit. Je le vois glisser la main dans la poche de sa veste suspendue derrière la porte et lui dire quelques mots à mi-voix. Il est tout sourires quand il vient me rejoindre. Exactement comme si de rien n'était.

— Bon, dit-il. Petit déjeuner maintenant.

Il enfonce le piston de la cafetière et sert les cafés qu'il pose sur la table de nuit avant de se remettre au lit avec le plateau de croissants.

Moi, je suis toujours assise à la même place, incapable de bouger. Lee me passe le plateau, mais, pour l'instant, je n'ai aucun désir d'avaler quoi que ce soit.

Nous restons silencieux une minute ou deux. J'ai envie de dire quelque chose, mais je ne tiens pas à le contrarier ou à lui laisser entendre que je ne le crois pas.

— Écoute, finit-il par dire. Le garçon a dit qu'en me voyant, la fille avait cru reconnaître un ex-petit ami. Quelqu'un de pas gentil du tout. C'est pour cette raison qu'elle a disjoncté quand elle m'a aperçu.

— Donc, elle ne t'avait jamais vu par le passé ?

— Non. Elle a juste cru que j'étais cet homme-là.

Je hoche la tête. Je veux le croire. Vraiment. Je veux que tout redevienne comme avant. Je voudrais pouvoir effacer de mon esprit ce dont j'ai été le témoin, mais ce n'est pas facile.

— Pourquoi as-tu donné de l'argent au garçon ?

— Pour qu'il achète des fleurs à la fille. Je l'aurais bien fait moi-même, mais je n'avais aucune envie de la voir disjoncter à nouveau.

Je hoche la tête. Soulagée que le Lee que je croyais connaître soit revenu. Tout a dû se passer comme il l'a dit – un énorme malentendu, et voilà tout. Je me sens mal d'avoir douté de lui. J'attrape un croissant et en prends une bouchée.

Quand il me caresse le bras, son soulagement se lit sur sa figure.

— Donc, dit-il. Où veux-tu aller aujourd'hui ?

Nous allons place Saint-Marc, que je n'ai pourtant pas mise en tête de liste de mes visites – la promenade en gondole était classée première, mais le moment m'a semblé mal choisi. En outre, je veux être avec des gens. Des tas d'autres gens. Je veux entendre leurs bavardages et sentir l'odeur du café, être distraite par cette activité fébrile. Nous trouvons une table au beau milieu de la place. D'après le guide touristique que j'avais pris à l'aéroport, ce sont les places les plus chères et il est plus économique de s'installer dans une des rues latérales, mais Lee ne semble pas se préoccuper de ce détail.

Il commande du café et deux tranches de gâteau au chocolat. Un pigeon se pose sur notre table et il le chasse. Mais gentiment. Comme s'il ne voulait pas trop l'effrayer. Il est difficile de croire que c'est le même individu qui, deux heures auparavant, avait hurlé si brutalement sur cette jeune femme. Il me prend la main sous la table. Le serveur revient avec nos cafés et les pâtisseries. Lee le remercie en italien et me presse les doigts. Tout est parfait. C'était juste un petit bug, il tient réellement à ce que ces vacances soient parfaites. J'en ai conscience, je sais exactement ce qu'il en est de désirer quelque chose avec une telle intensité qu'on en vient à se comporter de façon bizarre. Ma poitrine se relâche et je souffle longuement.

— Quand on aura fini, dis-je, est-ce qu'on peut monter en haut de la tour ?

— Nous ferons tout ce que tu voudras.

Nous ne revoyons pas la fille de la semaine, alors même que nous prenons notre petit déjeuner au lit tous les jours et je me demande si elle évite Lee délibérément. Je me souviens de la fois où j'avais vu Callum, quelques mois après notre rupture, faire la queue au cinéma pour acheter de quoi manger, quand j'avais demandé à Adrian de le servir à ma place (il m'avait dit que j'avais bien fait de le larguer parce qu'il avait une vilaine peau, ce qui, apparemment, est toujours le signe d'une personnalité déficiente).

Le dernier matin, c'est l'homme venu ramasser la vaisselle cassée après l'incident qui nous apporte nos petits déjeuners. Il dépose son plateau à la place habituelle, mais je remarque qu'il s'y trouve un supplément, une de ces cloches en argent dont on recouvre la nourriture. Je me demande si Lee leur a commandé un repas spécial pour notre dernière journée. Il s'approche du serveur et lui donne un pourboire avant qu'il ne sorte.

— Très bien, dit-il en revenant. Où la *signorina* désirerait-elle prendre son petit déjeuner aujourd'hui ?

— Toujours pas dehors, si c'est à ça que tu penses. Il fait un froid glacial.

— Oh, allons ! C'est la dernière occasion que nous aurons. Si j'ai payé pour avoir une chambre avec balcon et vue sur le canal, ce n'est pas pour rien, tu ne crois pas ?

— OK, je viens. Mais je ne reste pas longtemps, sinon le café va refroidir.

Il sourit et ouvre la porte-fenêtre du balcon avant de prendre le plateau qu'il emporte dehors. C'est seulement quand je lui emboîte le pas que je vois une rose rouge dans un vase, une petite bouteille de champagne et deux verres sur la table.

— Quand as-tu préparé tout ça ? je demande.

— Eh bien, quand on passe un temps infini dans la salle de bains, on risque de rater des choses importantes.

Je secoue la tête et lui souris.

— Tu dois t'asseoir, dit-il.

Je m'exécute. Il passe de l'autre côté de la table et soulève le grand dôme en argent. En dessous, j'aperçois une boîte. Petite, rouge et carrée. Je relève la tête vers lui, sans oser tout à fait en croire mes yeux. Il sourit, saisit la boîte, plante un genou au sol et me la tend : elle contient une bague de fiançailles avec une monture à l'ancienne, un unique diamant perché sur un tortillon en or.

— Jess Mount, la plus dingue, la plus belle, la plus sexy et la plus drôle des femmes que j'aie jamais rencontrée, veux-tu m'épouser ?

Je le fixe, ébahie, et mes larmes coulent avant même que j'aie pu dire un mot. Il soulève mon menton et en chasse une.

— Ce n'était pas si mal, tu ne crois pas ?

Je me mets à rire en secouant la tête.

— Ai-je droit à une réponse en ce cas ?

Je n'hésite pas une seconde, je sais exactement ce que je vais dire. Certains prétendent avoir lu leur avenir dans les astres, moi, j'ai vu le mien sur Facebook. Possible que ce ne soit pas aussi romantique, mais au moins, quand on sait à quoi s'attendre, l'hésitation n'est plus de mise.

— Oui, je lui réponds. La réponse est oui.

Il laisse échapper un petit soupir, comme soulagé d'un grand poids. À croire qu'il avait encore des doutes.

— Pourquoi aurais-je répondu autre chose ? dis-je en lui caressant le visage.

— Je ne sais pas. Je crois qu'on n'est jamais sûr à cent pour cent.

— Tu fais tout ça pour moi, je lui réponds en embrassant du geste la table et notre chambre, et tu avais peur que je te dise non ?

— J'ai bien conscience que c'est un peu rapide, c'est tout. Je pensais aussi que tu t'inquiéterais de la réaction de ton père.

Je fais non de la tête et contemple le canal une seconde, pour qu'il ne voie pas le nouveau déluge de larmes. J'ai le sentiment d'être un imposteur, je devrais peut-être lui dire toute la vérité et le laisser décider une fois qu'il saurait quel genre de femme il épouse vraiment. Mais j'en suis incapable, je ne peux risquer de le perdre. J'ai besoin de lui et Harrison a besoin d'un père.

— Lorsque tu sais que tu as trouvé le bon, je lui explique en me retournant vers lui, il est inutile d'attendre plus longtemps.

— Merci. Je ne peux pas te dire combien je suis heureux.

— Parfait. Alors, peut-on rentrer avant que ce froid ne me transforme les tétons en glaçons ?

Il rit.

— Uniquement une fois que tu auras mis ça, dit-il en me tendant la bague.

— Vas-y. À toi l'honneur.

Il la glisse à mon doigt. Elle est un tout petit peu trop grande, mais pas au point de la perdre.

— Je peux la faire régler à ta taille, me dit-il.

— Elle est très bien. Et même mieux que bien. Elle est parfaite.

Nous rentrons et buvons le champagne au lit avant de faire l'amour une dernière fois. Différemment. Lenteur et tendresse. Et comment dire, plus profond aussi. Puis, allongée tout contre lui, je regarde la bague et comprends qu'elle ne peut plus s'arrêter, cette force qui me propulse vers mon avenir. Tout ce que je peux faire se limite à boucler ma ceinture et à profiter du voyage, en espérant que je parviendrai à un moment donné à trouver comment éviter que cette trajectoire parfaite qui est la mienne ne parte en vrille et ne m'expédie dans le décor.

Un peu plus tard dans la matinée, alors que je vérifie une dernière fois ma valise pendant que Lee est dans la salle de bains, je tombe sur un petit billet, plié en deux et enfoncé au milieu de mes vêtements tout à côté de mon caraco crème. J'y vois deux mots à l'encre noire rédigés d'une main tremblotante. *« Soyez prudente. »*

JESS

Juillet 2008

Je suis assise et fixe la femme qui me fait face. Elle s'appelle Paula et c'est une psychologue scolaire. Elle a l'air gentille, mais je n'ai aucune envie d'être là. Si je suis là, c'est à la demande expresse des autorités de mon lycée, parce qu'elles se font du « souci » pour moi et papa a dit que ça pourrait peut-être m'aider. J'ai répondu violemment en lui criant que la seule chose qui m'aiderait serait que m'man entre dans cette pièce pour me dire que tout cela n'est qu'un horrible cauchemar.

Paula me parle, elle m'explique comment cette séance est censée se dérouler. Comme il se doit, elle ne dit que des choses « justes et bien », sauf que celles-ci ne me correspondent en rien. Tout ce baratin me prend la tête. Dans une minute, elle va commencer à aborder les cinq étapes du deuil, comme s'il s'agissait pour moi d'une grande première et je n'ai qu'une envie, lui crier que je suis capable d'utiliser Google. Je sais qu'il n'y a pas de limite de temps au deuil et au chagrin et que chacun de nous traverse cette période à son propre rythme. Mais il se trouve que dans la vraie vie, ça ne se passe jamais comme ça. Les gens décident d'eux-mêmes et jugent si vous faites ce qu'il convient de faire, sans même en discuter avec vous.

Paula me regarde et je comprends que je suis censée répondre quelque chose, même si je n'ai pas la moindre idée de ce qu'elle veut entendre. Et donc je commence à parler.

— Samedi dernier, dis-je, j'attendais le train pour Halifax et, sur le quai, un mec m'a jeté un regard avant de me dire : « Remets-toi, ma belle. Il est possible que ça n'arrive jamais.

— En fait, c'est déjà arrivé, je lui ai répondu. Ma maman est morte d'un cancer de l'intestin. » Ça lui a cloué le bec vite fait et il s'est éloigné sans rien ajouter et je regrette de ne pouvoir dire la même chose au reste du monde, ou même me le faire tatouer sur le front, afin que les gens comprennent enfin que les événements abominables ne sont pas une vue de l'esprit, ils peuvent se produire à n'importe quel moment et c'est vrai pour n'importe qui. Je pourrais rentrer à la maison ce soir et me faire aplatir par un autobus. Parfois aussi, les voitures dérapent, escaladent le trottoir et écrasent des piétons sur leur passage. J'ai justement lu dans le journal un article sur un homme qui est mort de cette façon. Parce que le conducteur était en train de changer de CD.

« Les gens meurent dans les accidents de train – pas très souvent, mais c'est un fait. En général, ils occupent les voitures de queue, j'ai appris ça en lisant les résultats des enquêtes. On peut se faire tuer simplement en allant à l'école, au lycée ou au travail.

« Une de mes enseignantes est à l'hôpital parce qu'elle est tombée dans l'escalier et s'est fracturé le dos. Personne ne vous dit de ne pas descendre l'escalier, c'est pas vrai ? Personne ne dit que c'est dangereux et qu'il faut faire très attention, ou sinon, installer un foutu monte-escalier électrique même avant l'âge de trente ans. Il se trouve que tout est danger, même descendre au rez-de-chaussée. On peut être ermite sans jamais mettre le nez dehors et on peut quand même mourir en dégringolant d'un escalier.

« Je ne me préoccupe pas des gens qui trouvent la mort lors d'une ascension de l'Everest ou en traversant l'Atlantique à bord d'un canot pneumatique. Ils connaissent les risques et le font quand même. Ce sont des chercheurs de frissons professionnels qui s'éclatent à ces trucs. J'imagine qu'à leurs moments perdus, rien que pour rigoler, ils doivent aussi sauter à l'élastique.

« Non, les gens pour lesquels je suis désolée sont ceux qui ne font jamais rien de stupide. Ceux qui ont une réaction allergique bizarre à une piqûre de guêpe et en meurent. Qui sont debout au mauvais endroit quand une enseigne tombe et

les tue. Qui roulent tranquillement quand un imbécile balance une brique dans leur pare-brise depuis un pont sur l'autoroute.

« Mais quand je parle de ça, on me dit que je suis ridicule. En fait, les vrais ridicules sont ceux qui se bouchent les oreilles en prétendant que ces trucs-là n'arrivent jamais.

« Et avant que vous ne prononciez le mot, non, je ne suis pas morbide, d'accord ? C'est juste des trucs qui arrivent, sauf que les gens refusent d'en parler ou même d'y penser, parce que ça leur fiche la trouille, et ils obligent tous ceux qui les entourent à toujours faire bonne figure et à discuter de choses agréables simplement pour se rassurer. Eh bien, pour ma part, je préfère avoir peur que d'être stupide, et je crois que tout le monde devrait avoir peur. Et si c'est ça qui fait que je suis bizarre, alors, très bien. Je l'accepte.

Je regarde Paula et elle hoche la tête en notant quelque chose. Je me demande si elle aussi est d'avis que je ne tiens pas vraiment le coup.

ANGELA

Dimanche 13 mars 2016

Avant même qu'ils n'arrivent, je sais que mon intuition ne m'a pas trompée. Je veux dire, Venise est si romantique, n'est-ce pas ? Personnellement, je n'y suis jamais allée – Simon n'était pas porté sur le romanesque ou la culture –, mais de tout ce que j'ai pu lire et entendre, c'est l'endroit parfait.

Rien qu'à la façon dont elle se tient quand elle sort de la voiture de Lee, je sais qu'elle se sent spéciale désormais. La jeune fille stupide a disparu – elle est devenue femme. Et c'est visible.

J'essaie de ne rien laisser paraître quand je vais les accueillir à la porte. De ne pas regarder sa main gauche dès leur entrée. Mais il est clair que leur envie de me mettre au courant est si pressante qu'elle leur fait tourner la tête.

Lee prend la main de Jess et la lève pour que je voie bien.

— Nous avons une grande nouvelle à t'annoncer, me dit-il.

Je laisse mon excitation jusque-là contenue exploser au grand jour et les serre dans mes bras l'un après l'autre.

— Oh, c'est merveilleux, félicitations ! Je suis tellement heureuse pour vous deux. La dernière fois que vous êtes venus, j'ai eu comme un pressentiment et je me suis dit que je n'aurais pas longtemps à attendre.

Je regarde Jess. Quand elle lève les yeux vers Lee, ses cheveux retombent sur sa figure, mais je vois combien elle est sous le charme. C'est visible à un kilomètre.

— Laissez-moi jeter un œil de plus près, chérie, lui dis-je en lui prenant la main.

J'ai la gorge nouée en voyant la bague, car elle est très belle. Élégante et discrète, mais de toute évidence pas bon marché.

— Elle est superbe, dis-je. Je suis heureuse que Lee ait si bon goût.

— Qu'est-ce que tu veux dire ? C'est la seule que j'ai trouvée à moins de cinquante livres, répond Lee.

Grands éclats de rire, après quoi je les fais entrer dans la cuisine.

— Je regrette que tu ne m'aies pas prévenu, Lee. Si j'avais su, j'aurais mis une bouteille de champagne au frais pour fêter l'événement. Je crains de n'avoir que du vin.

— C'est très bien. Hier, nous avons pris du champagne, mais au petit déjeuner, ce n'est pas vrai ? dit-il en se tournant vers Jess.

— Eh bien, je suis contente que tu aies célébré cette occasion avec classe. Où lui as-tu fait ta demande ?

— Sur le balcon de l'hôtel.

— Je croyais que tu aurais plutôt choisi une gondole.

— Non, ça fait un peu ringard, tu ne crois pas ?

— Tu en es sûr ?

— Ouais. Je ne voulais pas d'une demande en mariage modèle touriste que les gens postent ensuite en ligne. Je voulais que ce soit intime et personnel. En plus, sur une gondole, il n'est pas très facile de mettre un genou à terre.

— Mais il vous a quand même emmenée faire une balade sur les canaux, j'espère ? je demande à Jess.

— Oh, ouais ! Le gondolier était vraiment très drôle, il n'arrêtait pas de faire des grimaces. Mais très sincèrement, je suis heureuse que Lee ne m'ait pas fait sa demande devant lui. Je ne suis pas certaine que je l'aurais prise au sérieux.

— Et tu as mis un genou à terre ? je demande à Lee.

— Naturellement. Comme il se doit et avec classe.

— Heureuse de te l'entendre dire. Nous ne voulons pas laisser croire à Jess qu'elle entre dans une famille où les choses ne se font pas dans les règles. Voyons un peu les photos.

— Les photos de quoi ?

— De vos vacances, gros bêta.

— Elles sont chez moi, dans mon appareil photo.

— C'est ça, le problème de notre Lee, dis-je à Jess. Il n'est pas sur Facebook. Parce que je n'aurai jamais l'occasion de les voir, ces photos, vous savez. J'ignore pourquoi il ne les prend pas tout simplement avec son portable, pour les partager ensuite comme tout le monde.

— Parce que je ne tiens pas à ce que le reste du monde les voie, répond-il.

— Vous êtes sur Facebook ? je demande à Jess.

— Euh, ouais. Mais je n'y poste pas grand-chose.

— Mais vous allez quand même poster une photo de votre bague de fiançailles, non ? Et remettre votre statut à jour.

— Je ne sais pas, dit Jess en jetant un œil en coin à Lee. Je crois que j'en informerai les gens personnellement, de vive voix. Je veux dire ceux qui comptent pour moi.

— L'avez-vous déjà annoncé à votre père ?

— Non. Je le lui dirai un peu plus tard, en tête à tête.

— J'espère qu'il sera ravi.

Elle acquiesce sans rien ajouter.

— Tu l'as déjà rencontré, Lee ? Le père de Jess ?

— Brièvement, avant notre départ.

— Il va falloir que je l'invite ici bientôt pour discuter des préparatifs du mariage.

Jess baisse les yeux. J'imagine qu'elle doit se sentir un peu débordée par l'événement. Après tout, elle est si jeune encore. Pour ma part, j'avais cinq bonnes années de plus quand je me suis mariée. Et même alors, c'est maman qui s'était chargée de tout organiser. Quand je me souviens soudain : elle n'a plus de mère susceptible de l'aider.

— Allons, cessez de vous préoccuper de ça, lui dis-je. Je suis très heureuse de m'occuper de l'organisation. Je veux dire que c'est la moindre des choses que je puisse faire en la circonstance.

Nouvel échange de regards entre les tourtereaux. J'espère que je n'ai pas été trop loin, j'essayais simplement de leur faciliter les choses.

— Mais dites-moi si vous préférez que je vous laisse décider, je poursuis. Je ne veux pas me mettre dans une position où personne ne voudra de moi, mais avec tout ce qu'il y a à faire, j'espère que vous apprécierez le coup de main.

— Merci. Ce serait super, répond-elle, même si elle ne semble pas tout à fait convaincue.

— Avez-vous déjà décidé d'une date ?

— Laisse-nous le temps. Je n'ai fait ma demande que hier.

— Oui, mais je te connais bien. Tu ne fais jamais rien sur l'impulsion du moment et je parie que tu as déjà tout prévu dans ta tête.

— Nous voulons nous marier en été, dit-il.

— L'été qui vient ?

— Nous sommes l'un et l'autre d'avis qu'il ne sert à rien d'attendre maintenant que la décision est prise. Et ce sera une cérémonie civile, probablement dans un hôtel ou un établissement du même genre.

— Eh bien, il faudrait que je me mette en quête d'un chapeau digne de ce nom, tu ne crois pas ? Et Jess, pourquoi ne pas aller ensemble choisir la robe de mariée ?

— Non. Ce n'est pas la peine. Vous n'êtes pas obligée de faire ça, dit-elle. J'irai avec ma meilleure amie.

— Les meilleures amies ne vous disent pas toujours ce que vous avez besoin d'entendre. Il vous faut quelqu'un de plus âgé, une personne qui aura un peu plus d'expérience.

Elle ouvre la bouche, mais rien n'en sort. Elle regarde Lee et je le vois qui acquiesce discrètement.

— Euh… ouais. Ce serait super, merci.

— Très bien alors, dites-moi simplement quand tombera votre premier samedi de liberté, j'établirai une liste de boutiques et prendrai les rendez-vous. Nous n'avons pas de temps à perdre.

Je suis si heureuse qu'elle accepte que je l'accompagne. Le problème, c'est que je sais mieux que quiconque comment Lee fonctionne. Elle croit peut-être bien le connaître, mais elle se trompe. Elle ne le connaît pas aussi bien que sa propre mère, en tout cas. Je sais exactement le genre de look qu'il voudra. Classe et jamais démodé. *Pensez à Grace Kelly*, voilà ce que je dirai aux boutiques. Avec Grace Kelly, aucun risque d'erreur.

Une fois à table, nous attaquons nos Yorkshire puddings pendant qu'ils m'en disent un peu plus sur leurs vacances. Jess semble enchantée par l'hôtel où ils ont séjourné et, même si je suis pratiquement certaine que c'est celui où il avait emmené Emma, je ne dis rien. Je ne tiens pas à ce qu'elle croie n'être rien de plus qu'une marchandise de seconde main. De toute façon, le moment est mal choisi pour aborder ce sujet. Depuis, l'eau a coulé sous les ponts et c'est Jess qui importe aujourd'hui. Jess qui va devenir ma belle-fille. Et plus important encore, la mère de mon premier petit-enfant.

Elle mange toujours avec le même appétit, mais, pour autant, elle ne semble pas avoir pris un gramme, ce qui est une excellente chose pour la robe qu'elle va porter. Il n'y a rien de pire qu'une future épousée engoncée dans une tenue de cérémonie trop serrée. Et je ne comprends toujours pas comment c'est possible. Personnellement, j'avais dû aller faire retoucher la mienne avant mon grand jour. Les nerfs d'avant mariage vous jouent des tours et c'est un excellent moyen de perdre un peu de poids.

— Et êtes-vous allée à l'Opéra, chérie ? je lui demande. Notre Lee m'en a parlé. L'expérience à dû être merveilleuse.

— Tout à fait. C'était tellement bien que j'ai failli faire pipi dans ma culotte.

Je repose ma fourchette et la regarde.

— Il s'agit d'une réplique de *Pretty Woman*, se dépêche-t-elle de préciser en voyant mon visage.

— Oh ! oui, dis-je. J'ai bien aimé ce film. Richard Gere était absolument charmant, vous ne trouvez pas ?

— Ouais, mais ses yeux sont trop petits pour sa tête, répond-elle.

Je jette un œil à Lee qui la regarde en souriant. Elle le fait rire. Et c'est une excellente chose. Parce que parfois, il peut se montrer un peu extrême. Avec un peu de chance, elle réussira à l'aider sur ce point.

— Bon, il faut que nous partions si Jess veut aller voir son père, annonce Lee dans l'après-midi. Et elle doit se préparer pour son grand jour demain.

— Naturellement, je réponds en me tournant vers elle. J'avais presque oublié votre nouveau travail, avec toute cette excitation.

— Ouais, dit-elle. Moi aussi.

— Heureusement que moi, je n'avais pas oublié, remarque Lee. Et pour cette occasion, elle a eu droit à une toute nouvelle garde-robe.

— Oh, mais c'est adorable.

— Je sais, dit Jess. Il me gâte comme pas possible.

— Eh bien, il est toujours important d'avoir le costume de la fonction, déclare Lee. Même si je ne parviens pas à la convaincre de se faire un chignon. Tu ne crois pas qu'elle aurait une allure magnifique avec un chignon, maman ?

— J'en suis certaine, mais c'est un peu galère de se recoiffer chaque matin. Mais faites-le pour le jour de votre mariage, Jess. Je suis d'avis que les jeunes mariées sont toujours superbes en chignon.

Elle me fixe alors de ses grands yeux stupéfaits. Je trouve étrange de la voir réagir de temps à autre d'une façon un peu bizarre face à des détails parfaitement anodins.

— Bon, fait Lee en se levant avant de me faire la bise sur les deux joues, nous allons devoir partir et te laisser, avec toute notre affection.

— Oui, allez-y, mon chéri. Vous devez être fatigués après un tel voyage. Et encore une fois, toutes mes félicitations, ce sont les meilleures nouvelles que j'ai reçues depuis une éternité.

J'embrasse Jess et elle me remercie pour le déjeuner.

— Je vais passer un coup de fil aux boutiques de robes de mariée, lui dis-je. Avoir une idée des horaires et du reste.

Elle hoche la tête, même si elle me paraît un peu étourdie. Peut-être se sent-elle dépassée par les événements.

— Et ne vous tracassez en rien, je poursuis. J'organiserai tout pour vous. Il vous suffira de faire acte de présence et d'être superbe.

— Jess est toujours superbe, commente Lee.

— Alors, vous pouvez partir. Il vous suffira d'être là à l'heure prévue.

Après leur départ, je pense soudainement que Lee va peut-être vouloir inviter Simon au mariage. J'espère que non – pour autant que je sache, ils ne sont plus en contact depuis des années –, mais c'est toujours possible. Et cette idée suffit à me glacer les sangs, car je ne suis pas sûre de pouvoir supporter de le revoir. L'imaginer debout à mon côté sur les photos de mariage donnerait l'impression aux gens que tout allait bien entre nous. Pour sauvegarder les apparences, comme on dit. Car rien n'était jamais sorti d'entre ces quatre murs.

Nous n'avons jamais réellement parlé de ce qui s'était passé. Lee était un peu jeune à l'époque et ce n'est pas un sujet que j'ai eu envie d'aborder par la suite. Je ne suis pas sûre de savoir si sa mémoire en a gardé beaucoup de souvenirs ni même ce qu'il a pu en percevoir. Probablement plus que je n'imagine, mais le passé appartient au passé, il faut tirer un trait. Inutile de remettre ça sur le tapis aujourd'hui. C'est sur l'avenir que nous devons nous concentrer. Un avenir qui inclut un mariage et, je l'espère très fort, une famille. Je ne crois pas que ces deux-là attendront longtemps. En fait, je suis même convaincue du contraire. Quand Lee met tout son cœur à faire quelque chose, rien ne se met en travers de sa route. Et visiblement, c'est Jess qu'il veut. Jess et tout ce qu'elle peut lui apporter. En devenant père, il trouvera ce qui lui manque, son aboutissement, et ne commettra pas les mêmes erreurs que Simon. Il est meilleur que Simon. Il l'a toujours été et le restera.

MESSAGE PRIVÉ
Sadie Ward
13/09/2017 10:45

Les services de police m'ont contactée. Ils m'ont dit que l'ex-petite amie de Lee s'était présentée et avait fait une déposition à charge contre lui. Apparemment, c'est grave. Ils l'ont interrogée et elle leur a parlé d'un éventuel témoin, qu'ils vont interroger bientôt. De toute évidence, cela ne te concerne en rien directement, mais, désormais, je ne suis plus seule. D'autres personnes disent la même chose. Ce qui signifie que les policiers prennent désormais l'affaire au sérieux, ils ne vont pas se contenter d'étouffer l'histoire en la classant. Je ne cesserai pas de me battre – je me fiche bien de devenir une pestiférée –, je dois absolument m'assurer que la vérité éclate au grand jour.
Je sais que ton père sera bouleversé, mais je fais pour le mieux, sinon je ne le ferais pas. Il est trop gentil, ton papa, il ne voit que le meilleur chez les gens. C'est pour cette raison que Lee a réussi à le séduire aussi facilement. Je ne dirai rien ici qui puisse être visible aux yeux du public parce que je sais qu'il le verra lui aussi, mais je suis sûre que les services de police prendront contact avec lui à un moment ou à un autre. Ils font une enquête. L'inspectrice qui m'a appelée, une Écossaise, prenait cette affaire au sérieux, ça, je peux te l'assurer. Rien à voir avec le mec qui a pris ma déposition et s'en fichait complètement. Elle va

se décarcasser et fera tout ce qu'elle peut. C'est ce qu'elle m'a dit. Je vais continuer à me battre, Jess. Pour toi et pour Harrison. C'est ce que font les meilleures amies.

JESS

Dimanche 13 mars 2016

Je range mon portable en voyant Lee revenir après avoir réglé son plein d'essence. Mes mains continuent à trembler. C'est la première fois que je consulte Facebook depuis nos vacances et je le regrette déjà. Ça ne peut pas être vrai. Je n'arrive pas à croire que Lee ait agressé sa petite amie. À mon égard, il est toujours gentil et plein de considération : il m'a tenu la main quand j'étais nerveuse dans l'avion, il me fait toujours des compliments, c'est lui qui m'a acheté tous ces vêtements. Mais je sais également comment il a réagi face à cette serveuse à l'hôtel. J'ai vu cet éclair de colère, son regard noir. Elle avait peur de lui et il est clair qu'il est capable d'effrayer d'autres femmes. Peut-être a-t-il disjoncté une seconde, peut-être est-il allé trop loin. Mais il y a une grande différence entre houspiller brutalement quelqu'un et l'agresser. Et je continue à penser que Lee ne ferait jamais de mal à quiconque. Peut-être que l'ex-petite amie exagère. Peut-être est-elle jalouse qu'il m'ait épousée, moi, et pas elle, et c'est Sadie qui a déclenché tout ce bazar en allant à la police, avec les flics qui cherchent maintenant des preuves à charge contre Lee. Des preuves toujours faciles à dénicher quand on se démène pour les trouver. Nous avons tous fait des choses que nous regrettons. Des choses que nous tenons obstinément à cacher au reste du monde.

— Ça va ? me demande Lee en remontant en voiture.

Je constate que je crispe si fort les mains que mes jointures sont toutes blanches.

— Ouais, juste un peu nerveuse à la pensée d'annoncer la nouvelle à papa.

— Tu es sûre de ne pas vouloir que je t'accompagne ?

— Je crois qu'il est préférable que je lui dise ça toute seule.

— Parce que tu penses qu'il risque d'exploser ?

— Il va être pris au dépourvu, c'est tout. Et il dira que nous précipitons les choses.

— Si tu veux remettre le mariage à l'année prochaine, ça ne me gêne pas. Si ça te facilite la vie.

Je fais non de la tête en pensant à Harrison. Il a dû être conçu juste après les noces, car Lee continue à utiliser des préservatifs. J'imagine qu'il arrêtera une fois que nous serons mari et femme. Et si nous repoussons la date du mariage, il n'y aura pas de Harrison avant que je meure. Notre fils n'existera pas. Et c'est lui mon trésor le plus précieux, rien ne peut le remplacer.

— Merci, mais non. Je veux le faire en juillet, comme nous avons convenu. Les autres vont devoir se faire à cette idée.

— Eh bien, si tu as besoin de renfort, fais-le-moi savoir. Et si ton père veut faire ma connaissance dans les règles, je n'ai rien contre. Je peux avoir une conversation d'homme à homme avec lui. Lui assurer que j'ai les meilleures intentions du monde.

Je me tourne vers lui en haussant les sourcils.

— Hé, petite effrontée, me dit-il en s'engageant dans la circulation. Je suis le gendre idéal par excellence. Propre sur lui, solvable, toujours réservé et parfaitement innocent.

Je regarde par la vitre et crispe les mains encore plus en essayant de ne pas penser au post de Sadie.

Papa me serre très fort dans ses bras dès mon entrée.

— Hé ! La grande voyageuse est de retour. Comment c'était, Venise ?

À le voir, on dirait un labrador un peu bêta laissé seul à la maison qui s'aperçoit d'un coup que son maître est revenu. C'en est presque douloureux, surtout lorsque je pense à la nouvelle que je vais lui annoncer.

— Stupéfiant. C'est tellement magnifique.

Il referme la porte.

— Lee est reparti ?

— Ouais. Pour être honnête, nous sommes tous les deux un peu sur les genoux. Je crois qu'il voulait rentrer chez lui.

— Que dirais-tu d'un chocolat chaud pour fêter ton retour ?

— Ce serait super, je te remercie, dis-je en m'asseyant à la table de la cuisine.

— Et donc, as-tu fait ce que font tous les touristes ?

— Sûr. Lee m'a emmenée quasiment partout. Le pont du Rialto, l'Opéra et le sommet de la tour sur la place Saint-Marc.

— Le Campanile, répond-il. Et l'Opéra s'appelle le théâtre de La Fenice, dit-il avec son plus bel accent italien, ce qui me fait sourire.

— Si tu veux. En tout cas, nous avons passé une semaine fantastique.

— C'est super, dit-il en versant le lait dans la casserole.

Je garde ma main gauche sous la table parce que je veux l'informer de notre décision avant qu'il ne voie la bague. Le moment me semble aussi bien choisi qu'un autre.

— En fait, j'ai une nouvelle à t'apprendre.

Papa se retourne. Et je comprends que mon meilleur espoir est qu'il croie que je suis en cloque, auquel cas l'annonce du mariage serait pour lui un soulagement.

— Lee m'a demandée en mariage, dis-je en sortant ma main pour la lui présenter.

S'il est soulagé de ne pas me savoir enceinte, il ne le montre pas, mais son expression indique clairement qu'il ne s'attendait pas à ça.

— Tu vas te marier ? dit-il, les traits déformés par une étrange grimace.

— Je sais que ça te paraît un peu rapide, mais je l'aime, papa, et il m'aime aussi. Et c'est pour de bon, j'en suis certaine.

— C'est toujours ce que tout le monde pense, Jess.

— Mais tu m'as dit qu'il te plaisait bien, papa.

— Il m'a plu. Et c'est vrai. Même si je l'ai à peine entrevu.

— Alors, où est le problème ?

Il coupe le lait et le verse lentement dans mon mug tout en fouettant.

— Le problème, m'explique-t-il en continuant à touiller quand il me tend le chocolat chaud, est que je t'aime très fort – je ne tiens pas à te voir souffrir.

— Alors, quoi ? Je ne vais jamais sortir avec quiconque parce que je risque de me faire larguer, c'est ça ?

— Non. Mais comme tu l'as si bien dit, c'est un peu rapide.

— Certaines personnes attendent des années et malgré tout, elles se trompent. Regarde tante Sarah.

— Oui, je sais, dit-il en s'installant face à moi. Mais ce n'était pas sa faute. Elle ne pouvait pas savoir que son mari allait partir avec une autre femme après seulement quelques mois de mariage, tu es bien d'accord ?

— Oui, en effet, mais ils étaient ensemble depuis neuf ans et c'est à ça que je veux en venir. On ne peut jamais connaître quelqu'un complètement, tu ne crois pas ?

— Peut-être pas, mais on a de meilleures chances de franchir les obstacles quand on a quelques années en commun derrière soi.

Je tape du poing sur la table et papa fait un bond tant il est surpris. Je veux lui hurler que je ne dispose pas de quelques années. Pour moi, c'est maintenant ou jamais.

— Écoute, je sais que tu ne veux pas me voir bousiller ma vie et moi, je n'en ai pas plus le désir que toi, mais il faut que tu me laisses vivre. C'est ce que m'man m'a dit, juste avant de mourir. Elle a déclaré que je me devais d'être fidèle à moi-même et de vivre la vie dont j'avais toujours rêvé.

C'est un coup bas de ma part de citer m'man, mais je suis bien obligée de mettre le paquet pour vaincre ses réticences. Je veux qu'il soit heureux de ma décision, car je pense que tout lui sera plus facile… après.

Ses yeux font leur numéro de Bambi. Il se lève, s'approche de moi et prend mon visage sur sa poitrine.

— Et elle avait raison, bien sûr. Ta mère avait toujours raison. C'est juste difficile de laisser partir ma petite fille.

Je me lève à mon tour et le serre tout contre moi, en essuyant mes larmes sur mon cardigan.

— Je ne cesserai jamais d'être ta fille.

— Comme je ne cesserai jamais de me faire du souci pour toi. Je ne pourrais pas supporter de te voir encore souffrir.

Je ne peux prévenir le sanglot qui m'échappe. Papa tend la main vers le plan de travail et me passe un mouchoir en papier.

— Es-tu certaine que ce soit lui le bon, Jess ? Tu n'es pas simplement tombée sous le charme, subjuguée par un beau gosse avec un boulot classe et une jolie voiture ?

Je fais non de la tête.

— Allons, tu me connais mieux que ça.

— Il t'a acheté des tas de choses. Et il t'a offert des vacances de luxe.

— Ouais, mais ce n'est pas pour ça que je l'épouse. Ce foutu prince Harry pourrait me demander ma main, je dirais quand même non – parce que je ne l'aime pas et il a les cheveux roux.

Papa sourit et sèche une larme au coin de son œil.

— Je veux te faire comprendre que c'est bien Lee que je veux. Personne ne m'a jamais traitée comme il le fait et, grâce à lui, je me sens tellement spéciale.

Papa acquiesce lentement.

— Avez-vous décidé d'une date ?

— Juillet.

— De cette année ?

— Oui.

— Tu n'es pas…

— Non, je te l'ai déjà dit, il sait prendre ses responsabilités. C'est juste que nous ne voyons pas l'intérêt de laisser traîner les choses en longueur.

En le voyant garder le silence, je comprends ce qu'il essaie de faire. Deviner ce que m'man aurait dit à ce stade.

— Eh bien, fais-moi savoir ce dont tu as besoin. Je veux dire, je paie pour tout, bien sûr.

— Tu n'y es pas obligé. C'est Lee qui va régler l'addition.

— C'est censé être le père de la mariée.

— Papa, ça fait un peu XIXe siècle, tu sais ?

— Quoi ? Un homme ne peut plus payer pour le mariage de sa fille ?

— C'est simplement logique. Lee gagne bien plus d'argent que toi. Et ça va coûter bonbon.

— Donc, ça ne se passera pas à l'église au bout de la rue ?

— Nan. Lee veut louer un hôtel quelque part dans les environs de Leeds. Angela l'aidera à tout organiser.

Papa donne l'impression d'avoir reçu un coup de pied dans les gencives.

— Elle me l'a proposé, parce que m'man n'est plus là et je ne voulais pas la froisser en refusant son offre.

— Bien sûr.

— Mais tu pourras peut-être nous donner un coup de main pour le traiteur ? Nous aider à composer un menu ou quelque chose ?

Il va jusqu'à l'évier et commence à laver sa casserole. Je sais qu'il est blessé, mais j'ignore ce que je pourrais dire de plus.

— Ce n'est pas tout ça, mais il serait bon que je monte dans ma chambre pour être fin prête demain.

— Ouais, dit papa. Un grand jour. Apparemment, il y en aura beaucoup cette année.

Cela me semble tout à fait incongru de me retrouver toute seule sur le quai de Mytholmroyd sans Sadie et son absence me dérange. Tout comme il était incongru de quitter la maison à sept heures et demie ce matin, sans même parler de ma tenue qui évoquerait plutôt une fille de chez Boots au rayon produits de beauté.

Lee m'a dit d'être « bien soignée » pour mon premier jour, un terme que je n'avais vraiment entendu employer jusque-là que pour les chevaux. Mais j'avais bien compris qu'il désirait me voir coiffée comme il faut et parfaitement maquillée et non pas me présenter à un concours d'élégance chevaline.

Il n'empêche que je me sens un peu comme une jument de concours. En temps ordinaire, je ne me maquille jamais avant onze heures du matin et, en tout cas, jamais autant. En plus de quoi, j'ai oublié le rouge à lèvres, probablement parce que je n'ai pas l'habitude d'en mettre, je le réserve pour mes sorties à Leeds. Et je ne tiens pas à être de ces femmes qui se maquillent dans le train.

Lorsque je m'avance sur le quai, un mec en costume gris me jette un coup d'œil vite fait à mon passage et je suis sur le point de lui crier : « Qu'est-ce que tu regardes comme ça, connard ? » quand je me rends compte que ce ne serait certainement pas digne d'une réceptionniste. Pour tout dire, rien en moi n'aspire spontanément à cette nouvelle fonction et je pourrais tout aussi bien interpréter un rôle au théâtre : maquillage de comédienne, perruque, costume, une démarche différente, une façon de m'exprimer différente, en un mot, être quelqu'un d'autre. Et toutes ces simagrées pour tenter désespérément de s'attirer les faveurs du public.

De ce point de vue, je suis heureuse que Sadie ne soit pas là. Sinon, je me serais fait chahuter et elle m'aurait demandé à quoi je jouais, bordel. Et je n'ai pas la moindre idée de ce que j'aurais pu répondre.

Le train s'engage dans la gare et les gens s'avancent au bord du quai. J'avais oublié ces bousculades et il est bien possible que je ne trouve pas de place assise. Des tas d'usagers montent à Hebden Bridge à cette heure de la matinée. Les portes s'ouvrent et, quand je sens qu'on me pousse dans le dos, je me glace aussitôt. Mon cerveau part au quart de tour et se projette vers le trajet qui l'attend, les corps qui se pressent les uns contre les autres et les gens qui vacillent aux secousses du train. Je me sers d'une des techniques que m'a enseignées le thérapeute. Il faut que je me recentre, je ne dois pas dérailler. C'est la dernière chose dont j'aie besoin à mon premier jour.

Je me dirige vers une place libre entre une femme âgée et un mec en imper d'une cinquantaine d'années. Quand je constate qu'elle a posé son sac sur le siège vide, je regarde la vieille en me demandant si c'est le genre de bonne femme qui attend qu'on lui dise de l'enlever. Mais elle se contente de pousser un soupir et me lance un regard peu amène en serrant bien fort son sac sur ses genoux, comme pour le protéger de ce monstrueux dérangement.

Je sors mon portable, c'est ce que font les voyageurs qui n'ont personne à qui parler. Je clique sur Facebook, ma boîte personnelle plutôt que mon mur. Pour la première fois depuis une éternité, j'ai une nouvelle qui mérite d'être postée : mes fiançailles. Mais je ne le ferai pas, surtout parce que je doute que Lee approuverait. En plus de quoi, il est exclu que Sadie soit mise au courant de cette façon. Malgré la tension qui règne entre nous, personne ne mérite d'apprendre par Facebook que sa meilleure amie va se marier.

Je déroule mes messages, à la recherche d'un truc vaguement intéressant, mais ne trouve que des selfies stupides et des posts ponctués d'OMG[1] sur des banalités. On ne met plus d'infos dignes d'intérêt sur Facebook et plus personne ne donne de détails tristes ou malheureux sur sa vie personnelle. Lee a peut-être raison – c'est peut-être pour les losers. J'imagine que c'était mieux aux tout débuts, avant que les parents ne s'y mettent eux aussi. C'est la raison pour laquelle j'espère qu'Angela n'essaiera pas de me contacter sur Facebook, car je ne serai plus jamais capable de dire quoi que ce soit si j'accepte ma future belle-mère comme amie.

Je vais sur quelques sites de films pour passer le temps. Je disais toujours au boulot qu'il nous faudrait un écran exclusivement réservé à la diffusion des bandes-annonces, je sais que j'y serais restée des heures. Je me souviens d'avoir ainsi regardé celle des *Animaux fantastiques*[2] en compagnie de Sadie et on s'était dit qu'on irait toutes les deux à la première. Ce ne sera plus possible désormais. Je me demande si Lee m'y emmènerait. Mais comme il n'aime pas Eddie Redmayne, je crois que c'est exclu.

Le train arrive à Leeds à l'heure. Je laisse tout le monde sortir avant moi, car je n'apprécie guère les cavalcades des voyageurs se ruant vers les barrières de sortie. Une fois le train vide, je sors mon petit miroir et me mets du rouge à lèvres. Je ne suis pas très convaincue par sa couleur, mais il va bien falloir que je m'en contente, car je présume qu'on ne me trouverait pas « bien soignée » si je faisais l'impasse.

Une nouvelle fois, cela me semble étrange de prendre la direction opposée à celle que j'empruntais à ma sortie de la gare. À mon premier jour, Lee m'avait proposé de

1. Abréviation pour *Oh! My God!* Exclamation fréquemment utilisée sur les réseaux sociaux.

2. *Fantastic Beasts and Where to Find Them* (2016) : film réalisé par David Yates.

partir à pied avec moi pour aller au bureau, mais j'avais refusé. C'est déjà suffisamment bizarre de sortir avec un des patrons – ce serait aller trop loin que de faire le chemin ensemble, côte à côte, à l'image d'un couple énamouré qui ne supporte pas d'être séparé.

Je me demande s'il me présentera comme sa fiancée, car c'est un mot que j'ai toujours détesté tant il sonne vieux jeu. Et maintenant que je le suis, fiancée, je crois que je le déteste encore plus.

Je prends une profonde inspiration en tournant au coin de la rue d'où j'aperçois l'enseigne Eclipse PR. *Tu es capable de faire ça*, me dis-je. Je peux être celle que je veux être. Une seconde plus tard, mon portable bipe. Un message de Lee.

J'entends dire que la nouvelle réceptionniste convient parfaitement. Apprécie ta première journée. Je t'aime. Bisous

Je n'ai pas besoin de plus. J'entre par la porte principale, un sourire tout prêt plaqué sur ma figure. Même quand je vois le bureau de la réception et me souviens de la femme enceinte à l'accueil la dernière fois que j'étais venue, je parviens à me contenir. Lee descend l'escalier.

— Waouh ! fait-il. Tu as vraiment le look de l'emploi.

— Suis-je suffisamment bien « soignée » ?

— C'est mieux que bien. Je crois que ce sera plutôt à nous de nous hisser à ton niveau.

Si quelqu'un pose la question, que dois-je répondre ? Pour ce qui est de nous deux, je veux dire.

— Restons professionnels dans le cadre du travail. Ils l'apprendront bien assez tôt.

— OK.

Je pensais en fait qu'il en aurait déjà informé tout le monde. Mais peut-être est-ce mieux ainsi. Je ne veux pas que les employés croient que j'ai obtenu ce poste parce que je sors avec lui. Une fois qu'ils seront au courant, j'ai parfaitement conscience qu'ils le penseront malgré tout, mais ce serait bien s'ils apprenaient à mieux me connaître d'abord.

Lee remonte à l'étage. J'ôte mon manteau que je suspends, pose mon sac derrière le bureau de la réception et allume mon ordinateur. J'ai besoin d'un mot de passe. J'avais oublié à quel point je haïssais les premiers jours de n'importe quoi. Carl descend à son tour ; j'aimerais savoir si Lee l'a au moins informé de nos fiançailles. Mais je cache ma bague au cas où il ne l'aurait pas fait. Je ne veux pas commettre d'impair en révélant tout au grand jour.

— Bonjour, Jess. C'est super de vous avoir parmi nous.

En prononçant ces mots, ses yeux passent en revue chaque parcelle de mon corps et je me demande si Lee est au courant de cette habitude ou s'il ne l'a jamais remarquée.

— Si vous pouvez m'accorder cinq minutes, je reviens avec votre mot de passe et je vous donnerai quelques ficelles sur ce qu'on attend de vous avant de vous accompagner pour un tour du propriétaire.

— Bien sûr.

Il remonte au premier. Le téléphone sonne. J'attends la troisième sonnerie avant de trouver le courage de décrocher.

— Bonjour, Eclipse PR, en quoi puis-je vous aider ?

J'essaie de chasser de mon esprit l'image de Sadie pissant de rire en écoutant mon interlocuteur. Il veut parler à Lee qui m'avait donné le numéro de son poste et je lui passe la communication. Puis je reste plantée là comme une poupée Barbie derrière son bureau de réceptionniste, en me demandant comment diable j'ai pu décider d'accepter ce poste.

MESSAGE PRIVÉ

Joe Mount

14/09/2017 21:58

Jess, Je veux que tu saches que je suis désolé si je t'ai déçue. Des policiers sont venus aujourd'hui et ils ont posé des tas de questions sur Lee. C'est pour cette raison que je t'envoie ce message dans ta boîte personnelle au lieu de le poster, sinon tout le monde le verra. Je ne les ai pas crus. Je leur ai dit qu'il y avait un fauteur de troubles à l'œuvre et qu'ils devraient laisser tomber. Mais après leur départ, une fois seul, en réfléchissant à ce qu'ils m'avaient dit, j'ai commencé à paniquer en songeant qu'ils avaient peut-être raison. Et si j'avais commis la plus grosse erreur de mon existence ? Et si je n'avais vu que ce que je voulais voir ? Sans rien deviner du reste ? C'est ce que font les gens, non ? Alors, je me suis mis à tout reconsidérer par le détail et à chercher ce que j'avais pu rater et je me sens terriblement mal à l'idée que c'est peut-être moi qui ai commis une erreur. Que je n'ai pas fait mon boulot, parce que je n'ai pas réussi à te protéger. Si j'ai manqué à mes devoirs envers toi, Jess, si je n'ai pas été là au moment où tu avais vraiment besoin de moi, pardonne-moi, je t'en prie. Je suis tellement désolé.

JESS

Vendredi 18 mars 2016

Je m'arrête dans l'escalier et inspire profondément à plusieurs reprises avant d'entrer dans la cuisine. J'ai besoin d'être en possession de tous mes moyens quand je verrai papa. Si je craque, il voudra savoir ce qui ne va pas et je ne peux rien lui dire. Je ne peux lui souffler mot de ce que je viens de lire et d'ailleurs, j'essaie toujours de donner un sens à ce message. Si j'ai disjoncté, c'est parce que les policiers prennent l'affaire au sérieux désormais. Mais j'imagine qu'ils savent ce qu'ils font et ne perdraient pas leur temps à enquêter sur des faits précis s'ils n'étaient pas convaincus qu'ils sont bien réels ou, en tout cas, pourraient l'être. Ils n'iraient pas parler à papa si ces allégations n'étaient pas authentiques.

Et malgré tout, dans le même temps, je ne peux pas me faire à l'idée que l'homme sur lequel ils enquêtent est le même que celui que je dois épouser. Ce n'est pas le même individu, c'est impossible. Je ne serais pas assez stupide pour tomber amoureuse d'un homme qui bat les femmes, je verrais clair dans son jeu, je n'ai pas de temps à consacrer à des connards de cet acabit et n'en ai jamais eu. La seule pensée qui me vienne, c'est qu'à un moment donné, quelqu'un a eu tout faux. Peut-être à cause d'une déclaration de son ex-petite amie parce qu'il l'avait envoyée paître trop vertement et les flics y ont vu plus qu'elle ne voulait en dire, après quoi elle a raconté des choses fausses. Et je sais que, dès le départ, Sadie a été jalouse de Lee et il n'aurait pas fallu grand-chose pour qu'elle tire des conclusions erronées. Les gens se convainquent de ce qu'ils veulent bien croire. Sauf que maintenant, papa lui aussi pense que c'est une possibilité.

— Bonjour, dis-je en entrant dans la cuisine.

Papa relève les yeux de son café, soupçonnant immédiatement le pire, parce que je ne salue jamais personne le matin. En fait, avant huit heures, je ne dis jamais rien d'une belle voix claire et chaleureuse.

— Bonjour, chérie. Tout le monde est prêt pour ce soir ?

Il a pris sa soirée et je l'emmène manger avec Lee, avec l'espoir que mes deux hommes se trouveront des terrains d'entente.

— Ouais, je reviendrai à la maison après le travail et nous irons au restaurant ensemble. Lee nous y retrouvera.

Je m'approche et l'embrasse sur la joue.

— Pourquoi cette bise ?

— Pour rien. Je veux juste que tu te souviennes que je suis sérieuse. C'est tout.

Rejoindre Sadie pour déjeuner est quasiment la dernière chose dont j'aie envie en ce moment. Elle m'avait envoyé un texto lundi, pour me demander si on pouvait se retrouver cette semaine, et je n'avais pas eu le cœur de lui répondre non. En plus, je sais que je vais devoir la mettre au courant à un moment ou à un autre, il ne manquerait plus qu'elle l'apprenne par quelqu'un d'autre.

J'entre au *Prat*. Elle m'avait dit qu'elle ne voulait pas d'un truc chic et mode. Je la vois qui me repère immédiatement, même si elle fait ça en deux temps.

— Hé, dis-je en m'approchant. Comment vas-tu ?

— Tout baigne. Aurais-tu aperçu Jess Mount ? Elle semble avoir disparu du paysage.

— Très drôle.

— Dis-moi, c'est quoi cet accoutrement ?

— Je peux difficilement me présenter au boulot en leggings et Doc Martens, tu ne crois pas ?

— Seigneur, et bientôt tu vas arriver avec un sac de marque.

— Nan. J'ai toujours mon fidèle sac à dos, je lui réponds en le tapotant de la main. Il y a des choses qui ne sont pas négociables.

Elle continue à me fixer d'un regard incrédule.

— Qu'est-ce que tu prends alors ? C'est moi qui régale.

— La totale, dans ce cas.

— Sérieusement.

— Un roulé chaud, un brownie au chocolat et un chocolat chaud, s'il te plaît. Et la prochaine fois, ce sera pour moi.

J'acquiesce, prends les mêmes choses, règle et reviens à la table. J'essaie de vider mon plateau uniquement de la main droite. Sadie pourrait porter une alliance et un voile que je ne le remarquerais même pas, elle en revanche a toujours été plus observatrice que moi.

— Alors, c'est comment, ton nouveau boulot ? demande-t-elle.

— Ouais… ben. C'est pas mal.

— Juste pas mal ?

— Il me faudra un peu de temps pour m'habituer, c'est tout.

— Est-ce que c'est tous des prétentieux culs serrés modèle relations publiques ?

— J'espère que tu n'inclus pas Lee dans cette catégorie.

— Tu sais très bien ce que je veux dire.

— Ils sont un peu coincés, c'est un fait. Apparemment, ils ne rigolent pas souvent, mais le boulot est fastoche, pour te dire la vérité. Il me suffit de rester plantée là en souriant beaucoup. Et personne n'attend de moi que je rampe par terre pour ramasser du pop-corn.

— C'est déjà quelque chose.

— Ouais. Et ça se passe comment au boulot ?

— Oh, tu sais, rien de neuf sous le soleil. Tes vacances, c'était comment ?

J'attends que Sadie ait pris une grosse bouchée de son roulé avant de lui répondre. Je veux disposer de quelques secondes sans qu'elle puisse parler avant de monter à l'assaut.

— Super, je te remercie. Et j'ai aussi une grande nouvelle, que je tenais à t'apprendre de vive voix.

Je tends la main gauche. Elle regarde la bague et revient sur moi en cessant de manger un instant. Lorsqu'elle reprend sa mastication, elle mâche plus lentement. Je crois que j'aurais préféré que la bagarre s'engage immédiatement au lieu de devoir attendre.

— Mais à quoi tu joues, sacré bon sang ?

— Je me marie.

— Ouais, à vingt-deux ans, avec un mec que tu ne connais que depuis deux mois.

— Seigneur, je crois entendre mon père.

— Ben, il n'y a rien de surprenant, tu ne crois pas ? J'aurais pensé que tout le monde dirait la même chose. Tous les gens qui t'aiment, en tout cas.

— Je savais que tu allais réagir comme ça.

— Ouais, parce que tu es en train de faire une bêtise. Et de gâcher ta vie, Jess. Et je ne vais pas rester là en te laissant faire sans rien dire.

Je pose mon roulé.

— Ça y est, tu as fini ?

— Je n'ai même pas encore commencé.

Je jette un œil alentour, consciente des regards des autres clients qui nous observent.

— Écoute, je suis désolée d'être heureuse. D'avoir un nouveau petit ami ainsi qu'un nouveau boulot en te laissant continuer le tien.

— Tu crois que je suis jalouse ?

— Ben, de là où je suis, il est sûr que ça y ressemble.

Sadie secoue la tête.

— Qu'est-ce que je dois faire pour te convaincre, Jess ? Je ne suis pas jalouse. Tu t'es trouvé un beau mec et j'en suis sincèrement heureuse pour toi. Mais ça – elle me montre la bague –, c'est de la folie. Regarde-toi ! Tu as tellement changé en l'espace de quelques mois que je ne te reconnais plus. On dirait vraiment que tu te transformes en celle qu'il veut absolument que tu sois et tu l'as à ce point dans la peau que tu ne le vois même pas.

Je baisse la tête, surtout pour l'empêcher de voir les larmes qui embuent mes yeux.

— Après tout ce que j'ai traversé, il m'arrive enfin un truc bien et toi, tu réagis comme si je perdais à nouveau la boule.

— Tu es incapable d'entendre la voix de la raison parce que tu es folle de lui.

— Pourquoi le détestes-tu à ce point ?

— Je ne le déteste pas. Je veux juste que tu ouvres les yeux et que tu comprennes ce qui se passe.

— Tu n'as aucune idée de l'homme qu'il est. Avec lui, j'ai le sentiment d'être la personne la plus spéciale de toutes en ce bas monde. Il m'aime, Sadie. Personne ne m'a aimée comme il m'aime.

Elle secoue à nouveau la tête.

— S'il t'aimait réellement, il ne te demanderait pas de changer.

— Il n'a rien demandé.

— Ben, voyons ! Et toutes ces nouvelles fringues, ce nouveau boulot et ce foutu rouge à lèvres que tu t'es collé sur la figure, ça n'a rien à voir avec lui, j'imagine ?

Mes larmes coulent désormais, et je suis incapable de les arrêter. Un instant, j'ai l'impression que Sadie va vouloir me prendre la main, mais elle y réfléchit à deux fois et n'en fait rien.

— Il faut que tu arrêtes ça, je lui dis. Tu vas faire souffrir des gens.

— Qu'est-ce que tu racontes ?

— S'il t'est impossible d'être heureuse pour moi, il va falloir que tu sortes de ma vie. Parce que, si tu continues comme ça, tu vas finir par tout gâcher pour tout le monde.

— Très bien, dit-elle en fourrant son repas dans son sac avant de saisir son chocolat chaud. Je mangerai donc mon déjeuner en marchant. Et considère-moi comme officiellement sortie de ta vie.

Je lutte une nouvelle fois pour ne pas fondre en larmes en la voyant s'éloigner et je finis par comprendre. C'est bien moi qui l'ai conduite à faire ça. C'est moi qui l'ai mise dans une telle furie qu'elle est allée déclarer à la police que c'est mon mari qui m'avait tuée.

Je suis assise en compagnie de papa dans le seul restaurant digne de ce nom à Mytholmroyd (si on exclut la baraque à frites, qui est excellente). J'aurais préféré aller à Leeds, mais c'est plein de poivrots le vendredi soir et je ne tiens pas à lui gâcher cette soirée. Je veux que tout soit parfait. Pour l'occasion, il a sorti le costume et il a belle allure, je dois dire. Pour quelqu'un de son âge, en tout cas. Un des avantages d'avoir des gènes italiens est qu'un crâne qui commence à se dégarnir se porte plutôt bien.

— Alors, as-tu réussi à voir Sadie aujourd'hui ? me demande-t-il alors que nous sirotons nos verres d'eau.

— Ouais.

— Ai-je tort de croire qu'elle ne l'a pas très bien pris ?

— C'est un doux euphémisme.

— Allons, vous êtes les meilleures amies du monde depuis une éternité, Jess. Ça doit être vraiment très dur pour elle.

— Je serais heureuse pour elle si les rôles étaient inversés.

— Vraiment ? Elle laisserait un vide énorme dans ta vie.

— Oui, mais je ne lui en ferais certainement pas le reproche au point qu'elle se sente mal. À la voir, on croirait un chaudron de rancœur en train de bouillir.

— Elle s'en remettra.

— Non, elle ne s'en remet jamais, dis-je avant de me reprendre. Je veux dire que ça n'arrivera pas. Elle en veut vraiment à Lee.

— Pourquoi ?

— Parce qu'elle lui reproche de m'avoir enlevée à elle. Si jamais elle dit quelque chose sur Lee, souviens-t'en.

Papa repose son verre.

— Pourquoi irait-elle raconter des choses contre Lee ?

— Souviens-t'en, c'est tout ce que je dis.

Comme au signal, la porte s'ouvre et Lee entre. Je l'ai vu il y a à peine quelques heures, mais j'éprouve toujours cette même sensation, comme si tous mes organes allaient exploser.

— Salut, je lui dis avec un sourire en me levant.

Il m'embrasse sur les lèvres, juste ce qu'il faut pour être acceptable devant un membre de la famille, mais suffisamment pour que je regrette la présence de papa.

— Tu es plus séduisante que jamais, dit-il avant de se tourner vers mon père. C'est bon de vous revoir, Joe.

Papa se lève à son tour et lui tend la main.

— Et vous aussi, Lee. Félicitations. Vous allez vite en besogne. Et c'est un compliment.

— Merci, répond Lee. Vous avez une fille tout à fait exceptionnelle. Je n'allais pas laisser traîner les choses et attendre que quelqu'un me la souffle sous le nez.

J'observe papa, habituellement méfiant, et vois un sourire de satisfaction se dessiner sur son visage. Il semblerait que le charme de Lee ait remporté la première joute et j'ai l'impression que papa ne devrait pas tarder à rendre les armes. Le serveur s'approche pour prendre notre commande de boissons.

— Je pense qu'une bouteille de champagne serait de rigueur, lance papa.

L'offensive de charme de Lee a porté ses fruits. Papa est de retour sur le terrain, là où j'ai besoin de lui. Les deux hommes que j'aime le plus au monde seront là pour moi, quoi que l'avenir puisse me réserver.

MESSAGE PRIVÉ
Sadie Ward
01/10/2017 23:22

Je l'ai rencontrée hier – l'ex-petite amie de Lee. Emma, elle s'appelle. Emma McKinley. Mais tu le savais probablement déjà. Elle est comédienne. Pas vraiment célèbre, elle fait des *soaps* et des rôles secondaires à la télé et aussi des tournées théâtrales. Il y a quelques années de ça, elle a joué dans *Emmerdale*. Même si toi et moi on n'a jamais regardé ce feuilleton. Je n'aurais peut-être pas dû la rencontrer, je le sais. Mais je l'ai trouvée par Internet et je l'ai contactée après que la police m'a dit qu'elle avait fait une déposition.

Elle est très jolie. Ou plutôt, elle l'a été jadis. Je l'ai cherchée sur Google pour voir à quoi elle ressemblait quand elle jouait dans *Emmerdale*. Elle est bien différente aujourd'hui, bien sûr. Elle n'a plus que la peau sur les os, si décharnée qu'on dirait un corps vide dont quelqu'un aurait aspiré tout l'air. Ce qui n'a rien de surprenant en fait, au vu de ce qui lui est arrivé. Il la battait, Jess. Il la battait avec violence. Pas au début, non. Elle a dit qu'au début, il était tout sucre et miel. Mais plus tard, quand ils ont vécu ensemble. Tout a commencé par une gifle. Juste une gifle. Après quoi il s'est confondu en excuses en promettant que cela ne se reproduirait jamais plus. Mais bien sûr, il a recommencé. À de nombreuses reprises. Et chaque fois, elle lui a pardonné parce qu'il était tellement mal en regrettant ce qu'il avait fait. Elle

pensait qu'elle allait pouvoir l'aider à mettre un terme à ses violences, à devenir un homme meilleur.
Jusqu'à ce qu'ils partent en vacances à Venise. Et là, il lui a brisé la mâchoire, Jess. C'est sa mâchoire qu'il lui a cassée, putain !
Elle n'a jamais porté plainte – elle était trop gênée à la pensée que ça risquait de finir dans les journaux. Mais au moins elle a fini par le larguer. Elle est retournée à Londres et c'est là qu'elle vit aujourd'hui. Elle n'a plus jamais eu de contacts avec lui. Elle ne savait pas qu'il s'était marié ni que tu étais décédée jusqu'à ce qu'elle vienne à Leeds en visite, et c'est une amie qui le lui a appris. C'est à ce moment-là qu'elle a décidé de se présenter à la police. Elle a des photos, Jess. Des photos de ce qu'il lui a fait subir. Et un dossier médical de l'hôpital italien où elle a été soignée. En plus, il y avait un témoin à l'hôtel où ils résidaient. Une bonne qui était entrée juste après l'événement, elle avait vu le sang et tout le reste.
Et tout le temps qu'elle me racontait son histoire, je ne pensais qu'à tout ce qu'il avait dû te faire subir. Toutes les fois où tu n'es pas venue quand on était censées se voir, avec comme excuse que tu avais passé une mauvaise nuit à cause de H. La fois où tu as expliqué un hématome en prétendant que ce n'était qu'un accident. Je pensais à tout ça. Jess, et j'ai pleuré à chaudes larmes pour toi. Pour ce qu'il t'avait infligé et toutes les souffrances que tu avais dû endurer.
Mais nous n'allons pas le laisser s'en tirer sans réagir, Jess. Emma est prête à aller en justice si nécessaire et moi aussi. La vérité sortira au grand jour. Je regrette juste de n'avoir pas été là à temps pour te sauver. Bises.

JESS

Samedi 2 avril 2016

Non ! Même si je hurle ce mot, je le fais en silence dans ma tête. Ce qui est heureux, car je suis encore au lit et Lee est dans la cuisine en train de nous préparer un brunch.

Mon cœur cogne dans ma poitrine, comme s'il cherchait à m'avertir d'un danger imminent. Quand je les vois se refléter dans les miroirs de la penderie, mes yeux me fixent, complètement désemparés, et je tremble de la tête aux pieds. Je ne veux pas croire ce que j'ai lu. Je ne veux pas voir mon bonheur gâché. Qui que puisse être l'individu qui m'inflige cette torture et quelle que soit la manière dont il s'y prend pour y parvenir, il le fait à dessein, uniquement pour me faire mal.

Mais il y a un fait que je ne peux nier, cette personne sait en effet beaucoup de choses. Des choses que je ne connais pas encore moi-même. Mais qui, si je m'autorise une seconde à y réfléchir, semblent cependant d'une logique à toute épreuve.

La serveuse de l'hôtel à Venise. Celle qui a fait tomber son plateau. Et si, vraiment, elle avait reconnu Lee ? Et si elle l'avait reconnu parce qu'elle l'avait déjà vu par le passé, dans cette même chambre mais en compagnie d'une autre femme ? Une femme qui gisait au sol, le visage en sang, quand elle était entrée par inadvertance.

Il me semble parfaitement invraisemblable qu'on ait pu fabriquer cette histoire de toutes pièces. Et c'est bien ce qui me perturbe. Je n'ai parlé d'elle à personne.

Seuls Lee et le serveur venu réparer les dégâts savent ce qui s'était vraiment passé. Alors, comment diable est-il concevable que je sois en train de lire tous ces détails dans un post que Sadie sera censée envoyer dans dix-huit mois ?

Je coupe mon téléphone portable – complètement cette fois. Je l'éteins. Je me lève et le mets dans mon sac à dos posé dans un coin de la pièce. Ce n'est pas une question de loin des yeux, loin du cœur. Comment est-ce même possible ? Comment peut-on lire un message de cet ordre et se contenter de l'oublier ensuite ?

Parce que si, l'espace d'un instant, j'accepte l'idée que c'est la vérité, cela signifie que je suis fiancée à un homme qui a agressé son ex-petite amie avec une telle violence qu'il lui a brisé la mâchoire.

Ça ne peut pas être vrai. Qu'une telle chose m'arrive n'est pas concevable. J'ai désormais une vie toute neuve absolument magnifique et je ne vais laisser personne la fouler aux pieds en essayant de me foutre une trouille de tous les diables.

Je mets mon châle en soie, celui que Lee m'a acheté à Venise, et me rends dans la salle de bains. La porte de la cuisine est fermée, mais j'entends le bacon qui grésille dans la poêle, la radio en fond sonore et Lee qui chante en même temps que les Kaiser Chiefs. Je voudrais sourire, mais les muscles de ma bouche s'y refusent.

J'entre dans la salle de bains et ferme la porte derrière moi. Je refuse de laisser la peur s'emparer de moi. Je refuse de laisser cet inconnu m'embrouiller l'esprit. Personne ne va jouer avec moi.

J'ouvre le robinet de la douche, ôte mon peignoir et contemple mon corps dans le miroir. Ma peau lisse sans marques ni hématomes. Tout ça, ce sont des mensonges. Je le saurais à ce stade si Lee était ce type d'homme. Jamais encore il n'a piqué de colère contre moi et en général, c'est moi qui démarre plus vite que lui. Cet unique incident dans la chambre d'hôtel à Venise ne fait pas de lui un meurtrier. Il ne m'a jamais fait le moindre mal et je ne l'ai jamais vu faire de mal à quiconque. Et j'ai besoin de me le répéter pour rester concentrée.

J'entre dans la baignoire et y frotte mes pieds derrière le rideau. Elle est glissante, il faudrait un tapis antidérapant. Mais on ne suggère pas d'acheter un tapis antidérapant à un homme comme Lee. Il éclaterait de rire avant de répondre que je vais bientôt vouloir des couvertures au crochet pour la déco.

Je tends la main et augmente la température, j'ai besoin que l'eau soit chaude aujourd'hui. Suffisamment en tout cas pour me vider la tête. Je ferme les yeux et laisse le jet me frapper en pleine figure, puis je me fais un shampooing. Mais tout ce que je vois dans ma tête, c'est la fille dans la chambre d'hôtel à Venise. Cette expression de choc et d'effroi indéniable sur son visage. C'est pour cette raison qu'elle a glissé ce mot dans ma valise. Parce qu'elle avait vu ce qui était arrivé à la femme qui m'avait précédée là.

Je me rends compte que je tremble. Je me repasse le même film une fois de plus, mais cette fois, à la façon dont Lee s'est justifié. Il est peut-être vrai qu'il ressemblait à son ex-petit ami et la frayeur qui se lisait dans les yeux de la jeune femme ne concernait que son ex. Et le petit mot ? *Soyez prudente.* Peut-être se contentait-elle de m'avertir de ne pas envisager de choses plus sérieuses. Si elle avait été maltraitée, c'est aussi, qui sait, qu'elle avait un problème avec les hommes. C'est ce que j'avais ressenti après que Callum eut rompu avec moi et j'aurais été capable de hurler un avertissement à n'importe quelle femme qui se serait approchée d'un homme de trop près.

J'arrête l'eau et tends le bras vers la serviette avant de comprendre que je l'ai laissée à l'extérieur de la cabine. Je sors de la douche les cheveux dans les yeux et tends la main vers la serviette, mais c'est l'épaule de Lee que je touche. Je sursaute et étouffe un cri. Je n'avais pas entendu la porte s'ouvrir.

— Hé, me fait-il. Ce n'est que moi. J'allais te dire que le petit déjeuner était prêt, mais là, il va falloir qu'il attende.

Il commence à embrasser mes épaules.

— Quand tu iras choisir ta robe de mariage tout à l'heure, assure-toi qu'elle te laisse les épaules nues. Je veux que tout le monde voie combien elles sont magnifiques.

Ses mains prennent mes seins en coupe et il m'embrasse voracement dans le cou. J'ai une telle envie de lui, je veux qu'il me fasse oublier tout ce que je viens de lire. Qu'il soit juste le Lee que je connais. Celui qui vénère le sol que je foule. Qui, jamais, ne me ferait le moindre mal, même en un million d'années. Je gémis quand sa main se glisse entre mes jambes. Je le désire de tout mon être et mon corps veut qu'il le pénètre. Et il n'y a aucune raison pour que mon corps me mente.

Il ôte son peignoir, me plaque contre le carrelage mural et je me mords la lèvre quand il se glisse en moi. Et je le laisse me baiser contre le mur de la salle de bains. Me baiser si fort que, l'espace de quelques instants, je peux à peine me rappeler mon nom et moins encore ce que je viens de lire.

Je me rends au centre-ville où je dois retrouver Angela un peu plus tard. Mon cerveau est encore douloureux et mon corps fourmille de picotements comme s'ils s'étaient livré bataille sans vouloir céder d'un pouce ni l'un ni l'autre.

C'est Angela qui a tout arrangé et pris des rendez-vous dans les boutiques de robes de mariée. Elle m'a juste précisé qu'il suffisait que je sois là. En temps normal, je déteste qu'on me dise ce que je dois faire et où je dois aller, mais aujourd'hui, je me sens soulagée. En cet instant, je ne suis même pas sûre de pouvoir organiser un simple passage aux toilettes, alors, les préparatifs d'un mariage !

J'arrive devant la première boutique de la liste. De prime abord, un peu trop traditionnelle à mon gré. Angela me fait signe depuis l'intérieur. À mon entrée dans le magasin, je réussis à me forcer à sourire et à laisser paraître ce qui pourrait passer pour un semblant d'excitation, du moins je l'espère. En revanche, il est visible qu'Angela a beaucoup de mal à se contenir.

— Bonjour, Jess. Oh ! Ils ont quelques robes superbes ici. Je n'ai pas pu résister à l'envie de jeter un coup d'œil pendant que je vous attendais. J'en ai déjà vu au moins trois que Lee adorerait.

Une femme élancée vêtue d'une robe droite s'approche de nous.

— Bonjour, je suis Julia. Et vous devez être Jess – ou devrais-je dire plutôt la future Mme Griffiths.

Si Sadie était là, elle lui aurait probablement déjà collé un pain. Et pour être juste, elle aurait eu tout à fait raison. Je résiste à la tentation et me contente d'un hochement de tête poli.

— Et comme c'est gentil de venir faire vos achats en compagnie de votre future belle-mère. Je suis sûre que vous réussirez à trouver quelque chose que votre fiancé va absolument adorer.

Tout le monde semble se préoccuper en priorité du jugement de Lee sur le choix de la robe – et beaucoup moins du mien.

— Très bien, poursuit-elle. Éliminons d'abord quelques éléments de départ pour mieux cerner les choix possibles. Blanche ou ivoire ?

Je suis tentée de répondre rouge, mais je ne pense pas une seconde qu'elle apprécierait mon sens de l'humour.

— Blanc, ce serait exquis, dit Angela.

Je rectifie aussitôt :

— Moi, je pencherais plutôt pour ivoire.

Julia nous regarde tour à tour, mais Angela ne proteste pas.

— Très bien. Et avons-nous un style particulier à l'esprit ? demande Julia.

Le fait est que je pourrais décrire la robe que je porterai le jour du mariage jusque dans les moindres détails. Je l'ai vue et la connais sous toutes les coutures, étant donné le nombre de fois où je l'ai contemplée sur mon fil d'actualité. Mais je ne peux pas lui dire une chose pareille. Je me contente de répondre :

— Je le saurai quand je la verrai.

— Eh bien, ça fait plaisir à entendre, assure Julia.

— Je pense que nous cherchons quelque chose d'intemporel qui soit très classe, explique Angela. Pensez à Grace Kelly et vous ne pourrez pas vous tromper.

— Mais avec les épaules nues, j'ajoute en me souvenant de ce que m'a dit Lee. J'aimerais qu'elle soit décolletée et laisse les épaules nues.

Julia sourit.

— Ravissant. Laissez-moi aller voir ce que je peux trouver. Je reviens dans un instant.

— Je trouve ça complètement étrange, dis-je à Angela en attendant son retour. Je n'arrive pas à croire que je me prépare à essayer une robe de mariée. Et si je n'étais pas faite pour ce genre de tenue ?

— À votre place, je ne me ferais aucun souci. Vous auriez l'air superbe dans un sac-poubelle.

— Ils les font en ivoire ? je lui demande.

Angela éclate de rire.

— Je suis si heureuse que Lee épouse une fille qui a le sens de l'humour. De vous à moi, sa dernière petite amie semblait avoir perdu le sien. Si toutefois elle en avait jamais eu un.

Tout se noue soudain à l'intérieur de moi et je fais de mon mieux pour garder un visage neutre et ne rien laisser paraître.

— Il est sorti longtemps avec elle ?

— Environ une année. À l'époque, j'avais cru que ce serait la bonne. Mais ça ne me plaisait pas trop, à vrai dire. Elle était comédienne. Je ne suis pas sûre qu'elle ait été du genre à se caser. Et Lee désire une famille. Absolument.

J'acquiesce et tripote ma bague de fiançailles en essayant désespérément d'empêcher mes doigts de trembler.

— Est-ce pour cette raison qu'ils se sont séparés ? je demande.

Elle regarde ses mains.

— J'imagine que oui. En tout cas, ç'a été la décision de notre Lee. Quand il est rentré des vacances qu'ils avaient prises ensemble, il m'a annoncé qu'il avait rompu. Elle, je ne l'ai jamais revue. Pas même à la télé. Emma Mac-quelque chose, elle s'appelait. Je la reconnaîtrais si je la voyais. Plutôt jolie, avec de longs cheveux roux. Mais elle ne vous arrivait pas à la cheville.

J'ai comme une envie de vomir. Lorsque Julia revient avec une brassée de robes, je n'ai plus aucune envie de poursuivre cette mascarade. Je ne pense qu'à une chose, prendre mes jambes à mon cou et m'enfermer quelque part en chantant *la-la-la* à tue-tête, les mains plaquées sur mes oreilles.

— Et voilà, dit Julia. Que diriez-vous de commencer par celle-ci ?

Elle m'en présente une à bout de bras. Avec un bustier en satin et une jupe de coupe sirène. Je ne la regarde pas vraiment, je fixe la suivante. C'est la robe que je porte sur la photo de mon mariage et j'ai l'impression que les quatre murs de la pièce se referment sur moi. Je ne peux plus m'échapper, même si je le décide. À moins… à moins de changer le cours des choses. Si je ne porte pas cette robe-là, peut-être pourrai-je modifier ce qui doit arriver. Un peu comme dans le film *Pile et face*[1] avec, pour seule différence, que je ne prendrai pas une rame de métro donnée, c'est le choix de ma robe de mariée qui décidera de mon avenir.

---

1. Film américain (*Sliding Doors*) de Peter Howitt, sorti en 1998. Dans les premières scènes du film, l'héroïne rate un métro, ce qui va marquer le début d'une série de mésaventures.

— Oui, dis-je en lui prenant la robe coupe sirène. J'aime beaucoup et je vais aller l'essayer.

Julia s'attarde aux abords de la cabine d'essayage et passe la tête par le rideau à une ou deux reprises.

— Tout se passe bien là-dedans ? me demande-t-elle. Dites-moi si vous avez besoin d'un coup de main.

Je la laisse entrer pour m'aider à agrafer le dos du bustier. Elle doit croire que c'est parce que j'ai du mal à le faire seule alors qu'en réalité, mes mains tremblent beaucoup trop. Je sors de la cabine et regarde mon reflet dans le miroir. Mon allure est complètement différente de celle que j'ai sur la photo. Et je pourrais porter mes cheveux longs, peut-être les boucler un peu.

— Je l'adore, dis-je en me retournant.

— Vous ne pensez pas qu'elle en révèle un peu trop, dites-moi ? demande Angela en étudiant le bustier.

Je relève les yeux et constate que sa question est destinée à Julia, pas à moi.

— Quand on possède une silhouette magnifique, autant la montrer, répond Julia. En particulier le jour de son mariage.

— Parfait. Très bien, l'affaire est réglée, dis-je.

— Mais vous n'allez pas en essayer d'autres ? dit aussitôt Angela, l'air horrifié.

À l'évidence, cette robe est bien loin de ses espérances… si Grace Kelly est son seul et unique critère d'élégance.

— C'est inutile. J'adore celle-ci.

— Il est parfois bon de comparer les styles, dit Julia. On ne sait jamais, vous pourriez en trouver une qui vous plairait encore plus. Peut-être en essayer deux autres ?

Je la soupçonne d'avoir un diplôme en négociations mère-fille en matière de robes de mariée.

— OK, je lui dis, en décidant que ce sera probablement la manière la plus facile d'apaiser ses craintes. Je vais essayer celle avec la jupe longue.

— Celle en taffetas, oui, répond Julia en me la tendant.

— Et aussi celle-ci, dit Angela en prenant la vraie robe de mon mariage. Je pense que vous auriez superbe allure.

Autant que je m'exécute pour lui faire plaisir. Ce qui n'a aucune importance en réalité car je n'ai pas l'intention de changer d'avis. Je suis à nouveau Julia dans la cabine et essaie d'abord la robe en taffetas. Avant d'éclater de rire en me voyant dans le miroir. Je ressemble à une énorme fée foldingue.

— Peut-être pas, dit Julia.

— En aucun cas, je lui confirme.

J'essaie de ne pas regarder en enfilant l'autre robe. Si j'y consens, c'est uniquement pour calmer les humeurs d'Angela. J'ai la ferme intention de la mettre pour m'en débarrasser au plus vite et j'achèterai la toute première.

Mais à ma sortie de la cabine, confrontée à l'expression des visages d'Angela et de Julia, je comprends que ce sera moins facile que je ne l'escomptais.

— Oh, Jess, me dit Angela. Vous êtes absolument magnifique.

— Ce haut en dentelle vous sied à ravir, déclare Julia.

— Je préfère quand même la première, je leur réponds.

— Je pense vraiment que celle-ci est plus discrète, dit Angela. Je suis sûre que Lee l'adorerait – et votre père également.

C'est un coup bas, mais je me refuse à tomber dans le piège. Papa sera heureux quelle que soit la robe que je porterai. Du moment que moi je suis heureuse… comme il dit toujours.

— Merci. Elle est jolie, mais c'est bien la première que je préfère. J'avais dit que je saurais laquelle prendre quand je la verrais et c'est exactement ce qui s'est produit.

Julia jette un œil à Angela, comme un commissaire-priseur qui vérifie s'il y aura de nouvelles enchères dans la salle. Mais il n'y en a pas et elle se résigne avec un haussement d'épaules.

— Très bien, dit-elle. Je crois que nous en avons terminé – et en un temps record, qui plus est.

Je retourne dans la cabine et ôte la robe, avec l'espoir de ne pas simplement me débarrasser d'une tenue, mais de tout ce qui l'accompagne. L'espoir de me libérer afin de me bâtir un nouvel avenir – un avenir dont je pourrai modifier le cours et regagner, ce faisant, un semblant de maîtrise sur ma propre vie.

À notre sortie de la boutique, Angela m'emmène un peu plus loin, dans un café sous les arcades, où nous commandons café et gâteau avant de nous asseoir près de la fenêtre.

Elle sort son portable de son sac. J'ai toujours l'impression qu'elle me fait la gueule.

— Je vais juste téléphoner aux autres boutiques sur la liste pour leur faire savoir que nous n'aurons pas besoin de leurs services.

Mais, avant qu'elle puisse passer sa communication, son téléphone sonne.

— Bonjour, Julia, répond-elle un peu surprise.

Elle ne dit plus rien et écoute avec attention en répétant « je vois » de temps à autre. De mon côté, je dresse l'oreille pour essayer de comprendre ce qui se dit à l'autre bout de la ligne, mais, à cause du brouhaha environnant, je n'entends rien.

— Je vais lui poser la question, finit-elle par dire. Et je vous rappelle pour vous informer de sa décision. Non, ne vous en faites pas. Ce sont des choses qui arrivent.

Elle repose son portable et me regarde.

— C'était Julia, dit-elle. La robe que vous avez choisie avait été en fait achetée par une autre cliente ce matin. Son employée aurait dû mettre une étiquette

Réservée, mais elle a oublié. Elle est nouvelle, vous comprenez, et il y avait du monde dans la boutique. Julia a téléphoné à la compagnie, mais, malheureusement, la robe n'est plus en stock et elle n'en recevra plus avant le mois d'août dans le meilleur des cas. Elle s'est confondue en excuses avant de déclarer qu'elle nous ferait une ristourne de dix pour cent sur l'autre robe que vous avez essayée – si toutefois elle est à votre goût, je veux dire. Sinon, nous pouvons aller voir les autres boutiques. C'est à vous de décider.

Je contemple mes mains, qui tremblent sous la table. Peu importe ce que je tente de faire, je ne peux rien changer à rien. En dépit de tous mes efforts, de toutes les façons, je me retrouverai mise en échec à un moment ou à un autre. Toute résistance est inutile. Alors, autant que j'accepte ma destinée.

— Je prendrai l'autre dans ce cas, je lâche à voix basse.

— Vous êtes sûre ?

On pourrait presque croire qu'elle est désolée pour moi maintenant qu'elle a obtenu ce qu'elle voulait. Presque. Pour autant que je sache, c'est elle qui a pu concocter ce scénario avec Julia pendant que je me changeais dans la cabine. Mais finalement, la façon dont la chose s'est faite importe peu. Pas vraiment, en tout cas. Tout ce qui importe, c'est que c'est arrivé.

— Ouais, je réponds.

— J'appelle immédiatement Julia pour la mettre au courant.

J'écoute les explications d'Angela au téléphone en essayant avec bien du mal de chasser mes larmes en clignant des yeux.

— Si vous voulez mon avis, dit Angela quand elle a fini de téléphoner, je pense que tout s'arrange pour le mieux. Cette robe était parfaite pour vous, Jess. Absolument parfaite. Ça doit être le destin, non ?

J'acquiesce et bois une gorgée de café.

— Et maintenant, avant que je ne range mon portable, vous devez m'aider à vous trouver sur Facebook pour que nous soyons amies. Après quoi, il ne restera plus qu'à tenter de convaincre Lee de se joindre à nous. Mais vous serez plus douée que moi si vous y parvenez.

J'essaie de répondre quelque chose, mais je me trouve dans l'incapacité de former mes mots et choisis de prendre une bouchée du brownie au chocolat. Je ne sais plus si je serai à même de maîtriser mon propre avenir ou si je dois juste me contenter de l'accepter tel quel. Je commence à me sentir comme une simple passagère dans ma propre existence et je ne suis pas certaine de pouvoir arrêter le train et en descendre, même si je le désire.

▶ De Angela Griffiths à Jess Mount

3 OCTOBRE 2017

Je sais que c'est débile d'imaginer que vous puissiez voir ça, mais je voulais vous montrer la toute dernière photo. Il a presque six mois maintenant, notre Harrison. Et il ressemble chaque jour un peu plus à son père. Il essaie même de ramper, un peu à la manière des commandos, en appui sur les coudes et en laissant traîner ses jambes derrière lui. Il ne peut pas rester en place. Toujours en mouvement. Quand il saura marcher, je passerai mon temps à lui courir après. Je le vois bien. Et je n'aurai pas à attendre longtemps, en plus. Il marchera très tôt, tout comme notre Lee. Très déterminé. Avec des cuisses musclées.

En tout cas, il est heureux comme un poisson dans l'eau. Et de toute évidence, vous lui manquez. Mais c'est une bénédiction qu'il ait été trop jeune pour se souvenir de vous ou comprendre ce qui s'est passé. Nous lui montrerons des photos de vous, bien sûr, à mesure qu'il grandira. Et nous lui parlerons de vous. Même si vous n'êtes plus là, vous ne serez pas oubliée. Et vous m'avez laissé le cadeau le plus précieux qui soit. Mon premier petit-enfant.

JESS

Dimanche 3 avril 2016

Je suis de retour à la maison quand je le découvre. D'habitude, je reste chez Lee le dimanche soir, mais, après avoir quitté Angela chez qui nous avons déjeuné, j'ai prétexté que je voulais rentrer chez moi pour voir papa et me coucher de bonne heure.

Sauf que maintenant, il est exclu que je puisse fermer l'œil. Mon fils me fixe depuis l'écran de l'ordinateur de ses grands yeux marron magnifiques et, en plus, ses petites fossettes sont adorables. Et Angela a raison – il ressemble effectivement à Lee. À un tel point que je ne reconnais rien de moi en lui et me demande une seconde s'il s'agit bien de mon enfant, tout en sachant au fond de moi qu'il l'est bel et bien. C'est bizarre – c'est moi qui donne le jour à ce bébé et pourtant il m'est complètement étranger.

Je tends la main et touche l'écran. Un instant, j'ai l'impression de voir son sourire s'élargir et d'entendre son gazouillis et me demande si je pourrais imprimer sa photo. Je crains fort que non, mais ça vaut la peine d'essayer. Je la transfère dans mon dossier « Images », mais, quand je l'ouvre, il n'y a rien. Je ne peux même pas avoir sa photo. Une simple petite photo de rien que sa mère puisse conserver. Je regrette de ne pas avoir d'imprimante 3D, ça marcherait peut-être, qui sait, et je pourrais l'imprimer intégralement. Le faire apparaître par terre devant moi, en train de rire et de crapahuter en laissant derrière lui cette odeur de bébé si caractéristique, ce mélange de caca, de vomi et de lait, j'imagine.

Toutes choses étant, je vais devoir attendre. Parce que je ferai sa connaissance. D'ici quelques mois, il grandira à l'intérieur de moi. Et je sentirai ses coups de pied, tout comme les autres mères enceintes. Et je lui donnerai naissance, je le tiendrai contre moi, je le nourrirai, je ferai tout ce que font les nouvelles mamans.

La seule différence est que je lui dirai adieu peu de temps après.

Et le plus triste, la chose contre laquelle je me débats de toutes mes forces, c'est qu'il ne se souviendra jamais du bref laps de temps que nous aurons vécu ensemble. Au moins, quand m'man est morte, j'avais à ma disposition quinze années de souvenirs et de moments de bonheur auxquels me raccrocher. Lui n'aura rien. Même si, comme le dit Angela, cela lui rendra la vie plus facile, mais, pour autant, c'est une pensée qui m'horrifie. Espérer que son fils saura mieux affronter la disparition de sa mère parce qu'il n'en aura gardé aucune image et ne se rappellera rien d'elle.

— Je t'aime, je lui murmure.

Et je sais que c'est la vérité à la seconde où je prononce ces mots. Et que je dois rester avec Lee quoi qu'il arrive, parce que, sans Lee, il n'y aura pas de Harrison. Et je crois que je ne pourrais pas le supporter, d'aucune façon.

Je vais cesser de lire ces spots et ces messages. Et je suis sérieuse cette fois. Je resterai bien à l'écart de Facebook, je ne laisserai jamais ce délire prendre le dessus sur moi.

Je souris de nouveau à H.

— Bonne nuit, je lui dis. Je ne vais plus te voir pendant un moment, mais cela ne veut pas dire que je ne penserai pas à toi.

J'embrasse l'écran, ferme les yeux et m'imagine en train de l'embrasser un jour pour de bon.

Mon portable sonne le lendemain matin, alors que j'attends le train. Je le sors, surprise de voir le nom de Sadie sur l'écran, et me demande si je dois répondre ou pas. Mais je prends l'appel à la deuxième sonnerie.

— Salut, lui dis-je. C'est un peu tôt pour toi, non ?

— Je suis levée de bonne heure tout spécialement pour t'annoncer combien j'ai été conne.

— Qu'est-ce que tu veux dire ?

— L'autre jour, au *Prat*. Je me suis comportée comme une tarée absolue.

Pendant un moment, je ne dis rien et, pour avouer la vérité, je tombe des nues. Très sincèrement, je croyais l'avoir perdue à jamais, sans imaginer un seul instant qu'elle me laisserait une autre chance.

— Et j'aurais dû me rendre compte combien ce serait difficile pour toi, je lui réponds d'une voix chevrotante.

— C'est simple, je ne m'y attendais pas du tout, si tu veux savoir. Je veux dire qu'aujourd'hui, plus personne ne se marie, tu es bien d'accord ? Si tu m'avais annoncé que tu allais t'installer chez lui, je serais tombée de moins haut. Si on me donnait à choisir entre une chambre minuscule dans un lotissement de Mytholmroyd et un appartement classe à Leeds, je sais ce que je prendrais.

— Je ne l'épouse pas pour son appartement. Je l'aime vraiment, tu sais.

— Je comprends ça. C'est juste que je ne veux pas voir ma meilleure amie se transformer sous mes yeux en femme au foyer, c'est tout. Si tu ne fais pas attention, tu vas très vite sentir le vomi de bébé et te plaindre de tes nuits d'insomnie forcée avant même d'avoir compris ce qui t'arrive.

J'écarte mon portable de mes lèvres le temps de prendre deux profondes inspirations. Elle ne sait pas ce qu'elle dit, cela, je peux l'accepter, mais je commence à comprendre combien notre amitié deviendra stressante, si toutefois elle perdure.

— Écoute, dis-je, je ne peux pas te parler longtemps. Mon train arrive dans une minute.

— Tu n'as pas passé la nuit chez lui ?

— Non. Je suis rentrée chez moi pour voir papa. J'étais bien crevée, pour être honnête. Je suis allée choisir la robe de mariée en compagnie de la mère de Lee ce week-end.

— Waouh ! C'est vraiment du sérieux. Tu en as trouvé une ?

— Ouais.

— Est-ce qu'elle me plairait ?

— Elle n'est pas noire et il n'y a pas de cuir, si c'est ce que tu veux savoir. Et avant que tu ne poses la question, non, je ne la porterai pas avec des Doc Martens aux pieds.

— Quel dommage. Tu aurais eu un look d'enfer.

— Je ne crois pas que la mère de Lee apprécierait.

— Et toi, elle t'apprécie ?

— Je pense. Et désormais, nous sommes en plus amies sur Facebook.

— Il va falloir que je fasse attention quand je te marquerai comme amie. Je n'ai pas envie de te causer des ennuis avec ta belle-mère.

Mon train entre en gare.

— De toute façon, faut que j'y aille, je lui annonce.

— Écoute, si on essayait de déjeuner ensemble une nouvelle fois cette semaine ? Et cette fois, c'est moi qui t'invite pour rattraper le fait de m'être montrée aussi idiote.

J'hésite, ne sachant pas si c'est une bonne idée de renouer avec elle, car j'ai toujours à l'esprit ce que j'avais pu lire la nuit dernière. Mais j'ai décidé de ne plus rien regarder sur Facebook. Et ce serait peut-être bien de l'avoir de mon côté. Et si je parviens à la convaincre que Lee est quelqu'un de vraiment bien, cela l'empêchera peut-être de remuer toute cette merde plus tard.

— C'est d'accord. Dis-moi simplement quand.

Dès mon réveil le mercredi matin, je la sens à nouveau. La même chaque année. Cette douleur lancinante. Cette blessure. Cette plaie ouverte. Les gens mentent quand ils disent que le temps guérit tout. C'est faux. Cela signifie simplement que les jours où la souffrance est assourdie deviennent plus nombreux à mesure et on en a simplement moins conscience à tout instant, mais chaque année, le jour anniversaire de la mort de m'man, on pourrait croire que l'anesthésique ne fait plus effet et je me rends compte que la déchirure est toujours là, toujours aussi profonde et atroce que jamais, et je comprends que je l'ai simplement étouffée une année durant pour pouvoir continuer à vivre. Et la journée se change en un long cri silencieux le temps qu'elle s'atténue et que l'anesthésique fasse à nouveau son effet.

Je m'habille rapidement et descends au rez-de-chaussée. Papa relève les yeux à mon entrée et, visiblement, il a déjà pleuré. Je vais jusqu'à lui et le serre dans mes bras. Les mots sont inutiles, ne reste que le réconfort de savoir que nous éprouvons la même douleur l'un et l'autre. Au bout d'un moment, il prend ma tête entre ses mains et m'embrasse sur le front.

— C'est toujours aussi difficile, n'est-ce pas ? me dit-il.

— Oui.

— Veux-tu un petit déjeuner ou est-ce qu'on y va ?

— On y va.

Nous montons dans la voiture de papa et le trajet de dix minutes se déroule en silence. Et tout ce temps, je ne pense qu'à une chose, papa faisant ce même trajet avec sa pelle dans le coffre. Tellement désespéré qu'il voulait me sortir de ma tombe.

Mes doigts jouent avec les tiges du bouquet de jonquilles que je tiens sur les genoux. C'étaient les fleurs préférées de m'man. En fait, je ne sais si c'est vrai ou si elle l'a dit simplement parce que je lui offrais toujours des jonquilles le jour de la fête des Mères. Je me demande quelles fleurs Harrison m'apportera quand il sera plus grand. Je n'ai pas de préférence dans ce domaine et je crois que je vais devoir faire un choix et en informer papa et Lee. Tout pour leur faciliter la vie.

Question cimetière, celui où nous nous rendons est agréable, avec une vue superbe sur Luddenden Valley – quelques cheminées d'anciennes usines, des champs, des arbres et de petits sentiers qui serpentent encadrés par des murets de pierre. Un cadre paisible. Nous venions là en famille quand j'étais petite. Et je me plaignais d'avoir mal aux jambes, déjà à l'époque.

Je suis papa jusqu'au coin le plus éloigné où se trouvent les tombes récentes. Les arbres qui se dressent derrière elles masquent l'église située au-delà. Des éclats de couleur ponctuent l'endroit – des fleurs enveloppées de cellophane portant des messages rédigés d'une écriture tremblante.

La tombe de m'man est dans le coin. Papa a une concession familiale et il m'avait expliqué ce que cela signifiait, un jour nous serions réunis tous ensemble, m'man nous attendrait. Mais je sais après avoir lu son post que de nous deux, c'est moi la première qui serai enterrée là et c'est entre nos tombes qu'il va s'asseoir et éclater en sanglots.

Je le regarde déposer sa rose rouge. Ses doigts tremblent, sa lèvre inférieure tremble. Je m'approche et lui presse la main en posant mes fleurs à côté de la sienne. Mais ce faisant, le bruit qui couvait en mon for intérieur remonte à la surface, comme une réaction sauvage et primitive. Je tombe à genoux et aspire l'air par bouffées haletantes pour combler aussitôt le vide qu'il a laissé en moi. Papa s'accroupit à mon côté et me saisit le bras.

— Ça va aller, me dit-il.

— Non, ça ne va pas aller. Pas pour toi. Ni pour moi non plus.

— Allons, Jess. Nous avons tenu bon jusqu'ici. Nous pouvons nous en sortir en nous serrant les coudes.

Je fais non de la tête et commence à gratter la terre de mes mains.

Papa essaie de m'en empêcher en me prenant les mains avant de vouloir me remettre debout de force.

— Jess, arrête, je t'en prie.

— Je ne peux pas, je lui crie. Je ne peux rien arrêter. Tout arrivera de toute façon, quoi que je fasse.

— Allons, ça n'a ni queue ni tête. Il faut que tu rentres à la maison.

Je comprends qu'il va croire que je refais une crise et ce sera reparti pour un tour. J'ôte mes doigts de la terre, les contemple et les porte à mes narines en en reniflant l'odeur pour tenter d'y percevoir une trace de m'man.

Lorsque papa me saisit aux aisselles et me remet debout, mes jambes tremblent toujours et je me raccroche à lui sans oser le lâcher.

— Quand je mourrai, tu m'enterreras ici, dis-je. À côté de m'man.

Papa essuie ses larmes.

— Non, c'est toi qui m'enterreras là. Mais le moment venu, il y aura une place pour toi.

— Et Lee alors ?

— Je ne sais pas si l'espace sera suffisant. Je peux peut-être me renseigner, si ça te préoccupe.

— Et aussi les enfants que nous aurons, j'ajoute. Je veux qu'ils soient là aussi.

Papa acquiesce.

— Inutile de nous tracasser pour ça maintenant, d'accord ? Un mariage nous attend et il me tarde d'y être.

Il entoure mes épaules et me serre fort : je devine et sens son inquiétude. Je hoche la tête à mon tour.

— As-tu besoin de voir quelqu'un, Jess ? Est-ce que tu te sens si mal ?

J'hésite. J'aimerais pouvoir lui dire, mais je ne peux pas, il se ferait encore plus de souci. Sans compter qu'on m'enfermerait à nouveau et que le mariage n'aurait pas lieu. Et s'il n'a pas lieu, Harrison n'existera pas et je ne le supporterai pas. Je ne pourrais pas supporter de ne pas avoir mon petit garçon.

— Non, je vais bien. Mais je veux que tu saches que mes fleurs préférées sont également des jonquilles.

JESS

Août 2008

Je me trouve avec Sadie sur le quai et j'attends l'arrivée du train. Désormais, les gares me sont devenues des lieux difficiles, car je pense aux gens qui se jettent devant les locomotives. Je n'imagine pourtant pas faire une chose pareille – je n'y ai d'ailleurs jamais songé –, mais je me demande toujours ce qu'ils peuvent penser juste avant l'instant fatidique. L'impression qui est la leur, à cette seconde où ils s'élancent du quai, au moment où ils tombent sur les voies ou lorsque le train les fracasse, peu importe ce qui arrive en premier.

Je pense également à d'autres gens. Aux voyageurs lors des collisions ferroviaires. Savoir s'il en est un seul au moins qui parvient à briser la vitre de sécurité. Ou s'il est préférable d'être côté allée plutôt que fenêtre. Et qu'arriverait-il à celui ou celle qui se trouve aux toilettes à ce moment-là ?

Lorsque le train entre en gare, mes doigts se crispent et j'enfonce les ongles dans mes paumes. Je vais y arriver, j'en suis capable. Je compte les voitures, mais elles ne sont que deux, ce qui signifie que je ne serai pas dans la voiture du milieu. Je n'aime pas être en queue. On risque beaucoup plus de mourir dans un accident de chemin de fer quand on est dans le wagon de queue. Sadie tend le bras, presse le bouton et les portes s'ouvrent avec un sifflement. Je la vois qui me regarde, elle ne me quitte pas des yeux et elle attend.

— Amène-toi, dit-elle. Voyons si on peut se trouver des places assises.

J'oblige mes jambes à se mettre en mouvement pour la suivre et monter à bord. Mais une fois que j'y suis, elles se bloquent complètement. Il n'y a que deux sièges vacants dans le compartiment. Les plus proches de la cabine du conducteur. Sadie s'est déjà installée près de la fenêtre et me regarde d'un air préoccupé, les sourcils froncés.

Je secoue la tête. C'est tout ce que je suis capable de faire.

Elle prend son sac et s'approche de moi.

— Qu'est-ce qu'il y a ? Où est le problème ?

Il m'est impossible de lui donner la vraie raison – je ne veux pas m'asseoir au cas où il y aurait une collision. Je ne peux pas lui expliquer que, statistiquement, les probabilités de mourir sont plus grandes si l'on est installé à l'avant du train. Les gens n'y pensent pas. Ils entendent dire que trois personnes ont été tuées dans un accident ferroviaire. Peut-être ont-ils appris que le conducteur était l'une des victimes, mais ils ne demandent jamais où les deux autres étaient installées. Ils ne posent pas la question parce qu'ils ne veulent pas savoir. Ils préfèrent rester ignorants.

Je regarde Sadie. Elle attend toujours une réponse. Mes lèvres remuent, mais aucun son ne sort de ma gorge.

— Tu préfères rester debout ?

J'acquiesce. J'ai droit à un petit haussement d'épaules et elle agrippe le rail quand le train démarre. Mais rien qu'à ses yeux, je sais à quoi m'en tenir. Elle est passée de l'autre côté. Elle fait partie des autres dorénavant. Elle pense que je suis en train de craquer.

TROISIÈME PARTIE

ANGELA

Samedi 2 juillet 2016

J'arrive à la boutique avant Jess pour le dernier essayage. J'ai déjà pu remarquer qu'elle n'était pas aussi ponctuelle que Lee ou moi, mais si c'est là son pire défaut, ce n'est pas bien grave. Je sors ma liste de choses à faire de mon sac et la passe en revue. Aussitôt que j'en ai rayé une, j'ai l'impression de devoir en ajouter une nouvelle aussi vite. Non pas que je m'en plaigne, c'est toujours agréable d'être aussi impliquée dans les préparatifs du mariage. Lorsque leurs fils avaient convolé, certaines de mes amies se sont senties complètement exclues. D'une certaine façon, je suppose que dans le cas présent, je suis à la fois la mère du marié et celle de la jeune épousée. C'est en tout cas mon impression.

Au moins jusqu'ici, tout s'est passé sans heurt. Depuis l'affaire de la robe, il n'y a eu qu'un ou deux points délicats à régler. Jess était farouchement opposée à l'idée d'avoir des demoiselles d'honneur et je l'ai accepté, pourtant l'hôtel était prêt à se montrer des plus accommodants pour assortir la couleur des serviettes à celle de leurs robes.

Elle a aussi absolument insisté pour que ce soit son père qui prépare le menu en compagnie du chef de l'hôtel, même si je me sentais parfaitement capable de m'en charger.

Je lève la tête quand j'entends tinter la clochette de la porte et vois Jess qui se dépêche d'entrer.

— Bonjour, Angela. Désolée de vous avoir fait attendre.

Les pointes de ses cheveux sont encore humides comme si elle venait de sortir de la douche.

— Pas de problème. Je suis heureuse en tout cas que vous n'ayez pas choisi un matin pour le mariage.

— Je suis toujours tellement vannée en fin de semaine. Je doute que mon horloge interne se soit déjà habituée à des réveils aussi matinaux.

— Eh bien, plus qu'une semaine à attendre et vous pourrez passer quinze jours d'affilée au lit si vous en avez envie.

Elle rougit un peu. Moi aussi, d'ailleurs, quand je me rends compte de ce que je viens de dire. C'est une chose à laquelle on n'aime pas beaucoup penser – l'appétit sexuel de son propre fils. Même si j'imagine qu'il doit être des plus sains.

— Et voici la future épousée, dit Julia en jaillissant de l'arrière-boutique. Comment allons-nous ce matin ?

— Très bien, je vous remercie, répond Jess.

Elle n'est pas aussi excitée que je l'aurais cru à ce stade. Peut-être un soupçon de nervosité de dernière minute ? Rien d'étonnant à cela, en vérité, surtout quand on n'a plus le soutien de sa mère.

— Très bien, allons par là, dit Julia en lui faisant signe de s'approcher des cabines d'essayage. La robe est prête. Et s'il faut des retouches de dernière minute, nous aurons largement le temps avant le grand jour.

Jess acquiesce et disparaît en compagnie de Julia. Je sors mon portable et déroule ma page Facebook. Jess n'y a rien mis sur les préparatifs du mariage. Une fois, je lui avais posé la question – je me demandais si ce n'était pas par superstition –, mais elle m'avait simplement répondu qu'elle n'allait plus sur Facebook. Quand nous sommes devenues amies, j'ai regardé son mur : une collection de ridicules selfies de filles faisant la moue. Mais tout semble s'être arrêté quand elle a commencé à sortir avec Lee. Je crois qu'elle n'en avait pas vraiment le temps et je sais combien lui déteste voir les gens avec leur portable quand il est en leur compagnie. C'est l'une des choses qui le mettaient complètement hors de lui chez Emma. C'est la seule fois où je l'ai vu la moucher vertement, parce qu'elle avait le nez collé à son écran.

Le rideau de la cabine s'ouvre et Jess apparaît. J'ai la gorge qui se noue quand je la vois, c'est une vraie beauté. La robe lui va à merveille – on croirait qu'elle a été cousue directement sur elle. Et c'est vrai qu'elle a de très jolies épaules.

— Oh, Jess, je lui fais. Vous avez une allure absolument magnifique. Je suis si heureuse que vous ayez finalement choisi celle-là.

Elle réussit à me faire un petit sourire. C'est une des choses que je préfère chez elle, le fait qu'elle ne semble avoir aucune idée de son potentiel de séduction. Jamais Emma ne m'avait fait cette impression. Mais d'un autre côté, je suppose qu'on ne devient pas actrice quand on manque d'assurance.

Julia s'accroupit et réarrange la robe un instant, elle ajuste la jupe et la ceinture écharpe avant de se redresser en poussant un soupir.

— Je ne peux qu'être d'accord avec Angela. Cette robe est vraiment parfaite pour vous. Et une fois que vous aurez votre chignon, la tiare sera la touche finale.

La tiare avait été l'idée de Julia et Jess l'a acceptée, un peu à contrecœur, à vrai dire, à voir son air résigné.

— Et nous ferons les essais de coiffure et de maquillage avec la styliste que vous nous avez recommandée, je lui dis.

— Juste ciel, vous serez un régal pour les yeux. Et votre fils sera le plus chanceux des hommes, ajoute-t-elle en me souriant.

— Oh, ne vous en faites pas, il le sait parfaitement, je lui réponds. Et je ne le laisserai pas l'oublier. C'est le premier devoir d'une belle-mère, s'assurer que votre fils traite son épouse comme vous aimeriez être traitée.

Je baisse les yeux et piétine un peu sur place, consciente que mes propres paroles me dérangent profondément.

— Puis-je l'enlever maintenant ? s'enquit Jess.

— Oui, tout est parfait. Laissez-moi vous aider.

Julia ressort de la cabine au bout de deux minutes et s'approche de moi.

— Je crois qu'il serait bon de compléter le tout par des bas ivoire de qualité, me murmure-t-elle. Je lui avais demandé d'en apporter une paire aujourd'hui, mais, apparemment, elle a oublié.

— Merci, je lui dis. Laissez-moi m'en charger.

Je sors ma liste et y ajoute l'article manquant. Je vais emmener Jess au rayon lingerie d'un grand magasin. La pauvre petite ne doit pas avoir les idées très claires en ce moment.

Elle sort des cabines d'essayage, encore un peu hébétée.

— Vous n'êtes pas pressée de rentrer, j'espère ? je lui lance.

Elle fait non de la tête.

— Lee est parti en week-end enterrer sa vie de garçon.

Il doit être dans l'avion pour Dublin en ce moment. J'avais demandé à Jess si elle désirait que je lui organise un week-end pour son enterrement de vie de jeune fille, mais elle n'avait pas semblé très partante. Elle m'avait répondu qu'elle se contenterait probablement de sortir un soir en compagnie de son amie Sadie.

— Eh bien, permettez-moi de vous inviter pour un petit en-cas, ensuite nous ferons les boutiques et les achats de dernière minute. J'ai dit à Julia que nous prendrions la robe à notre retour.

— OK, dit-elle.

Nous allons dans le même café que la fois précédente où elle commande la même chose : un brownie au chocolat et un chocolat chaud.

— J'aimerais sincèrement que vous me donniez votre secret, dis-je en la voyant attaquer son brownie. Moi, il me suffit de regarder ça et je prends deux livres. Vous devez brûler toutes ces calories par un trop-plein d'énergie nerveuse ou je ne sais quoi.

Elle contemple ses mains et je ne peux m'empêcher de la sentir un peu crispée.

— Vous vous sentez bien, chérie ? Un peu de trac d'avant la noce ?

Elle hausse les épaules.

— Il y a des chances. J'ai encore du mal à croire que je vais me marier la semaine prochaine.

— Ne vous en faites pas, c'est compréhensible. Tant qu'il ne s'agit que de ça et non d'une chose que Lee aurait dite ou faite.

Elle relève la tête, plantant ses yeux dans les miens, et c'est la première fois qu'elle me met mal à l'aise. À croire presque qu'elle me soupçonne de lui cacher des choses.

— C'est un homme bien, Jess. Il sera aux petits soins pour vous.

Elle joue avec sa bague et regarde par la fenêtre, en clignant des paupières à plusieurs reprises.

— Est-ce que votre père attend le grand jour avec impatience ?

— Ouais. Mais ce sera difficile pour lui ensuite, il va se retrouver seul et tout ça.

— Tout se passera bien. J'ai trouvé que c'était dur quand Lee a quitté le nid, mais on s'y habitue. De toute façon, vous ne serez pas très loin. Et sait-on jamais, il est bien possible qu'avant peu, il y ait un nouveau venu à accueillir dans la famille.

Elle repose son mug sans délicatesse et me regarde fixement.

L'idée me vient brutalement que les raisons de son silence sont peut-être simplement qu'elle ne dit pas tout et garde des choses pour elle.

— Vous n'êtes pas… Je veux dire, il n'y a rien que vous voudriez me dire ?

— Non, non, bien sûr que non.

— Très bien, en ce cas, je voulais juste m'en assurer, c'est tout. Cela n'aurait pas été un problème. Pas pour moi, en tout cas. Ni pour Lee, j'en suis sûre. Vous savez combien il est impatient d'avoir des enfants.

Elle baisse de nouveau la tête, change de position sur son siège.

— Et quand le moment sera venu, je poursuis, je ne veux pas que vous vous fassiez le moindre souci en craignant de ne pouvoir faire face toute seule. Je passerai tous les jours vous donner un coup de main. Toutes ces nuits sans fermer l'œil peuvent finir par user, vous savez. Je ferai les lessives ou j'emmènerai le bébé en promenade, tout ce qui sera en mon pouvoir pour vous soulager.

Jess se lève.

— Excusez-moi, marmonne-t-elle avant de partir précipitamment vers les toilettes.

Je suis surprise par sa façon de réagir, je ne l'aurais jamais crue aussi sensible. J'imagine que c'est simplement la pression du moment qui lui monte à la tête et je me demande une seconde si je ne devrais pas la rejoindre, mais je n'en fais rien. Je ne la connais pas encore suffisamment.

Je bois mon café, sors mon portable et envoie un message à Lee.

> Dans sa robe, Jess est un régal pour les yeux. Amuse-toi bien et pas de bêtises ! Bises

Je ne suis pas inquiète. Il sait à quel moment s'arrêter. Il ne gâchera rien maintenant. En plus, il ne s'agit pas d'une équipée de jeunes gamins en goguette, Lee part avec trois collègues de travail, des hommes plus âgés que lui. Il y aura à coup sûr un certain nombre de pintes de Guinness au programme, mais cela n'ira guère plus loin.

Jess revient après quelques minutes. On dirait qu'elle a pleuré.

— Je suis désolée, dis-je quand elle s'assied. Vous êtes là complètement à cran à cause de la cérémonie de samedi prochain et moi, je ne cesse de vous parler de bébés et tout ça. À m'entendre, vous devez penser que je suis trop pressée, avec tous mes souhaits pour votre avenir.

Elle relève la tête et me fixe de ses grands yeux.

— Je crois que je vais prendre le train pour rentrer, m'annonce-t-elle au bout d'un moment. Je ne me sens pas très bien.

— Et la robe alors ?

— Cela vous dérangerait de la récupérer et de l'emporter chez vous en voiture ? Je viendrai la chercher lors de la répétition jeudi. Ce sera de toute façon plus facile que par le train.

— Oui, bien sûr que oui, naturellement. Pas de problème. Vous êtes sûre d'être suffisamment en forme pour marcher ? Je peux vous déposer à la gare, si vous voulez.

— Non, ça va, je vous remercie, dit-elle en enfilant son blouson avant de prendre son sac à dos. Je crois que l'air frais me fera du bien.

Dès que je rentre chez moi, je suspends la robe à l'extérieur de la penderie dans la chambre d'amis. En fait, c'est bien agréable de l'avoir ici, à la maison, car l'événement à venir prend d'un coup toute sa réalité. Tous ces préparatifs m'ont effectivement occupée à plein temps, même si j'en ai réglé les détails surtout en ligne ou par téléphone, mais maintenant que la robe est là, j'ai l'impression que c'est vraiment en train de se faire. Je glisse la main sous l'étui en plastique et caresse la jupe, en me rappelant l'excitation qui était la mienne le jour de mon mariage. À quel point j'avais la tête pleine de rêves et d'espoirs pour l'avenir. Et j'essaie de ne pas penser à ce qui est arrivé ensuite.

Je soupire. Au moins, il n'y aura plus longtemps à attendre. Lee ne perdra pas de temps une fois qu'ils seront mariés. Et elle est si jeune, elle tombera probablement enceinte tout de suite – rien à voir avec ces femmes qui ont la trentaine et dont les ovules sont de moins en moins de bonne qualité.

Je m'agenouille à côté du lit et ouvre le tiroir du bas. Il est bien plus rempli qu'il ne l'était jusque-là. Dès qu'ils m'ont annoncé leurs fiançailles, je me suis lâchée, sans plus de raison de me retenir.

Je sors le petit sac de couchage crème et beige. Apparemment, personne ne se soucie plus de couvertures pour les lits de bébé. J'en ai pris trois, identiques. Je suis sûre qu'il y aura beaucoup de nuits où il dormira ici et je veux m'assurer d'avoir tout le nécessaire pour satisfaire à mes devoirs de grand-mère. C'est une chance de vivre si près d'eux. Je peux débarquer à tout moment et les décharger de leur enfant pour leur offrir un moment de repos bien mérité. Et ils pourront sortir le soir, ainsi que font les couples aujourd'hui, sans avoir à se préoccuper de réveiller bébé à leur retour. J'achèterai le lit plus tard, une fois que la grossesse sera confirmée. Juste au cas où elle aurait une réaction bizarre face à ce genre de choses. Je n'aimerais pas qu'elle voie ça et se sente pressée d'aucune façon.

Et le fait qu'elle n'ait plus sa mère est un avantage dans la mesure où sa famille ne cherchera pas à intervenir. Je veux dire, son père ne risque pas de vouloir se retrouver nageant au milieu des couches, pas vrai ?

Non. Mon premier petit-enfant sera totalement le mien. Il ou elle ne manquera de rien. Et une fois qu'il ou elle sera là, moi non plus je ne manquerai de rien. Ce sera une maison heureuse, ainsi qu'elle l'avait été il y a bien longtemps. Avant qu'il ne la démolisse complètement.

JESS

Samedi 2 juillet 2016

C'est Sadie qui organise la soirée : mon enterrement de vie de jeune fille. J'avais décidé de faire l'impasse, mais lorsque je lui ai appris que Lee partait de son côté en week-end avec des amis pour fêter la fin de sa vie de garçon, elle avait insisté. J'avais donné mon accord à une seule condition : il n'y aurait qu'elle et moi. Mais pas d'Angela, en aucun cas.

L'invitation qu'elle m'avait envoyée par mail disait simplement d'être là à 19 h 30 – « sur ton trente et un pour épater la galerie » et avec mes affaires pour la nuit.

J'éprouve une sensation bizarre en me rendant chez elle à pied, tant j'ai l'impression d'avoir régressé en retrouvant mes quatorze ans. Jessadie est de retour, mais probablement pour cette seule et unique soirée. Je sonne à sa porte et, quelques instants plus tard, je l'entends descendre l'escalier au pas de charge. Sa mère l'appelait toujours la fée éléphant. Sans méchanceté, c'était purement affectueux.

Elle ouvre le battant, vêtue d'une ample combinaison pyjama avec capuche tête de poulet.

— Sadie ! je m'écrie. Me voici, à l'heure pour une fois, et toi, tu n'es même pas habillée.

— Aah ! mais c'est là que tu te trompes. C'est exactement ce que je veux mettre pour l'occasion.

— Très drôle. Puis-je te rappeler que tu m'avais demandé de m'habiller « sur mon trente et un » ?

— Je t'ai monté un bateau. Crois-moi, la tenue que je porte est parfaitement appropriée.

— Pour quoi ?

— Viens au premier, tu verras par toi-même.

Je la suis dans l'escalier en tirant un peu la tronche, parce que j'avais fait l'effort de m'apprêter, et tout ça pour des prunes. Quand elle ouvre la porte de sa chambre, je découvre une pile de coussins et d'oreillers sur le lit et par terre, les rideaux sont fermés et les lampes allumées et, sur la table de nuit, j'aperçois la plus grosse réserve de pop-corn et de chocolat que j'aie jamais vue, accompagnée d'une bouteille de vin et de deux verres. Et devant les rideaux est installé un écran géant connecté à un ordinateur portable.

Je me tourne vers elle avec un énorme sourire.

— Notre petit cinéma privé.

— Ouais, dit-elle. Exactement ce que tu avais toujours désiré avoir.

Et elle a raison. Nous en discutions sans cesse toutes les deux en cherchant sur Rightmove[1] des maisons avec un home cinéma.

— C'est magnifique, je lui dis, la gorge nouée. Merci.

— Je ne pouvais pas me permettre de louer l'écran qu'on a au boulot, car ces salopards se sont montrés trop radins pour me faire un prix et donc, voilà ce que j'ai trouvé de mieux en remplacement. C'est un ami de papa qui m'a prêté l'écran. Mais il va falloir que tu te changes. Tiens.

Elle me tend un grand sac, qui contient une grenouillère poulet identique à la sienne.

— Regarde dans le dos, dit-elle.

Je m'exécute. Et je lis : *Jess. Enterrement de vie de jeune fille. Juillet 2016*, avec dessous : *J. M. aime L. G.*, dans un énorme cœur transpercé de flèches débiles, à l'image de ce que nous dessinions jadis sur nos trousses

1. Site britannique de l'immobilier.

à crayons à l'école primaire. Elle a fait broder cette inscription tout exprès. Et en dépit de ce qu'elle pense de Lee, si elle l'a fait, c'est bien pour moi. Aussitôt, je me sens la dernière des taches, parce que je déteste celle qu'elle va devenir. Je m'approche et la serre contre moi.

— Merci. C'est parfait. Tout est parfait.

— Bien. J'ai pensé que ce serait notre dernière occasion de passer une vraie soirée entre filles. Et tu dors ici, bien sûr. Nous avons quelques films à voir.

Elle me montre une pile de DVD posée sur le sol. J'y vois au moins deux *Harry Potter* et *Pretty Woman.*

— Et on commence par celui-là, dit-elle en me tendant *Chicken Run.*

— Oh ! mon Dieu, j'adore la poule, Ginger.

— Ouais, l'idéal pour une soirée entre poulettes. Et nous allons bientôt voir arriver les pizzas. En plus de quoi, je te promets qu'ensuite, tu ne seras pas obligée de te mettre à quatre pattes pour ramasser le pop-corn.

Je souris à nouveau et la serre contre moi.

— Tu vas tellement me manquer, me dit-elle.

J'ai la gorge nouée, et elle n'imagine pas un instant à quel point.

— Hé, je me marie, c'est tout, je n'émigre pas.

— Je sais. Mais ce ne sera plus pareil, tu ne crois pas ? Tu me manques déjà, au boulot et dans le train. Et maintenant, je vais te voir encore moins puisque tu habiteras Leeds.

— On pourra quand même se retrouver pour déjeuner.

— Je sais. Mais comme je t'ai dit, ce ne sera plus pareil.

Je me change et enfile la combinaison, tandis que Sadie lance le premier DVD.

— Putain de merde, dit-elle en me voyant ainsi habillée.

— Quoi ?

— Même dans une combi à tête de poulet, tu réussis à être sexy. Je te déteste, vraiment.

— Je devrais peut-être l'emporter pour ma lune de miel.

— Beurk ! fait-elle dans une grimace.

— Quoi, maintenant ?

— Partir en lune de miel. Ça sonne encore plus bizarre que de savoir que tu vas te marier.

— Je crois que cette année a été plutôt bizarre, je lui réponds avec un haussement d'épaules.

Sadie me jette un œil en coin quand nous nous affalons sur le lit, tandis que le générique de *Chicken Run* apparaît sur l'écran.

— As-tu encore vu ces posts sur Facebook ?

Je remarque qu'elle a dit « voir », comme s'il s'agissait d'une chose qui n'existait que dans ma tête.

— Il y a une éternité que je ne suis pas allée sur Facebook, je réponds.

Elle me passe le pop-corn.

— Pendant un moment, je me suis fait du souci, dit-elle. Je croyais que c'était peut-être reparti pour un tour.

— Ça m'a juste un peu ébranlée, c'est tout.

— Tu sais que ça ne peut pas arriver ? Tu sais qu'il est impossible d'envoyer des posts du futur ?

Je la connais, elle me met à l'épreuve, elle essaie de comprendre mon état d'esprit sans pour autant m'accuser directement. Je prends une nouvelle poignée de pop-corn et, avant de lui répondre, regarde Ginger échouer dans sa toute dernière tentative d'évasion du poulailler.

— Ouais, bien sûr que je le sais.

— Et donc, tu as devant toi tout le temps du monde pour te marier si tu le désires. Tu n'es pas obligée de précipiter les choses.

— C'est quoi, ça ? Le questionnaire destiné à ton amie mentalement instable ? Sauf que je crois que tu as oublié la question numéro cinq.

— Hé, arrête. Je veille sur toi, c'est tout.

— Eh bien, ce n'est pas la peine, OK ? Je vais bien. Je sais ce que je fais.

Ce qui est totalement faux, bien sûr. Dorénavant, je n'ai plus la moindre foutue idée de ce que je peux faire. Tout ce que je sais, c'est que je dois aller jusqu'au bout, pour le bien de H.

Plus tard, beaucoup plus tard, une fois la pizza livrée et engloutie, après un *Harry Potter* et à mi-chemin de *Pretty Woman*, Sadie se tourne vers moi et me dit :

— Tu avais raison, tu sais. J'étais jalouse. Mais rien qu'un petit peu. J'ai toujours su que tu étais Vivian et moi Kit, mais j'étais convaincue qu'Edward ne viendrait jamais jusqu'au jour où Lee t'a invitée à sortir avec lui[1].

— Tu es bien mieux que Kit.

— Je l'aime bien, Kit.

— Je sais. Moi aussi. Mais tu es toujours bien mieux qu'elle. Elle a peut-être un certain potentiel, mais toi, tu es l'article authentique.

— Dis-moi juste que Lee ne débarquera pas samedi dans une limo blanche pour escalader la gouttière et arriver jusqu'à toi.

Je souris et fais non de la tête.

— Et dis-lui qu'il a intérêt à veiller sur toi comme il faut, sinon il devra m'en répondre personnellement. Il n'imagine pas la furie qui sera la mienne si jamais il te fait le moindre mal.

Je la prends dans mes bras, le visage dégoulinant de larmes. Lee n'en a peut-être aucune idée, mais moi, si, absolument.

L'hôtel me semble encore plus gigantesque que dans mon souvenir. Honnêtement, je ne comprends pas bien la nécessité d'une répétition. On ne répète jamais pour les autres grands événements de sa vie, n'est-ce pas ? Sa propre mort, par exemple. Qu'y a-t-il de si important dans un mariage pour qu'il doive

1. Vivian, Kit et Edward sont les trois principaux personnages de *Pretty Woman*.

se dérouler très exactement comme il a été prévu ? À mes yeux, ce qui se passe ensuite est autrement plus important.

Oui, mais Angela a dit que nous devions nous y prêter. En expliquant que l'hôtel était idéalement situé entre Leeds et l'aéroport. Et en précisant que les chambres étaient spacieuses et décorées avec goût. Je crois bien qu'elle avait dû avaler comme du petit-lait tout ce que racontait le site Web de l'hôtel – mais qui suis-je pour la juger ?

— Waouh ! Impressionnant, fait remarquer papa en sortant de la voiture.

— Ouais, je lui réponds. Je suis d'accord.

— Il ne te plaît pas ?

— Si tu veux savoir, j'aurais été parfaitement heureuse de me contenter de la salle des mariages à la mairie.

— Alors, pourquoi as-tu accepté ?

— Je n'ai rien accepté du tout. Elle avait déjà tout réservé quand elle me l'a montré.

Papa soupire et fait la grimace.

— On ne peut pas lui dire non, tu sais bien.

— Je l'ai fait, à quelques occasions. Mais cette fois-là, je n'ai même pas pris la peine de discuter, c'était sans importance.

Nous passons à côté de l'arbre à la souche tordue qu'on voit en arrière-plan dans la photo de mariage sur Facebook. Je l'ai reconnu la première fois que nous sommes venues, mais il était trop tard pour faire quoi que ce soit, Lee avait déjà versé la caution. Et gardant à l'esprit ce qui s'était passé avec la robe, si j'étais allée réserver un autre lieu, je craignais trop qu'il ne brûle durant la nuit.

Lee et Angela, armée de son calepin et de son stylo, se trouvent déjà à la réception de l'hôtel. Il s'approche et m'embrasse, et moi je pense à Harrison. Je pense au super papa que Lee sera pour lui.

— C'est bon de vous revoir, Joe, dit Lee en serrant la main de papa. Je viens de lire votre menu et j'en ai déjà l'eau à la bouche.

— Merci. Espérons que ce sera aussi bon que ce qui est écrit, dit papa. Sinon ils vont m'entendre.

— C'est vous le Gordon Ramsay[1] du Yorkshire ? demande Lee.

— Non, il ne ferait pas de mal à une mouche, je réponds à sa place. Il ne crie jamais et jure encore moins.

— Je me contente de mon regard, dit papa. Quand on est respecté dans une cuisine, un regard suffit.

Quand il se tourne vers Angela et lui fait deux bises, je pense qu'elle apprécie le fait qu'il soit à moitié italien. Si elle l'invitait à manger, c'est le genre de femme qui organiserait tout le repas autour de recettes et de produits d'Italie, intimement convaincue que personne avant elle n'y avait encore songé.

— Bonjour à vous, Angela, dit-il. Merci pour le superbe travail que vous avez fait.

— Pas du tout, fait-elle. Je veux juste m'assurer que tout sera parfait le grand jour.

Marie, la coordinatrice des mariages de l'hôtel, apparaît.

— Alors, comment nous sentons-nous ? demande-t-elle.

— Gonflée à bloc, répond Angela.

Lorsque Marie se tourne vers moi, je décide de ne rien ajouter. Inutile qu'elle sache que je n'ai pas fermé l'œil la moitié de la nuit ni que j'ai la nausée tellement je me sens à cran. Je me contente de hocher la tête, avec le meilleur sourire que je puisse lui offrir.

— Parfait, si vous voulez bien me suivre, je vous ferai visiter l'hôtel et je vous montrerai tout ce que vous avez besoin de savoir. Ensuite nous étudierons en détail

1. Chef cuisinier, connu en France surtout pour ses émissions « Cauchemar en cuisine ».

le déroulement de la cérémonie, étape par étape, et je répondrai à toutes les questions que vous voudrez bien me poser.

Elle ouvre la marche et nous lui emboîtons le pas. Lee me prend la main et la presse.

— Concentre-toi sur la lune de miel, me chuchote-t-il à l'oreille. Rien de tout ceci n'aura d'importance une fois que nous serons là-bas.

Je lève les yeux vers lui. Le Lee dont je suis tombée amoureuse. Cet homme gentil, espiègle et soucieux de mon bien-être qui va devenir mon mari et le père de mon bébé. En ce cas, pourquoi ce sentiment de mal-être qui me saisit désormais en sa présence ? Pourquoi suis-je obligée de m'empêcher de tressaillir chaque fois qu'il me touche ? Il faut impérativement que je me sorte l'autre Lee de l'esprit. L'autre Lee n'est qu'un produit de mon imagination ou de celle d'un inconnu. En vérité, il n'existe pas et je n'ai rien à craindre. Je n'ai aucune raison de me tracasser.

C'est à l'instant où nous entrons dans la pièce où la cérémonie doit se tenir que la réalité me rattrape. Dans deux jours, je serai mariée. Le mariage aura vraiment lieu et je n'ai qu'une alternative : ou je me fais un sang d'encre au point de m'en rendre malade en me demandant chaque instant si je fais bien, ou alors je m'engage à fond et j'y prends plaisir. Et m'man me répétait toujours de ne pas me tracasser à propos de choses qui n'arriveraient peut-être jamais.

Je prends l'allée entre les chaises et m'arrête au côté de Lee.

— Waouh ! Tu as un look incroyable, dit-il.

— Comment le sais-tu ? Tu n'as pas encore vu la robe.

— Je te vois dans ma tête, répond-il. Et je suis sûr que tu seras encore plus belle.

Papa reste silencieux pendant le trajet de retour. Je crois que lui aussi a été rattrapé par la réalité en comprenant que, dimanche, il va rentrer chez lui après un mariage pour se retrouver seul dans une maison vide. Il se gare sur l'unique emplacement libre de la rue. Je descends, vais jusqu'au coffre et en sors ma robe. Comme elle est couverte d'un sac blanc, il ne peut rien en voir.

— Suis-je autorisé à jeter un œil ? demande-t-il.

— Absolument pas. Mais tu n'auras plus très longtemps à attendre.

Il me sourit, un sourire un peu triste, et entre dans la maison. J'emporte immédiatement ma robe dans ma chambre et la suspends dans la penderie. Lorsque je redescends, il est assis à la table de cuisine où je vois un cadeau, une boîte plate et carrée enveloppée de papier argenté et nouée d'un ruban bleu.

— Qu'est-ce que c'est ?

— C'est pour toi, me dit-il.

— Suis-je autorisée à l'ouvrir maintenant ?

— Oui, mais d'abord, il faut que tu lises ça. Je dois te prévenir, ça vient de ta mère.

Il me tend une enveloppe à mon nom et je reconnais l'écriture de m'man. Je la fixe, les mains tremblantes.

— Elle l'a rédigée avant sa mort et elle t'est destinée, explique papa. Elle m'a demandé de te la donner quand le moment viendra. Si tu veux l'emporter dans ta chambre, pas de problème. Ou je peux te la lire.

Je fais non de la tête, ouvre l'enveloppe et en sors deux feuillets de papier à lettres.

Ma chère Jess,

Je suis désolée si ce mot te cause un choc quand tu l'ouvriras. Ça doit être un peu effrayant pour toi maintenant, j'imagine, ta maman qui te contacte d'outre-tombe, mais, sur le moment, ça m'a paru une bonne idée. L'une des choses les plus difficiles en vous disant adieu a été de savoir que je ne serais plus là pour tous les grands événements de ta vie. Papa est un homme bien, un homme très bien, un des meilleurs qui soient, mais il y a des moments où une fille a juste besoin de sa maman et j'ai pensé que ce serait l'un de ceux-là.

Tu vas te marier ! Je dois dire que la sensation est étrange de seulement y penser parce que, pour l'instant, tu n'es qu'une gamine de quinze ans pleine de fougue qui vit en jeans déchirés avec des Doc Martens aux pieds et tu lèverais sans doute les yeux au ciel si j'osais même suggérer une chose pareille.

Mais il est également possible que tu ne te maries pas. J'ai dit à papa de te donner cette lettre lorsque tu te seras trouvé un vrai partenaire pour la vie et donc, peut-être emménagerez-vous simplement ensemble et ce sera très bien aussi. Un morceau de papier m'importe peu, tout ce qui compte, c'est que tu sois heureuse.

Mais de toute façon, félicitations. Je ne sais quel âge tu auras quand tu liras cette lettre – dix-huit ans (peu probable, je sais), vingt-cinq, quarante-cinq ou plus, peu importe –, mais je suis si contente que tu aies trouvé la personne avec qui tu veux passer le restant de tes jours. Ce n'est pas facile, la vie. Et se marier n'arrange pas les choses, sauf que tu auras au moins quelqu'un pour t'aider dans les moments difficiles. J'espère que ce quelqu'un te mérite et j'espère qu'il t'aime autant que je t'aime (même si je pense que c'est impossible, personne ne pourra jamais t'aimer aussi fort).

Mais par-dessus tout, j'espère qu'il t'aimera, te chérira et veillera sur toi comme tu le mérites. N'oublie jamais que tu es exceptionnelle et, pour être digne de toi, lui aussi doit être exceptionnel.

Ainsi que tu m'as entendue te le répéter, je me fiche bien que le mec au mur de ta chambre soit le nouvel Adonis (et je dois admettre que Robert Pattinson[1] *est très mignon), si ton homme ne te traite pas bien, il faut que tu t'en débarrasses.*

Papa n'est pas parfait (aucun de nous ne l'est) et il est bien possible qu'il ait perdu un peu plus de cheveux depuis que je ne suis plus là, en plus de quoi, il porte probablement encore ce même fichu cardigan, mais rien de tout ça n'a d'importance,

---

1. Acteur et mannequin, connu pour son rôle dans *Twilight*.

parce qu'il a un cœur d'or et, toutes ces dernières années, il a été le roc absolu sur lequel je pouvais m'appuyer.

Lorsque tu es née, Jess, j'ai eu droit à une méchante déchirure. Pas du genre habituel, mais quand tu es sortie de mon ventre, tu as perforé mes intestins (tu avais ton bras au-dessus de ta tête – c'est bon, je t'ai pardonné depuis bien longtemps). On a dû me recoudre dans la salle d'opération. Un grand nombre de points de suture – on ne m'a jamais dit combien exactement parce qu'il y en avait trop. Mais à ma sortie de l'hôpital, on m'a prévenue que la première fois que j'irais à la selle, le risque existait qu'ils lâchent sous la pression. Et donc, quand je suis allée aux toilettes, j'avais une telle trouille que la plaie ne se rouvre à nouveau que ton père m'a accompagnée dans la salle de bains et il m'a tenu la main. Un détail qui ne te paraîtra peut-être pas très romantique, je le sais bien, mais c'est ça, l'amour véritable, Jess. Et non pas toutes les bêtises que tu regardes dans les films de Disney.

Et donc, j'espère que le partenaire avec lequel tu auras choisi de passer le restant de ta vie sera ce même type d'homme. Celui qui sera là pour toi quand tu en auras le plus besoin. Celui qui ne te laissera jamais traverser toute seule des moments difficiles.

J'ai laissé un cadeau pour toi. Une chose que j'avais empruntée et que je portais quand j'ai épousé ton père. J'espère que tu seras aussi heureuse que nous l'avons été, Jess. Et sache que je suis heureuse pour toi aussi.

Amour toujours,
Maman,
Bisous.

Je repose la lettre sur la table et fonds en larmes. Papa s'agenouille à côté de moi et m'enlace. Il me serre tout contre lui et me berce en caressant mes cheveux. Et en cet instant, je me fiche bien d'avoir vingt-trois ans. J'ai l'impression d'être redevenue petite fille et je regrette qu'il ne puisse me tenir comme ça pour toujours en faisant disparaître toutes les choses méchantes.

— Elle t'aimait vraiment, tu sais, je réussis à lui dire au bout d'un moment, entre deux sanglots.

— Je sais, répond-il en dégageant une mèche mouillée de mon visage, mais pas autant qu'elle ne t'aimait, toi.

Papa me tend le cadeau sur la table. J'ôte le ruban bleu, les doigts toujours tremblants, retire le morceau d'adhésif et extrais la boîte qui se trouve à l'intérieur. Lorsque j'en soulève le couvercle, je vois un ras-du-cou en perles. Celui de ma photo de mariage. Je m'étais demandé d'où il pouvait bien venir, car c'était le seul objet qui manquait. Je pensais qu'Angela allait me le donner le matin des noces, mais non, ce n'était pas elle, c'est m'man. Je ne m'étais pas rendu compte que c'était le même que celui qu'elle portait sur sa propre photo de mariée. De nouvelles larmes se mettent à couler. Papa sort le collier de sa boîte et me le met autour du cou. Quand je le frôle du bout des doigts, je sens que maman est là. Elle sera avec moi samedi. Elle va m'aider à passer le cap. Parce qu'elle comprend que personne ne peut aimer quelqu'un autant qu'une mère peut aimer sa fille.

MESSAGE PRIVÉ
Joe Mount
08/01/2018 21:39

On l'a inculpé, Jess. Lee a été inculpé d'homicide involontaire sur ta personne. La police déclare qu'elle ne peut l'inculper de meurtre parce qu'il est impossible de prouver qu'il en avait l'intention, mais cela ne change rien au fait qu'il t'ait tuée. Ma belle, ma précieuse fille tuée par son propre mari. Et moi, je n'ai rien fait parce que je ne savais pas qu'il te faisait du mal. Je l'ignorais, parce que tu ne m'en avais rien dit. Pourquoi, Jess ? Pourquoi n'es-tu pas venue te confier à moi ? Peut-être craignais-tu que je ne me fasse du souci, mais je regrette que tu ne m'en aies jamais parlé.
L'inspectrice qui est passée me voir a dit que, parfois, les femmes étaient gênées de se présenter à la police, parce que, d'une certaine façon, elles estimaient que c'était leur faute. Eh bien, ce n'était pas ton cas, Jess. Personne ne mérite d'être blessé de cette façon et je regrette de n'avoir pas su te protéger. Je regrette de n'avoir pas remarqué les signes. Il est bien possible que je ne le voulais pas. Je faisais peut-être trop d'efforts pour totalement accepter mon gendre en me convainquant que c'était ce que tu voulais. Et je regrette que ta maman ne soit plus là, car elle aurait vu clair dans son jeu. Elle se serait rendu compte de ce qui se passait. Et je sais qu'à elle, tu lui aurais parlé.

Je ne parviens toujours pas à comprendre ce qui est arrivé. Exactement comme si tu vivais une vie secrète. C'est presque trop pour que je l'accepte complètement. Mais entre-temps, je vais essayer de récupérer Harrison. Angela ne voudra pas le lâcher, je le sais. Mais je vais trouver le moyen de le faire revenir là où est sa vraie place – parce que je sais que c'est ce que tu aurais voulu.

JESS

Samedi 9 juillet 2016

Je ne hurle pas à la lecture du message, aucun son ne sort de ma bouche. Peut-être parce qu'il est quatre heures du matin et que je ne veux pas réveiller papa. Mais peut-être aussi ne suis-je plus capable d'émettre le moindre son. Mon corps me donne l'impression d'être pris par une sorte de convulsion et je reste allongée, tremblante de partout sans pouvoir me maîtriser, en balançant ma tête molle de droite et de gauche. Mon portable est posé sur le lit, avec le post toujours à l'écran. C'est bien Lee qui me tue. L'homme que je dois épouser aujourd'hui est celui qui mettra un terme à mon existence. De quelle façon exactement, je l'ignore. Mais ça n'a pas d'importance en vérité. Ce qui importe, c'est que ce soit lui qui le fasse.

J'ai juste voulu jeter un œil à ma page Facebook, parce que je désirais voir une photo de H. Alors que depuis des semaines, je m'étais montrée si raisonnable en m'abstenant de consulter mon fil d'actualité. Mais je n'arrivais pas à dormir, j'étais trop nerveuse, et la seule chose qui me soit venue à l'esprit pour me sentir un peu mieux était de revoir H. Une idée d'une stupidité insigne. Mais maintenant je sais et je ne peux plus rien défaire. J'essaie bien de me convaincre que ce ne sont que des bêtises, de nouveaux mensonges d'une ex-copine larguée par son mec et d'une meilleure amie jalouse. Mais je ne peux plus éradiquer ce que j'ai vu. Je l'ai là devant moi, ce sont les propres paroles de papa.

Je ferme les yeux pour tenter de tout effacer, mais les mots se sont imprimés sur l'envers de mes paupières et je ne pourrai plus jamais m'en débarrasser. La graine du doute a été semée. Et même si je ne l'arrose pas, elle cherchera des filets de lumière et en tirera avantage pour forcer le passage jusqu'à la surface. Et un peu plus tard, cet après-midi, lorsque je m'avancerai dans l'allée, je n'aurai plus que ça en tête. Au lieu d'exploser de bonheur à la pensée d'épouser l'homme avec lequel je veux passer le restant de mes jours, je vais continuer à m'interroger sur la façon dont il me tuera. En me demandant toujours si c'est bien la vérité.

Mes tremblements s'atténuent un peu et je reprends un semblant de maîtrise sur mon corps. Malgré tout, j'ai parfaitement conscience du choix qui s'offre toujours à moi. Je pourrais décider de ne pas laisser ce mariage suivre son cours et je n'aurais même pas besoin de me justifier. Il suffirait que je ne me présente pas à la cérémonie. Angela péterait les plombs. Papa pourrait s'en trouver secrètement soulagé. Et Sadie le serait absolument.

Mais en aucun cas je ne pourrais expliquer ma décision à quiconque et je resterais en permanence dans l'incertitude, à me demander sans cesse si je n'avais pas jeté aux orties la meilleure chance qui m'ait été offerte d'être heureuse à cause d'un événement qui ne se serait peut-être jamais produit. Et bien sûr, je serais obligée de quitter mon emploi. Même si c'est sans grande importance, parce que je suis sûre de pouvoir récupérer mon ancien poste.

Néanmoins, il y a une raison majeure pour ne pas annuler le mariage. Une raison qui l'emporte de très loin sur toutes les autres. Je reprends mon portable, ferme le dernier message privé de papa et déroule jusqu'à un post antérieur. Une nouvelle photo de H. Il sourit de toutes ses fossettes et j'aperçois deux dents. Je ne savais même pas que mon bébé avait eu ses premières dents. J'avais raté ça, ces derniers mois, je ne l'avais pas vu grandir. Il a également un peu plus de cheveux, mais toujours clairsemés. Je regarde la date du post et ce qu'écrit papa pour « son huitième mois aujourd'hui ». Je ne m'intéresse même pas au nombre de « j'aime » ni aux commentaires qui l'accompagnent, beaucoup trop occupée à faire mes calculs. C'est seulement ensuite que je sais avec certitude : cela se produira dans très peu de temps. H est un bébé lune de miel.

Je recommence à trembler. Le mercure monte à l'intérieur de moi, si fort et si vite que je crains presque d'exploser. Si je n'épouse pas Lee aujourd'hui, H n'existera pas. Il ne pourra jamais percer sa première dent, sourire à son grand-père et connaître les bras des gens qui l'aiment – des gens comme moi. Comment puis-je le priver de ça ? Comment puis-je le priver de la vie qu'il pourrait vivre ? Il mérite de vivre, il mérite cette chance. Mais je sais aussi que si m'man était là, elle me dirait que moi non plus, je ne mérite pas de voir ma vie ainsi écourtée, à l'image de la sienne.

Je m'assieds sur le lit en me rappelant que Sadie a écrit qu'elle avait lu ma lettre et allait s'assurer que H soit en sécurité. Et je comprends soudain ce que je dois faire. Je ne peux rien dire à personne parce que tout le monde pensera aussitôt que je délire, mais je peux laisser un mot pour le moment venu, lorsque les gens seront enfin à même de me croire. Il est bien possible que je ne sauve pas *ma* propre vie, mais, de cette façon, ce sera peut-être une garantie – s'il m'arrive quelque chose ou quand cela se produira – que H sera en sécurité. Parce que, de toute évidence, l'abandonner aux mains de la personne qui censément me tuera n'est tout simplement pas une option envisageable.

Je sors de mon lit, toute envie de sommeil m'a complètement désertée. Je suis trop remontée. Je fouille le placard dans le coin de ma chambre à la recherche de papier et d'une enveloppe, prends un stylo, m'assieds au bord du lit et commence à écrire.

Lorsque l'aube pointe, je suis allongée sur mon lit, les yeux grands ouverts. J'ai pris ma décision. Ou plus exactement, je sais ce que je dois faire. Je me sens comme un personnage historique, une jeune reine résignée à son destin inéluctable. Je me lève lentement, en me demandant si c'est le monde qui tourne ou simplement l'intérieur de ma tête. L'enveloppe scellée est posée debout sur ma commode. Elle sera remise aujourd'hui, sans qu'on pose de questions. Oui, bon, il est possible que des questions soient posées, mais elles resteront sans réponses. Je prends trois profondes inspirations avant de me mettre debout et m'avance vers la porte d'un pas royal. Je décroche mon peignoir et m'en enveloppe avant d'ouvrir le battant, prête à faire face à tout ce que la journée voudra m'offrir.

C'est mon tour de préparer le petit déjeuner de papa. L'inverse s'est produit si souvent et le simple fait de penser qu'à partir de demain, je ne pourrai plus lui faire ce petit plaisir m'est une souffrance. Je me demande si tous les enfants sont aussi connement lamentables ou si c'est juste moi. Étais-je vraiment si occupée à me repaître de mon chagrin après le décès de m'man que je n'ai pas remarqué sa propre souffrance ? Ni la façon dont il finissait par s'épuiser à force de vouloir me protéger à tout prix ? Et mon petit déjeuner n'en mérite même pas le nom – juste un œuf poché sur toast et une tasse de thé. Si j'avais réfléchi, j'aurais pu lui préparer un petit déj' un peu spécial pour l'occasion. Mais l'idée ne m'avait même pas traversé l'esprit. Voilà le genre de mauvaise fille que je suis.

Papa paraît surpris quand il ouvre la porte et constate que tout est prêt sur la table.

— Tu vas bien ? me demande-t-il.

— Ouais. Je n'ai pas réussi à me rendormir. Et je me suis dit, tant qu'à faire, autant que je me rende utile.

— Les nerfs du grand jour ?

— Je crois bien.

Il s'approche et me serre contre lui et j'ai besoin de tout mon courage pour ne pas craquer.

— Merci, dis-je. J'en avais besoin.

— Tu n'as aucun souci à te faire, tu sais. Angela s'est vraiment occupée de tout.

— Je sais.

— Elle avait raison. Il te suffira d'être présente.

Je réussis à esquisser un demi-sourire.

— Je t'ai fait des œufs pochés sur toast, dis-je en me dirigeant vers la cuisinière.

Papa me répond par un rire un peu triste.

— Quoi ? je lui demande.

— Ce n'est pas important puisque tu as déjà tout préparé, mais je t'avais prévu quelque chose de spécial.

C'est l'attente qui me démolit. Si j'avais décidé de me marier le matin, tout aurait été plus facile. Juste se lever, se préparer et quitter la maison. Je n'aurais pas eu le temps de trop réfléchir.

Au lieu de quoi, j'éprouve un sentiment de vide absolu et je ne me sens tout sauf bien. Il est trop tôt pour mettre ma robe et j'ai deux heures devant moi avant que la maquilleuse et la coiffeuse n'arrivent.

Ma chambre n'est plus le sanctuaire qu'elle avait été jadis. Elle est désormais devenue le lieu que choisit la vérité pour se dévoiler ou sinon, celui où les mensonges se tissent, selon la manière dont on voit les choses. De toute façon, elle est quasiment vide car la plupart de mes affaires sont déjà dans l'appartement de Lee, y compris la valise toute prête pour la lune de miel. Ma chambre sent le vide. Les adieux. Les souvenirs déjà affadis. Mon portable m'annonce un message. C'est Lee.

Je t'aime. Il me tarde d'être à plus tard, madame Griffiths. Bisous

Les deux éléments en pleine bagarre en mon for intérieur entrent en collision avec une force telle que tout mon corps frissonne. Il faut absolument que je dépose ma lettre. Je prends l'enveloppe, descends l'escalier et me dirige vers la porte de derrière.

— Où vas-tu ? me demande papa.

— J'ai besoin d'un peu d'air.

— Tu vas bien ?

— Je vais bien. Je ne serai pas longue, je lui réponds.

Un instant, je le soupçonne de vouloir m'accompagner et pars aussitôt au pas de course avant qu'il n'ait eu le temps de me poser la question. Je ne tiens pas à le vexer par un refus et me dirige droit vers le canal. L'endroit où je suis allée après la mort de m'man. J'aime l'idée qu'on puisse marcher dans n'importe quelle direction et ensuite revenir sans même avoir à réfléchir. Je sors mon portable et appelle Sadie. Je pleure déjà quand elle répond.

— Hé, quoi de neuf ?

— Peux-tu venir à ma rencontre ? je lui demande en sanglotant.

— Tu es chez toi ?

— Non. Près du canal.

— Qu'est-ce que tu fous là-bas, bordel ?

Je veux répondre, mais rien ne sort.

— Écoute, ne bouge pas, dit Sadie. J'arrive. OK ?

J'entends la panique dans sa voix. Elle doit probablement penser que je vais faire une bêtise. Ce qui, je suppose, est la vérité. Mais pas le genre de bêtise qu'elle a à l'esprit.

Elle arrive en moins de cinq minutes et, à voir son visage et son souffle haletant, je sais qu'elle a dû courir tout le long du chemin. Elle me prend dans ses bras, apparemment soulagée de me trouver encore là. Je me remets à pleurer.

— Qu'est-ce qu'il y a ? me demande-t-elle.

Je secoue la tête. Toujours incapable de prononcer un mot.

— Tu ne veux donc pas aller jusqu'au bout ?

Je hausse les épaules. Et tout ce que je réussis à répondre se limite à :

— C'est dur.

— Qu'est-ce qui est dur ? Est-ce qu'on t'y a forcée d'une façon ou d'une autre en te mettant la pression ?

— Je n'ai pas le choix.

— Bien sûr que si, tu as le choix. Tu peux t'en aller dans la seconde. Et je viendrai avec toi si tu veux.

— Non, tu ne peux pas comprendre.

— Alors, aide-moi.

Je lève les yeux au ciel et me rends compte seulement alors que la journée est radieuse. Une belle journée pour un mariage.

— Il faut que je le fasse. C'est le seul moyen.

— Ce que tu dis n'a aucun sens.

— Si je ne l'épouse pas, de bonnes choses ne se produiront jamais.

— Comment le sais-tu ?

— Je le sais, c'est tout.

Je vois soudain à son visage qu'elle vient de comprendre et j'entends le déclic quelque part dans sa tête.

— Est-ce que tu revois tes posts ?

Elle pense que je suis malade. C'est ce que tout le monde se dira si je ne me présente pas à la cérémonie. *Jess Mount, elle n'est pas bien dans sa tête. Ça n'a jamais été bien. En tout cas, jamais depuis...*

— Non, je lui réponds sèchement.

— Est-ce que tu l'aimes ?

— Oui.

— Et lui, il t'aime ?

— Oui.

— Alors où est le problème ?

J'ai la gorge serrée. Elle n'a pas réalisé que je parlais de Harrison, elle ne peut pas.

— C'est dur, c'est tout.

— Tes nerfs d'avant la noce te jouent encore des tours ?

— Ouais. Je crois. Mais tout ira bien.

— Tu es sûre ?

Je confirme d'un hochement de tête en m'essuyant les yeux et Sadie me presse les épaules une dernière fois avant de me lâcher.

— Encore heureux, putain, parce que j'ai acheté une nouvelle tenue et tout le tremblement.

Je parviens à sourire au travers de mes larmes.

— J'ai même choisi un chapeau, ajoute-t-elle.

— Mais tu sais bien que les chapeaux ne te vont pas. Tu l'as dit toi-même.

— Je sais. Mais j'ai pensé que ça n'aurait pas d'importance parce que, de toute façon, tous les regards seront fixés sur toi, alors autant que je me lâche en faisant des trucs un peu givrés.

Je secoue la tête.

— Je t'aime, ma belle givrée.

— Eh, commence pas à me la jouer émotive, je tiens à garder mes larmes pour plus tard.

Je sors l'enveloppe de ma poche et la lui tends.

— C'est quoi ? lance-t-elle.

— Garde-la dans un endroit sûr. À n'ouvrir que s'il m'arrive quelque chose.

— Allons, Jess. Je croyais qu'on avait réglé cette question-là ?

— C'est tout ce que je te demande. Je me sentirai mieux si tu la prends. S'il te plaît.

Elle la prend et la glisse dans la poche de son blouson.

— Je te remercie, dis-je. Et souviens-toi seulement que c'est mon choix et que tu ne serais pas parvenue à m'en dissuader.

Elle hausse les épaules. Nous rentrons en longeant le canal sans échanger un mot.

Je peux difficilement prétendre que je ne reconnais pas la personne qui me fixe dans le miroir, parce que, en vérité, c'est tout le contraire. Je la reconnais. Même coiffure et même maquillage, même robe et même incertitude dans le regard que sur la photographie

Facebook. Je connais cette femme dorénavant et je comprends qu'elle fait ce qu'elle doit faire. Je jette un dernier regard à ma chambre. Tant de souvenirs, bons et mauvais. Mais j'enterre Jess Mount avec eux. Aujourd'hui est un nouveau départ. Un nouveau commencement. Une vie nouvelle.

Papa se met à pleurer pratiquement à la seconde où il me voit apparaître en haut de l'escalier.

— Oh, allons, je lui dis. Tu vas bousiller mon maquillage si tu fais ça.

Il sourit et s'essuie le visage.

— Tu es tellement belle.

— Dessous, j'ai mes Doc Martens.

— Il serait préférable de t'en passer aujourd'hui.

Je soulève ma robe pour lui montrer que je plaisante – je porte de vraies chaussures de mariée. Pourquoi se donner tout ce mal pour de simples détails, je ne sais pas, mais Angela avait insisté.

Il m'embrasse sur les joues quand j'arrive au bas des marches. Son regard se pose sur le collier de perles.

— Il est parfait, fait-il.

— Je sais, dis-je en touchant le ras-du-cou.

— Si tu sens que tu as besoin d'elle à un moment, souviens-toi seulement qu'elle est avec toi.

J'acquiesce. Une voiture s'arrête devant la maison. Une limo blanche, pour être précise. Je me tourne vers papa.

— Honnêtement, ç'aurait été très bien d'y aller dans ta voiture.

— Non. C'est ton grand jour, Jess. Je voulais que tout soit extra-spécial.

— Merci.

C'est lui qui a payé pour ça. Je le sais, Lee me l'a appris. Il a également pris en charge le buffet. J'avais demandé à Lee de le laisser faire, je ne tenais pas à froisser l'orgueil d'un père. Lorsque papa ouvre la porte, il y a du monde dans la rue. De vieilles dames qui saluaient M'man sur le chemin de l'école. Des gamins sur leurs vélos. Le gars de la baraque à frites. Quelques personnes que je reconnais vaguement de l'enterrement de m'man. Ils nous accueillent par une volée d'applaudissements et je souris, car je ne sais pas ce que je peux faire d'autre.

Le chauffeur fait le tour de la limo et ouvre ma portière. Je rassemble ma robe et monte comme si c'était un rituel quotidien, comme si je savais ce que je suis en train de faire. Papa s'assied à côté de moi, me prend la main et la presse doucement.

— Je regrette qu'elle ne soit pas là pour toi aujourd'hui, murmure-t-il.

— Je sais. Moi aussi.

La voiture contourne le petit rond-point avec une fontaine en son centre et s'arrête devant l'entrée principale de l'hôtel. Le moment est venu, je ne peux plus revenir en arrière. Si je m'engage sur le tapis rouge qui conduit à la porte, ma vie prendra une direction. Si je demande au chauffeur de me ramener à la maison, elle en prendra une autre. Dans laquelle il n'y aura pas H.

Papa me presse la main une nouvelle fois.

— Prête ? me demande-t-il.

Je hoche la tête en fixant la photo de H dans ma tête. Si je fais ça, c'est pour lui, car je ne peux pas supporter l'idée qu'il ne puisse exister ni la pensée de le perdre avant même qu'il ne soit conçu. Et si cela implique que je risque ma vie, alors qu'il en soit ainsi. C'est lui que je choisis. Je choisis mon fils. Et j'ai confiance en Sadie, elle saura se battre pour le récupérer et le conduire chez papa si besoin est.

Lorsque je sors de la voiture, mes jambes flageolent un peu. Papa fait le tour de la limo et prend mon bras, ce dont je lui suis reconnaissante. Marie, la coordinatrice des mariages, m'attend en haut des marches avec un sourire radieux.

— Bonjour, dit-elle. Vous êtes magnifique. On n'attend plus que vous, tout le monde est là.

— Je ne suis pas en retard, j'espère ?

— Non, pile à l'heure. Si vous voulez bien me suivre, je vous conduis jusqu'à la salle et je vais prévenir l'officier d'état civil que vous êtes là.

En traversant l'hôtel à sa suite accompagnée par le bruissement de ma robe, j'ai l'impression de glisser sur le sol, mes orteils désespérément crispés dans mes chaussures trop grandes d'une demi-pointure. Mais c'est le chemin que j'ai choisi de prendre et je ne peux plus m'en écarter, même si je marche peut-être vers une fin certaine. Mais qui peut savoir s'il ne sera pas possible de gagner un sursis de dernière minute ? Le fait que tant d'éléments des posts se soient avérés ne signifie pas qu'ils s'accompliront tous. Peut-être me reste-t-il encore le pouvoir de changer la fin…

Nous nous arrêtons devant les portes de la salle où j'entends des murmures avant que la musique ne démarre. Les portes s'ouvrent, c'est le signal de mon entrée. Le problème est que mes jambes refusent de se mouvoir, à croire que je suis d'un coup complètement paralysée. Seule ma tête fonctionne, mes yeux voient l'homme que j'aime debout au bout de l'allée centrale, mes oreilles entendent mes hurlements lorsqu'il me tue et mon cerveau bataille et se débat pour tenter de décider lequel de mes sens je dois croire.

Je me remets à trembler.

— Tu te sens bien ? me demande papa.

J'acquiesce malgré la larme qui coule lentement sur ma joue.

— Rassure-toi, je te tiens. Je ne vais pas te lâcher.

Sa prise sur mon bras se resserre et ma main libre se porte à mon cou sur mon collier. M'man est là. Elle est avec moi. Elle comprend ce que je dois faire. Et elle m'attendra de l'autre côté.

Je me mets à marcher. Lorsque je jette un regard de côté, je vois que papa pleure lui aussi. Sa prise sur mon bras ne faiblit pas et si j'ai conscience des têtes qui se tournent, je ne distingue rien des visages des invités – uniquement un chapeau, sans doute celui de Sadie, sachant que c'est la seule femme qui oserait porter un énorme chapeau noir à une cérémonie de mariage. J'entends des « oooh » et des « aaah », de vagues murmures, sans vraiment savoir d'où ils proviennent. Mes yeux sont fixés sur l'homme qui se tient debout à l'autre bout de la salle. Celui qui grandit de plus en plus à mesure que je m'en approche. Ma fatalité. Ma destinée. Mon amant. Mon assassin. Et bientôt mon mari. Lorsque j'arrive à côté de lui, il tourne la tête et me sourit. Je vois ses lèvres s'arrondir pour me dire « belle ». Mon cœur a un raté, entre amour et haine. Je me sens tomber et, quand je tends la main pour me rattraper, il la saisit et la garde dans la sienne. L'officier d'état civil se met à parler. C'est du sable que je sens se vider de mes chaussures. Juste un filet, mais le rituel a commencé.

Dans ce pays, le mariage est l'union de deux personnes qui l'ont décidé sans contrainte et en toute liberté...

Je fais cela délibérément, je ne m'offre pas en sacrifice. C'est moi Aslan, le Grand Lion, devant la Table de Pierre dans *Le Monde de Narnia.*

... Le caractère solennel de l'engagement que vous prenez l'un envers l'autre lorsque vous aurez prononcé vos vœux.

Je suis brave et je suis forte. À mon tour de parler maintenant. À mon tour de rugir.

Je déclare solennellement ne connaître aucun obstacle d'ordre juridique qui pourrait empêcher que moi, Jessica Mount, sois unie par les liens du mariage à Lee Griffiths.

C'est un mensonge, bien sûr. Je connais une très bonne raison. Mais je ne peux l'énoncer ici. Je dois accepter ma mort avec dignité.

J'en appelle aux personnes présentes aujourd'hui en ce lieu pour témoigner que moi, Jessica Mount, te prends toi, Lee Griffiths, pour mari aux termes de la loi.

Et voilà, je l'ai fait. Ce n'était pas si méchant. Cela ne m'a fait aucun mal. Je suis encore là, je respire encore… mais tout juste. On nous déclare mari et femme. Lee se penche vers moi pour m'embrasser. Je ferme les yeux et vois le visage de H qui me sourit. Je n'aurais plus longtemps à attendre qu'il soit à l'intérieur de moi. Plus longtemps du tout.

MESSAGE PRIVÉ
Angela Griffiths
09/01/2018 10:34

Ce n'est pas lui qui a fait ça. Même s'il est inutile que je vous le dise puisque vous le savez déjà. Ce sont les autres qui ont besoin de l'entendre. Ceux qui vont prêter l'oreille aux mensonges et les boire comme du petit-lait. Dans ce pays, on est innocent jusqu'à preuve du contraire. En tout cas, c'est censé se passer ainsi. Mais les langues se délient déjà, les doigts accusateurs se tendent et les murmures vont bon train. En faisant une montagne stupide de rien du tout.
C'est leur faute à elles, bien sûr. Emma et votre amie débile. C'est elles qui ont concocté cette histoire comme deux sorcières des temps modernes et je suis incapable d'expliquer pourquoi la police les a prises tellement au sérieux. Elle finira naturellement par découvrir leurs manigances, lorsque nous passerons au tribunal. Lorsque toutes ces allégations se révéleront être un tissu de mensonges.
Vous savez exactement ce qui s'est passé, Jess. Parce que, au contraire d'elles, vous étiez là.

JESS

Dimanche 10 juillet 2016

Je me dépêche de reposer mon portable au retour de Lee de la salle de bains, en espérant qu'il ne verra pas le désarroi dans mon regard.

— Hé, je te l'ai déjà dit, pas de portable pendant la lune de miel.

Je suis surprise par sa voix dure et autoritaire.

— J'ignorais qu'elle avait commencé.

— Elle a commencé à l'instant où j'ai passé la bague à ton doigt. Donne, s'il te plaît.

Je ne suis pas sûre de savoir s'il est sérieux, mais le lui tends quand même. Il l'éteint et le glisse dans une des valises, une de celles qui resteront là.

— Tu y vas un peu fort, tu ne crois pas ?

Son regard reste dur, mais s'adoucit légèrement quand il me voit froncer les sourcils. Il s'approche et s'assied sur le lit.

— Je ne veux rien voir qui m'empêche d'une façon ou d'une autre de passer du temps avec toi, c'est tout.

— Quand vas-tu me dire où nous allons ?

— Au moment de l'enregistrement. Mais quel que soit l'endroit, tu n'auras pas besoin de ton portable.

— Ta mère a déjà commencé à poster des photos du mariage sur Facebook.

— Ça ne me surprend pas. Elle ne sait pas vivre, alors elle s'occupe.

— Ton père ne l'apprendra pas ? Par quelqu'un d'autre, je veux dire.

— Nan. Et si ça se produit, c'est sans importance, il est trop tard dorénavant.

— Vous ne vous entendez plus du tout ?

Il fait non de la tête.

— Il a toujours gâché tout ce qu'il touchait. Nous n'avions rien en commun. Rien du tout.

Il se penche et m'embrasse sur les lèvres.

— Quoi qu'il en soit, madame Griffiths, tu ferais bien de te bouger le cul. Il y a un énorme petit déjeuner qui attend au rez-de-chaussée et ensuite nous avons un avion à prendre.

C'est étrange d'entrer dans la salle à manger de l'hôtel et d'y retrouver tout ce monde. En revoyant mes grands-parents, tantes et cousins d'Italie, je me sens un peu gênée de leur avoir consacré si peu de temps hier soir, j'ai passé mon temps sur la piste de danse dans les bras de Lee ou, alors, il me présentait à ses amis ou à des membres de sa famille. Mais ils resteront tous là quelques jours et donc, une fois que je serai partie, papa les aura au moins autour de lui, ce qui devrait lui faciliter les choses. Et Sarah, la sœur de m'man, est encore là elle aussi. Elle avait espéré faire venir mamie Marie de sa maison médicalisée dans le Devon, mais, au bout du compte, ma grand-mère n'est pas venue, elle n'était pas en état de faire le voyage.

Tante Sarah s'approche de moi et me prend les mains.

— Quelle journée merveilleuse hier. J'ai pris des tas de photos pour les montrer à mamie.

— Merci, je lui dis en la serrant dans mes bras.

Je me retourne pour la présenter à Lee comme il convient, mais il a quitté sa place et je le vois qui bavarde avec Angela.

— Il semblerait que tu te sois déniché un bien beau parti, me dit tante Sarah. Et de toute évidence, il est fou amoureux de toi.

Ma gorge se serre et je contemple mes pieds. Je ne pense qu'aux émojis tristes qu'elle met sur tous les posts de papa après ma disparition. Et en plus, elle se sentira sans doute coupable, convaincue qu'elle aurait dû mieux veiller sur moi à la place de m'man. Je vois papa qui me fait signe d'approcher depuis l'enclave italienne.

— Je ferais bien d'aller voir papa, lui dis-je.

— Tout à fait. Tu vas vraiment lui manquer.

— Je sais.

Lee et moi partons aussitôt le petit déjeuner terminé, au milieu des larmes, des embrassades et des cris. « Prenez du bon temps ! » Sadie s'approche et me serre tout contre elle avec force.

— Amuse-toi bien, dit-elle. Tu vas me manquer.

— Je lancerais bien mon bouquet de mariée derrière moi, mais je sais combien tu détestes ce genre de trucs.

— Tu ne te trompes pas, admet-elle.

— Mais si je l'avais fait, je l'aurais lancé dans ta direction.

J'ai réservé le dernier au revoir à papa. Il se tient en retrait et craint probablement cet instant autant que moi. Je ne vois pas ses yeux, car il a mis des lunettes fumées, mais je le soupçonne de cligner violemment des paupières pour en chasser les larmes. Finalement, les gens qui l'entourent reculent et s'écartent et il reste là, debout, apparemment incapable de me regarder en face. Je le serre fort dans mes bras pendant qu'il sanglote dans mes cheveux. J'aime son odeur, si familière et si plaisante. Il me relâche après un moment et prend mon visage entre les mains.

— Sois heureuse, c'est tout ce qu'il réussit à me dire avant de fondre en larmes à nouveau.

Je vois Nonna qui passe le bras autour de ses épaules, elle aussi pleure. Et j'essaie de ne pas penser à leur état le jour de mon enterrement.

Je sens une main sur mon épaule.

— Prête ? me demande Lee.

Cette même question qu'on m'a posée hier. Sauf que cette fois, c'est mon mari qui la pose, ce n'est plus mon père. J'acquiesce et nous montons dans la voiture.

C'est seulement dans l'avion que j'avoue ne pas bien savoir où se situent les Seychelles. Lee rit et demande une serviette à l'hôtesse pour me dessiner une carte.

— Ce soir, nous faisons une escale dans un hôtel à l'aéroport d'Abu Dhabi. Connais-tu la grande différence entre Dubaï et Abu Dhabi ?

— Non, je lui réponds.

— Les gens de Dubaï ne regardent pas les *Pierrafeu* mais les habitants d'Abu Dhabi, oui[1].

Il me faut une seconde pour percuter avant de sourire, d'abord, puis de rire à gorge déployée.

Je lui donne un coup de coude dans les côtes.

— Je pensais que ta question était sérieuse, je lui explique, et je me sentais à nouveau comme la dernière des dernières en géographie.

— Tu devrais me connaître mieux que ça depuis le temps.

— Ouais, je réponds en levant les yeux vers lui. Je devrais.

— En tout cas, c'est quatorze heures de vol au total et nous devrions arriver demain matin. Mais je te promets que le voyage en vaudra la peine.

Je n'en suis pas sûre. Ce sera, et de loin, le plus long vol que j'aurai jamais fait jusque-là et j'essaie de lui cacher mon autre main qui agrippe l'accoudoir.

Mais il s'en aperçoit et serre ma paume plus fort.

— Tout se passera bien. Je ne te lâcherai pas de tout le voyage. Je te le promets.

— Même quand ils apporteront les repas ?

— Même à ce moment-là. Et même si ça risque de compliquer les choses.

Je lui souris et me sens fondre complètement. J'ai fait ce qui était juste et bien et il devient difficile de croire que j'aie été à deux doigts de tout bousiller.

---

1. En anglais : « … but the people in Abu Dhabi do. » La fin de la phrase ressemble à « Yabba-dabba Doo ! », célèbre expression du dessin animé.

— Merci, je lui murmure.
— De quoi ?
— De veiller sur moi.
Il m'embrasse sur le haut de la tête.
— C'est normal. C'est mon rôle.

Le lendemain matin, je regarde par le hublot de l'avion, alors que nous entamons la descente vers la piste qui s'avance dans la mer au départ de l'île, avec des collines boisées de l'autre côté. Je suis tellement saisie par la beauté de cet endroit que je ne me sens même plus angoissée à la pensée d'atterrir. C'est seulement au contact des roues avec le sol que Lee me lâche la main.

— Tu vois, ce n'était pas si difficile, si ?

— Non, ça a été.

Un bateau nous attend pour nous conduire à Silhouette Island où nous logerons. Il est logique que je ne sois plus Jess Mount parce que Jess Mount ne faisait pas des choses de ce genre. Elle vivait à Mytholmroyd, se traînait à quatre pattes pour ramasser le pop-corn sous les sièges du cinéma et mangeait parfois une pizza froide au petit déjeuner le dimanche matin. Jess Griffiths, en revanche, semble vivre dans un univers totalement différent – un univers où elle traverse le monde en avion supersonique jusqu'à une île dont la mer est si bleue qu'elle ne semble pas réelle, et l'homme qui lui tient la main ressemble à ces maris dont les adolescentes découpent les photos dans leurs revues pour les conserver.

Lee m'embrasse sur la nuque et une brise tiède me caresse le visage. C'est celle-là, la vie que je choisis. Et si je peux apprendre à me décontracter en me contentant de l'apprécier, peut-être se révélera-t-elle longue et heureuse.

Le bateau se laisse filer jusqu'à un petit embarcadère où un homme pieds nus bondit à terre et l'amarre. Un autre décharge nos bagages et Lee me prend par la main pour me conduire depuis la jetée jusqu'à une plage dont le sable est si blanc qu'il m'éblouit. Face à nous, des maisons de vacances nichées sous les arbres. Nous suivons notre porteur sur le perron d'une villa indépendante où une cascade se déverse à l'extrémité d'une piscine avec, à son opposé, deux chaises longues face à la mer. Je n'en crois pas mes yeux et me retourne vers Lee qui sourit. L'homme nous guide vers deux portes coulissantes ouvrant sur une chambre si vaste qu'elle dispose d'un salon, avec un grand lit à baldaquin garni de rideaux en dentelle à chaque coin. Je regarde autour de moi, toujours incapable de parler.

Dès que le porteur s'en va, je me mets à pleurer. Je m'assieds à un bout du lit, le visage ruisselant de larmes, et me sens vraiment conne d'avoir eu des doutes à l'égard de Lee. Tout ce qu'il a fait pour moi est absolument fantastique et ce n'est que dans ma tête qu'il s'est transformé en monstre. Et je pense que, dans une certaine mesure, je ne le vaux pas. Comme il est beaucoup trop bien pour moi, je me débrouille pour saboter mon propre bonheur parce que j'ai trop l'habitude du malheur et de l'affliction.

— Écoute, si ça ne te plaît pas, nous pouvons toujours aller ailleurs, me dit-il en souriant.

Je secoue la tête avec force et conviction, une vingtaine de fois, avant de parvenir à répondre quelque chose.

— J'adore cet endroit. Et toi aussi, je t'adore. Mais comme qui dirait, je ne me sens pas digne de tout ce que tu m'offres. Je ne vaux pas tout ça.

— Sois pas bête, dit Lee, agenouillé au sol devant moi. Sinon, dans une minute, tu vas m'entendre citer la pub L'Oréal.

Je lui caresse le visage.

— Et c'est ainsi que ça va être, dis-moi ?

— Eh bien, je ne peux pas vraiment me permettre de rester ici plus de quinze jours.

— Non, je ne te parle pas de ça – mais de nous deux. C'est ainsi que ça va être. Nous serons toujours aussi heureux qu'aujourd'hui.

Lee acquiesce.

— Ouais. Sauf que je ne veux pas que ce soit nous deux uniquement. Je veux fonder une famille et je ne veux pas attendre. Ni m'arrêter à un seul enfant ou même deux. Avec toi, je veux avoir une véritable équipe de foot.

— Waouh ! Et c'est sur moi que ça retombe ? Est-ce qu'on ne pourrait pas simplement en adopter, comme Brad Pitt et Angelina Jolie ?

— Non, parce que je veux que ce soient les nôtres – à toi et à moi, à parts égales. J'ignore si c'est la même chose pour toi, mais j'ai détesté être fils unique. Je ne tiens pas à ce que mes enfants se sentent seuls en grandissant.

— OK. Mais si je me transforme en grosse mamma bouffie de partout qui sent en permanence le vomi, tu m'aimeras toujours, n'est-ce pas ?

— Naturellement, répond-il avec un sourire. Mais ça n'arrivera pas. Tu vas être une maman exceptionnelle. Tout comme tu es une épouse exceptionnelle.

Il commence à m'embrasser. Je laisse ses paroles faire leur chemin, je laisse ses mains caresser ma peau chaude et par tous les diables, je me demande à quoi j'ai bien pu jouer au cours de ces derniers mois. C'est cela, ma vie. C'est cela, ma réalité. C'est tout ce que j'ai toujours désiré.

Il déboutonne mon chemisier et, dans ma tête, je ne vois qu'une chose, la photo de H tout sourires, ses dents bien visibles sur ses gencives d'un rose luisant. Et pour la première fois, je l'entends gazouiller et faire tous les petits bruits que font les bébés heureux. Et je sais alors que cette fois sera la bonne. C'est ici et maintenant qu'il sera conçu et je ne saurais rêver de moment plus parfait. Lee m'allonge sur le lit et, toujours dans ma tête, je dis à H que, pour lui, je ferai tout ce qui sera en mon pouvoir en ce bas monde. Absolument tout.

QUATRIÈME PARTIE

JESS

Samedi 30 juillet 2016

Je sais exactement à quel moment H a été conçu, ce qui explique peut-être pourquoi je n'éprouve aucune urgence à faire mon test de grossesse. Mes règles ont un retard de trois jours, mais je ne suis pas non plus sur des charbons ardents – c'est plutôt comme si j'attendais une confirmation officielle. Néanmoins, assise sur la cuvette des toilettes à la maison en train de faire pipi sur un bâtonnet-test, je sais que je serai rassurée de voir apparaître la ligne bleue.

Je dis « à la maison », même si, en vérité, je ne me sens pas encore chez moi. J'ai l'impression d'en être la gardienne pendant que ses propriétaires sont en vacances et une part de moi s'attend à tout moment à les voir revenir et me virer de chez eux. Auquel cas je vais devoir faire mes bagages et retourner à mon ancienne vie. Je me demande si je m'y habituerai un jour ou s'il faudra que nous déménagions ailleurs pour que je me sente à ma vraie place. Et de toute façon, il va bien falloir. Un appartement comme celui-ci n'est pas un lieu où un bébé pourra grandir. Je veux que H dispose d'un jardin où il puisse courir. Rien de bien vaste ou trop chic, juste un carré de verdure et suffisamment d'espace pour taper dans un ballon.

Je reprends le bâtonnet et remets le capuchon avant de tirer la chasse et de me laver les mains. J'ai entendu certaines femmes dire qu'elles s'étaient senties différentes une fois qu'elles avaient su. Alors même qu'il leur était objectivement impossible de percevoir la moindre transformation physique. Pour ma part, je me sens différente depuis l'instant où H a été conçu. Et la raison pour laquelle je me levais le matin pour aller nager avant le petit déjeuner est simple : je pouvais lui parler sans que Lee m'entende, ainsi je sentais que je passais déjà du temps avec lui et, quand je faisais la planche dans l'eau, je l'entendais même gazouiller. Il aimait ça. Je sais qu'il aimait ça. Et moi, je l'aime. Je suis complètement folle de lui. J'adore me laisser aller à penser à quelqu'un de plus important que ma petite personne. Quelqu'un pour lequel je donnerais ma vie. Même si c'est peut-être déjà fait.

Je chasse cette idée aussitôt qu'elle m'apparaît. Depuis notre lune de miel, je ne me suis pas autorisée à laisser ce genre de pensées s'installer dans ma tête et, à notre retour, je me suis refusée à aller sur Facebook également. Parce que la dernière fois que je l'avais fait, j'avais presque failli saborder mon propre mariage. Mais je ne me montrerai plus aussi stupide – j'ai désormais beaucoup trop à perdre. Et je n'ai pas envie de redevenir à moitié dingue en lisant ces trucs.

J'ôte le capuchon du bâtonnet et vois la ligne bleue. Encore plus bleue que sur le schéma. Bleue, dense et réelle. Il est là. Il est à l'intérieur de moi. Je le savais déjà, mais j'en ai maintenant la preuve à présenter au reste du monde. Personne ne pourra plus mettre ma parole en doute. Personne ne pourra plus dire que tout se passe dans ma tête, et uniquement là. Il est devant mes yeux, en blanc et bleu. Il existe.

Je n'avais pas envisagé d'annoncer la nouvelle à Lee immédiatement en me disant que je voudrais me la réserver pour moi seule encore un moment. Mais en fait, il y a si longtemps que je garde le silence sur tout ce que je sais que je me sens prête à exploser.

Je sors de la salle de bains et me rends dans la cuisine où Lee nous prépare du café. J'ai bien remis le capuchon sur le bâtonnet, mais je le tiens toujours à la main.

Il se retourne et me jette un regard quand ses yeux tombent sur le test de grossesse avant de remonter vers ma figure. Il hausse les sourcils d'un air interrogateur et je confirme d'un hochement de tête sans pouvoir retenir un sourire.

Lee s'avance vers moi, le visage radieux, et me soulève du sol.

— Nom de nom, tu ne perds pas de temps, dis-moi ?

— C'est bien toi qui as dit que tu voulais fonder une famille immédiatement.

— Je sais et c'est la vérité. L'absolue vérité. Je ne m'attendais cependant pas à ce que ce soit aussi rapide.

— Eh bien, si. Mais tu n'as pas changé d'avis, j'espère ?

Je vois ses yeux se mouiller. L'homme que je n'ai jamais vu lâcher une larme, qui tirait si grande fierté à me dire qu'il n'avait même pas pleuré quand le papa de Simba était mort dans *Le Roi Lion*, les verse maintenant pour son fils.

— Je vous aime, madame Griffiths.

— Moi aussi, je t'aime.

— Et aussi lui, dit-il en posant une main sur mon ventre.

J'en reste un peu interloquée.

— Pourquoi dis-tu « lui » ?

— C'est juste une impression, sans plus. Je t'ai dit que je voulais une équipe de foot.

— Ça pourrait être une équipe féminine.

— Possible, mais je ne crois pas. Pas le premier en tout cas

C'est tout ce que je suis capable de faire pour m'empêcher de confirmer qu'il a raison, tant je me sens envahie par la tentation de tout lâcher de but en blanc. Bon, pas forcément tout, bien sûr, c'est évident, mais au moins une partie. J'ai envie d'aller chercher mon portable au plus vite et de lui montrer les photos. Seul problème, il ne pourra pas les voir. Et pensera immédiatement que je disjoncte. Auquel cas il me quitterait.

Je me contente de sourire en lui disant :

— Attendons de voir.

Il est aux anges et secoue la tête comme un petit garçon ravi qui vient d'avoir pour Noël le plus beau cadeau dont il pouvait rêver. Et je suis moi aussi aux anges d'être celle qui le lui a offert.

— Tu te sens bien ? demande-t-il. Je veux dire, tu n'as pas de nausées ni rien ?

— Non, je vais très bien. Je me sens super bien en fait.

— Parfait. Waouh ! Je vais être papa. Je n'arrive toujours pas à me faire à cette idée.

— Je sais. Et moi, je ne me sens pas assez âgée pour être maman. Toute cette responsabilité.

Il me regarde. Toujours comme un petit garçon, mais, cette fois, un peu effrayé.

— Tout se passera bien pour nous, n'est-ce pas ? Nous n'allons pas les bousiller, nos gamins ?

— Non. Tout se passera à merveille. Nous nous dépatouillerons de notre mieux, comme tous les autres parents, je dirais.

Il secoua à nouveau la tête.

— Attends que je dise à Carl qu'il va avoir besoin d'une nouvelle réceptionniste.

— Je ne veux l'annoncer à personne pour l'instant. Habituellement, on attend trois mois. Juste au cas où, tu comprends, il se passerait quelque chose.

— Ouais, bien sûr. Il m'avait dit qu'une des filles qu'il avait reçues pour l'entretien était bien. Peut-être pourra-t-il la contacter à nouveau. Et lui demander si elle désire un poste définitif.

— Définitif ?

— Ben, ouais. Tu n'auras aucun besoin de reprendre le travail ensuite, dis-moi ?

Je le regarde, incapable de masquer mon agacement.

— Possible que j'en aie envie.

— Mais bien sûr que non. Tu vas élever notre enfant – c'est beaucoup plus important, tu ne crois pas ?

Je tourne les talons et m'éloigne en maugréant.

— Quoi ? me demande-t-il, mâchoire crispée.

— Hé, t'es resté bloqué dans les années cinquante, non ?

Son visage s'assombrit et il enfonce les mains dans les poches de son peignoir.

— Eh bien, ce n'est pas ça, mais je ne veux pas que notre gamin soit gardé par quelqu'un d'autre, c'est tout.

— Ce sera ta mère.

— Quoi ? dit-il en fronçant les sourcils.

— Je veux dire qu'elle nous apportera son aide quand le bébé sera né. Elle me l'a déjà proposé elle-même.

— Quand ça ?

— Nous en avons parlé avant le mariage. Elle a dit qu'elle serait heureuse de passer tous les jours pour me laisser le temps de souffler.

— Eh bien, ce n'est pas une raison pour que tu te sentes obligée de reprendre ton travail.

Je secoue la tête, en essayant de déterminer comment nous sommes passés de notre petit nuage au moment de l'annonce de la nouvelle de ma grossesse à notre première dispute.

— Je risque peut-être de devenir dingue à rester enfermée ici toute la journée avec un bébé. De toute façon, il est possible que l'argent que je gagnerai soit le bienvenu.

Lee laisse échapper un petit rire.

— Le fait que tu reviennes travailler deux jours par semaine ne fera guère de différence, tu ne crois pas ?

Ses paroles me font mal, presque aussi cinglantes que s'il m'avait frappée.

— Possible que nous ayons besoin d'un petit supplément. Je veux dire par là que nous n'allons pas rester ici, n'est-ce pas ? Nous n'avons même pas de chambre de bébé.

Lee me tourne le dos et s'approche de la fenêtre.

— Ils ont des appartements avec deux chambres dans cet immeuble. Il y en a quelques-uns à l'étage en dessous. Et ça ne coûtera pas beaucoup plus. Je peux parfaitement couvrir la différence sans que tu sois obligée de travailler.

Là, il m'a fichue en rogne et je ne vais pas laisser tomber, même si je sais que c'est ce qu'il désire.

— Est-ce qu'on ne devrait pas plutôt prendre une maison ? Tu sais, un endroit avec un jardin ?

— On n'a pas besoin de jardin. Il y a des parcs et tout ça. En plus de quoi, si on a un jardin, on finira inévitablement par se retrouver avec une de ces maisonnettes-jouets merdiques en plastique rouge et jaune. C'est ce qui est arrivé à Carl et à sa femme et, personnellement, je ne suis pas encore prêt à aller jusque-là pour l'instant.

Et sur ces mots, il sort en trombe de la cuisine.

Je m'apprêtais à lui dire que la perspective de charrier une poussette dans les étages par l'escalier si les ascenseurs sont en panne ne m'enchante guère, mais je ne vois pas l'intérêt de nous disputer plus longtemps. En plus, je ne peux pas lui dire ce que je pense réellement, à savoir que H ne voudra pas rester confiné dans un appartement toute une journée. Il voudra un jardin pour pouvoir y jouer. Il aura besoin de grand air et je veux qu'il puisse jouer avec d'autres gamins de la rue. Sauf qu'ici, des gamins, il n'y en a pas. Je mets la main sur mon futur gros ventre. Ma bulle a bel et bien éclaté.

Je suis debout derrière le bureau à l'accueil, en me demandant si quelqu'un verra le moindre changement. Je me sens si différente que je ne peux m'empêcher de penser que cela doit se voir. Je me rappelle la réceptionniste enceinte qui était là le jour de mon entretien, combien elle semblait mal à l'aise sur ses hauts talons. Je ne sais qui l'avait regardée d'un drôle d'œil quand elle était venue en chaussures plates et, sur le moment, j'avais présumé que c'était Carl, mais, après notre dispute de samedi, je n'en suis plus aussi sûre.

J'imagine que mes collègues ne seront guère impressionnés quand ils connaîtront la nouvelle. Un ou deux s'étaient montrés un peu méprisants en apprenant que nous allions nous marier et je crois savoir ce qui se raconte derrière mon dos. Pensez, un des directeurs trouve un boulot à sa petite amie dans la compagnie, il l'épouse, la met en cloque et la voilà qui nous laisse en plan, le tout en moins d'une année. Ils feront probablement des plaisanteries fines au bar après le travail. Mais je ne les entendrai pas, je serai partie depuis longtemps.

La porte s'ouvre et entre un jeune homme aux cheveux blonds en bataille qui m'offre un sourire Ultra Brite en s'approchant du bureau.

— Bonjour. En quoi puis-je vous aider ? je lui demande.

— Bonjour. Je viens voir Lee Griffiths. Je m'appelle Dan Templeton.

— Très bien. Asseyez-vous. Je fais savoir à Lee que vous êtes là.

Il s'assied, croise les jambes et desserre un peu le nœud de sa cravate. J'appelle Lee, mais sa ligne est occupée. Je repose le combiné une seconde.

— Puis-je vous offrir un café ?

– Ce serait super, je vous remercie. Noir, sans sucre.

J'essaie une nouvelle fois de joindre Lee, mais sa ligne est toujours occupée. Je prépare le café et l'apporte à Dan.

Tenez, dis-je en le lui tendant.

— Merci, répond-il en fronçant légèrement les sourcils. Nous serions-nous déjà rencontrés quelque part ?

Je sais que, sur le papier, c'est une ouverture de dragueur, mais visiblement ce n'était pas dit dans cette intention.

— Hum… Je ne pense pas, je suis nouvelle ici.

— Où étiez-vous avant ?

— Pas dans une société de relations publiques. En fait, je travaillais au cinéma indépendant en ville.

— C'est de là que je vous connais, dit-il en pointant le doigt en l'air. J'y vais tout le temps. Je vous ai vue à la réception et je crois que vous m'avez servi une ou deux fois.

— Waouh ! Je suis impressionnée que vous vous souveniez de moi. Je n'avais pas tout à fait le même look.

— Je n'oublie jamais un joli visage, dit-il.

Je souris, en rougissant un peu, quand j'entends soudain un bruit de pas dans mon dos. Je me retourne et vois Lee debout au bas de l'escalier qui me regarde d'un air interrogateur.

— Oh, euh... Dan Templeton est là, il veut te voir.

— C'est ce que je constate.

— J'ai essayé de te joindre, mais tu étais au téléphone.

Il acquiesce, le visage de marbre, et se tourne vers son client.

— Salut, Dan, désolé de vous avoir fait attendre. Venez jusqu'à mon bureau, s'il vous plaît.

Dan prend son café et m'offre un autre de ses sourires éclatants en passant à côté de moi. Je file rejoindre mon poste derrière le bureau comme un animal cherchant à se mettre à couvert. J'ignore pour quelle raison je réagis comme ça – je n'ai pas commis d'impairs pourtant. C'est simplement l'expression du visage de Lee.

Je m'occupe pendant une demi-heure, même si, en vérité, je n'ai pas grand-chose à faire. Mais je m'assure de bien pianoter sur mon clavier d'ordinateur quand j'entends deux hommes descendre les marches.

— Merci encore d'être venu, Dan, j'entends dire Lee derrière moi. Je vous recontacte bientôt.

— Super. Merci de m'avoir consacré du temps, répond Dan.

Je relève les yeux à son passage – on m'avait dit de toujours sourire aux clients à leur sortie du bâtiment.

— C'était bon de vous revoir, me lance Dan avec un large sourire.

— Et moi de même, je lui réponds.

Il tire la porte derrière lui et Lee s'approche de moi. Son visage est menaçant comme un ciel d'orage et je sens son souffle chaud sur ma figure.

— D'où le connais-tu ? demande-t-il.

— Un client qui venait au cinéma, c'est tout. Il s'est souvenu de moi.

— C'est un peu étrange, non ?

— Je ne sais pas. Il a dit qu'il était un habitué.

Lee hausse les sourcils.

— Eh bien, je m'arrangerai pour le rencontrer ailleurs la prochaine fois, fait-il.

— C'est tout à fait inutile.

— Tu veux qu'il vienne ici, c'est ça ?

Mon corps se tend comme un arc.

— Je n'ai pas dit ça.

— Ça y ressemblait pourtant.

— Je disais juste que cela ne me dérange pas, sans plus.

— Ouais, ben moi, ça me dérange.

Il tourne les talons et remonte l'escalier. Et moi, je reste sur place, sans même savoir réellement de quoi je viens d'être accusée. Jamais encore je ne l'avais vu comme ça, jamais je n'avais perçu son tempérament jaloux. D'un autre côté, je n'ai pas rencontré beaucoup d'hommes depuis que je suis avec lui. Les seuls individus de sexe masculin que j'ai invités au mariage étaient Adrian et son partenaire. Je ne flirtais même pas avec Dan et la réaction de Lee était totalement disproportionnée. Je soupire et retourne à mon écran d'ordinateur, en espérant qu'il me fournira une explication qui tienne la route.

Lee n'en parle plus avant le soir, quand nous allons au lit.

— Écoute, je suis désolé pour ce qui s'est passé plus tôt. Je me rends compte que j'ai probablement dépassé les bornes.

Je hausse les épaules. Je ne veux pas qu'il sache combien il m'a bouleversée, au point d'être incapable de me concentrer sur mon travail pour le restant de la journée.

— Tu sais, il ne créait aucun problème.

— Parfois, il m'arrive d'être protecteur à l'excès, me répond-il. Je crois que le fait que tu sois enceinte n'arrange pas les choses. J'ai le sentiment de devoir te protéger à n'importe quel prix. Toi et le petit.

— Je sais me défendre, tu sais. Je croyais que tu te serais souvenu de ça.

— Ouais, bon. Ça, c'était avant.

— Avant quoi ?

— Avant que tu ne m'épouses. Avant que tu ne portes mon enfant.

— Je suis toujours capable de traiter quelqu'un de connard quand il se comporte comme tel.

— Eh bien, tu ne devrais plus avoir à le faire. Plus maintenant. Je veille sur toi, d'accord ?

J'acquiesce vaguement, simplement parce que c'est plus facile que de poursuivre la discussion. Je suis fatiguée. La journée a été longue. Honnêtement, je préférerais dormir. Lee me serre contre lui et m'embrasse. Un vrai baiser, pas un petit bisou de bonne nuit. Je songe un instant à lui dire que je suis trop lasse, mais me surprends à m'interroger sur sa réaction ensuite. En outre, m'man disait toujours que les couples ne devraient jamais aller se coucher sur une dispute. Nous avons besoin de ça. Nous avons besoin de nous retrouver. Ensuite, tout ira bien.

JESS

Juillet 2008

— *Vous arrive-t-il souvent de penser à la mort, Jess ? me demande Edward.*

C'est lui qui m'a dit de l'appeler Edward, alors que son nom officiel est professeur Jenkins. Paula, la psychologue scolaire, m'a envoyée à lui parce qu'elle estimait que j'avais besoin d'un supplément d'aide par un spécialiste. Soit une façon polie de dire que je vais bientôt craquer.

— *Désirez-vous la réponse honnête, ou celle que je devrais vous donner si je ne veux pas que vous me preniez pour une fêlée ?*

— *Habituellement, l'honnêteté est préférable, déclare-t-il en souriant.*

— *Alors, oui, j'y pense souvent. Mais c'est simplement logique et rationnel, vous ne trouvez pas ?*

— *Que voulez-vous dire ?*

— *Eh bien, en pensant à la mort, on a de meilleures chances de l'éviter, non ? On dit toujours aux enfants de faire attention en traversant la route pour éviter de se faire écraser. C'est bien une façon de penser à la mort, vous ne croyez pas ? Sauf que les gens disent simplement que c'est sensé et raisonnable.*

— *Est-ce ainsi que vous voyez ça ? Comme un système de sécurité ?*

— *Ouais. On se montre prudent en traversant une route, alors, pourquoi ne pas faire preuve de la même prudence quand on monte dans un train, ou quand on en descend ? Je ne vois pas la différence.*

— Est-ce la raison pour laquelle vous refusez d'aller à Manchester ?

— À Manchester, les gens se font tuer par des armes à feu.

— Donc, vous estimez que ce n'est pas un endroit sûr ?

— Non. C'est évident.

— Et si je vous disais que les jeunes hommes abattus à Manchester l'année dernière – et ils étaient tous jeunes – avaient été délibérément pris pour cibles, ce n'étaient pas des victimes du hasard ?

Je hausse les épaules.

— Les gens se font prendre entre deux feux, des tirs croisés, ce n'est pas vrai peut-être ? On ne peut jamais se montrer trop prudent.

Edward hoche la tête et note quelque chose. À ce stade, des notes sur mon compte, ils doivent en avoir des tonnes. Tous ces trucs que Paula a rédigés et maintenant tout ce que Edward inscrit à son tour sur ses tablettes. Pour autant, cela ne signifie pas qu'ils me connaissent ou me comprennent. Ça veut simplement dire qu'ils le croient.

— Mais vous ne pensiez pas à ces choses-là avant le décès de votre mère, n'est-ce pas ?

— Non. Mais c'est comme les gens qui continuent à fumer jusqu'à ce qu'on leur apprenne qu'ils ont un cancer du poumon, c'est seulement à ce moment-là qu'ils arrêtent. Parce que ça leur ouvre enfin les yeux, je me trompe ?

— Donc, vous considérez que la mort de votre mère vous a ouvert les yeux, c'est bien ça ? Sauf qu'elle n'est pas morte dans un accident. Mais d'un cancer de l'intestin. Elle n'aurait pas pu empêcher une chose pareille.

— Si, elle aurait pu. Elle aurait pu éviter la viande rouge. Je ne mange plus de viande rouge parce qu'en trop grande quantité, elle vous donne un cancer de l'intestin.

— Eh bien, nous ne pouvons pas avancer cet argument avec certitude, il existe simplement des études qui établissent un lien entre la viande rouge et des risques accrus.

— Exactement. Car c'est bien de cela qu'il s'agit – du risque. Je diminue mes risques. Les médecins vous répètent ça tout le temps, vous le savez bien. Ne fumez pas. Ne buvez

pas. Ne mangez pas de nourriture grasse. Faites de l'exercice. Perdez du poids. Il s'agit uniquement de diminuer les risques de mourir. Sauf que, quand ils le disent, c'est logique et rationnel, mais quand, moi, j'aborde ce même sujet en me référant à d'autres situations, on considère que je suis givrée.

Je croise les bras une fois que j'ai terminé. Edward ne dit rien. Je pense que j'ai peut-être réussi à le convaincre que j'avais raison.

ANGELA

Dimanche 28 août 2016

C'est quand je la vois à peine toucher à son dîner que je sais. Elle a tout juste réussi à venir à bout de son Yorkshire pudding, mais, même lorsque je pose le rôti de bœuf devant elle, elle donne l'impression d'avoir le cœur au bord des lèvres. En plus, elle est blême, son visage s'est un peu émacié et jamais encore je ne l'avais vue aussi pâle. La semaine dernière, je pensais simplement qu'elle n'était pas en grande forme et elle avait moins mangé qu'à l'accoutumée, certes, mais ce n'était pas la même chose. Elle coupe et recoupe ses morceaux de nourriture, puis les fait glisser dans son assiette pendant un moment avant de finir par relever les yeux. Je vois Lee qui accroche son regard en haussant les sourcils et elle lui répond en secouant discrètement la tête.

Je décide qu'il serait plus gentil de ma part d'apaiser son mal-être.

— Oh, Jess, pourquoi ne m'avoir rien dit ?

Je repose couteau et fourchette et me dépêche de lui enlever son assiette, puis je reviens à ma place et les regarde tous les deux avant de fondre en larmes.

— Je suis tellement, tellement heureuse pour vous deux, dis-je en me penchant vers Jess pour la serrer dans mes bras avant de faire à Lee une énorme bise sur la joue. Tu dois être absolument aux anges.

Ils échangent un nouveau regard, Jess hausse les épaules et Lee lève les yeux sur moi.

— Merci, dit-il. Nous sommes heureux tous les deux. Jess voulait attendre le troisième mois, mais je crois bien que tu as percé notre secret.

— J'étais exactement pareille avec notre Lee, dis-je en me tournant vers ma belle-fille. Je ne pouvais pas voir un repas cuisiné sans avoir aussitôt envie de vomir. C'était horrible. Et pas seulement des nausées matinales, c'était permanent, pratiquement vingt-quatre heures sur vingt-quatre.

— Je sais, moi, c'est la même chose. Et c'est bien pire depuis la semaine dernière. C'est tout juste si j'ai réussi à manger.

— Est-ce que je peux vous apporter autre chose ? De la soupe et un petit pain ? Où même des biscuits salés ? Je me souviens d'avoir mangé beaucoup de biscuits salés quand j'étais enceinte.

— Ouais, je vais peut-être essayer les biscuits alors, merci.

Je pose quelques crackers sur une assiette et les lui apporte. Elle commence par en grignoter les bords avant de mordre franchement dedans.

— Eh bien, voilà au moins quelque chose que vous pourrez manger. Vous pouvez emporter tout le paquet, chérie. Peu mais souvent, c'est ce que me disait ma maman. Alors, il est pour quand ?

— Vers la deuxième semaine d'avril, mais je n'ai pas encore fait d'échographie et je n'ai pas de date plus précise.

— Oh, un enfant du printemps, ce sera parfait, vous aurez tout l'été devant vous. Je me rappelle qu'il faisait si sombre en janvier quand je me levais tôt pour Lee.

— Je crois que ce sera agréable d'aller le promener en poussette.

— Eh bien, j'insiste pour vous offrir la poussette. Je veux vous trouver quelque chose de pratique. À condition que je puisse la pousser, naturellement.

Jess se tourne vers Lee.

— Merci, dit-il, sa bouchée avalée. Ce serait super. Mais ne te mets pas dans tous tes états pour nous trouver des choses. Nous avons encore du temps devant nous.

— Jess ne voudra certainement pas se mettre en chasse d'une poussette quand elle sera enceinte de sept mois. C'est maintenant qu'il faut le faire.

— Peut-être une fois que les nausées auront disparu, suggère Jess.

— Oui, bien sûr. Même si, dans mon cas, elles ont duré jusqu'à la seizième semaine, alors espérons que vous aurez plus de chance que moi. On peut toujours commencer par regarder en ligne, vous ne croyez pas ? Ça nous facilitera les recherches.

Jess mord un autre morceau de son biscuit et Lee retourne à son rôti de bœuf. Je le soupçonne d'être un peu nerveux, la paternité est une grande responsabilité. Mais je me tiens à ce que j'ai dit. C'est en étant père qu'il deviendra un homme et ce sera une excellente chose d'avoir une épouse et un bébé à retrouver à la maison, cela l'empêchera d'être trop obsédé par sa carrière.

— Oh, dis-je à voix haute en réalisant toutes les implications. Et bien sûr, vous allez aussi déménager, naturellement.

Jess se tourne à nouveau vers Lee.

— Nous allons probablement prendre un appartement plus grand dans le même immeuble.

Je fronce les sourcils, ne sachant pas si j'ai bien entendu.

— Mais il vous faudra une maison digne de ce nom, dis-je.

— Ce sera très bien tant que ce ne sera qu'un bébé. Nous trouverons quelque chose de plus grand plus tard.

— Mais ce n'est pas un endroit où on peut vivre avec un bébé, tu ne crois pas ? Et si l'ascenseur tombe en panne ? Il sera impossible de remonter une poussette par l'escalier.

Lee répond en roulant des yeux au plafond. Adolescent, c'était devenu un tic chez lui. Son regard change, tranchant comme une lame. Un regard dont je ne me souviens que trop bien.

— Depuis que j'ai emménagé là, l'ascenseur n'est jamais tombé en panne. Nous ne sommes pas obligés d'aller dans une maison mitoyenne en banlieue uniquement parce que Jess est enceinte.

Je suppose que sa vanne m'est destinée directement. Lee adorait notre jardin quand il était petit garçon. Il y passait tout son temps, à taper dans un ballon ou à creuser dans les parterres de fleurs. Mais dès qu'il est devenu adolescent, il a décidé qu'il détestait Horsforth. En disant que c'était mortel et qu'il n'y avait rien à y faire. Il répétait sans cesse qu'il allait s'installer en centre-ville aussitôt qu'il le pourrait et c'est bien ce qu'il a fait. D'abord une location à son retour de l'université, puis un achat quand il a commencé à gagner plus d'argent. Un centre-ville n'est pas un endroit où on élève un enfant. Vraiment pas.

J'ai envie de dire quelque chose, mais je sais que je dois marcher sur des œufs. Sinon, il risque d'exploser brutalement devant Jess. Ce n'est jamais très joli et je ne veux pas qu'elle le voie dans cet état.

— Eh bien, ça suffira peut-être un moment, mais il faudra bien que vous déménagiez un jour ou l'autre à cause de l'école, non ? Je ne peux imaginer qu'il y ait des écoles bien en centre-ville.

— Nous choisirons probablement le privé, me répond-il.

— Quoi ? Tu vas aller gaspiller ton argent en uniformes chic, quand il existe des écoles publiques parfaites aux environs ? L'école primaire au bout de la rue est remarquable. J'ai vu la bannière sur sa grille lorsque je suis passée devant.

Lee repose brutalement ses couverts sur le côté de son assiette.

— J'ai dit que pour l'instant nous nous contenterons de ce que nous avons et ce sera très bien, je te remercie.

Au ton de sa voix, je sais que j'en ai dit assez. Je relève les yeux et, au regard que lui lance Jess, il est visible qu'elle n'apprécie pas. Je vais changer de sujet. Je ne tiens pas à ce que les choses dégénèrent, c'est déjà suffisamment tendu. Et je suis douée pour changer de sujet. J'ai bien été obligée d'apprendre.

— Avez-vous regardé *Bake Off*[1] à la télé cette semaine ? Une fille de Leeds y participe. Et elle est sacrément douée, je dois dire. Ses choux ont l'air fantastiques.

J'attends que le dîner se termine et que Lee remplisse le lave-vaisselle avant de retourner au salon auprès de Jess.

— Venez avec moi un moment au premier, chérie. Nous allons pouvoir chercher des poussettes sur Internet.

Jess me suit dans l'escalier et entre dans la chambre d'amis. J'allume l'ordinateur et attends, il faut toujours attendre une minute ou deux avant son démarrage. Lee me dit toujours qu'il est trop vieux et que je devrais en changer pour prendre un appareil plus moderne, mais je ne vois pas bien où est l'urgence.

— Nous y voici, dis-je en ouvrant la page *Mamas&Papas*. Nous pouvons aller voir sur place, ils ont une succursale à Leeds. Regardons un peu ce qu'ils ont.

La page nous offre une gamme de choix ahurissante, y compris des sièges-autos, des poussettes, des poussettes-cannes et des landaus.

— Je suppose que vous aurez besoin d'un siège-auto, n'est-ce pas ?

— Je n'en ai aucune idée, répond-elle.

1. Émission de cuisine.

— Il y a des sièges-autos pour bébé, qui s'adaptent sur un cadre de poussette, de sorte que vous n'avez pas à réveiller le bébé.

Je lui jette un œil en disant ces mots. Ses yeux sont remplis de larmes.

— Oh, chérie, je lui dis en lui pressant la main. Inutile de vous mettre dans cet état pour si peu.

— Je n'ai aucune idée de rien, explique-t-elle, je ne sais pas ce que je dois choisir. Je ne connais rien aux bébés. Comment diable vais-je pouvoir m'occuper du mien ?

Ses larmes coulent maintenant. Je passe mon bras autour d'elle et lui tapote l'épaule.

— Ne vous en faites donc pas, dis-je. Toutes les femmes se sentent un peu comme ça au début. Et il est certain que ç'a été mon cas. Vous savez, nous avons tous été débutants au volant un jour. Personne n'attend de vous d'être experte.

— Honnêtement, vous non plus vous ne saviez pas ?

— Pas vraiment.

— Alors, comment avez-vous su ce qu'il fallait faire ?

— L'instinct, je suppose. Et maman m'a énormément aidée.

Je me rends compte de ce que je viens de dire, mais trop tard. J'entends un nouveau sanglot.

— Excusez-moi, je ne voulais pas vous rendre les choses encore plus difficiles. Je sais que ce sera compliqué sans votre maman, mais je tiens à ce que vous sachiez que je serai là pour vous à tous les instants. Vous pourrez m'appeler n'importe quand, le jour ou la nuit, et aucune question ne sera trop stupide, d'accord ?

Elle acquiesce et s'essuie le nez d'un revers de main. Je sors un mouchoir en papier de la boîte et le lui tends.

— Et je viendrai vous aider chaque jour, en particulier au tout début. Je ferai en sorte que vous ne soyez pas seule quand Lee retournera au travail.

— Merci, marmonne-t-elle. C'est vraiment gentil de votre part.

— Ne soyez pas bête. C'est le premier de mes petits-enfants. Et je veux passer le plus de temps possible en sa compagnie. Ce sera un plaisir d'être disponible et si proche. Considérez-moi comme à votre service.

Elle parvient à me faire un petit sourire avant de se moucher.

— Écoutez, dis-je en fermant l'ordinateur. Pourquoi ne pas faire ça un autre jour, quand vous vous sentirez plus d'attaque ? Il y a autre chose que je voulais vous montrer avant que vous partiez.

Je me penche, ouvre le tiroir situé sous le lit et prends la robe de baptême enveloppée de papier de soie.

— C'était celle de Lee. Je veux que vous l'utilisiez pour le baptême du bébé.

Elle se remet à pleurer – si toutefois elle avait jamais cessé. Mais pour être honnête, c'est à peine si elle lui accorde un regard avant de la réenvelopper dans son papier.

— Merci, murmure-t-elle. Elle est belle. Pouvez-vous la garder ici jusqu'à l'arrivée du bébé ? En tout cas, jusqu'à ce que nous ayons déménagé.

— Mais bien sûr, dis-je en la lui prenant des mains pour la remettre dans le tiroir.

Je surprends son expression quand je me relève. Son front se plisse.

— C'est quoi tous ces autres habits ? demande-t-elle.

— Oh, juste quelques petits trucs que je tiens déjà prêts.

— Mais vous venez de l'apprendre seulement aujourd'hui, non ?

— Oui, tout à fait. Mais ce n'était qu'une question de temps, pas vrai ?

Elle s'avance vers la porte ; elle semble contrariée, sans doute à cause de ce que Lee a dit un peu plus tôt.

— Écoutez, lui dis-je en m'approchant. Ne vous en faites pas pour notre Lee. Je vais le travailler au corps. Je le soupçonne d'être un peu crispé à l'idée d'être père, il comprend que, désormais, il a charge d'âme. Dès que le bébé sera né, je vais ouvrir l'œil en cherchant quelque chose dans les environs. Une jolie maison avec un jardin. Je suis sûre qu'il redeviendra lui-même une fois que le bébé sera là.

Elle me regarde, ne dit rien et s'engage dans l'escalier.

► De Angela Griffiths à Jess Mount

15 AVRIL 2018

Le voici. Le petit Harrison, un an aujourd'hui. Il fait un sourire spécial à sa maman, mais il veut que vous sachiez que sa grand-mère prend grand soin de lui. Il adore jouer dans mon jardin (nous disions toujours qu'il aimerait vivre dans une maison avec un jardin, n'est-ce pas ?) et, maintenant qu'il a fait ses premiers pas, il ne va pas tarder à taper dans un ballon de football, tout comme faisait son père. Papa sera bientôt de retour à la maison, mais, entre-temps, Harrison reste ici avec moi et nous adorons l'un et l'autre passer du temps ensemble. C'est le petit-fils le plus spécial que j'aurais pu espérer. Merci.

JESS

Samedi 15 octobre 2016

Je ne suis allée sur Facebook que pour une seule raison, c'était son anniversaire. J'avais réussi à m'en abstenir pendant trois mois, mais j'étais tellement au désespoir de revoir une photo de lui que j'ai rompu mon vœu de ne plus y retourner. Mais même si je savais un peu à quoi m'attendre, la simple vue de H me transforme aussitôt en torrent de larmes. Il a tellement changé, c'est maintenant un vrai garçonnet, avec tellement de dents que je ne peux même pas les compter. Et il a aussi beaucoup plus de cheveux. Sombres et plus épais. Et même s'il est incontestablement le fils de Lee, je crois que je reconnais un peu de moi en lui, et aussi de m'man, dans le contour de sa bouche.

— Bonjour, toi, je lui murmure en collant mon portable contre ma poitrine comme si je le tenais dans mes bras, pour lui faire savoir que je suis bien là.

Mes craintes de ne jamais voir cette version de lui dans la vraie vie et la pensée que je ne serai plus de ce monde avant même qu'il ait trois mois me serrent comme un étau. Je ne veux pas croire que c'est ce qui arrivera, bien que tout le reste se soit déjà avéré, alors même que j'avais cherché à m'y opposer, alors pourquoi serait-ce différent cette fois ? La seule chose que je ne comprenne pas bien, c'est pourquoi H vit toujours avec Angela. C'est papa qui devrait l'avoir chez lui maintenant que Lee a été arrêté, non ? Mais je suppose qu'à ce stade, on considère toujours mon mari comme innocent… Une fois qu'il sera reconnu coupable et incarcéré, en toute logique, c'est papa qui doit récupérer l'enfant. Et ma lettre à Sadie devrait aussi compter pour quelque chose. Je sais que ce n'est pas un testament, simplement mes dernières volontés. Et j'y énonçais très clairement mes préférences quant à la personne que je voulais voir s'occuper de H – ainsi que les raisons pour lesquelles il était risqué de laisser le petit avec Lee.

Je vais me battre pour rester ici avec H, l'abandonner est bien la dernière chose au monde que je veuille faire. Et il est exclu qu'il soit élevé par quelqu'un d'autre – et certainement pas par Angela.

Je vais dans la salle de bains et me lave la figure. Lee est sorti. Il est parti assister au match de Leeds en compagnie de Scott, un de ses collègues. Et cet après-midi, j'ai l'intention d'aller voir papa et Sadie. Ils ignorent encore que je suis enceinte, mais le moment est venu de leur dire. Les trois mois sont écoulés et il me sera bientôt difficile de cacher mon état, mon ventre commence à s'arrondir. Et j'ai le sentiment que c'est une nouvelle incroyablement adulte et importante à apprendre à son père. Sauf qu'en cet instant, je ne me sens ni importante ni adulte, bien au contraire, je me sens petite, fatiguée et un peu nauséeuse. Mais je sais que ça doit être fait.

Quand j'arrive chez lui, papa prépare le déjeuner. C'est étrange de rentrer chez moi quand ce n'est plus mon chez-moi. Rien n'a changé, mais la maison me semble petite et distante.

— Bonjour, dit-il en me serrant contre lui avant de me faire deux bises. C'est un vrai plaisir de te voir.

Je sais qu'il est sincère, ses yeux s'illuminent. Et j'essaie de ne pas penser à quel point il doit se sentir seul maintenant que je ne suis plus là.

— Bonjour. Comment ça se passe ?

— Mais bien, comme tu vois. Je m'occupe.

J'acquiesce, même si je soupçonne que, depuis mon départ, il n'est plus jamais bien. L'odeur du repas qu'il cuisine me donne déjà un peu la nausée. Comme je n'ai pas trouvé de moyen détourné pour lui faire comprendre que je ne pourrai plus manger certains plats sans qu'il devine aussitôt que je suis enceinte, j'ai tenu à le lui annoncer de vive voix.

— J'ai une nouvelle importante pour toi, lui dis-je en décidant de ne plus taire mon état. Tu vas être grand-père.

Une seconde, il me fixe, s'attendant peut-être à me voir éclater de rire en lui disant que je le mène en bateau. Sauf que je n'en fais rien, et je le vois frissonner avant que ses yeux ne s'embuent de larmes.

— Hé, je lui fais en le prenant dans mes bras. Je croyais que tu serais content.

Il garde le silence quelques instants avant de pouvoir parler et me répond simplement :

— Le mot est trop faible. Bouleversé serait plus proche de la vérité. Tu en es à combien ?

— Trois mois. Il doit naître le 9 avril.

Il me regarde.

— Ouais, je lui fais. Exactement comme si c'était elle qui nous l'envoyait pour nous offrir un peu de bonheur et atténuer la douleur.

Papa s'essuie les yeux.

— Elle aurait adoré apprendre ça. Sa joie n'aurait plus connu de bornes.

— Et elle aurait probablement aussi commencé à tricoter, tu ne crois pas ?

— Oh ! que oui, Seigneur. Elle aurait tricoté depuis aujourd'hui jusqu'à la naissance. Tu aurais été noyée sous des masses de chaussons et de bonnets avant même que ton enfant ne voie le jour.

— Et elle m'aurait raconté des tas de choses sur ce que je devais faire et ne pas faire, ce que je devais manger et ne pas manger. Et elle m'aurait également rédigé au quotidien une nouvelle liste de conseils.

Papa sourit avant de paraître soudain inquiet.

— J'ai préparé du poisson, tu crois que ça ira ?

— C'est parfait, je te remercie. Même si je n'ai pas grand appétit par les temps qui courent. Pour te dire la vérité, j'ai de sérieuses nausées matinales.

— Oh, chérie, je suis désolé. Je me souviens de ta mère. Je regrette de ne pas l'avoir su.

— Je ne voulais pas en parler avant trois mois. Tu sais comment c'est.

— Bien sûr. Tu l'apprendras à Angela demain ?

Une seconde, je songe à lui mentir, mais je change d'avis.

— En fait, elle l'a deviné toute seule. Parce que j'ai été incapable de manger lors du déjeuner de dimanche dernier. C'est ce qui m'a trahie. Et elle en a vite tiré la conclusion.

— Oh, je vois, dit-il en faisant de son mieux pour ne pas se sentir offensé. Je parie qu'elle a été très heureuse.

— Ouais, elle l'était. Peut-être même un peu trop, pour être honnête.

— Que veux-tu dire ?

— Oh, elle a immédiatement voulu qu'on commence à chercher une poussette. Et elle a aussi un tiroir plein d'habits de bébé. Donc, pas d'urgence de ce côté-là, je dirais.

— Waouh ! Je ne peux lutter sur ce terrain-là. Il reste peut-être quelques-unes de tes vieilles affaires dans le grenier, mais probablement rien de bien utile.

— Ce ne sont pas les anciennes tenues de son fils. Elles sont flambant neuves. Elle les a achetées pour son premier petit-enfant avant même qu'il ne soit conçu.

— C'est un peu étrange.

— Elle m'a aussi donné une robe de baptême. Celle qui a servi à Lee. Elle veut que le bébé la porte.

— Je n'aurais pas cru que tu voulais le faire baptiser.

— Je ne le veux pas. Mais je garde ça sous le coude pour une prochaine dispute. Je lui ai dit de la mettre de côté pour l'instant.

Papa reste songeur un moment et secoue la tête plusieurs fois.

— Quoi ? je demande.

— J'ai toujours un peu de mal à réaliser. Il y a un an de ça, tu ne connaissais même pas Lee et voilà qu'aujourd'hui, vous allez être parents. J'imagine qu'il est heureux, non ?

— Ouais. C'est lui qui a voulu qu'on essaie dès maintenant.

— Oh, tu veux dire qu'en fait le bébé a été planifié ?

— Super, dis-je en riant, tu penses toujours que je suis une catastrophe ambulante, c'est ça ?

— Non, ce n'était pas du tout mon intention... Je n'aurais pas cru que tu voudrais fonder une famille aussi rapidement, voilà tout.

Je baisse les yeux et joue avec mon alliance.

— Eh bien, on ne sait jamais ce que la vie nous réserve, pas vrai ?

— Hé ! Allons. Tu sais ce que m'man t'aurait répondu.

— Ouais, et elle m'aurait également dit de ne jamais regretter ce que l'on fait, uniquement ce qu'on ne fait pas.

Papa reste un instant silencieux.

— Tu feras une maman géniale.

— Vraiment ? En fait, j'ai beaucoup de mal à me projeter. Je m'imagine très bien oublier mon bébé dans le train ou mettre ses couches à l'envers et faire des tas de trucs débiles de ce genre-là.

— Tu vas aimer ton enfant au-delà de tout, dit papa. Et c'est ça l'important.

J'ai prévu de retrouver Sadie près du canal. Je me suis dit que la fraîcheur de l'air me ferait du bien et je ne voulais pas lui apprendre la nouvelle dans un café de peur qu'elle ne perde son sang-froid en public une nouvelle fois. Je crains également que sa réaction ne soit pas aussi positive que celle de papa. Elle, elle n'y gagnera pas de petit-fils. Elle ne gagnera rien, en fait, elle perdra simplement sa meilleure amie un peu plus. Une meilleure amie qu'elle n'a quasiment pas vue ces deux derniers mois.

— Hé, dit-elle en me donnant l'accolade à son arrivée. Comment vas-tu, belle inconnue ?

— Ouais. Ça va, je te remercie.

— Quoi, c'est tout ? fait-elle en me regardant de plus près.

Je décide de me jeter à l'eau, tant qu'à faire.

— Eh bien, j'ai passé la majeure partie de ces six dernières semaines à me vider tripes et boyaux.

Je la vois qui reste bouche bée quand elle a pigé.

— Oh ! mon Dieu ! Tu es enceinte ?

J'acquiesce avec un petit sourire aux lèvres et l'espoir qu'elle comprendra que c'est une bonne chose, du moins en ce qui me concerne.

— Putain de merde !

Je secoue la tête.

— Super. Il faudrait peut-être que les magasins commencent à proposer des cartes avec comme légende : « Putain de merde ! T'es enceinte ! »

— Désolée, dit-elle, je suis sous le choc, c'est tout.

— Ouais, une femme se marie et elle a un bébé. Ça ne s'est encore jamais fait, c'est ça ?

— Mais c'est de toi qu'il s'agit, Jess. Pas d'une femme choisie au hasard. Ma meilleure amie qui, jusqu'à tout récemment, traînait au pieu en pyjama jusqu'à onze heures tous les matins. Je ne m'étais pas encore faite à l'idée que tu étais mariée et voilà que d'un coup, je vais courir les magasins avec toi pour te trouver des vêtements de grossesse.

— Eh bien, c'est comme ça. Je suis désolée que tu ne sois pas heureuse pour moi, dis-je en m'éloignant sur le chemin de halage.

J'entends Sadie râler avant de courir pour me rattraper.

— Hé, ce n'est pas ce que j'ai dit. Bien sûr que je suis heureuse. Tant que toi tu l'es aussi. Et c'est le cas ?

— Ouais, je lui réponds.

— Et Lee ?

— Super heureux. C'était son idée.

— Donc, c'était planifié ?

— Je crois entendre mon père. Mais je suis restée assez longtemps à l'école pour suivre les cours d'éducation sexuelle, tu sais.

— Tu ne m'avais jamais dit que tu voulais tomber enceinte.

— Ouais, bon, tu m'as bien fait comprendre que c'était la dernière chose que tu désirais.

Après nous être rangées sur le côté pour laisser passer un gamin à vélo, nous poursuivons le chemin en silence. Je sais que Sadie va être la première à craquer.

— Écoute, je suis désolée, OK ? Mais si c'est ce que tu veux vraiment et que personne ne t'a forcé la main, alors naturellement, je suis heureuse pour toi.

— Vraiment ?

— Ouais, et je suis sincère. Je serai un peu comme une tantine préférée, non ? Je n'aurai droit qu'aux bons côtés et je te rendrai le bébé quand il vomira ou qu'il faudra changer ses couches.

— C'est bon de savoir que je pourrai compter sur toi.

— Mais tu peux. Sérieusement. Je suis là pour toi. Et je serai également là pour la naissance si tu veux de moi.

— Ne sois pas stupide. Tu ne te souviens donc pas de ce qui est arrivé quand tu me tenais la main pendant que je me faisais tatouer les Reliques de la Mort ?

— Quand tu hurlais comme une possédée et que tu me transperçais les paumes de tes ongles avec une telle force qu'elles saignaient, tu veux dire ? Non, j'ai complètement effacé ça de ma mémoire.

— Je devrais peut-être demander une césarienne.

— Contente-toi de te défoncer aux médocs. Prends tout ce que tu pourras trouver.

— Ne t'en fais donc pas pour ça. Lee sera là avec moi.

— Tu es sûre de vouloir ça ? Tu te rappelles ce que Robbie Williams a dit sur le sujet : c'est comme de regarder ton pub favori partir en cendres.

— Oh, c'est sympa. À la tienne !

— Quoi ? Tu dis toujours que tu aimes le fait que je ne prenne pas de gants pour te donner le fond de ma pensée.

— Ouais, mais peut-être pas de façon aussi brutale. Donc, quand je serai gonflée comme un hippopotame, ne commence pas à m'appeler Gloria.

— Non. À la place, je t'enverrai des gifs de *Madagascar*.

— Je vais mourir d'impatience.

— En tout cas, tu n'as pas à t'en faire. Je parie que tu auras un de ces jolis petits bedons bien ronds et c'est tout juste si les gens s'apercevront que tu es enceinte.

— Ce que j'aimerais en réalité, ce serait le genre de grossesse où la femme ne se rend même pas compte qu'elle a un polichinelle dans le tiroir jusqu'au jour où elle s'assied sur la cuvette des toilettes et que le bébé sort.

— Je ne crois jamais à ce genre de racontars, dit Sadie tandis qu'un gros chien lui renifle un instant les chaussures avant de poursuivre sa route.

— Je n'y crois plus non plus désormais. Jamais de ma vie je ne me suis sentie aussi fatiguée avec sans cesse le cœur au bord des lèvres.

— Tu aurais dû me le dire.

Je hausse les épaules.

— Je ne voulais pas en parler avant la fin du troisième mois.

Elle hésite. Je sais ce qu'elle pense et lis son inquiétude sur son visage.

— Mais il n'y a pas eu d'incident, n'est-ce pas ? dit-elle d'une petite voix en essayant de me rassurer.

— Non. Pas encore.

Nous nous postons sur le bas-côté le temps que trois cyclistes en Lycra nous dépassent.

— Tout ira bien, dit-elle.

— Ouais, je réponds. Espérons-le.

Lee est déjà là quand je rentre à la maison. La télé est allumée – Sky Sports.

— Salut. Alors, ils ont gagné ? je lui demande en m'approchant de canapé pour lui faire un baiser.

— Ouais, deux à zéro.

— Bien.

— Comment as-tu trouvé ton père ?

— Hyper content. Il te transmet ses félicitations.

— Je t'avais dit que tout irait bien.

— Je sais. Mais cet idiot a cru que c'était un accident. Tout comme Sadie d'ailleurs.

Lee se renfrogne.

— Quand l'as-tu vue ?

— Après papa. Nous nous sommes promenées le long du canal.

— Je ne vois pas pourquoi tu te préoccupes encore de cette fille.

Je recule d'un pas, surprise qu'il se montre aussi grossier.

— Qu'est-ce que tu veux dire ? C'est ma meilleure amie.

— Elle l'était. Tu la vois à peine désormais. Toi, tu es allée de l'avant.

— Nous sommes amies depuis l'âge de quatre ans, Lee.

— Ça n'a aucune importance. Les gens finissent par se séparer et bientôt, tu n'auras plus rien de commun avec elle. Tu vas élever un gamin et elle continuera à sortir avec des copines célibataires. Autant laisser tomber. Et en plus, ce ne sera pas une grande perte.

Je n'en crois pas mes oreilles et sors mes griffes.

— Moi, je ne te dis pas comment choisir tes potes.

Lee se redresse et pointe le doigt sur moi.

— Je n'apprécie pas le ton sur lequel tu me parles.

— Et moi, je n'apprécie pas que tu m'ordonnes de cesser de voir ma meilleure amie.

Dès que j'ai prononcé ces mots, je sais que je n'aurais pas dû. Il attrape la télécommande de la télé et la lance à travers la pièce dans ma direction. Je me baisse et elle s'écrase sur le mur derrière moi. J'éclate en sanglots.

— Je suis désolé, lâche-t-il aussitôt en me fixant de ses grands yeux, l'air ébahi.

— Mais à quoi tu joues, merde ? je lui réponds en pleurant.

Il bondit du canapé et s'approche de moi, mais je le repousse.

— Écoute, j'ai réagi de façon excessive. Excuse-moi.

— Tu aurais pu me faire mal ou blesser le bébé.

Il tombe à genoux au sol et se prend la tête entre les mains.

— C'est bien la dernière chose au monde que je veuille.

— Alors, pourquoi diable l'as-tu fait ?

Il relève la tête et soupire, ses grands yeux me suppliant de lui pardonner.

— Ma mère et mon père se querellaient souvent, dit-il. Et ça me fait peur parfois quand on commence à se disputer, je crains toujours qu'on ne finisse comme eux.

Je me surprends à poser la main sur son épaule. Un geste instinctif – il est bouleversé et je viens le réconforter. Même si j'ai conscience que ce devrait être à lui de le faire.

— Je suis désolée de l'apprendre, je lui réponds. Mais ça n'excuse pas ton geste pour autant.

— Je sais. C'est le fait que tu sois enceinte. Et d'un coup, tout m'est revenu et j'ai recommencé à me poser des questions sur le genre de père que je serai.

Je ne sais que dire. Je veux le rassurer, lui expliquer qu'il fera un papa super, mais je ne sais pas si c'est la vérité. Et en ce moment, je ne sais plus ce qui est vrai ou pas.

Lee se remet debout et tend les mains vers moi. Je ferme les yeux et prends ses mains dans les miennes, je veux que tout s'efface et disparaisse comme par magie. En prétendant que ça ne s'est jamais produit.

— Ça n'arrivera plus, dit-il.

— Bien.

— Je n'avais pas l'intention de te bouleverser. Je suggérais simplement que ce serait peut-être une bonne idée de prendre un peu tes distances avec Sadie. Si tu veux mon avis, elle risque de finir en grand monstre vert de jalousie.

— Ce n'est jamais facile quand ta meilleure amie se marie.

Il tapote le canapé à côté de lui, mais j'aurais le sentiment de me montrer déloyale envers Sadie si je m'asseyais là. Et je ne veux pas qu'il voie que je tremble encore.

— Je vais aller nous faire du thé, je lui dis.

MESSAGE PRIVÉ
Sadie Ward
28/05/2018 9:05

Ils ont un autre témoin. Ta femme de ménage, Farah. Celle dont tu m'as parlé. L'inspectrice m'a déclaré qu'elle n'avait rien dit à la police avant parce qu'elle craignait de perdre son emploi et de se faire expulser. Quelque chose à propos de son permis de séjour pour convenance personnelle qui devait expirer et elle qui ne voulait pas risquer d'empêcher son renouvellement. Mais elle a appris qu'elle pouvait rester définitivement, ce qui explique pourquoi elle s'est présentée au poste pour faire une nouvelle déposition. Elle savait, Jess. Elle savait ce qu'il te faisait subir. Il est possible que tu ne t'en sois pas rendu compte à l'époque, mais les femmes de ménage ne ratent jamais rien. Elles vont dans ta chambre, dans ta salle de bains. Elles voient tes poubelles, elles tirent la chasse de tes toilettes. Elles nettoient ton foutoir.
L'inspectrice a déclaré que Farah avait remarqué que tu portais des marques de coups. Et toujours à des emplacements qui pouvaient se masquer aisément quand tu quittais la maison. Elle a vu autre chose également. L'inspectrice a refusé de m'expliquer de quoi il s'agissait, mais elle a dit que c'était important. Et que cela renforçait énormément nos propres déclarations. Il va aller au trou, Jess. Nous allons coller ce salopard derrière les barreaux pour de bon. Et ton père a maintenant un avocat pour

tenter de reprendre H. Pour l'instant, la mère de Lee s'y accroche de toutes ses forces, mais ce ne sera plus possible si Lee est reconnu coupable. Nous le récupérerons pour toi, Jess. Dans tous les cas de figure. Même si c'est la dernière chose que nous puissions faire.

JESS

Lundi 28 novembre 2016

Je suis dans la salle de bains et tremble de la tête aux pieds en lisant son message. Notre femme de ménage, que je n'ai même jamais rencontrée, va témoigner contre Lee. Pourquoi ? Quelle raison aurait-elle de faire une chose pareille ? Autre que de témoigner de la vérité, je veux dire.

Peut-être que Lee se plaint d'elle, qu'elle perd son emploi et cherche à se venger ? Mais il n'a jamais cessé de vanter ses mérites. Une femme de ménage super, répétait-il toujours. Et c'est vrai. Nous rentrons du travail tous les lundis et l'appartement est nickel. Exactement comme si on vivait à l'hôtel. Et, en plus, on peut compter sur elle – elle n'est jamais absente.

Je glisse mon portable dans la poche de ma robe de chambre et ouvre la poubelle à pédale pour en inspecter le contenu. Qu'y découvre-t-elle ? Trouve-t-elle quelque chose à l'intérieur ? Lee ouvre la porte et passe la tête.

— Tu es bientôt prête ? Nous devons partir à dix.

— Ouais, j'arrive.

Il jette un œil à ma culotte et mon soutien-gorge de grossesse accrochés au dos du battant.

— Dépêche-toi d'enfiler tes tue-l'amour, dit-il. Je ne tiens pas à être en retard.

Je lâche un long soupir de soulagement quand il referme derrière lui. J'avais essayé de lui dire que ce ne serait pas un problème si j'allais faire mon échographie toute seule, l'idée de l'avoir avec moi quand je verrais l'image de H sur l'écran me dérangeait plus qu'autre chose. Je doutais fort de réagir comme les autres femmes qui découvrent le bébé qu'elles portent dans le ventre. Au contraire d'elles, je l'ai déjà vu.

Mais Lee a insisté pour m'accompagner. En expliquant qu'il n'allait pas rater l'occasion de découvrir son enfant pour la toute première fois. Et je n'arrive pas à décider si je dois être heureuse de sa présence ou terrifiée. Parce que les signes sont là désormais et ils sont parlants – ces éclairs de mauvaise humeur, ces pertes de toute maîtrise. Et je commence à penser, finalement, qu'il est peut-être bien capable de commettre les actes abominables qu'on lui impute.

Nous sommes assis dans la salle d'attente de la clinique. Jamais encore je n'avais été entourée d'autres femmes enceintes. Je ne tiens pas du tout à me comparer à elles, mais c'est plus facile à dire qu'à faire. Plusieurs ont des ventres plus imposants que le mien, une seule n'a qu'un petit renflement et beaucoup sont plus âgées que moi. La plupart d'entre elles, en fait. Je me demande si elles me regardent en se disant que je suis trop jeune pour être maman. La chanson « Teenage Dirtbag[1] » commence à tourner dans ma tête. Je suis heureuse que Lee soit ici avec moi, sinon elles auraient toutes pensé probablement que j'étais une fille mère. Je devrais me mettre une affiche sur le ventre avec l'inscription « grossesse planifiée ». Jusqu'à présent, tous ceux à qui nous avions appris la nouvelle semblaient penser que c'était un accident, dû à une lune de miel un peu trop enthousiaste. Les gens n'ont pas idée que ce bébé a été plus que planifié. Il existe déjà, là-bas, quelque part, dans le futur. Tout ce que nous faisions était de nous assurer qu'il arriverait au moment prévu.

1. La chanson « Putain d'adolescent » (2000) du groupe américain Wheatus raconte une histoire d'amours adolescentes.

— Madame Griffiths ? appelle une femme en uniforme bleu.

Lee doit me donner un coup de coude, je ne me suis pas encore habituée à mon nouveau nom.

— Oui, dis-je en me levant.

— Vous voulez bien me suivre ?

— Est-ce que mon mari peut venir ? je lui demande.

— Mais bien sûr, répond-elle avec un sourire.

Nous la suivons jusqu'à une pièce à l'éclairage tamisé, avec une table au centre entourée de divers écrans et appareils.

— Très bien, dit-elle en consultant mon dossier. Si vous pouviez simplement grimper sur cette table, baisser légèrement votre collant et remonter votre haut de manière que je puisse bien voir votre ventre.

Je m'exécute. Elle place des serviettes en papier dans la ceinture de mon collant et sous mon haut.

— C'est juste pour empêcher le gel de toucher vos vêtements, dit-elle. Vous risquez de le trouver un peu froid quand je l'étalerai, mais il est indispensable pour obtenir des images nettes.

Lee me prend la main. Sa paume est moite. Ou c'est peut-être la mienne, je ne sais pas bien. Je regarde son visage rivé à l'écran, à attendre désespérément qu'apparaisse quelque chose de reconnaissable. J'essaie d'imaginer ce qu'il en serait si je ne savais pas d'avance que tout sera parfait. Si j'avais juste des angoisses à propos de toutes les choses habituelles qui taraudent les gens, au lieu de m'interroger sans cesse sur ce que mon mari risque de me faire lorsque le bébé aura trois mois.

Elle fait glisser son appareil sur mon ventre pendant une minute.

— Quelqu'un gigote beaucoup ce matin, dit-elle avec un sourire.

— Mon petit bonhomme, vraiment ? je lui demande.

Lee me regarde un peu interloqué, tout comme l'échographiste.

— Mon mari pense que c'est un garçon, je me dépêche de lui expliquer.

— S'il veut bien se tenir tranquille un moment, je pourrais peut-être vous donner la réponse. J'imagine que vous aimeriez connaître son sexe ?

Nous acquiesçons tous les deux. Une petite chose apparaît plus distinctement sur l'écran. Elle est allongée la tête sur la gauche, son petit nez pointé en l'air. On dirait qu'elle fait des bulles. L'échographiste tourne l'écran pour nous permettre de mieux voir. Lee me presse la main, un sourire illuminant son visage.

— Eh bien, tout me paraît parfait, dit la femme au bout d'un moment. Et votre mari a raison. C'est bien un petit garçon.

Lee se met à pleurer. De vraies larmes d'homme adulte. Il enfouit la tête au creux de mon épaule et je le serre tout contre moi.

— Tout va bien, je lui murmure. Tout va très bien se passer.

Je le lui dis, à lui et aussi à H, mais, par-dessus tout, c'est à moi-même que je le dis.

Nous sommes assis dans la voiture de Lee, à regarder le tirage en noir et blanc de l'échographie. Angela avait suggéré que nous demandions des images en 3D et elle m'avait montré à quoi elles ressemblaient sur son iPad, mais, à dire vrai, elles me faisaient toutes penser à Dobby[1] dans *Harry Potter*. C'est pourquoi je lui avais répondu qu'une 2D suffirait amplement.

Je ne m'étais pas trompée. À l'évidence, c'est bien toujours H et c'est étrange, car je le reconnais d'après les photos. J'ai l'impression de remonter le cours du temps et regrette de ne pas pouvoir effacer l'avenir de ma tête en me contentant simplement de jouir de mon bonheur à l'instant présent.

---

1. Elfe domestique, petite créature à l'apparence monstrueuse.

— Il est parfait, dit Lee. Absolument parfait.

— Je sais. J'adore son petit nez.

— Ça doit être ton nez.

— Non, il ressemble au tien. Il sera exactement comme toi.

— Maintenant, nous savons que c'est un garçon. Suis-je autorisé à suggérer quelques prénoms ?

Je sens ma main qui se crispe sur le cliché.

— Tu as le droit de suggérer, dis-je. Que nous soyons tous les deux d'accord, ça reste à voir.

— Je n'en ai qu'un à proposer, répond-il. Il est même possible que tu t'en souviennes. C'est Harrison.

Je hoche la tête, la gorge serrée. Voici une nouvelle occasion, l'éventualité de pouvoir encore changer les choses. Mais dans le même temps, je suis inquiète, car, si je suggère un autre prénom et que Lee l'accepte, Harrison n'existera jamais. Peut-être qu'il arrivera quelque chose à ce bébé et que je le perdrai. Au moins, je sais maintenant que Harrison vit là-bas dans le futur, même si moi je n'y suis plus.

— Harrison, c'est super. Mais pourquoi ne pas l'appeler H tout simplement pour l'instant ? Je ne veux pas que les gens connaissent son prénom avant sa naissance.

Je lui souris. J'ai l'impression d'avoir grappillé un peu de temps supplémentaire. Tout ce qu'il me faut maintenant, c'est en user avec sagesse.

Lee me dépose à l'arrière de l'immeuble. Il s'est débrouillé pour que je dispose d'une demi-journée de libre au cas où le rendez-vous à la clinique aurait pris du retard. Et parce que je lui avais dit que j'aimerais rentrer dès que ce serait fini pour me laver un peu et me changer pour le travail.

Il me fait un signe de la main en repartant, il a rendez-vous avec un client à Harrowgate. J'entre et appelle l'ascenseur qui arrive immédiatement. Une fois à l'intérieur, je presse la main sur mon ventre rond et le caresse.

— Je t'ai vu, H. Et donc je sais que tu es bien là maintenant. Et je suis impatiente de faire ta connaissance. Mais entre-temps, je vais très bien m'occuper de toi, n'aie crainte. Je t'en fais la promesse.

Les portes de l'ascenseur s'ouvrent, je descends, sors ma clé et la fais jouer dans la serrure jusqu'à ce que le pêne bascule. Je dépose mon sac à dos dans l'entrée, l'échographie de H toujours dans mon autre main. J'entre dans la cuisine avec l'intention de la coller sur le frigo par un aimant. Je vais être comme toutes les futures mamans de ce pays. Je vais être normale et cette grossesse elle aussi sera normale et j'ai également prévu de faire tous les trucs à l'eau de rose que font les autres femmes, parce que je ne désire qu'une chose dorénavant, être normale.

Quand la porte de la salle de bains s'ouvre, je me change en bloc de glace. Une silhouette sombre en sort avec quelque chose à la main et je hurle. Je hurle si fort que j'entends mon hurlement résonner en moi longtemps après qu'il a jailli. J'entends un cri de surprise, un objet qui tombe et vois une jeune femme qui me fixe avec de grands yeux sombres. Une femme frêle et fine vêtue d'un hijab, le regard plein d'effroi.

— Je suis désolée, dit-elle dans un anglais un peu approximatif. C'est moi, votre femme de ménage. Je voulais pas vous faire peur.

Je hoche la tête, la gorge nouée, j'attends de pouvoir lui répondre.

— Tout va bien, je lui dis, en me penchant pour ramasser le flacon de détergent pour salle de bains qu'elle a laissé tomber et en le lui tendant. J'avais simplement oublié que vous seriez là.

— Merci, dit-elle en le récupérant. Vous êtes Mme Griffiths. Je vous ai vue sur la photo, dit-elle en montrant le salon. Pardonnez-moi d'avoir regardé, mais la robe est si belle.

— Je vous remercie, je lui réponds, en retrouvant peu à peu une respiration normale. S'il vous plaît, appelez-moi Jess.

Elle s'essuie la main sur son tablier et me la tend.

— Heureuse de vous rencontrer. Je m'appelle Farah.

JESS

Novembre 2008

La voiture est bondée de banlieusards lorsque le train quitte la gare de Leeds. J'étais montée dedans après les cours pour trouver un cadeau d'anniversaire à Sadie et je regrette maintenant de ne pas avoir attendu le week-end. En temps normal, je ne voyage jamais aux heures de pointe. Je n'aime pas la sensation de corps inconnus qui se pressent contre le mien et je ne tiens pas à avaler l'air qu'ils rejettent. Je veux mon air à moi, mon espace personnel.

Je devrais m'avancer à petits pas vers le fond du wagon où il y a un peu plus de place, mais je ne tiens pas à m'éloigner du signal d'alarme pour un arrêt d'urgence. S'il arrivait quelque chose, c'est là que je dois me placer. Idéalement entre ça et le marteau brise-vitres. J'essaie de me trouver un endroit d'où je peux voir les deux et planifie mon chemin : passer à côté de la femme au sac fourre-tout rose et m'arrêter juste avant le barbu à lunettes entre deux âges. Eux ne feront rien, comprenez-vous. Les gens se figent en cas d'urgence. Enfin, certaines personnes, en tout cas, je l'ai lu. Paralysés par la peur. C'est la raison pour laquelle il faut toujours garder ses sens en éveil et son sang-froid. Vous ne pouvez pas espérer que les autres se comportent comme il faut en cas de crise et c'est pourquoi je passe la première partie de chaque trajet à élaborer ma stratégie de sortie. Parfois, je m'écarte des obèses tant je crains qu'ils ne tombent sur moi. À quoi bon être la seule passagère du wagon à savoir ce qui doit être fait si on est prise au piège d'un gros tas de lard.

Aujourd'hui, ça va – les gens qui m'entourent se trouvent être tous des poids légers. Sans non plus de bagages volumineux, ce qui est bien. La dernière chose que je voudrais serait de me retrouver coincée sous une de ces énormes valises.

Le train commence à prendre de la vitesse à la sortie de Leeds. Je serre si fort la barre à laquelle je me raccroche que mes jointures sont blanches. Je n'ai pas réussi à bien voir le conducteur, parce que j'ai attrapé le train au pas de course une minute avant l'heure de départ. D'habitude, si j'attends sur le quai, j'ouvre bien les yeux pour me faire une idée. Ce sont les hommes entre deux âges les meilleurs : s'ils sont trop jeunes, il est possible qu'ils manquent d'expérience ; trop vieux, il y a toujours le danger d'une crise cardiaque ou le risque qu'ils s'endorment.

Nous nous engageons dans une courbe à grande vitesse et l'homme qui se trouve à mon côté recule d'un pas et se cogne à moi. Il marmonne une excuse et je laisse glisser ma main un peu plus bas sur la barre, consciente que mes paumes sont en sueur. J'essaie de regarder par la fenêtre, mais le paysage commence à défiler trop rapidement. Je reporte mon attention sur l'intérieur du wagon, baisse les yeux au sol et tente de deviner les pointures des chaussures alentour. Je remarque une femme aux pieds minuscules, peut-être du trente-cinq, voire moins. Il est plus difficile de juger les hommes, en particulier entre quarante-deux et quarante-quatre. Un jeune gars en face de moi porte des chaussures pointues, peut-être du quarante-quatre, même si les pointes font les pieds plus grands qu'ils ne le sont.

Je relève les yeux quand le train fait un écart. Il y a quelque chose qui cloche, je le sais, et j'avance d'un pas vers le signal d'alarme. Il roule trop vite ; d'habitude, il y a moins de secousses. Possible que le conducteur soit un jeune qui débute dans le métier et fasse ça par défi. Certains jeunots du lycée sont suffisamment stupides pour s'offrir ce genre de frissons. C'est soit ça, soit il est plus vieux et commence à somnoler sans se rendre compte que le train gagne de la vitesse.

Mon haut est moite et me colle au dos. J'entends ma respiration, courte et rapide. Si le contrôleur passe, je lui demanderai quel est le problème. Peut-être pourra-t-il en toucher un mot au conducteur. Je regarde à droite et à gauche mais n'en vois pas. Il est probablement à l'autre bout en train de vérifier les billets. Sans prêter aucune attention à ce qui se passe. Il lui faudra un temps infini avant d'arriver jusqu'à moi. Et il sera trop tard. Je lâche la barre et fais un pas de plus vers l'alarme. Autour de moi, personne ne semble se soucier de quoi que ce soit. Tous sont naturellement trop occupés par l'écran de leur portable pour remarquer quelque chose. Le train fait un nouvel écart et semble aller encore plus vite. Personne d'autre ne le fera, il va falloir que ce soit moi. J'essuie la sueur sur mon front et frotte ma main sur ma jupe. J'entends les roues racler les rails comme si elles étaient livrées à elles-mêmes. Si je ne fais rien, nous allons dérailler d'une seconde à l'autre.

Je plonge en avant, attrape la poignée du signal d'alarme et tire. Les freins couinent, la voiture a un sursaut, le train tremble et tressaute avant de s'immobiliser. Les gens relèvent les yeux de leurs téléphones et me fixent. Un homme s'écrie : « Hé ? Qu'est-ce que vous avez fichu ? » Je lui souris, sachant que je lui ai sauvé la vie, que j'ai sauvé ma peau et celle de tous les passagers. D'autres voyageurs se mettent à crier, à jurer, à me pointer du doigt. Je m'accroupis sur les talons, en tremblant encore à la pensée que le désastre a été évité de bien peu. Je suis toujours dans cette même position quand le contrôleur arrive. Toujours accroupie et appelant ma maman.

ANGELA

Dimanche 25 décembre 2016

J'ai toujours adoré Noël. Tous ces souvenirs de Lee se réveillant à trois heures du matin pour plonger aussitôt au fond du sac du père Noël. Pour une raison inconnue, il commençait toujours par le fond et jamais par le haut. Parfois, Simon ne prenait même pas la peine de venir le regarder, mais moi, je n'aurais raté ça pour rien au monde. Ils grandissent tellement vite, vous comprenez. Avant même qu'on ait réalisé, ils se sont transformés en ados grincheux qui ne se donnent même plus la peine de sortir du lit le matin de Noël.

Mais je dois avouer que depuis bien des années, les choses ont beaucoup changé. Je m'affaire à préparer le repas pour Lee, en m'offrant au passage quelques pas de danse enjoués au son des chants de Noël. Et ne vous méprenez pas, c'est un énorme plaisir de l'avoir à manger. Mais à la fin de la journée, Noël, c'est le jour des enfants. Et l'année prochaine, il y en aura à nouveau un dans cette maison. Je vous l'accorde, il sera un peu jeune pour comprendre vraiment ce qui se passera, mais cela ne nous empêchera pas d'être à ses petits soins à tout instant. Noël est revenu. Un Noël en famille comme il se doit. Et ce n'est pas tout : cette année, il y aura aussi Jess et son papa, soit deux personnes de plus que l'année dernière. Ça m'a paru logique d'inviter son père. Sinon Lee et Jess seraient peut-être repartis de bonne heure tous les deux pour aller chez lui et ç'aurait été dommage que la journée se termine ainsi.

Je suis heureuse que ce soit un petit garçon. Je crois que Lee aimera être papa d'un fils, un gamin avec lequel jouer au football et qu'il pourra emmener aux matchs quand il sera plus grand. Jess et lui auront largement le temps d'essayer plus tard d'avoir une fille. Et c'est une excellente chose qu'ils aient été si vite en besogne. Je suis absolument ravie qu'il ne se soit pas choisi une de ces femmes carriéristes qui commencent seulement à songer à fonder une famille à l'âge de trente-cinq ans. Et ne venez pas me raconter qu'il faut attendre la dernière minute. Non, les enfants, il faut les avoir jeunes et jouir de leur présence, voilà ce que je dis. Et en prime, les grands-parents seront encore suffisamment jeunes pour leur apporter leur aide.

Ils refusent de me dire le prénom qu'ils ont choisi. Ils insistent pour l'appeler H et, même si j'ai passé en revue tous les noms de garçons commençant par H dans les livres de bébés, ils restent muets sur le sujet. Je prends le pari que ce sera Harley : c'est assez moderne pour leur plaire et Lee aimait beaucoup les motos quand il était plus jeune. Soit ça, soit Hilton, le nom de l'hôtel où ils ont passé leur lune de miel. Les célébrités le font bien, pas vrai, quand elles donnent à leur enfant le nom du lieu où il a été conçu. En tout cas, c'est vrai pour les Beckam avec Brooklyn. Quel dommage que ce petit n'ait pas été conçu à Horsforth, même si je doute qu'ils auraient accepté ce nom-là.

Néanmoins, le fait de connaître ses initiales m'a beaucoup aidée. Je les ai déjà brodées sur ses couvertures de bébé. Et sachant que c'est un garçon, j'ai pu commencer à acheter des habits bleus. Se contenter de beige ou de jaune citron, ça va un moment, mais c'est vite lassant à force.

Je vérifie la cuisson de la dinde puis les légumes et les pommes de terre sautées. Tout est parfait. Je sais comment préparer un bon dîner de Noël. D'ailleurs, Simon était d'accord avec moi, même si c'était toujours un peu à contrecœur. Le père de Jess avait proposé de nous faire la cuisine, mais j'avais dit à Jess de le remercier en lui suggérant plutôt d'apporter un Christmas pudding, qu'il ait ainsi l'impression d'avoir contribué à la fête. À dire vrai, je n'aurais pas apprécié de voir un chef accaparer ma cuisine pour y préparer le repas. De ce que j'ai pu voir à la télé, ces gens-là ne rangent jamais rien. De cette façon, il arrivera simplement avec un récipient qu'il suffira de réchauffer et je n'aurai pas à me préoccuper ensuite de tout le désordre.

Je monte au premier me rafraîchir un peu en les attendant. La maison est entièrement décorée et Lee plaisante toujours en disant qu'il a l'impression de pénétrer dans la grotte du père Noël. Mais c'est si agréable de faire un effort. Un petit rien qui met tout le monde en joie. Moi en particulier.

C'est le père de Jess qui arrive le premier. C'est étrange de sentir un homme me faire deux bises sur le seuil de ma maison en me souhaitant un joyeux Noël. Il me tend une bouteille de vin. Je ne connais rien au vin, je dois l'avouer, mais je soupçonne celui-là d'être de qualité, car je n'en ai jamais entendu parler.

Et en plus, cet homme sent bon. Un détail que j'avais déjà remarqué chez lui lors du mariage. Certainement sa part de sang italien, j'imagine. Je suis convaincu que les Méditerranéens prennent bien soin de leur personne. Mais ayant dit cela, Lee aussi sent toujours bon.

— Bonjour, Joe. Et aussi joyeux Noël à vous ! Notre Lee et notre Jess ne sont pas encore là, mais entrez et faites comme chez vous.

— Je vous remercie. Voici le pudding, me dit-il en montrant un sac. Il suffira de le réchauffer.

Je prends son manteau et le suspends avant de le précéder jusque dans la cuisine. La table est déjà mise. Les papillotes-surprises en carton coloré du décor de table proviennent d'un magasin discount, mais personne ne verra la différence et je leur ai ajouté quelques branches de houx pour la touche finale.

— Tout cela me semble très festif, dit Joe en posant son sac sur le plan de travail avant de se frotter les mains.

— Il y a un moment que nous n'avons pas eu d'invités pour Noël. Je ne sais pas pour vous, mais moi, je voudrais déjà être à l'année prochaine. Ce sera tellement adorable d'avoir le petit ici. Je compte les jours.

— Je crois que c'est pareil pour Jess. Sa grossesse a été pénible jusque-là.

— Je sais, mais tout sera oublié quand le bébé sera là. Son univers changera complètement. Je sais que le mien a été chamboulé.

— Ouais. Le mien aussi.

— Elle est impatiente, elle voudrait qu'il soit déjà là. Mais elle m'a paru bien silencieuse ces temps derniers.

— Juste un peu angoissée à l'idée de ne pas être à la hauteur, je crois. Ce sera difficile pour elle sans sa maman.

— Oui, bien sûr, mais je lui ai déjà dit que je ferai tout mon possible pour l'aider. Je passerai la voir au quotidien.

— Je vous en remercie. Je sais qu'elle appréciera beaucoup.

— Et notre Lee sera un papa accompli, j'en suis sûre. Et une fois parents, ils seront tous deux devenus des adultes. C'est la seule expérience qui vaille, vous n'êtes pas d'accord ?

— Tout à fait. Il n'en existe pas d'autre.

Jess et Lee arrivent peu après. Elle porte une tunique beige ample, ses yeux sont cernés et ses cheveux moins brillants que d'habitude.

— Joyeux Noël à vous deux, dis-je en leur faisant l'accolade. Et aussi à ce petit, j'ajoute en posant la main sur son ventre.

Elle tressaille et recule. J'ignore pourquoi, j'ai pourtant déjà fait ce geste et, jusque-là, elle n'avait jamais bronché.

Lee la regarde et se tourne vers moi.

— Je crois qu'elle essaie de s'assurer qu'il ne te donne pas un coup de pied, me dit-il.

— Il bouge ? Vous le sentez ?

Jess acquiesce.

— Oh, mais c'est adorable. Ça fait une telle différence, n'est-ce pas ? Quand on peut le sentir remuer à l'intérieur de soi…

— Ouais.

Joe apparaît dans le couloir. Jess le serre dans ses bras et je vois sa lèvre trembloter.

— Tu les lui as apportées ? demande-t-elle d'une petite voix.

— Oui. Elles sont dans le vase à côté du mien. Tout est propre et net là-bas.

Il relève les yeux et croise mon regard. Quel que soit leur sujet de conversation, ils ne veulent visiblement pas le partager avec quiconque.

— Allez, venez vous asseoir, chérie, lui dis-je. Mettez-vous donc à l'aise.

Elle ôte ses bottes et me suit dans la cuisine pour s'installer à côté de son papa.

— Tu peux m'aider pour le vin, s'il te plaît, Lee ? je demande à mon fils qui s'approche. Est-ce qu'elle se sent bien ? je lui murmure en lui passant le tire-bouchon.

— Ouais. Juste un peu bouleversée à cause de sa mère. C'est la première année qu'elle ne se rend pas sur sa tombe le jour de Noël, mais je lui ai dit de lâcher un peu tout ça. Et de donner la priorité au bébé.

— Absolument. Et tu as bien fait, chéri. J'imagine que son système hormonal fait des siennes.

Lee ouvre la bouteille et l'apporte à table tandis que je retire les assiettes chaudes du four.

— Très bien, le moment est venu de sortir la dinde, je crois.

— Puis-je vous aider ? demande Joe.

— C'est inutile, je vous remercie. Notre Lee va s'en occuper. C'est lui le chef découpeur de la maison.

Je lui tends le couteau. Une année, pendant les soldes, je lui avais suggéré d'en acheter un électrique, mais il n'avait pas voulu, me disant qu'il se sentait parfaitement capable de s'en passer. Je me demande s'il se souvient que nous étions tous obligés de détourner la tête lorsque c'était Simon qui officiait. À quel point il détestait nos regards sur lui au cas où il aurait commis un impair.

Je sers les pommes de terre sautées accompagnées de carottes et de navets à mesure que Lee me fait passer les assiettes. J'apporte la saucière de jus de viande en même temps que la sauce aux canneberges, que j'ai achetée spécialement pour l'occasion cette année. Lee dépose les deux premières assiettes et je vais chercher les autres.

— Tout est prêt, en ce cas, dis-je en m'asseyant avant de saisir mon verre. Je crois qu'un toast est de rigueur, dis-je en regardant Lee.

— À Noël prochain, dit-il en levant le sien. Et je suis certain qu'il sera plus bruyant que celui-ci.

— Et à nos chers disparus, ajoute Joe en levant son verre à son tour.

Je me tourne vers Jess et constate que le sien est toujours vide.

— Oh, je suis désolée, chérie. Que puis-je vous offrir ?

Je vois le regard de Joe passer de Jess à Lee.

— Tu as le droit de prendre un peu de vin, chérie, dit-il à sa fille. Ça ne te fera pas de mal.

Elle fait non de la tête.

— L'eau, ce sera très bien, me répond-elle.

— J'ai aussi du jus d'orange, si vous préférez. Ou du Coca, si vous appréciez les bulles.

— Honnêtement, l'eau, ce sera parfait.

Je prends son verre et le lui remplis. Le CD de Noël terminé, je le remets et me rassieds après lui avoir donné son eau.

« *Last Christmas*[1] » par Wham! recommence. J'ai toujours aimé le tintement des clochettes de traîneau, c'est un classique de Noël digne de ce nom. D'habitude, je chante en accompagnement, mais pas aujourd'hui, nous avons des invités.

— Très bien. Où en étions-nous ? dis-je. Jess, vouliez-vous porter un toast ?

Sa bouche s'ouvre, mais rien n'en sort, et ses larmes se mettent à couler.

— Désolée, dit-elle en se levant. Commencez sans moi.

Elle repousse sa chaise et sort de la cuisine en courant. Je regarde les autres, ne sachant trop que faire.

— Lee, tu devrais aller la rejoindre, je lui dis. Et voir ce qui ne va pas.

Lee se lève, mais Joe tend la main et la pose sur son bras.

— Accordez-lui quelques minutes, dit-il. C'est toujours une journée difficile pour elle. Donnez-lui le temps de se reprendre.

— Oui, bien sûr, dis-je. Elle était si jeune quand elle a perdu sa mère. J'avais cinquante ans quand j'ai perdu ma maman et c'était déjà très difficile.

— Mais commencez sans elle, déclare Joe. Comme elle a dit.

— Vous avez raison. Ce serait dommage de tout laisser refroidir. Est-ce que je remets son assiette au four pour la garder au chaud, à votre avis ?

— Je m'en charge, dit Lee en se levant. Mais de toute façon, elle n'a pas beaucoup d'appétit en ce moment.

— Est-ce qu'elle a très mal encaissé le choc ? je demande à Joe. Quand sa maman est décédée, je veux dire.

— Pour elle, ç'a été une tragédie, répond Joe.

Lee se rassied et nous commençons à manger.

1. « Noël dernier ».

— Et s'est-elle fait aider ? je lui demande entre deux bouchées. Pour ce genre de choses, il n'est jamais trop tard, vous savez ? La semaine dernière, sur Radio 2, j'écoutais justement quelqu'un qui expliquait qu'une perte aussi violente pouvait faire sentir ses effets pendant encore des années.

Joe me regarde et j'ai l'impression qu'il a du mal à trouver ses mots.

— Nous sommes tous là pour elle, dit-il.

— Oh, je ne veux pas dire que vous ne l'avez pas soutenue. Je parle de l'aide d'un professionnel, tous ces thérapeutes et ces trucs dont on dispose aujourd'hui.

Joe se tourne vers Lee. Ni l'un ni l'autre ne répondent rien.

— Qu'y a-t-il ? je demande.

— Écoutez, de toute évidence, Lee ne vous a rien dit et j'apprécie sa discrétion, mais il serait peut-être préférable que vous sachiez que Jess a été placée un moment sous surveillance psychiatrique après la mort de sa mère.

— Oh, oh, je vois. Vous voulez dire qu'elle a fait une sorte de dépression ?

Joe acquiesce et contemple le sol.

— Je pense qu'il est important que les personnes qui vont lui apporter leur soutien après la naissance aient conscience de ça. De manière à pouvoir garder un œil sur elle.

— Oui, bien sûr. Est-ce que cela signifie qu'elle sera de ces femmes qui souffrent de dépression postnatale ? J'en ai entendu parler à la radio et il existe désormais des tas de traitements possibles qui pourront l'aider.

— Non, ce n'est pas du tout ce que je dis. Je veux juste vous faire comprendre que nous devons veiller sur elle et nous assurer de ne rien manquer des signes avant-coureurs éventuels. Lee est sûrement d'accord avec moi.

Je me tourne vers mon fils. Ces yeux assombris, ce visage déformé par une grimace, je ne les connais que trop bien. Il ignorait tout, Jess a dû garder ça pour elle. Et la scène qui va s'ensuivre sera terrible.

— Oh, nous avons oublié, dis-je. Nous n'avons pas ouvert les papillotes-surprises. Tenez, Joe, attrapez cette extrémité et je tirerai de mon côté.

Joe et moi venons de mettre nos chapeaux en papier quand Jess réapparaît.

— Comment vous sentez-vous, chérie ? je lui demande.

— Je vais bien, merci.

— Je vais sortir votre repas du four. C'est notre Lee qui l'y a mis pour le garder au chaud.

Je pose l'assiette devant elle.

— Ne vous tracassez pas si vous ne mangez pas tout, faites de votre mieux.

Elle relève les yeux et voit Lee. Il la fixe sans ciller, la mâchoire crispée, le front plissé. Elle se renfrogne et baisse aussitôt la tête. Avant de jouer avec la serviette sur ses genoux.

Il faut que je fasse quelque chose. Je dois détendre l'atmosphère, je ne veux pas tout gâcher une fois encore. Au fil des années, j'en ai connu trop, des Noëls gâchés.

— En tout cas, joyeux Noël, dis-je en levant mon verre. Aux nouveaux débuts.

Les verres tintent discrètement les uns contre les autres et s'ensuit une série de « joyeux Noël » marmonnés dents serrées. Après quoi, plus personne ne dit rien. Nous mangeons en silence, avec pour unique accompagnement le CD. C'est seulement quand Johnny Mathis en arrive à « When a Child is Born[1] » que je lève la tête et vois Joe et Jess, les yeux mouillés de larmes.

— Il reste de la farce au four si quelqu'un en veut, dis-je.

1. « Quand un enfant naît ».

Personne ne répond. Je me lève malgré tout et l'apporte. Au passage, j'appuie à nouveau sur le lecteur de CD et commence « Wonderful Christmastime[1] » de Paul McCartney. Mais je sens bien qu'il serait déplacé de chanter avec lui.

1. « Le merveilleux temps de Noël ».

MESSAGE PRIVÉ
Joe Mount
25/06/2018 20:05

J'aurais dû reconnaître les signes. C'est toujours et encore ce qui me torture le plus. Lorsque je repense au passé, ils étaient bien là, c'est juste que je ne voulais pas les voir. Comme quand tu n'es pas venue sur la tombe de ta mère ce dernier Noël et que j'ai mis ça sur le compte de ta fatigue. Ou quand Lee ne t'a pas versé de vin sans rien te demander. Je pensais que c'était ta décision. Je croyais qu'aucun homme ne pourrait jamais forcer ma fille à faire quelque chose si elle ne le voulait pas. Je veux dire, tu n'as rien d'une poupée délicate, ce n'est pas vrai ? Tu rendais toujours coup pour coup. Et je suis bien placé pour le savoir, j'en ai encaissé suffisamment.
Je suppose que j'avais remarqué que tu avais changé, mais je pensais simplement que tu grandissais. Que le mariage et la grossesse t'avaient calmée en apaisant ta fougue. Ma petite fille était devenue maman – alors, naturellement, elle avait changé. C'est ce que je me disais.
Et maintenant, je sais ce qui se passait – enfin, une part de ce que tu as enduré, et je fais appel à tout mon courage pour entendre le reste au tribunal –, je réalise aujourd'hui que cela faisait partie d'un tout. Et je suis désolé, je regrette tellement de n'en avoir rien vu et de n'être pas intervenu pour t'aider. Si j'avais su, je serais

allé chez toi immédiatement et je t'aurais emmenée à la maison. J'aurais barricadé ces foutues portes et fenêtres pour l'empêcher de jamais pouvoir te toucher. Mais je ne savais pas. Et toi, tu ne m'as rien dit. Et c'est la raison pour laquelle j'irai sur ta tombe dans quelques semaines, le jour anniversaire de ta mort. Et pourquoi je serai assis dans la salle du tribunal en septembre, à écouter comment ce salaud t'a détruite et pris ta vie. Je lui faisais confiance, Jess. L'imbécile que je suis lui accordait toute sa confiance, parce qu'il était toujours si poli et si bien habillé. Et même quand Sadie est venue me parler, ma première pensée a été que tu étais au bord d'une nouvelle déprime et pas du tout que c'était lui qui te poussait au point de te faire craquer

Je crains beaucoup l'audience du tribunal. Par moments, je ne sais pas bien comment je ferai pour tenir le coup. Mais je serai là tous les jours et j'écouterai jusqu'au moindre mot, parce que plus jamais personne ne réussira à me berner de cette façon.

JESS

Dimanche 25 décembre 2016

Au cours du bref trajet qui nous conduit à la maison, nous n'échangeons pas un mot. Un détail rend la situation plus tendue encore, son silence obstiné dans la voiture et son refus de vider son sac avant que nous ne soyons rentrés. Pendant mon absence au cours du repas, il s'est passé quelque chose. Dès mon retour à table, je l'ai perçu immédiatement, au ton de voix d'Angela et à la façon dont, au moment de notre départ, papa m'a pressé la main comme s'il cherchait à me présenter ses excuses pour un impair dont j'ignorais tout. Et je sais que je ne me trompe pas, le regard de mon mari était suffisamment éloquent, sans compter que, depuis, il m'a à peine adressé la parole.

Je pense que papa à dû dire un truc à propos de m'man, sur ce qui s'était passé après son décès. Je ne sais pas exactement quoi, mais une simple phrase aurait déjà été de trop. Sincèrement, si j'avais choisi de ne rien révéler à Lee, c'était pour une bonne raison, je craignais beaucoup trop qu'il ne me rejette. Et je sais aussi que si papa a parlé, c'est uniquement parce qu'il se fait du souci pour moi, mais il n'empêche que ça me fout en rogne. C'est Jess Mount qui avait vécu ça, or je ne suis plus Jess Mount mais bien Jess Griffiths, et cet accident de parcours n'a plus rien à voir avec elle. Strictement rien.

Une fois garé devant l'appartement, il est le premier à descendre et claque violemment sa portière avant de faire le tour et d'ouvrir la mienne. D'habitude, il me tend la main, car j'ai maintenant des difficultés à sortir d'un véhicule et je ressemble alors à tout sauf à une lady, mais ce soir, il n'en fait rien et reste planté là, à me regarder me débrouiller seule du mieux que je peux. Dès que je suis dehors, il verrouille la voiture et gagne la porte à grandes enjambées. Je pense un instant qu'il ne me laissera pas monter dans l'ascenseur avec lui et je devrai attendre que la cabine redescende ou sinon, me traîner lourdement dans l'escalier, mais il garde le doigt sur le bouton jusqu'à ce que je sois entrée.

Et pour être honnête, je le regrette. Je ne l'avais encore jamais vu dans cet état et j'ignore si je serai en sûreté avec lui pendant la montée, avec l'impression de me trouver à côté d'un volcan juste avant son éruption. Mon corps se prépare à réagir, bagarre ou fuite, mais mon cerveau ne cesse de me rappeler qu'étant enceinte de cinq mois, je ne suis guère en condition de faire l'un ou l'autre. Je regarde droit devant moi, évitant même de croiser son reflet dans le miroir au cas où il péterait un câble en croisant mon regard. Je lâche un soupir quand l'ascenseur s'immobilise et sors en attendant qu'il nous ouvre. Aussitôt entré, c'est tout juste si je n'entends pas son trop-plein de tension se libérer, à l'image de la vapeur qui siffle au sortir d'une chaudière en surpression. Je réalise alors que c'est maintenant que ça pourrait arriver, cette seconde où il pète un boulon et me frappe pour la première fois. C'est peut-être bien ce qui m'attend et pourtant, je me vois entrer dans l'appartement sur ses talons. Je sais qu'une fois à l'intérieur, je ne pourrai plus rien faire et, si je hurle, personne ne m'entendra. Je serai toute seule.

Le battant se referme derrière nous et j'essaie de me préparer à tout ce qui risque de se produire. Il se retourne et me regarde en silence, à croire qu'il attend que je parle la première.

— Explique-moi ce qui s'est passé. Je t'en prie, je lui dis.

— Je crois que c'est toi qui as besoin de me mettre au courant de certains détails. En commençant par la vérité.

— Tu veux parler de ce qui m'est arrivé après le décès de m'man ?

— Je ne sais pas, Jess. À toi de m'expliquer. Il semblerait que je ne sache rien de toi.

— J'ai dû faire un petit séjour à l'hôpital.

— Apparemment, il s'agit d'un hôpital psychiatrique, non ?

— Ouais. J'avais un peu craqué, c'est tout. Je n'avais plus les idées claires.

— Alors, pour quelle raison ne m'en as-tu pas parlé, nom de Dieu ? me hurle-t-il.

Je me rencogne contre le mur.

— Je pensais que ça n'avait aucune importance. Je n'avais que quinze ans. Je ne connais rien de toi à l'âge de quinze ans.

— Tu sais au moins que je n'ai pas fait de séjour dans un hôpital psychiatrique.

— Le cas échéant, ça n'aurait eu aucune importance. Rien n'aurait été changé entre nous.

— Tu m'as fait passer pour un imbécile.

C'est tout juste s'il ne me crache pas ses mots à la figure, sa tête si proche de la mienne que je sens son haleine sur ma peau. S'il a l'intention de me frapper, je voudrais qu'il le fasse tout de suite et, instinctivement, je pose les mains sur mon ventre.

— Écoute, je suis désolée, OK ? Je ne savais pas que papa allait en parler. Il n'en avait pas le droit.

Lee m'agrippe le poignet gauche et le serre avec une force telle qu'il me fait mal.

— Donc, tant qu'on y est, y aurait-il d'autres détails que je devrais connaître ? D'autres petits secrets ? D'anciens petits amis qui se trouvent maintenant sous les verrous à Broadmoor[1] ?

---

1. Hôpital psychiatrique.

— Lee, arrête.

— Et pourquoi ? Tu as peur que je n'apprécie pas ce que je risque d'apprendre ?

Je me mets à pleurer.

— Oh, c'est ça, les grandes eaux maintenant.

— Et c'est censé vouloir dire quoi ?

— C'est ce que font les femmes quand elles cherchent à se tirer d'affaire.

— Je suis enceinte de cinq mois, Lee. Encore une journée de Noël sans ma maman et, en plus, mon mari me hurle dessus. Tu ne penses pas qu'il y aurait peut-être un rapport ?

Il colle son visage tout contre le mien.

— Tu m'as menti, Jess. Tu m'as fait passer pour un imbécile. Et je te préviens tout de suite, plus jamais tu ne me referas un coup pareil, tu m'as bien compris ?

Je ravale ma salive et hoche la tête. Il lâche mon poignet et se rend dans la chambre en refermant la porte derrière lui.

Je m'affale par terre dans le couloir, déchirée par les sanglots et tremblant de tous mes membres. C'est en train de se produire. Il se transforme en monstre, celui-là même qui – j'en étais convaincue – ne pourrait jamais le devenir. C'est ici que tout commence, l'instant où tout bascule. Peut-être est-il possible qu'en l'espace de six mois, il en arrive au meurtre ? Et si c'est la vérité, qu'est-ce que je fous encore ici ? H me donne un petit coup de pied, comme pour me rappeler à la raison.

Si je m'enfuis maintenant, Lee me retrouvera, j'en ai la certitude. Et s'il y parvient, je n'ai aucune idée de ce qu'il pourra nous faire subir, au bébé et à moi. Non. Il faut que je reste. C'est l'endroit le plus sûr pour H et je ne pense pas que Lee me fera du mal tant que je serai là.

Mais peut-être que tout s'améliorera quand le bébé sera né. Peut-être que Lee ne sera plus le même. Les gens disent que le fait de devenir parents les change. Qui sait, je peux peut-être encore arrêter cette escalade. Mais pour l'instant, tout ce que j'ai à faire se résume à protéger H. Tout ce qui importe, c'est lui. Tant qu'il sera en bonne santé, tout ira bien.

Je me relève de mon mieux, ôte mes bottes et suspends mon blouson au portemanteau sans oublier d'en sortir mon portable. Je vais dans la salle de bains. J'ai beau me sentir complètement épuisée, il est exclu que j'aille me coucher avant que Lee ne s'endorme. Je ne veux pas courir le risque qu'il s'en prenne de nouveau à moi.

Je fais pipi. Mais je suis toujours surprise désormais par la taille de mon ventre. Ce n'est plus le joli petit bedon dont Sadie avait parlé, j'ai au contraire l'impression d'être devenue énorme, au point qu'il me bloque la vue quand je baisse les yeux. Je ne suis plus la fille pour laquelle Lee avait craqué et c'est peut-être ce qui explique son comportement, dorénavant, je porte une culotte et un soutien-gorge de grossesse. Je me change aussitôt rentrée, un simple collant et un pull trop ample. Je suis trop fatiguée pour sortir et trop fatiguée pour le sexe, mais parfois, ça ne semble pas le déranger. Pour l'essentiel, nos rapports sexuels se passent le soir, toutes lumières éteintes, comme s'il ne pouvait plus supporter de me regarder dans mon état.

Je me sèche les mains après les avoir lavées, baisse l'abattant et m'assieds lourdement sur la cuvette avant de saisir mon téléphone. Mes larmes coulent à flots quand je lis le post de papa et je regrette de ne pouvoir l'appeler sur-le-champ. Pour tout lui raconter et le faire venir ici afin qu'il m'emmène et chasse les monstres comme il faisait toujours quand j'étais gamine en plein cauchemar. Même si je sais en même temps que je ne peux pas rentrer à la maison. C'est le premier endroit auquel pensera Lee s'il se lance à ma recherche et je ne tiens pas à infliger un nouveau traumatisme à papa, il en a subi suffisamment pour lui durer toute une vie.

Je reviens à ma page Facebook normale. Les gens postent des hommages à George Michael et, pendant quelques instants, je ne sais plus s'ils ne viennent pas eux aussi du futur. Je vérifie sur le site d'infos de la BBC. C'est bien vrai. Il est décédé. Il n'avait que cinquante-trois ans. M'man l'aimait beaucoup. Elle passait toujours ses CD dans la voiture et chantait en même temps. Et apparemment, depuis mon siège enfant, j'offrais moi aussi une version très mignonne de « Wake Me Up Before You Go-go[1] ».

Je retourne sur Facebook. Quelqu'un a posté une mauvaise plaisanterie : « Le dernier Noël de George Michael[2] ». Ce n'est pas drôle. D'ailleurs, plus rien n'est drôle désormais. Putain, tout le monde meurt et ça commence à me prendre la tête. Je reste assise un long moment à cliquer sur les liens vers les chansons de George Michael pour me tenir éveillée. Lorsque je suis sûre que Lee s'est endormi, je me brosse les dents, me démaquille et gagne la chambre. Je pousse la porte aussi délicatement que possible, mais elle émet néanmoins une sorte de clic à mon entrée. Lee me tourne le dos. S'il ne dort pas, il est clair qu'il ne veut pas que je le sache. Je me déshabille et me faufile sous la couette où je m'allonge, dos à dos avec lui. Dans mon état, de toute façon, c'est devenu la seule position confortable. Je pose la main sur mon ventre et murmure : « Bonne nuit, H, je t'aime. » Mon autre main se crispe désespérément sur le drap.

Au matin, la première chose que je vois est le visage souriant de mon mari au-dessus de moi. Il a déjà ouvert les rideaux et le soleil est si brillant que je dois plisser les paupières pour le voir distinctement.

1. « Réveille-moi avant que tu t'éveilles ».
2. En référence à sa chanson « Last Christmas » (« Noël dernier »).

— Bonjour, dit-il. J'ai pensé qu'un lendemain de Noël, un petit déjeuner au lit s'imposait.

Je baisse les yeux et constate qu'il tient un plateau garni d'une cafetière, de mugs et d'une pile de croissants. Je me frotte les yeux, incertaine de savoir si je suis bien réveillée. Il continue à me sourire, plein d'espoir, comme si la soirée d'hier n'avait jamais eu lieu.

— Tiens, dit-il, en posant son plateau sur ma table de nuit.

Il attrape ensuite un oreiller et le place dans mon dos avant de me tendre une assiette du plateau.

— Au chocolat ou nature ? il me demande.

— Euh... nature, s'il te plaît.

Il pose un croissant sur l'assiette et me le tend, avant de reprendre le plateau et de l'emporter de son côté du lit, puis il revient à côté de moi, toujours souriant.

Je ne sais plus que dire ou faire. J'ai peur qu'en remettant notre dispute sur le tapis, il n'explose à nouveau. Il tourne la tête et me vois qui le fixe toujours avec de grands yeux.

— Écoute, oublions hier soir, tu veux bien ? me dit-il. Je crois que nous étions l'un et l'autre fatigués et je sais que tu as eu une dure journée. Et si on recommençait Noël ensemble, rien que tous les deux ? Bon, tous les trois, corrige-t-il.

— Mais...

Il pose un doigt sur mes lèvres.

— Plus un mot. Je ne veux pas que tu te fasses le moindre souci. Laisse-toi juste faire. Je vais m'occuper de toi toute la journée. Tu n'es même pas obligée de sortir du lit si tu n'en as pas envie.

Il prend un croissant et mord une bouchée. Je suis trop stupéfaite pour dire quoi que ce soit et me contente de fixer le paysage par la fenêtre.

Nous sommes censés sortir pour la Saint-Sylvestre. Un bar en ville avec tout un tas de gens du boulot accompagnés de leurs partenaires. Je ne saurais imaginer pire soirée. Je n'ai jamais aimé la veille du Premier de l'an. Je me rappelle, enfant, avoir supplié m'man de me laisser veiller pour assister au passage dans la nouvelle année. Lorsqu'elle avait fini par céder, j'étais restée là à écouter les tintements de Big Ben à la télévision, en m'attendant à un événement exceptionnel ensuite. En pure perte. J'ai juste vu quelques personnes dont une portait un kilt se donner l'accolade et je m'étais tournée vers elle en disant :

— C'est tout ?

Elle avait acquiescé.

— Je le crains. C'est un peu décevant, non ?

Après cela, je ne m'en étais plus préoccupée. Ces dernières années, j'avais passé la nuit en compagnie de Sadie à regarder des films. Et c'est là que je préférerais être ce soir, pour être honnête. Même si je ne vois pas comment je pourrais annoncer pareille chose à Lee.

Il entre dans la chambre égal à lui-même, aussi pimpant qu'à son accoutumée.

— Tu ferais bien de te préparer, dit-il en me voyant assise sur le lit, toujours en collant et gros pull, ma tenue de la journée.

— Je ne me sens vraiment pas le courage de sortir ce soir, pour être honnête, je lui réponds.

— Pourquoi ? Qu'est-ce qui ne va pas ?

— Rien, je suis juste lasse, c'est tout. Et si je viens, je serai à moitié endormie avant dix heures et je ne veux pas t'obliger à rentrer tôt.

— OK, dit-il.

Le pire des OK qui soient, prononcé d'un ton qui exprime clairement que ce n'est pas OK du tout.

— Nous n'y allons pas, en ce cas.

— Non, toi, vas-y. Je ne tiens pas à gâcher ton plaisir.

— Tu es sûre ?

— Ouais. Tout ira bien. Je vais me coucher de bonne heure.

— Je ne resterai pas longtemps après minuit.

— Reste aussi longtemps que tu voudras.

— Très bien. Autant que j'y aille alors, je suis prêt.

— Ouais. Amuse-toi bien. Salue tout le monde de ma part.

Ce qui est un mensonge éhonté. Je ne me suis pas vraiment liée d'amitié avec aucun de ses collègues. C'est le genre d'individus que je ne fréquente pas d'habitude. Sadie avait raison – des petits snobs arrogants et bouffis d'orgueil. Aucun d'eux ne m'adresse la parole hormis pour me dire bonjour ou au revoir et ils me traitent comme une inférieure, uniquement parce que je suis à la réception.

— Ce sera fait. Heureuse nouvelle année, alors.

Il se penche et m'embrasse sur le haut de la tête. Ce n'est pas vraiment ainsi que j'avais imaginé notre première Saint-Sylvestre. Jamais, à aucun moment.

Aussitôt qu'il est parti, je prends mon portable et appelle Sadie. Il est possible qu'elle n'ait rien de prévu. Peut-être pourrait-elle venir me rejoindre ? Elle n'est encore jamais venue ici, mais je ne voyais pas comment je pouvais l'inviter après ce que Lee a dit d'elle. Même si je choisissais un moment où il était absent, je serais toujours inquiète de le voir rentrer à l'improviste pour la trouver chez lui, après quoi j'aurais à nouveau droit à la même scène. Le téléphone sonne deux fois avant qu'elle ne réponde. J'entends beaucoup de bruit en fond sonore.

— Salut, toi, dit-elle. Comment tu vas ?

— Ben, ça va. Un peu crevée, c'est tout. Où es-tu ?

— Au boulot. Je me suis portée volontaire, vu que je n'avais pas de propositions plus intéressantes. Et toi, alors ?

— À la maison. Chez Lee, je veux dire. Nous étions censés sortir, mais je ne m'en sentais pas le courage.

— Donc, vous passez une soirée tranquille ensemble ?

— Non. Lui est sorti. Il est parti retrouver ses collègues du bureau. J'ai dit que ça ne me dérangeait pas.

— Bien.

— À quelle heure finis-tu ? Je me demandais si ça te dirait de faire un saut ?

— Pas avant onze heures, j'ai bien peur. Et Adrian a des billets pour un concert en ville et je lui ai dit que je l'accompagnerais.

— Bien sûr. Pas de problème.

— Je peux annuler et venir chez toi à la place ? C'est pas important.

— Non, je ne veux pas bousiller tes projets. Pour tout dire, je serai probablement endormie à cette heure-là de toute façon.

— Eh bien, si tu es sûre.

— Ouais. On se reverra bientôt. Passe un bon moment.

— Et toi aussi. Bon roupillon en tout cas.

Je raccroche en me mordant violemment la lèvre inférieure. Quelques instants plus tard, mon portable tinte. C'est Sadie qui m'envoie tout un stock d'émojis que je n'ai pas l'énergie de regarder en détail. Je clique sur Facebook. Les gens continuent à parler de Carrie Fisher à l'agonie et de poster des liens en rapport avec *Star Wars*. Lee ne m'avait guère paru ému à cette nouvelle, ce qui m'avait surprise. Lorsque je lui avais posé la question, il m'avait répondu que c'étaient uniquement les personnages masculins qui l'intéressaient.

Les gens disent combien ils seront heureux de voir 2016 derrière eux. Et ils ajoutent des tas de messages de sympathie pour toutes les célébrités qui sont décédées. Tandis que moi je ne pense qu'à une chose : l'année prochaine ces mêmes personnes diront combien 2017 aura été abominable. Et se souviendront de moi.

Je vais sur mon mur Facebook et fais défiler jusqu'à la plus récente photo de H.

— Si tu savais combien il me tarde de faire ta connaissance, je lui dis en embrassant l'écran.

Puis je vais au lit, sachant qu'à mon réveil, ce sera l'année où je ferai sa connaissance et aussi l'année où je lui dirai adieu.

▶ De Sadie Ward à Jess Mount

11 JUILLET 2018

Il y a un an aujourd'hui, je perdais ma meilleure amie. Je ne parviens toujours pas à croire que tu ne sois plus de ce monde, Jess, je continue à te chercher sur le quai de la gare, je m'attends toujours à t'entendre rire au travail et tu me manques encore plus que tout ce que les mots pourraient jamais exprimer.

Tout le monde n'a pas eu la chance d'avoir une meilleure amie comme celle que j'ai eue. Je ne me souviens pas de ma vie avant toi. Pour moi, c'est comme de repartir à zéro, réapprendre à vivre sans toi. Et la plupart du temps, je réussis à tenir le coup, je parviens tout juste à fonctionner et me raccroche à mon boulot en me montrant polie avec les gens. Mais parfois, je me réveille le matin et la seule chose qui m'occupe l'esprit, c'est ce qui t'est arrivé, puis, le soir venu, je m'allonge sur mon lit, incapable de fermer l'œil tant je me sens mal et, entre ces deux points, tout ce qui me reste, c'est un putain d'énorme vide dans ma vie, tout cet espace que tu remplissais jadis. Tu me manques, Jess. Je t'aime et bien que je ne sois pas autorisée à dire quoi que ce soit ici sur ce qui s'est passé, je veux que tu saches et le reste du monde avec toi que le jour de l'audience au tribunal, je dirai la vérité, toute la vérité et rien que la vérité. Et c'est pour toi que je le ferai.

JESS

Mardi 14 février 2017

L'année dernière, c'étaient des roses. Deux douzaines. On me les avait livrées au cinéma et je me souviens de Nina en train de marmonner que certaines personnes avaient plus d'argent que de bon sens. Je me souviens aussi que je m'étais sentie spéciale, gâtée, même adorée.

Cette année, c'est une carte posée sur le bar dans la cuisine.

— Heureuse Saint-Valentin, dit Lee en s'approchant pour me faire un baiser.

Debout dans mon peignoir crade, la ceinture nouée lâchement sous mon gros ventre, je ne me sens même pas digne de ça. Mes cheveux partent dans tous les sens et j'ai des cernes sombres sous les yeux. Je ne sais pas qui elles peuvent être, ces fichues femmes censées s'épanouir pendant une grossesse, mais je n'en fais certainement pas partie. Je me dessèche et meurs doucement sous ses yeux.

— Merci, dis-je en sortant une carte de ma poche pour la lui tendre.

Nous les ouvrons tous les deux en même temps. Lee a écrit « À la mère de mon fils » et je me demande une nouvelle fois ce qu'est devenue Jess, la fille dont il était tombé amoureux. Je ne suis même pas sûre qu'elle existe encore. Nous échangeons les banalités convenues en la circonstance et ensuite, je ne sais plus quoi dire. Je mets la radio pour masquer le silence pesant qui règne entre nous pendant le petit déjeuner. Lee remplit le lave-vaisselle, tandis que je me prépare pour le travail. J'ai finalement cédé et acheté des vêtements de grossesse. J'essayais de les éviter – le terme « robe de grossesse » me donnant la nausée –, mais j'en suis arrivée au point où je ne peux plus donner le change en me contentant d'habits une ou deux tailles au-dessus. J'enfile mes collants de grossesse puis ma nouvelle tunique gris anthracite avant de me tourner vers le miroir. La seule pensée qui me vienne, c'est Sadie se pissant de rire si elle pouvait me voir en cet instant. Je passe une brosse dans mes cheveux et les glisse derrière une oreille dans le vain espoir de sauvegarder un soupçon de respectabilité. En pure perte. Je sors dans le couloir où Lee attend. Il me détaille de la tête aux pieds d'un air renfrogné.

— Tu comptes porter ça au travail ?

— Je sais que c'est minable. Je n'ai plus rien à ma taille.

— Eh bien, tu ne peux pas aller au travail dans cette tenue. Tu es réceptionniste, Jess. Il faut que tu présentes bien.

— Comment ça ? Je suis enceinte. C'est à ça qu'une femme ressemble quand elle est enceinte, à moins d'être Beyoncé, ce que je ne suis pas.

— Il est inutile de me dire ça, me réplique-t-il d'un ton plus âpre avant de me regarder avec un dédain absolu.

Je me sens rétrécir.

— Et qu'est-ce que tu suggères, alors ?

— Va en ville et trouve-toi une tenue mieux adaptée. Je dirai à Carl que tu as rendez-vous chez le médecin. Et à ton arrivée à la société, assure-toi que tu ressembles bien à une femme qui se rend au bureau, et non pas à la pause café matinale d'un groupe de mères au foyer.

Il tourne les talons et sort, en refermant la porte derrière lui.

Je ferme les yeux. Ce qui m'attriste, c'est ma première réaction : ce n'est pas la colère à cause du ton qu'il a employé, mais le soulagement qu'il ne m'ait pas frappée.

— Foutue bonne Saint-Valentin, je marmonne, en me laissant glisser contre le mur.

Je ne suis pas convaincue que ma nouvelle tenue fasse beaucoup de différence, à dire la vérité, mais j'arrive avec une heure de retard vêtue d'une robe de grossesse sans manches de chez H&M, des collants et des bottillons. J'ai également forcé sur le maquillage, avec l'espoir que mon geste soit au moins perçu comme un « bel effort ». J'ôte mon manteau et me faufile derrière le bureau de la réception. Ce n'est pas si mal quand j'y suis, on ne voit plus que le haut.

Je me souviens de Beth, la réceptionniste que j'ai remplacée et qui, à un mois de l'accouchement, bataillait de son mieux perchée sur ses talons aiguilles.

Carl descend peu après, se poste sur le côté du bureau et je vois son regard tomber sur mes bottillons.

— Jess, dit-il, je comprends que vous ayez un peu de mal désormais au travail, donc j'allais vous suggérer d'avancer votre congé maternité de manière à pouvoir finir à la fin du mois. Avec l'espoir que ce sera mieux pour tout le monde.

Je le regarde sans ciller. Une seule personne aurait pu l'inciter à m'annoncer une telle nouvelle, mon mari. C'est Lee qui lui a dit de faire ça. Lee se sent si gêné par mon aspect physique qu'il ne veut plus que je travaille ici. J'essaie de chasser ma douleur au plus profond de moi afin de pouvoir parler.

— Non, merci, ce ne sera pas nécessaire, je rétorque.

Carl hausse les sourcils. Visiblement, il n'a pas l'habitude que les femmes lui répondent.

— Eh bien, je suis votre patron et je pense que si, au contraire. Ce n'est pas le look que nous recherchons pour l'accueil de nos clients. Je vous suggère de rester derrière votre bureau autant que possible jusqu'à votre départ, dans deux semaines.

Je suis si estomaquée qu'il m'est difficile de savoir quoi lui répondre. « Va te faire foutre » serait la réponse la plus évidente, celle qu'aurait faite Jess Mount. Seul problème, Jess Mount n'existe plus.

— Très bien, je lui dis. Et uniquement pour que vous sachiez, je ne reviendrai pas.

Son sourire laisse entendre qu'il est tout à fait ravi de ma décision.

— Oh, et d'ici là, si nous pouvions nous en tenir aux codes d'habillement de la société pour ce qui est des chaussures, ce serait super.

Il disparaît avant que j'aie eu le temps de dire un mot, ce qui est probablement tout aussi bien.

C'est environ une heure plus tard que les fleurs arrivent. Elles me sont destinées. Deux douzaines de roses, nouées d'une cocarde énorme. Amy, une des responsables de la comptabilité, se trouve à la réception quand on les livre.

— Waouh ! fait-elle. Une dame qui a de la chance. Allez-y, prenez une photo du bouquet pour Facebook, montrez au monde combien il vous aime.

Je lui souris avant qu'elle ne remonte au premier. Je la soupçonne de savoir aussi bien que moi que ce cadeau soudain n'a qu'une seule raison d'être : sauvegarder les apparences.

C'était l'idée de Sadie de nous retrouver à déjeuner le jour de la Saint-Valentin. Elle m'avait dit que, pour elle, c'était la seule façon d'accepter une invitation à manger à l'extérieur, même s'il ne s'agissait que d'un sandwich au Caffè Nero. Moi, je suis simplement soulagée d'échapper au bureau, pour tout dire.

Un grand sourire lui barre le visage quand je m'approche d'elle.

— Qu'est-ce qui t'arrive ? je lui demande.

— Toi et ton look de femme enceinte qui mérite enfin son nom, voilà tout.

— Tu aurais dû voir ce à quoi je ressemblais ce matin avant de me changer.

— Et tu ne vas pas tarder à remettre à jour la photo de ton profil Facebook en la remplaçant par une autre, toi en train de serrer ton ventre rond tout nu à deux mains.

— Ça ne risque pas.

— Mais c'est quand même étrange la façon dont les choses ont changé. Je me rappelais justement ce qu'on avait fait il y a quelques années, quand on avait réservé une table pour deux au restaurant le soir de la Saint-Valentin pour y débarquer ivres et parlant trop fort rien que pour faire chier les couples.

— Et je suis sûre qu'ils se souviennent tous de toi avec tendresse.

— Eh, faut bien que quelqu'un leur ouvre les yeux sur tout ce romanesque merdique, tu crois pas ? À propos, qu'est-ce qu'il t'a offert ?

— Des roses rouges, je lui réponds. Comme l'année dernière.

— Tu vois, maintenant, il est pris au piège, non ? Une fois qu'il a mis la barre aussi haut, il est obligé de s'y tenir tous les ans, sinon tu vas penser qu'il se détache de toi. Moi, je commencerais avec une rose unique. Et si effectivement je me détachais ensuite, ça aurait toujours l'air romantique, mais ça coûterait beaucoup moins cher.

Je rigole, même si, au fond de moi, je n'ai pas envie de rire, mais la compagnie de Sadie est en ce moment la meilleure thérapie que je puisse trouver.

— Viens, je lui dis en jouant avec mon alliance. On va aller chercher le super sandwich de notre super gueuleton de Saint-Valentin.

Sadie me donne les dernières nouvelles du cinéma pendant que nous faisons la queue. Les trucs habituels sur les commentaires de Nina, le départ d'un autre chef de cuisine, et un mec installé sur un canapé double au fond de la salle numéro deux à qui il avait fallu dire de remonter sa braguette. Ça me manque. Tout ça me manque. Sadie me manque, les rigolades me manquent, Jess me manque.

— Alors, comment ça se passe pour toi ? me demande-t-elle une fois que nous sommes assises avec nos déjeuners.

— Ben… bien. Crevée comme d'habitude.

— Combien de temps encore avant d'en avoir terminé avec le boulot ? Encore un mois, à peu de chose près ?

— Non, juste deux semaines en fait. Je pars à la fin du mois.

— Oh, déjà ? Et tu ne vas pas tourner comme un lion en cage pendant six semaines à ne rien faire ?

— Ouais, ben, on ne m'a pas vraiment laissé le choix. Maintenant que je ressemble à Gloria dans *Madagascar*, Carl a décrété que je ne répondais plus aux critères d'image d'une réceptionniste digne de ce nom.

— T'es sérieuse ? Putain, mais c'est illégal !

— Je sais. Mais ça la ficherait un peu mal si j'assignais la société de mon mari en justice, tu comprends.

— Qu'est-ce qu'en pense Lee ?

Je termine ma bouchée très lentement afin de m'assurer d'avoir regagné assez de maîtrise pour répondre.

— Je sais pas. Nous n'avons pas encore eu l'occasion d'en discuter.

Sadie me regarde. Je ne peux jamais rien lui cacher.

— Est-ce que tout se passe bien ? demande-t-elle.

Je hausse les épaules.

— C'est juste que cette période est difficile pour tout le monde. Ça ira beaucoup mieux une fois que le bébé sera là.

Elle ne semble guère convaincue par ma réponse, mais je doute qu'elle me pousse dans mes retranchements ici, dans un lieu public.

— Eh bien, jusque-là, tu peux venir déjeuner avec moi chaque fois que tu le désireras, dit-elle en essuyant les miettes de sa bouche.

— À condition toutefois que je réussisse à me traîner en ville.

— Ce sera marrant de te voir essayer.

— Et une fois que le changement d'appart sera réglé.

— J'avais oublié ça. Je n'avais jamais encore entendu parler d'un déménagement pour descendre d'un étage.

— À vrai dire, ça ressemblera plus à un changement de chambres dans un hôtel. Je peux pratiquement emballer toutes mes affaires dans une seule valise.

— Mais tes autres affaires, elles sont où ?

— À la maison. Enfin… celle de papa. Lee n'apprécie pas la pagaille. Et la majeure partie, c'est de la merde – rien que de vieilles choses, des livres, des photos, des souvenirs, etc.

— Ce n'est pas de la merde, c'est ça qui est important.

Je prends une gorgée de mon chocolat chaud.

— Alors, il est comment, le nouvel appart ?

— Exactement comme celui qu'on a, mais avec une chambre de plus.

Je m'arrête en comprenant que Sadie n'a jamais vu notre appartement.

— Il va falloir que tu passes un matin avant le travail pour le voir – quand je serai en congé maternité, je veux dire.

— Ouais, dit-elle, j'aimerais bien.

— Mais il vaudrait mieux attendre qu'Angela ait fini de décorer la chambre du bébé. Tout porte à croire qu'elle vivra pratiquement avec nous tant qu'elle sera en chantier.

— Et ça ne te prend pas la tête ?

Je hausse les épaules.

— C'est plutôt sympa de la voir aussi excitée à cette pensée.

— Moi, ça me paraît un peu excessif.

— L'intention est bonne.

— Tu ne diras plus ça quand elle va te dessiner au pochoir des foutus chevaux à bascule et des nounours sur tous tes murs.

Je ris. Un vrai rire. Comme ceux que pouvait lâcher Jess Mount jadis.

JESS

Novembre 2008

Je suis allongée sur un lit d'hôpital. J'ai subi un grand chamboulement intérieur, tout me semble à l'envers en moi et j'ai l'impression d'être sens dessus dessous. Les choses avaient empiré après l'épisode du train. Grandement empiré. Un jour, au lycée, je m'étais mise à hurler face à un enseignant en refusant d'aller en voyage scolaire parce que le car était dangereux. Puis, une autre fois, j'avais délibérément fait tomber un garçon qui faisait du vélo sur le chemin de halage du canal parce que je voyais bien qu'il allait blesser quelqu'un.

Edward avait déclaré que je n'avais plus un comportement adapté à la vie en société et que je devais être mise sous surveillance psychiatrique vingt-quatre heures sur vingt-quatre, le temps qu'ils évaluent mon cas et trouvent les médicaments convenant le mieux à mon traitement. Donc, je me retrouve maintenant enfermée avec tous les fêlés. J'ai été bouclée à double tour par des gens qui sont réellement dingues, et eux sont libres comme l'air. Ils disent bien sûr qu'ils essaient seulement de m'aider, ils ne veulent que mon bien et font pour le mieux. Mais c'est uniquement parce qu'ils veulent rester dingues et ne tiennent surtout pas à ce que les gens comprennent que j'ai raison.

Papa est assis dans le fauteuil à côté du lit. Il a beaucoup pleuré. Et aussi contemplé le monde extérieur par la fenêtre. Quand je le regarde, je vois la peur qui se lit dans ses yeux. Il pense que je deviens folle et, comme il ne sait plus que faire, il se rend responsable de mon état, mais ce n'est pas sa faute si m'man est morte. Ce n'est la faute de personne. C'est juste arrivé. Comme ça pourrait arriver à n'importe qui n'importe quand. Et c'est là tout le problème.

L'infirmière entre avec mes médicaments. Je me refuse à les prendre. On essaie de me transformer en zombie qui pense de la même façon que tout un chacun. Et les cachets ont des effets secondaires, j'ai tout lu sur le sujet. On essaie maintenant de me tuer de l'intérieur. Je mets les cachets sur le côté de ma bouche derrière mes dents, bois un peu d'eau, ouvre la bouche et l'infirmière pense que je les ai avalés. Elle me dit quelque chose, mais je n'entends pas ses paroles distinctement. Comme si je me trouvais sous l'eau, alors que des gens discutent à la surface sans pouvoir entendre leurs mots. Papa sourit et hoche la tête. Plus tard, quand personne ne regardera, j'irai aux toilettes et recracherai mes cachets avant de tirer la chasse. Et tout le monde sourira en me disant que je vais bientôt aller mieux et je commencerai à leur raconter ce qu'ils veulent tous entendre, après quoi ils seront bien forcés de me laisser rentrer chez moi et de me ficher la paix. Et rien n'aura changé et je continuerai à penser ce que je pense, mais ils seront heureux en disant qu'ils m'ont guérie et que c'est tout ce qui importe au bout du compte. Ils veulent se prouver qu'ils ont raison et dire que j'avais tort, après quoi, ils seront satisfaits. Et je vais les satisfaire en leur faisant ce plaisir parce que ma satisfaction sera bien plus grande sachant que ce sont de parfaits imbéciles. Il suffit simplement que je garde cette opinion pour moi et tout ira bien.

ANGELA

Mercredi 1er mars 2017

Il y a maintenant des mois de cela, j'avais averti Lee, c'était tout sauf un vrai chez-soi. Et certainement pas un foyer digne de ce nom pour qu'un bébé s'y épanouisse. Jess et Lee n'y ont emménagé que depuis quelques jours, mais ils ont déjà déballé leurs affaires, et donc il devrait y régner un petit semblant d'intimité. C'est loin d'être le cas. Leur appartement ressemble toujours à un hôtel et ils n'ont pas de bibelots ni d'objets personnels susceptibles de lui conférer un semblant de chaleur. Il n'y a qu'une seule photo visible, en noir et blanc, celle de leur mariage dans un cadre noir. Je sais que Lee aime cette déco minimaliste, mais je pense qu'il la pousse un peu trop loin, pour être honnête. Néanmoins, il faudra que ça change quand le bébé sera là. On ne peut pas avoir un bébé et espérer ensuite garder un domicile impeccable et sans désordre. Tout est sur le point de changer, et de changer en mieux.

— Donc, dis-je en me tournant vers Jess, êtes-vous absolument certaine pour ce qui est des couleurs ?

Elle acquiesce. J'avais passé du temps à étudier avec elle les nuanciers, mais je ne m'étais pas vraiment rendu compte du nombre de teintes de bleu qui existent aujourd'hui. Nous nous sommes décidées pour une sorte de turquoise discret, plus lumineux que le traditionnel bleu layette. Jess semblait le préférer. Lee en revanche s'en fichait un peu. Il nous a laissé prendre la chambre de bébé en main en disant que ce serait notre projet. Mais c'est lui qui paie, naturellement.

Je plonge le rouleau dans le bac. En fait, je n'ai encore jamais fait ça, c'est toujours Simon qui s'occupait des peintures et de la décoration chez nous. Oui, bon, sauf le papier peint que j'avais arraché dans notre chambre. Et après son départ, j'avais trouvé un homme à tout faire pour le remplacer. Mais une chambre de bébé, c'est différent. Il faut qu'elle soit décorée avec amour. Et la pièce est petite, donc je suis tout à fait certaine qu'à nous deux, nous l'aurons terminée en une journée.

J'applique le rouleau sur le mur et le déplace d'avant en arrière.

— Regardez, dis-je à Jess. Ça couvre à merveille. Et en plus la couleur est délicieuse.

— Ouais, répond-elle en levant la tête de son rouleau.

Elle me semble plus silencieuse ces derniers temps. Comme si quelqu'un l'avait vidée de tout son dynamisme naturel. Je suppose qu'elle est fatiguée, ce qui est compréhensible. Mais je me fais du souci à son sujet, en particulier après ce que Joe nous avait appris, son séjour dans un hôpital psychiatrique. Je veux dire, elle devait être au trente-sixième dessous pour qu'on l'ait envoyée là. Si la chose devait se reproduire, il est clair qu'elle ne serait pas à même de s'occuper d'un bébé et donc, c'est bien que je sois là. J'ai dit à Lee que je passerais chaque jour une fois que le bébé sera né, rien que pour veiller au grain. Je ne voudrais pas qu'il se tracasse quand il sera à son travail. Je sais que le choc a dû être affreux pour elle, perdre sa mère à un si jeune âge, mais des tas d'autres gens traversent ce genre d'épreuve sans craquer, n'est-il pas vrai ? Et si elle avait disjoncté à ce moment-là, qui peut dire que ça ne se produira pas à nouveau ?

En plus, je n'aime pas le fait qu'elle n'en ait jamais parlé à Lee, de toute évidence. À croire qu'elle essayait de lui cacher des choses avant le mariage. Maquiller son passé pour le convaincre qu'elle était digne de l'épouser. Qui peut savoir ce qu'elle cache d'autre ? Je ne pense pas qu'il ait apprécié d'ailleurs, même s'il s'est dépêché de changer de sujet illico lorsque j'ai essayé de lui en toucher un mot.

J'ai le sentiment que ça ne va pas bien entre eux. Leurs sourires, leurs mains tendrement nouées et ces plaisanteries partagées qu'ils se murmuraient à l'oreille, tout me semble désormais être passé à la trappe. Et naturellement, je m'inquiète, en particulier à cause de ce qui s'est passé avec Emma. Et j'espère vraiment qu'il comprend que cette relation doit absolument tenir. Elle porte son enfant. Si tout se mettait à partir en vrille, Dieu seul sait quand je pourrais voir mon petit-fils. Non, il faut que tout revienne à la normale. C'est bien pour cette raison que je les ai inscrits tous les deux à un cours de préparation à l'accouchement. Je me suis dit que s'ils étaient plus confiants à la pensée de devenir parents et rencontraient d'autres jeunes couples dans la même situation, cela leur donnerait un coup de fouet.

— Oh, Jess, avant que je parte, rappelez-moi de vous envoyer par mail le contenu des cours dont je vous ai parlé. Vous savez, ce truc organisé par le NCT[1]. Il commence dans deux semaines.

— Oh, oui. Mais je ne pense pas que ce soit une bonne idée, vous savez. Lee ne semble pas très partant.

— Parfois, Jess, il a juste besoin qu'on le pousse un peu. Il ne sait pas toujours ce qui est mieux pour lui.

— Ouais, mais ce n'est pas son truc. Un peu en dehors de sa zone de confort.

— Eh bien, maintenant, il n'a plus le choix. Je vous ai inscrits.

1. National Childbirth Trust : association caritative britannique qui accompagne les jeunes parents avant et après la naissance de l'enfant.

Elle repose son rouleau et me fixe de ses grands yeux.

— Quoi, sans le lui demander ?

— La dame a dit que nous avions une chance extraordinaire de trouver une place. Ils avaient eu une annulation, vous comprenez. D'habitude, ces choses-là se réservent des mois à l'avance.

Elle secoue la tête et, une fois encore, ses yeux s'affolent à l'image d'un lapin pris dans le faisceau des phares d'une voiture.

— Non, c'est une mauvaise idée. Vous savez combien il déteste qu'on lui dise ce qu'il doit faire.

Je fais la moue. Il est inutile qu'elle me mette ainsi en garde. Me dire celui qu'est Lee, comme si je ne connaissais pas mon fils. Alors qu'elle ne le connaît que depuis cinq minutes.

— Ne vous faites donc pas de souci, Jess. Je sais ce qui est bon pour lui. Je le convaincrai.

— Ouais, mais vous ne serez plus là ensuite, dit-elle d'une voix haut perchée que je ne lui avais encore jamais entendue. Vous ne verrez pas comment il se comporte quand nous sommes seuls.

Elle met plus de peinture sur son rouleau, en le trempant à plusieurs reprises dans le bac. Quand elle l'applique contre le mur, je vois sa main qui tremble.

— Jess, dis-je en reposant mon rouleau. Qu'est-ce qui se passe, au nom du ciel ?

— Il va être absolument furieux. Il sera tellement en colère…

— Non, c'est faux.

— Si, je vous dis, et ensuite, il risque de…

Elle s'interrompt et se met à sangloter. Je la prends dans mes bras et sens son corps qui tremble contre le mien.

— Il risque de quoi ?

— Aucune importance. Je pense qu'il risque de m'en vouloir et de faire la tête, c'est tout.

— Mais il n'a aucune raison de vous en vouloir, c'est moi qui vous ai inscrits à ces cours. Je lui mettrai les points sur les i.

Elle s'essuie le nez de sa manche. Je ne suis pas sûre qu'elle voie les choses clairement. Elle me semble un peu hystérique, à dire vrai. Je me demande si ça recommence. Son problème mental.

— Est-ce que c'est trop pour vous tout ce qui arrive ? je lui demande. Avez-vous du mal à faire face, chérie ?

— Non, tout va bien. Juste un peu nerveuse à cause du bébé, c'est tout.

— Parce que, si vous avez des difficultés, nous pouvons vous trouver de l'aide.

— Il n'y a rien qui cloche chez moi.

Son ton a changé. Je perçois une âpreté dans sa voix que je ne lui connaissais pas. C'est peut-être à ça que Lee est confronté au quotidien. C'est peut-être aussi la raison de cette tension que je sens entre eux.

— Je sais, mais nous devons faire en sorte de veiller sur vous de près, c'est ce qu'a déclaré votre père. Nous ne voulons pas que ça dégénère au point de…

— Angela, il n'y a rien qui cloche chez moi, d'accord ?

— Peut-être avez-vous besoin de vous reposer un peu, chérie. Je peux finir ça seule.

— Je vais bien.

— Visiblement, ce n'est pas le cas, Jess. Mais je suis sûre que vous vous sentirez beaucoup mieux après un petit somme. Allez-y, je terminerai. Ne vous en faites pas.

Elle s'essuie à nouveau le nez et lève les yeux au plafond. Un instant, je me dis que nous allons avoir une prise de bec, mais non. Elle se remet simplement debout et sort de la chambre. Quelques secondes plus tard, je lâche un long soupir en entendant la porte de sa chambre se refermer. À l'évidence, la situation est pire que je ne pensais. Je ne suis vraiment pas sûre qu'elle soit à la hauteur pour s'occuper d'un bébé – certainement pas si je me fie à son état présent.

Je vois bien qu'on aura besoin de moi plus que je ne le croyais. Avant que le bébé n'arrive et également ensuite. Je passerai la voir régulièrement et peut-être même à l'improviste. De cette façon, elle ne pourra rien cacher si véritablement elle se sent dépassée.

J'aurai besoin de vérifier si elle veille sur sa santé et si elle assiste à tous ses cours de future maman. J'ai le sentiment qu'il lui faut une figure maternelle pour s'occuper d'elle. Je peux faire ça. Je peux être mère et grand-mère en une seule et même personne. Je ne laisserai pas cette famille voler en morceaux. Une fois déjà, je m'étais mise à l'écart et j'avais laissé faire, mais je ne le referai plus.

Je reprends mon rouleau et continue à peindre le mur. J'aurai terminé avant qu'elle ne se réveille. Ce qui devrait la requinquer un peu. Après quoi, je pourrai lui montrer les pochoirs que j'ai apportés et voir ceux qu'elle préfère.

MESSAGE PRIVÉ
Joe Mount
12/09/2018 18:53

Je ne veux pas le croire, Jess. Je ne veux pas croire que c'était ça ta vie. Au moins quand son ex-petite amie a témoigné à la barre, je pouvais me dire que ce n'était pas toi. J'ai entendu ses explications sur la façon dont Lee avait complètement flippé quand il l'avait surprise consultant son portable alors qu'ils étaient en vacances. J'ai vu les visages des jurés tandis qu'ils regardaient les radios de sa fracture à la mâchoire prises à l'hôpital en Italie. Mais je pouvais me dire que ce n'était pas toi. C'est une horreur, ce qu'il lui a fait subir, et cet homme est un malade, il t'a emmenée dans le même hôtel un an plus tard environ, mais ce n'était toujours pas toi. Même quand Sadie a commencé à témoigner, quand elle a parlé des bleus et des marques qu'elle avait vus sur toi au cours des derniers mois, et toi qui trouvais toujours une explication logique et anodine, j'ai pensé qu'il s'agissait peut-être de sa part d'une imagination débordante. Il est possible, comme l'a prétendu la défense, que Sadie était jalouse de lui pour l'avoir prise à elle. Mais quand on a lu à voix haute la lettre que tu avais écrite à ta meilleure amie, en lui demandant de s'assurer que ce soit moi qui obtienne la garde des enfants que tu pourrais avoir s'il t'arrivait quelque chose, parce qu'ils ne seraient pas en sûreté si on les laissait à Lee… C'est à ce moment-là que j'ai su que quelque chose clochait.

Naturellement, la défense a fait remarquer que tu n'avais pas toute ta tête quand tu l'avais rédigée, mais je savais que c'était faux.

Et lorsque la femme de ménage, une toute jeune fille encore, s'est présentée à la barre aujourd'hui et a commencé à expliquer qu'elle avait remarqué des mouchoirs en papier ensanglantés dans la poubelle de la salle de bains à plusieurs occasions, mon estomac s'est retourné. Et j'ai bien écouté quand elle a déclaré comment elle avait découvert, en vidant la poubelle, un petit objet dur et blanc, qui était tombé d'un morceau de papier-toilette. En le mettant à la lumière, elle a compris que c'était une dent – un fragment de dent. Celui qui s'était brisé quand il t'avait frappée. C'est là que j'ai baissé la tête et me suis mis à pleurer. Parce que je ne pouvais plus me voiler la face plus longtemps en niant l'évidence, pas même à mes propres yeux. Il te battait, Jess. Il te giflait, il te frappait du poing et Dieu sait quoi d'autre. Et parfois même devant Harrison et je remercie le ciel que ce petit bambin ne pourra pas s'en souvenir quand il sera plus grand. Mais moi, je m'en souviendrai jusqu'à mon dernier jour, Jess. Je vois cette image dans ma tête en cet instant. Et je ne peux plus l'effacer, elle restera à jamais et je ne cesserai de la voir et la revoir. Et je ne me pardonnerai jamais, Jess, d'avoir permis qu'une telle chose t'arrive, à toi, ma fille.

Je me rappelle encore la première fois que je t'ai tenue dans mes bras quand tu n'étais qu'une minuscule chose rouge et fripée : je m'étais tourné vers ta mère et lui avais annoncé que je ne permettrais jamais qu'il t'arrive quoi que ce soit de méchant. Il est un fait que je vous ai manqué de parole, à elle et à toi. Je suis désolé, Jess. Sincèrement désolé et j'ai le cœur brisé en mille morceaux.

JESS

Lundi 20 mars 2017

Je me réveille et instinctivement passe un doigt sur mes dents du haut, rien que pour m'assurer qu'elles sont toujours là. Il y a une semaine que je fais ça tous les matins, depuis que j'ai lu le message de papa. Je me demande laquelle sera cassée par son coup de poing. Et comment diable je la fais réparer sans que personne le remarque. Je suis toujours enregistrée auprès du dentiste de Mytholmroyd, mais Lee a un dentiste privé à Leeds. Peut-être est-ce le genre d'endroit qui pourrait me mettre une couronne dans des délais très courts. Je suppose que si on me pose des questions, je mentirai, tout simplement. Si je mens à ma meilleure amie et à mon père, je ne vois pas de raison de ne pas mentir à un dentiste.

Je pose les mains sur mon gros ventre. H gigote un peu. Non qu'il lui reste désormais beaucoup de place pour remuer en moi.

— Je fais ça pour toi, lui dis-je.

Sauf qu'en prononçant ces mots, je sais qu'ils n'ont pas de sens. D'ici quatre mois, de mère, il n'en aura plus, alors, comment concevoir que ce soit pour lui une bonne chose ?

La vérité est que je fais ça parce que je ne sais pas quoi faire d'autre. Si je m'enfuis et me cache, rien ne dit que je ne mourrai pas quand même. Je ne connais pas encore l'endroit où je me fais tuer. Il se peut que ce ne soit pas ici. Mais il y a encore une minuscule part de moi qui continue à penser que je réussirai à changer Lee. Que même s'il a frappé Emma, il peut avoir compris la leçon et n'aura aucune intention de m'infliger le même sort.

Et si moi je ne peux le changer, H y parviendra peut-être. À la seconde où il naîtra, au premier regard, qui sait si Lee ne va pas d'un coup fondre devant lui et réaliser qu'il n'a pas le droit de me faire du mal.

Je dois faire un effort pour sortir du lit. J'ai décidé que le congé maternité me plaisait bien. Non pas le fait d'être énorme, d'avoir des remontées gastriques et la contrainte de me lever trois fois par nuit pour aller faire pipi, mais plutôt la possibilité de paresser au lit le matin et d'avoir en partie l'appart pour moi toute seule. L'espace et le temps sont les deux choses dont j'ai besoin en ce moment.

Je me prépare à aller dans la cuisine pour brancher la bouilloire quand je remarque la porte de la chambre de bébé légèrement entrouverte. J'entre et vois la veilleuse allumée. Encore un de ces trucs qu'on trouve dans les magazines pour bébés où Angela déniche la plupart de ses idées, et donc rien d'étonnant qu'elle continue régulièrement à m'en apporter.

Tout est coordonné en deux couleurs, turquoise et crème. Je suis parvenue à la dissuader de faire des pochoirs sur les murs, surtout parce que je sais que Lee aurait détesté ça, mais elle s'est rabattue sur un motif d'étoiles, de lunes et de fusées sur les rideaux, les abat-jour et le tapis, ainsi que sur un mobile lui aussi lune-étoiles suspendu au-dessus du petit lit de H, avec en plus une broderie sous cadre au mur : *Je t'aime jusqu'à la lune et retour.* Je vais jusqu'au lit, en baisse un côté et caresse le matelas. Il sera bientôt couché là. Mon petit garçon. Je le vois déjà, bien sûr. Je le vois tout le temps. Mais je pourrai le toucher, le tenir, et finalement il sera réel, au lieu de n'être qu'une photo sur mon téléphone.

Farah arrive à dix heures et demie. Je m'étais débrouillée pour être sortie ces deux dernières semaines en allant me balader le long du canal, parce que je ne pouvais supporter de me trouver face à cette personne qui saura bientôt sur moi des choses que je ne veux pas qu'on connaisse. Mais aujourd'hui, je suis présente. Aujourd'hui, j'ai senti qu'il était de mon devoir de saluer la jeune femme qui prendra la parole pour me défendre.

— Salut, Farah, je lui crie en entendant sa clé dans la serrure, pour qu'elle ne soit pas surprise, comme moi la première fois.

Elle passe la tête à la porte de la cuisine.

— Bonjour, fait-elle en souriant.

Elle a un joli visage et des yeux marron foncé en forme d'amande avec des cils magnifiques, de ceux qui n'ont pas besoin de mascara.

— Je viens de faire du café, vous en voulez ?

— Non, je vous remercie, me répond-elle. Nous ne sommes pas censées nous arrêter pour un café pendant le travail.

— Eh bien, je ne le dirai à personne.

Elle semble hésiter un temps avant que son sourire ne s'élargisse.

— Si vous êtes sûre que c'est OK, je rattraperai le temps perdu à la fin.

— Soyez pas bête. Tout le monde devrait avoir droit à une pause café. Comment le prenez-vous ?

— Noir, s'il vous plaît, sans sucre.

Je hoche la tête.

— Il y a combien de temps que vous travaillez pour l'agence ?

— Presque un an, pratiquement depuis mon arrivée dans ce pays.

— Et d'où veniez-vous ?

— D'Afghanistan, c'est mon pays, c'est là que je vivais.

J'acquiesce, mais je me sens stupide, je ne connais rien sur l'Afghanistan. Juste des bribes de-ci de-là entrevues aux infos.

— Vous êtes venue avec votre famille ? je lui demande en lui tendant le café.

Elle fait non de la tête.

— Non. Tous les membres de ma famille sont morts.

— Je suis désolée, dis-je en baissant la tête. Je ne pouvais pas savoir. Ma mère est morte elle aussi et je sais combien c'est difficile.

— Ça va. J'ai pris l'habitude d'en parler. J'ai dû en informer les autorités quand je suis arrivée ici.

— Donc, vous êtes une réfugiée ?

— Non. Ma demande d'asile a été refusée. Ils disent que je ne cours aucun danger si je retourne là-bas. Même quand je leur ai expliqué ce qu'ils avaient fait à ma mère, mon père et mon frère, ils m'ont répondu que c'était différent maintenant, le pays est sûr selon eux.

— Comment se fait-il alors que vous soyez encore ici ?

— On m'a accordé le droit de résider ici à ma convenance parce que je n'ai pas dix-huit ans et je n'ai personne là-bas qui puisse me prendre en charge.

— Quel âge avez-vous ?

— J'aurai dix-sept ans le mois prochain.

J'en reste ébahie. Je n'avais pas idée et je n'imagine même pas comment on peut survivre après avoir vu disparaître toute sa famille à l'âge où j'ai perdu m'man.

— Je ne m'étais pas rendu compte que vous étiez si jeune.

Elle hausse les épaules.

— Je crois qu'on ne paraît pas son âge quand la vie est difficile.

— Donc, vous n'aviez pas encore seize ans quand vous êtes arrivée ? Vous avez fait le voyage toute seule ?

— Oui, avec des tas d'autres gens. Nous avions tous payé le même homme.

— Vous n'aviez pas peur ?

— Si, mais moins qu'en Afghanistan. Ils seraient revenus pour moi, vous comprenez. Parce que ma famille ne vivait pas comme ils nous l'ordonnaient. Parce que mon père se défendait sans mâcher ses mots.

— C'est quand même très courageux de votre part, dis-je en buvant une gorgée de café.

— Il est facile d'être courageux quand votre seul autre choix est la mort.

— Et on vous laissera rester définitivement dans ce pays quand votre droit de séjour aura expiré ?

— Je l'ignore. Quand j'aurai dix-sept ans et demi, ce sera à eux de juger.

— Mais vous ne pouvez pas retourner là-bas !

— Je le sais bien. Mais il va falloir que j'attende leur décision.

Elle termine son café et je me rappelle le post de Sadie, où elle expliquait qu'au départ, Farah ne s'était pas présentée à la police parce qu'elle avait la trouille. Et je comprends maintenant, au moins un peu, ce qu'il en est d'avoir peur.

— J'espère qu'ils vous autoriseront à rester.

— Merci, dit-elle. Moi aussi, je l'espère.

Elle s'approche de l'évier pour laver son mug.

— C'est bon, je lui dis en le lui prenant des mains. Laissez-moi faire ça, s'il vous plaît, c'est une des rares choses qui soient encore à ma portée.

— Je vous remercie, dit-elle, en se préparant à sortir, puis elle se retourne vers moi. La chambre de votre bébé, elle est si belle. Ce petit garçon aura beaucoup de chance.

Je lui souris, sachant que, très bientôt, elle aussi connaîtra la vérité sur notre famille.

Lee n'est pas très heureux de devoir participer à ces cours de préparation à l'accouchement. Pas heureux du tout, en fait. Je me souviens de sa tête la semaine dernière quand il avait été confronté à une couche couverte d'un mélange de pâte à tartiner Marmite et de beurre de cacahuètes. J'avais été surprise qu'il ne sorte pas immédiatement, à vrai dire. Sa conception d'un moment de plaisir n'est visiblement pas de jouer à papa-maman et je suis toujours étonnée qu'il ait même accepté de m'accompagner. J'ignore ce qu'Angela a bien pu lui dire ni comment elle l'a convaincu, mais je suis pratiquement certaine qu'il s'en mord les doigts en cet instant.

Nous nous garons devant le collège où se déroulent les cours. Il claque sa portière, fait le tour et vient jusqu'à moi. Une autre voiture se gare à côté de nous et je vois le conducteur sortir quand Lee ouvre ma portière. Je le reconnais pour l'avoir déjà vu ici, mais ne me souviens pas de son nom.

— Ils devraient peut-être autoriser un emplacement double pour les femmes enceintes, plaisante-t-il. C'est étonnant que les supermarchés n'offrent pas de places de parking « mamans gros ventre ».

Lee lui sourit, moins je pense parce qu'il trouve ça drôle que par simple politesse de circonstance. Il m'aide à descendre et referme la portière. La femme sort de son côté en poussant un petit grognement.

— Salut, Jess, dit-elle. C'est de plus en plus pénible, vous ne trouvez pas ?

— Oh, que oui ! je lui réponds. Ça ne s'améliore pas.

Je ne me rappelle plus son prénom, je crois que c'est Rachel. Ou alors Charlotte. La moitié des femmes du groupe semblent se partager entre Rachel et Charlotte. Elles sont toutes plus âgées que moi, naturellement. Et la plupart d'une bonne dizaine d'années. Et toutes avec un métier digne de ce nom, apparemment, au contraire de moi.

— Je me demande ce qu'ils vont nous faire faire ce soir, dit-elle tandis que nous nous traînons lourdement jusqu'à l'entrée.

Son partenaire nous tient la porte ouverte et je le remercie au passage.

Lee me prend la main dès l'entrée. Exactement à l'opposé d'un enfant qui lâche d'un coup la main de sa maman quand il voit des gens qu'il connaît et je ne sais si je dois m'en sentir heureuse ou triste.

— Je dois dire que vous vous êtes bien mieux débrouillé que moi avec les couches, dit l'homme à Lee.

— Oui, mais quand on devra faire face à de vraies couches, elles ne seront pas couvertes de Marmite, pas vrai ? répond Lee.

Mari et femme rigolent. Ils semblent l'apprécier et se souviendront probablement de cet épisode en apprenant qu'il a été inculpé d'homicide involontaire. Avec, en guise de commentaires : « Il semblait avoir le sens de l'humour » et aussi : « Il l'aidait toujours à descendre de voiture et lui tenait la main. »

Nous entrons dans la salle. Les chaises sont disposées en demi-cercle. En alternant femme enceinte, futur papa, femme enceinte, futur papa. Nous nous installons à une extrémité. L'enseignante du NCT s'appelle Cath et s'approche.

— Salut, Jess. Alors, vos aigreurs d'estomac ?

— Elles me font toujours souffrir.

— Avez-vous essayé de manger peu et souvent ?

— Ouais, mais ça n'y change rien.

— Oh, ma pauvre, mais au moins il ne vous reste plus longtemps à patienter, n'est-ce pas ?

— Ouais, c'est à peu près ça.

Je ne lui dis pas que le bébé aura six jours de retard, ce n'est pas le genre de détails que je peux donner.

Cath s'avance devant le groupe une fois que tout le monde est assis.

— J'espère que vous allez tous bien et que vous vous sentez à l'aise ou, en tout cas, autant que possible.

Je jette un œil alentour. Lee est le seul à ne pas sourire, il serre la mâchoire et je sais qu'il déteste être là.

— Eh bien, la semaine dernière, nous avons traité certains détails pratiques de la vie avec un nouveau bébé, ce soir, nous allons nous intéresser plus au côté émotionnel, à la fois pour vous et votre partenaire.

Je crois entendre un gémissement étouffé sortir de la bouche de Lee, même si je dois être la seule. Nous nous partageons en demi-groupes, les mamans et les futurs pères, et on nous demande d'établir une liste, par ordre d'importance, de nos besoins personnels physiques et émotionnels après l'accouchement. Je ne dis pas grand-chose, c'est inutile. Deux femmes du groupe paraissent occuper le terrain avec leurs questions et il m'est plus facile de hocher la tête et d'acquiescer quand elles me regardent. Je jette un œil à Lee une ou deux fois. Lui non plus ne semble guère participer, mis à part à une occasion quand il lâche un rire de gorge un peu rauque. Je soupçonne que les discussions doivent tourner autour du sexe, comme les fois précédentes.

Après que Cath a parlé aux deux demi-groupes, elle nous rassemble à nouveau.

— Très bien, il y a beaucoup de terrain commun, dit-elle, mais aussi certaines zones où vos opinions sont bien séparées. Nous allons commencer à discuter du sexe après l'accouchement. Maintenant, avant que l'une d'entre vous ne proteste, je veux vous dire que je peux comprendre qu'en ce moment, c'est probablement la dernière chose au monde qui vous occupe l'esprit, mais je peux vous assurer que toutes les personnes dans cette salle ne partagent pas la même opinion.

S'ensuivent quelques rires chez les hommes. Lee regarde fixement devant lui.

— Je vais vous demander à tous d'aller dans le couloir et de poser un marqueur coloré à un endroit donné correspondant au moment où vous espérez pouvoir reprendre vos rapports sexuels après la naissance de votre bébé. Les marqueurs que j'ai déposés vont de un jour à un an.

Nouveaux ricanements, à la fois chez les hommes et les femmes.

— Oh, croyez-moi, j'ai entendu les deux extrêmes, dit-elle. Maintenant, mesdames, à vous de passer en premier. Voici vos marqueurs rouges. Inscrivez vos initiales au dos et déposez-le à l'endroit estimé. À votre retour, ce sera au tour des garçons avec les bleus.

Je prends le marqueur qu'elle me tend et suis les autres femmes dans le couloir. À vrai dire, avant cet instant, je n'avais pas réfléchi à la question. Il y a un mois que nous n'avons pas eu de rapports et j'avais présumé que la raison en était simple : comme femme, je suis tout sauf sexy en ce moment. Même si le fait d'aller me coucher une heure ou deux avant lui tous les soirs ne facilite pas les choses.

Les autres femmes rient en plaçant leurs marqueurs, essentiellement entre trois semaines et trois mois. Je me dirige vers le repère trois mois. Je sais que je ne peux aller au-delà, car je serai morte, donc je le pose sur exactement trois mois.

Nous revenons dans la salle et les hommes sortent à leur tour. J'entends des tas de rires et de marmonnements avant leur retour.

— Très bien, tout le monde. J'aimerais que vous alliez tous vous placer à côté de vos marqueurs respectifs.

Je ferme les yeux, Lee va détester être mis en évidence de cette façon. Quand nous retournons tous dans le couloir, de nouveaux rires éclatent à la découverte des marqueurs bleus presque tous rassemblés au même endroit. Je vais me poster à côté du mien. Deux autres femmes m'accompagnent et leurs partenaires sont relativement proches d'elles. Mais pas Lee. De ce que je peux voir, il s'est placé à l'autre bout, à trois jours.

Les autres se mettent à rire quand ils le remarquent.

— Euh, Lee et Jess, je pense qu'au cours de votre trajet de retour, une petite discussion ne serait peut-être pas de trop.

De discussion, il n'y en a pas, rien qu'un silence écrasant. J'ai beaucoup de mal à savoir ce que je pourrais dire, mais je cherche désespérément un sujet de conversation, n'importe quoi pour éviter ce que je pressens qui va se produire.

— Écoute, nous ne sommes pas obligés d'y aller la semaine prochaine si tu ne veux pas. Je ne dirai rien à ta mère.

Mon intention était d'alléger l'atmosphère, mais son humeur ne semble pas changer pour autant. Pas plus dans la voiture que dans l'ascenseur ni même devant notre porte d'entrée. Il l'ouvre et j'entre, consciente des tremblements qui m'agitent déjà par tout le corps. Il la referme derrière lui délicatement. Avec une délicatesse incroyable. Après quoi, il se retourne et me gifle violemment.

Je hurle et porte la main à mon visage, mais il m'attrape par le poignet avant qu'elle ne l'atteigne.

— Ne t'avise plus jamais, tu entends, jamais, de m'humilier de cette façon encore une fois, est-ce que tu comprends ?

J'acquiesce, en ravalant mes larmes.

— Bien. Nous ne retournerons plus là-bas et tu vas effacer tous les numéros de ces bonnes femmes de ton portable et si jamais elles t'appellent ou t'envoient un message, tu ne leur répondras pas. Je vais envoyer un mail à Cath la semaine prochaine, je lui dirai que tu ne te sens pas bien et que nous ne reviendrons plus. Compris ?

Je hoche à nouveau la tête.

— Bien. Et maintenant tu vas dans la salle de bains et tu nettoies ta putain de gueule.

MESSAGE PRIVÉ
Sadie Ward
20/09/2018 18:45

Il s'en est sorti, Jess. Je suis tellement désolée, mais il a été reconnu non coupable. Je pense que c'est au juge qu'il le doit. Dans ses conclusions au jury, celui-ci a déclaré que Lee Griffiths n'était pas jugé pour voies de fait sur Emma McKinley ni pour ce qu'il avait pu ou non t'infliger pendant la période qui a précédé ta mort. La seule question à laquelle les membres du jury devaient répondre était d'établir avec une quasi-certitude si oui ou non, quand tu étais sous la douche ce matin-là, il t'avait frappée si fort que tu étais tombée en te cognant la tête sur le lavabo et le sol carrelé. Deux coups suffisamment violents pour te faire perdre connaissance, ce qui aurait déclenché l'hémorragie cérébrale et entraîné ta mort.
Il a déclaré que c'était la seule preuve à charge dont ils devaient se préoccuper et non d'éventuelles présomptions de culpabilité. Je croyais que le témoignage de Farah aurait pu suffire, en particulier lorsque le dentiste a témoigné qu'il t'avait soignée et posé une couronne sur ton incisive ce jour-là. Mais la défense a continué à soutenir que ç'aurait pu être un accident, puisque c'est l'explication que tu avais donnée au dentiste, et Lee a maintenu de son côté que c'était la vérité. Il n'existait aucune preuve que Lee t'ait cassé une dent. Et même s'il l'avait fait, cela ne prouvait en rien qu'il t'avait touchée

le jour de ta mort. Ils ont également essayé de discréditer Farah, bien sûr, en revenant sur le fait qu'elle n'avait pas dit toute la vérité après ton décès. Qu'après t'avoir trouvé étendue inconsciente sur le sol de la salle de bains, lors de son interrogatoire par la police, elle n'avait rien mentionné de la dent ni du sang qu'elle avait vu. Elle avait bien essayé de se défendre en expliquant combien elle était effrayée à la pensée qu'on pouvait la renvoyer dans son pays. Que le fait de t'avoir découverte étalée sur le sol lui avait rappelé le traumatisme qu'elle avait subi en perdant toute sa famille. Mais finalement, les membres du jury ne l'ont pas suivie.

Ils ont préféré croire Angela. Angela, convaincue que son précieux garçon si adorable ne saurait mal agir. Qui a prétendu ne rien savoir de ce qui était arrivé à Emma. Et qui a témoigné sous serment qu'à son arrivée dans l'appartement après le départ de Lee au travail, tu étais très bien, juste fatiguée, parce que tu avais à peine fermé l'œil de la nuit. Et c'est pourquoi elle avait emmené H en te disant d'aller te recoucher. Et toi, tu avais répondu que tu ne pourrais pas dormir et que tu allais te contenter de prendre une douche pour mieux te réveiller. Elle est allée jusqu'à déclarer qu'elle avait dit à Lee d'acheter un tapis antidérapant pour la baignoire, mais qu'il avait refusé, trouvant ça débile et disant que ça finissait toujours par moisir.

Je sais qu'Angela mentait, Jess. Je l'ai observée pendant qu'elle déposait à la barre, je ne l'ai pas quittée une seconde des yeux. Tout son baratin comme quoi elle se faisait du souci pour ta santé mentale et craignait que tu ne souffres de dépression après ton accouchement. Elle a ajouté qu'elle passait tous les matins tant elle avait peur que tu ne sois pas en état de t'occuper de ton bébé et craignant que tu craques à tout moment. Elle a même eu le culot de prétendre que tu n'avais pas réussi à établir le moindre lien affectif avec ton enfant, qu'elle ne se sentait pas rassurée de te laisser seule pendant de longues périodes. C'étaient des conneries, tout ça. À un moment

donné, j'ai failli d'ailleurs le crier depuis le public. J'ai regretté qu'on ne me rappelle pas à la barre des témoins, parce que je leur aurais dit la vérité, à savoir que jamais de ma vie, je n'avais vu de femme débordant d'un amour aussi passionnel pour son bébé. Et ce, depuis l'instant où tu m'avais appris que tu étais enceinte, sans même parler de ta façon d'être après la naissance. Au lieu de quoi j'ai été contrainte de l'écouter mentir comme une arracheuse de dents. Bien sûr qu'elle mentait, je le voyais à ses yeux, même si elle faisait de son mieux pour les masquer par sa stupide frange. Mais c'est logique, non ? Lee, c'est sa chair et son sang. Je parie qu'elle avait emmené H alors que Lee était encore là et, ensemble, ils avaient accordé leurs violons ensuite. Parce que si elle n'avait pas couvert son fils, non seulement Lee se serait retrouvé derrière les barreaux, mais elle aurait également perdu H. Sauf que maintenant, avec Lee totalement innocenté et blanc comme neige, elle y a gagné de récupérer son fils et de garder son petit-fils. Et elle sera seule à veiller sur lui quand Lee reprendra le travail.
Lui, on l'a montré aux infos, à sa sortie du tribunal en homme libre. Il a même fait une déclaration pathétique en parlant du cauchemar qui avait été le sien lorsqu'on l'avait accusé de t'avoir tuée, et il a ajouté que cette affaire n'aurait jamais dû passer au tribunal et qu'il ne désirait qu'une chose, rentrer chez lui retrouver son fils.
Et c'est là que le bât blesse, Jess, et c'est ce que je ne peux encaisser. Le fait que, désormais, ce sera à lui d'élever son fils en lui donnant sa version personnelle de l'événement, et le petit ne connaîtra jamais la vérité. Ton précieux bambin grandira en croyant que sa maman est décédée lors d'un tragique accident.
Mais Lee connaît la vérité. Et Angela aussi. Et il va falloir qu'ils vivent avec cela pour le restant de leurs jours.

JESS

Mardi 21 mars 2017

Et voilà, c'est de cette façon que je trouve la mort. Tuée dans ma propre salle de bains par mon propre mari. Un mari qui s'en sort comme une fleur, parce qu'il n'existe contre lui aucune preuve à charge formellement établie. Le seul témoin du crime, c'est moi, et je suis morte. Lee poursuivra sa vie et fera probablement subir la même chose à sa prochaine petite amie. Et H grandira sous la garde de l'assassin de sa mère et d'une grand-mère qui aura menti pour sauver son fils.

Quel genre d'existence est-ce là ? Quel genre de mort ? Aucune que je ne voudrais, ni pour lui ni pour moi, ça, je le sais. Je repose mon téléphone et essaie de m'étirer, consciente d'une douleur sourde au bas des reins, plus violente que les lombalgies qu'on endure pendant la grossesse. Mon corps entier est tout raide, réduit à une énorme crampe. J'ai passé la nuit sur le canapé car, hier soir, la pensée de me glisser dans le même lit que Lee m'était insupportable et je me suis allongée au salon en me couvrant de mon peignoir. Je crois que j'ai même réussi à m'endormir à un moment donné, mais j'ai surtout passé ma nuit à fixer le plafond, les mains agrippées à mon peignoir, en attendant le matin.

Et maintenant quoi ? Je me couche et j'attends l'inéluctable ? Je ne crois pas. C'est fini, ça. Je sais désormais qu'il me frappe et je ne peux plus prétendre qu'il s'agit du seul produit de mon imagination. Toutes les fois où je me suis répété à moi-même que ce n'était peut-être pas vrai, qu'il ne me toucherait peut-être jamais, eh bien, je sais maintenant que c'était une douce illusion. Et je me rappelle tout ce que Farah m'avait dit. Qu'il n'y a rien de courageux au fait de partir quand la seule autre option possible est la mort. Elle a raison, je le comprends dorénavant, et je sais qu'en restant ici, je deviendrai une simple statistique et je n'en ai strictement aucune envie. Il n'est plus question de se montrer courageux, j'ai juste besoin de faire ce qui est logique et sensé. Pour moi et, plus important encore, pour H.

Je me tourne sur le côté et parviens à faire glisser mes jambes au sol, après quoi je m'assieds, mon dos en appui contre les coussins. C'est alors que la porte s'ouvre. Je m'attends presque à voir apparaître un plateau avec café et croissants, mais je me trompe, ce n'est qu'un homme au visage contrit qui semble avoir dormi aussi peu que moi. Il s'approche de moi, encore incapable de me regarder dans les yeux. Quand il est tout près, il s'agenouille par terre, tête baissée, et fond en larmes.

Je m'attendais à tout sauf à ça, et je ne sais plus que dire ou faire. Il tend une main vers moi et sanglote.

— Je suis désolé. Je regrette tellement.

Ne sachant pas bien ce que je peux faire d'autre, je lui prends la main et il relève vers moi des yeux veinés de rouge.

— Je n'ai jamais eu l'intention de te faire mal, me dit-il.

— Mais tu l'as fait.

— Je sais. C'est pour cette raison que je suis venu m'excuser.

— Et c'est censé suffire pour que tout rentre dans l'ordre, c'est ça ?

Il secoue la tête.

— Parfois, explique-t-il d'une voix tremblotante, je me fais peur. Une peur à faire dans le froc. C'est ce qui est arrivé hier soir.

— À moi aussi, tu m'as fait peur.

Il hoche la tête et son regard tombe sur mon ventre rond.

— Et penser que j'ai pu faire ça, alors que tu…

Sa voix meurt d'elle-même et il se reprend la tête entre les mains.

— Ce que je t'ai raconté à propos de papa et maman, dit-il, ce n'était qu'une partie de l'histoire. C'était bien pire que des disputes. Je ne l'ai jamais confié à quiconque, mais mon père…

Sa voix se brise à nouveau, il ferme les yeux et prend un moment pour se ressaisir.

— Mon père tabassait ma mère, dit-il. Je n'ai que des bribes de souvenirs – j'étais tout petit et je crois qu'elle essayait à tout prix de me le cacher –, mais je l'ai vu, lui, la frapper une fois dans la chambre, d'un coup de poing en pleine figure. Avec une telle force qu'elle a basculé en arrière contre le mur. Elle saignait du nez et il y avait du sang sur le papier peint. J'étais sorti de ma chambre, je voulais savoir pourquoi ils criaient autant et ils ne s'étaient pas aperçus de ma présence. Il ne l'a même pas aidée à se remettre debout. Il s'est approché et lui a craché dessus. Ce que je t'ai dit hier soir : « Va te nettoyer ta putain de gueule », c'est ça qu'il lui a crié.

Il se remet à pleurer et je ne sais toujours pas ce que je peux dire ou faire. J'essaie de réconcilier l'image de l'Angela que je connais avec celle de la femme qu'il vient de me décrire, gisant au sol, marquée de coups et ensanglantée. Jamais je n'aurais cru. Pas une seconde, je n'aurais imaginé tout ce qu'elle avait dû endurer.

— Je suis désolée, dis-je, la main sur son épaule. Je suis désolée que tu aies vu une chose pareille, mais cela ne t'autorise pas à me l'infliger à moi aussi.

Ma voix ne tremble même pas, j'ai trouvé au fond de mon être une force nouvelle. Une force que j'ignorais même posséder.

— Je sais, répond-il. C'est pour ça que je me sens si mal. J'ai peur de devenir comme mon père.

Je peux comprendre, je sais ce qu'il en est de perdre toute maîtrise sur soi et décide de lui accorder une chance. Une chance de se montrer honnête avec moi.

— As-tu déjà fait ça par le passé ? je lui demande. À tes autres petites amies ?

Il hésite, puis relève les yeux.

— Non. Jamais. C'était la première fois.

J'ai soudain bien du mal à déglutir, sachant pertinemment qu'il me ment. Je revois le visage d'Emma après qu'il lui a brisé la mâchoire. Il y en a eu probablement d'autres. D'autres qui avaient trop peur de se présenter à la police.

— Il faut que tu te fasses aider, Lee.

— En ce cas, je trouverai de l'aide. Je ferai n'importe quoi pour me racheter. Je ne veux pas que notre fils grandisse en voyant tout ce à quoi j'ai assisté.

— Il ne le verra pas.

Lee relève la tête, le visage un peu moins chiffonné qu'il ne l'était.

— Nous en discuterons plus tard, à mon retour du travail. Et je t'emmènerai manger dehors, ou je prendrai un repas à emporter si tu es trop fatiguée, ce que tu préféreras.

J'acquiesce sans dire un mot. Il se lève et m'embrasse sur le sommet de la tête.

— Cela n'arrivera plus jamais, dit-il. Tu as ma parole.

J'attends que la porte d'entrée se ferme derrière lui pour bouger. Même si je ne peux plus rien faire rapidement, je vais aussitôt dans notre chambre et sors aussi promptement que possible ma valise de la penderie. Je lui ai donné sa chance et il a raté le coche. Il m'a menti en me racontant que ce n'était jamais arrivé auparavant, puis il m'a promis que cela ne se reproduirait plus jamais. Je parie qu'il avait dit ça à Emma également. Et aux filles avec lesquelles il était sorti. Pour la première fois, je suis heureuse de ces posts que j'ai reçus sur Facebook. Ils m'ont révélé un avenir que je ne tiens pas à connaître et montré que sa parole ne valait rien.

Je ne prends aucun des vêtements qu'il m'a achetés. Ce sont les habits confortables que j'emporte – les leggings et les sweat-shirts, ceux que Jess Mount aimait mettre. Parce que c'est Jess Griffiths que je laisse derrière moi, cette fois. Je ferme la valise et la fais rouler jusque dans l'entrée. Je jette un dernier regard à la chambre de bébé. Elle est calme et paisible, attendant patiemment d'accueillir son nouvel occupant. Néanmoins, sa beauté est un faux-semblant. C'est ce qui se cache sous la surface qui importe.

Je me rends dans la salle de bains, une douche rapide et je m'en vais. J'ai besoin de me nettoyer et de laver la douleur afin de prendre un nouveau départ. J'enlève mon peignoir. Mon ventre est si énorme qu'il m'est difficile d'entrer et de sortir de la baignoire et je regrette pour la centième fois que nous n'ayons pas de douche de plain-pied. J'imagine que pour disposer d'une chambre supplémentaire, on avait dû rogner sur les dimensions de la salle de bains. Je m'accroche au rebord du lavabo pour me stabiliser et ne pense plus qu'à une chose, à l'endroit où tout se produira. Je suis sur la scène de meurtre et j'essaie de le reconstituer, sauf qu'il n'aura lieu que dans quatre mois. Et H est toujours dans mon ventre, où il est en sécurité. Là où personne ne peut me le prendre.

Il me donne un coup de pied, comme pour me rappeler cette vérité. Je lève la tête à la rencontre du jet d'eau chaude et me demande ce que j'aurais fait si je n'avais pas connu d'avance la fin de l'histoire. Ce qui me paraît évident, c'est que je serais restée, j'aurais cru en la parole de Lee m'affirmant qu'il n'avait jamais frappé de femme et ne le ferait plus jamais. Comme j'ai l'avantage de disposer d'un don de double vue, je dois en profiter. Je ne veux pas devenir la femme de l'histoire. Autant je suis toujours amoureuse de Lee – une part de moi, en tout cas –, autant je sais que, si je reste, je perdrai la vie. Que je me finirai étalée par terre dans une mare de sang et c'est la femme de ménage qui me trouvera, cette pauvre fille qui a largement eu son comptant de morts dans sa jeune vie. Et que Lee s'en sortira blanc comme neige et y gagnera d'élever H.

Et c'est la raison pour laquelle je me sens capable d'ignorer les voix dans ma tête, celles qui persistent à me dire de le croire et de comprendre que lui aussi est une victime. Et que c'est peut-être – juste peut-être – un scénario inventé de toutes pièces par mon cerveau, tant je suis déterminée à détruire toutes les bribes de bonheur qui s'offrent à moi.

J'entends un bruit à l'extérieur de la salle de bains. La porte d'entrée qui se referme bruyamment. Je coupe la douche, attrape la serviette accrochée au rail et m'en enveloppe. Et si c'était Lee qui revenait ? Et s'il s'était rendu compte que j'étais prête à partir et tient absolument à m'en empêcher ? J'entends des bruits de pas sur le sol laminé de l'entrée, mais ce ne sont pas ceux de Lee. Des pas de femme. Je me rappelle que j'ai laissé ma valise là-bas. Prête à être emportée.

Un moment de silence. Puis une voix. Une voix de femme, qui appelle mon nom avec insistance.

Je me fige dans la baignoire et me raccroche à ma serviette. Je vois la poignée de la porte pivoter et Angela qui entre, le visage dur et amer.

— Sortez, je lui crie.

Elle secoue la tête.

— Je ne sortirai pas tant que vous ne m'aurez pas dit ce que fait votre valise dans l'entrée.

Sa voix est basse et chargée d'un sentiment d'urgence. Une voix que je ne lui avais encore jamais entendue. Je me prépare à lui mentir en expliquant qu'il s'agit de mes affaires pour l'hôpital, mais je comprends que le moment est malvenu pour les mensonges. C'est la vérité qui doit parler.

— Je quitte votre fils, je lui réponds.

— Que voulez-vous dire ? Vous êtes enceinte de huit mois.

— Je sais. C'est pour cette raison que je le quitte. Pour protéger mon fils.

— Allons, Jess, il serait bon de vous calmer. À nouveau, vous vous mettez dans un état pas possible.

— Non, c'est faux. Il n'y a rien qui cloche chez moi. C'est votre fils qui a des problèmes.

Elle fronce les sourcils.

— Qu'est-ce que notre Lee vient faire là-dedans ?

— Il m'a frappée, Angela. Hier soir, il m'a violemment giflée dans l'entrée.

Je la vois frissonner et son corps semble se rapetisser.

— Non. Vous mentez.

— J'aimerais bien, croyez-moi. C'est votre fils, le menteur. Mais peut-être le savez-vous déjà ?

— Je ne vois absolument pas de quoi vous voulez parler, dit-elle d'une voix plus haut perchée en évitant d'affronter mon regard.

— Oh, je crois bien que si. Il n'a pas largué Emma après leurs vacances en Italie, n'est-ce pas ? Il y est retourné seul parce qu'elle était à l'hôpital et se remettait d'une fracture de la mâchoire qu'il lui avait infligée.

— Non.

Elle secoue la tête avec véhémence, elle ne veut pas le reconnaître, pas même à ses propres yeux.

— Et il y en a probablement eu d'autres avant. Des douzaines, peut-être. Et, chaque fois, vous avez juste prétendu qu'il ne s'était rien passé avant de remettre les affaires de bébé dans le tiroir. Et finalement, il a trouvé une fille assez stupide pour lui accorder toute sa confiance. Et tomber tellement amoureuse de lui qu'elle restait aveugle à ce qu'il lui faisait subir, à sa façon de la tenir complètement en laisse en décidant de tout, en la façonnant en celle qu'il voulait qu'elle soit.

— Jess, je pense qu'il serait bon que vous alliez vous allonger un peu. Je crois que vous n'êtes pas bien et il y a un moment que ça dure.

— Oh, mais je vais bien, je lui réponds d'une voix forte et claire. Je n'ai jamais vu les choses avec plus de lucidité, croyez-moi.

— C'est vous qui inventez tout ça, c'est dans votre tête que ça se passe, pas ailleurs. Un nouvel épisode où vous perdez les pédales, comme par le passé.

— Comme le fait que votre mari vous tapait dessus ? dis-je en haussant le ton. J'invente là encore, n'est-ce pas ? Il vous tapait dessus et vous hurlait dessus avant de vous ordonner d'aller nettoyer votre putain de gueule ?

Elle s'effondre sous mes yeux et je la vois se raccrocher au lavabo.

— C'est votre mari qui vous infligeait cette infamie, Angela, et Lee me l'inflige à son tour. Il est temps de mettre fin à toutes ces tromperies.

Elle lève les yeux sur moi.

— C'est lui qui vous l'a dit ? Il se souvient ?

J'acquiesce.

— C'est lui qui a besoin de se faire soigner, Angela. Lui, et peut-être aussi vous.

— Vous ne devez pas partir, me supplie-t-elle. Ça va le détruire.

— Et si je reste, c'est lui qui me détruira.

— Non, ça n'arrivera pas. Je vous le promets. Je vais lui trouver de l'aide.

Je fais non de la tête.

— Non, ce n'est pas ce qui se passera. Il continue, vous comprenez. Et ça empire. Il me casse une dent après la naissance de H. Et il finit par me tuer, ici, dans cette salle de bains.

Angela secoue la tête avec force, elle tremble de la tête aux pieds.

— Non, vous dites n'importe quoi, ça n'a aucun sens. Comment pouvez-vous le savoir ?

— Aucune importance. Je le sais, c'est tout. Lee est inculpé d'homicide involontaire sur ma personne. Mais il s'en sort blanc comme neige grâce à vous. Vous déclarez que vous êtes venue ici pour emmener H après le départ de Lee pour le travail, mais c'est un mensonge. Vous couvrez son meurtre, parce que vous ne pouvez pas supporter de perdre votre précieux petit-fils.

Je lève une jambe, prête à sortir de la baignoire. Et c'est alors qu'elle se rue sur moi en hurlant comme une hystérique.

— Vous ne partirez pas, vous n'allez pas me prendre mon petit-fils !

Elle m'attrape par le bras, ses doigts s'enfoncent dans ma chair et elle me tire vers le sol, elle veut me faire chuter. Je hurle, perds l'équilibre et commence à tomber. Je vais me cogner contre le lavabo. C'est maintenant que cela va se produire, ici, dans cette salle de bains, avant même que H soit né. Je vais mourir ici et perdre mon bébé. Je relève les yeux au plafond en entendant le hurlement d'Angela. Ou c'est peut-être moi qui hurle. Difficile à dire. Puis je perçois un grand bruit sourd quand je m'écrase sur le carrelage dur et froid.

JESS

Juin 2009

Sadie frappe à la porte de ma chambre et entre. C'est étrange de la voir en uniforme de lycéenne. Je ne me souviens pas de la dernière fois où j'ai porté le mien. Il y a longtemps que je ne suis pas allée en classe et je ne peux imaginer y retourner un jour.

— Comment ça s'est passé ? je lui demande.

— Ben… bien, je crois, mais avec l'anglais, on ne peut jamais savoir, t'es pas d'accord ? Il est possible que j'aie rédigé des tas de conneries.

— Nan. T'auras fait ça très bien.

Sadie sourit et s'assied sur mon lit. Elle n'est pas venue me rendre visite à l'hôpital. Papa avait dit qu'une unité de soins psychiatriques n'était pas un bel endroit à visiter pour une fille de son âge. Il semblait oublier que ce n'était pas non plus un lieu de résidence pour une fille de mon âge.

— Comment vas-tu ? demande-t-elle.

— Oh, tu sais…

— Tu ne prends toujours pas tes médicaments ?

— Non. Ils ont dit que je n'en avais plus besoin. Ils veulent voir comment je vais réagir.

Elle acquiesce. Elle sait que je mentais quand je disais que je les prenais. Tout le monde s'en est aperçu au bout du compte. Une infirmière qui se la jouait un peu trop a estimé qu'elle saurait s'y prendre avec moi. Mais je ne les ai pas pris bien longtemps. Juste le temps de les convaincre qu'ils avaient fait leur effet.

— Alors, et maintenant ?

— Je sais pas. Il est trop tard pour retourner au lycée. Papa dit que je pourrais me représenter à mes examens l'année prochaine quand j'irai mieux. Mais pas là-bas. Peut-être à la fac. Je veux prendre un nouveau départ. Je veux que personne ne sache.

Elle acquiesce à nouveau.

— Tu pourrais aller à Calderdale, non ? Dis-leur simplement que t'as été recalée à tes exams. Ils n'y verront que du feu.

Elle a raison. Mais j'ai aussi conscience que tous les nouveaux amis que je pourrais me faire là-bas, ou ensuite, seront différents de ceux que j'avais auparavant. Il y aura ceux qui me connaissent et ceux qui sauront seulement les quelques bribes d'infos que je voudrai bien leur confier.

Mon regard se pose sur la photo de m'man et moi sur la table de nuit. La seule où nous sommes enlacées et rigolardes. Je ne me souviens même plus de ce qui nous faisait tant rire et je le regrette.

— Elle serait fière de toi, Jess, dit Sadie.

— Quoi, du fait que je vire gaga et que je perds complètement la boule ?

— Non, du fait que tu as survécu à des trucs tellement horribles que le reste d'entre nous ne peut même pas commencer à imaginer à quoi ta vie a dû ressembler.

Je hausse les épaules.

— Possible que je ne sois pas encore sortie d'affaire.

— Tu as tenu bon pendant l'année la plus merdique qui soit. Plus rien de ce que la vie te réserve ne pourra t'abattre. Tu es plus forte que nous tous. C'est juste que tu ne t'en rends pas compte.

Je me penche vers elle et la serre dans mes bras, ainsi que nous avions coutume de le faire avant que tout ça ne m'arrive. Sauf que cette accolade ne ressemble en rien aux autres. Elle est tellement plus que ça.

— Merci, je lui dis. D'être ici, je veux dire. Merci de ne pas m'avoir laissée tomber.

— C'est ce que font les amies, répond-elle.

— Non. C'est ce que toi tu fais.

Elle me sourit en s'essuyant le coin des yeux de ses longs doigts.

— Est-ce que tu veux venir en ville samedi ? demande-t-elle.

J'hésite avant de répondre. Cela fait une éternité que je ne suis pas sortie – à part pour aller de la maison à l'hôpital.

— Ouais, je lui dis. Ouais, ce serait super.

Papa sera heureux, je le sais. Il pensera que ça signifie que je vais mieux. Revenue à la normale. Sauf que je n'ai aucune idée de ce qu'il faut entendre par être normale. Lorsque les gens me demandent si je vais mieux, j'ignore ce que je dois leur répondre. Mieux que quoi ? Qu'il y a quelques mois, oui. Mieux que je n'étais avant le décès de m'man, en aucun cas. Je ne me pense pas en termes de mieux. Le médecin a déclaré qu'être sain d'esprit et malade mental sont des états qui n'existent pas. La santé mentale est un continuum, une ligne sur laquelle nous oscillons tous à différents stades de notre existence. Et la plupart du temps, nous parvenons à tenir le cap. Sauf que parfois, on déraille. Et le fait que nous pourrions finalement nous en sortir n'implique pas pour autant que nous serons toujours bien ensuite. Mais cela ne veut pas dire non plus que nous resterons cinglés à jamais. Simplement que nous sommes revenus sur cette ligne, bataillant pour avoir une place avec tous les autres qui se proclament normaux.

ANGELA

Mardi 21 mars 2017

De la voir ainsi étendue au sol comme une masse informe, je n'ose même pas la toucher au cas où elle serait déjà morte. Parce que si elle l'est, c'est moi qui l'aurai tuée – et mon petit-fils avec elle, et la peur me saisit comme un étau géant. Comment pourrai-je jamais expliquer à Lee un acte comme celui-là ? Je me mets à trembler sans pouvoir me maîtriser quand soudain elle émet un bruit. Un faible bruit, mais au moins je sais qu'elle est vivante.

— Oh, Dieu merci, dis-je en m'agenouillant à côté d'elle sur le carrelage.

Sa serviette s'est ouverte et son énorme ventre ressort. Elle a pivoté dans sa chute pour retomber sur le dos et moi, je n'ai rien fait, j'étais paralysée sur place. Par la peur – non pas de la voir mourir sous mes yeux, non, mais de perdre mon petit-fils.

Je cherche des traces de sang, mais n'en vois pas. Je me creuse les méninges pour tenter de savoir comment réagir face à une telle situation. Je pense que je devrais essayer de la tourner sur le côté, mais je ne suis pas sûre de pouvoir la bouger. Et j'ai aussi la trouille de faire un mauvais geste et d'empirer la situation. Elle remue un peu la tête. Une seconde plus tard, son corps se convulse quand elle lâche un cri aigu. Elle ouvre les yeux, le premier signe qu'elle est toujours consciente.

— H, souffle-t-elle. Il arrive.

Je me lève et cours dans l'entrée où j'ai vu sa valise et laissé mon sac. Je sors mon portable et compose le 999. Un numéro que je n'ai encore jamais appelé. Ma main tremble quand on me répond.

— Ambulance, je déclare quand on me demande quel service je veux contacter.

J'attends que la communication s'établisse quand m'arrive un autre cri en provenance de la salle de bains.

— C'est ma belle-fille, dis-je à mon interlocuteur. Elle est enceinte de huit mois et elle a fait une mauvaise chute. Elle dit que le bébé arrive.

Je donne l'adresse et me précipite vers la salle de bains quand elle hurle à nouveau.

— Ça va aller, je lui dis. L'ambulance est en route.

— Papa ! dit-elle. Appelez papa ! Dites-lui de venir à l'hôpital.

— Et Lee ?

Elle fait non de la tête.

— Papa.

Je retourne dans l'entrée et m'exécute. Joe paraît surpris quand il décroche.

— Bonjour, Angela. Tout va bien ?

— C'est Jess, dis-je. Le travail a commencé.

— Mais elle ne doit accoucher que dans un mois.

— Elle a fait une chute, je lui explique. Elle a glissé dans la salle de bains. L'ambulance est en route. On l'emmène au Jimmy's, vous savez, le Saint-James Hospital. Elle veut que vous la retrouviez là-bas.

— Et comment elle va ? demande-t-il.

— Je ne sais pas. Nous attendons l'arrivée des infirmiers. Allez droit au Jimmy's, au service maternité.

Quand il raccroche, je vois son visage et me l'imagine courant vers sa voiture. C'est sa fille. C'est tout ce qui lui reste, elle et le bébé, et je sais ce qu'on éprouve.

Je retourne dans la salle de bains, décroche le peignoir suspendu derrière la porte et l'étends sur elle.

— Il est parti pour l'hôpital, je lui apprends.

Elle hoche la tête avant que son visage ne se crispe à nouveau quand elle hurle. Je lui prends la main, mais elle la retire aussitôt.

— Essayez de respirer, je lui dis. Essayez de tout ralentir.

Quand elle tourne la tête vers moi, je me demande une seconde si je ne devrais pas tenter de la soulever avant de changer d'avis en décidant de laisser faire les infirmiers. Je ne sais pas si elle est blessée ou non, il vaut mieux ne pas risquer d'aggraver son état. J'ai déjà fait suffisamment de dégâts.

J'entends l'interphone, cours dans le couloir et décroche. Je leur dis de prendre l'ascenseur et d'appuyer sur le bouton pour entrer. J'attends qu'ils arrivent à notre étage.

— Par ici, je leur crie. Elle est ici.

Ils entrent au pas de course ; l'un d'eux pousse un fauteuil roulant qu'il laisse dans l'entrée. Je leur tiens la porte de la salle de bains ouverte et Jess lâche un autre cri à leur arrivée.

— Ça va aller, madame, dit le plus âgé en se penchant pour l'examiner. Nous allons vous emmener à l'hôpital en moins de temps qu'il ne faut pour le dire. J'ai juste besoin de savoir s'il n'y a rien de brisé ni de dégâts graves.

Il la soulève légèrement, glisse une main sous son dos et palpe la colonne vertébrale en pressant le bas des reins. Il lui demande de remuer les orteils et elle y parvient.

— Est-elle restée inconsciente à un moment donné ? interroge-t-il en se tournant vers moi.

— Non. Non, je ne crois pas.

Il éclaire ses yeux d'une torche, lui demande de suivre son doigt. Palpe son cou et sa clavicule. Puis sort un stéthoscope.

— Ça risque d'être un peu froid, dit-il.

Il le place sur son ventre et le déplace légèrement avant de s'arrêter et d'écouter.

— Est-ce qu'il va bien ? gémit-elle.

— Ouais, répond-il. Pas de problème. Nous allons vous relever pour vous placer dans le fauteuil roulant et nous vous emmenons à l'hôpital, OK ?

Elle acquiesce et s'accroche des deux mains à son ventre en geignant à nouveau. Les infirmiers se placent de part et d'autre et la soulèvent. La serviette glisse au sol. Je me précipite et l'enveloppe dans la robe de chambre en essayant de protéger son intimité. Ils passent les bras sous ses épaules et la traînent à petits pas dans l'entrée en avançant de côté. J'apporte le fauteuil et ils la placent délicatement sur le siège.

— Bon, est-ce que vous venez avec elle ? me demande le plus âgé.

Avant que j'aie pu répondre, Jess fait non de la tête.

— Non, dis-je d'une petite voix. Son père va la retrouver là-bas. Elle aura besoin de ses affaires. Elles sont là, dis-je en montrant la valise.

L'autre infirmier s'en saisit.

— Oh, et aussi ça, dis-je en courant vers la chambre du petit pour en revenir avec le siège bébé. Voulez-vous que je vous donne un coup de main ?

— Non, je vous remercie, répond-il en me le prenant des mains. Ça ira.

Jess hurle une nouvelle fois.

— Très bien, dit le plus âgé. Direction, l'hôpital.

Je les suis des yeux tandis qu'ils sortent de l'appartement et la mettent dans l'ascenseur, puis je referme la porte et vais droit dans la chambre de bébé. Ce n'est que là que je me mets à pleurer en m'affalant sur le sol, le nounours que j'avais acheté à mon petit-fils serré contre ma poitrine. Ce petit-fils que je ne verrai peut-être jamais.

MESSAGE PRIVÉ
Angela Griffiths
21/09/2017

J'ai toujours su que ce n'était pas Lee qui avait fait ça, Jess. S'ils n'ont aucune preuve pour l'inculper, c'est parce qu'il est innocent. Tout simplement. Mais je savais aussi que les apparences risquaient d'être contre lui, ce qui explique pourquoi j'ai agi comme j'ai agi. Je ne suis pas fière de ce que j'ai fait, Jess. J'ai simplement paniqué quand je suis arrivée en voyant votre valise dans l'entrée. Parce que moi aussi j'avais fait ma valise un jour. Et je l'avais également laissée dans l'entrée. La seule différence est que je n'ai pas pu me résoudre à aller jusqu'au bout à cause du petit garçon qui l'avait remarquée à cet endroit. Et a commencé à poser des questions. Des questions douloureuses, pour lesquelles je n'avais pas de réponses. Et donc la valise a été défaite avant que son père ne rentre du travail et ce petit garçon s'est entendu ordonner de ne plus jamais en parler. Après quoi, je suis restée, des semaines, des mois, des années. En encaissant tout ce qu'on me faisait subir parce que je ne pouvais supporter d'abandonner mon petit garçon, car je savais que je ne pouvais pas l'emmener, je n'avais pas les moyens financiers de m'occuper de lui toute seule. Finalement, c'est la valise des affaires de son père qui s'est retrouvée dans l'entrée lorsqu'il m'a quittée pour une autre femme, une femme qui, à l'époque, pouvait bien être plus jeune que moi, mais qui aujourd'hui est probablement âgée. Aussi âgée, démolie et brisée que je le suis.

C'est la raison pour laquelle je me suis effondrée en mille morceaux. Et j'ai couru dans la salle de bains pour vous supplier de rester. Quand je vous ai vue gisante, immobile sur le carrelage, le sang de vos blessures dégoulinant sur votre tête, j'ai su que vous étiez morte ou agonisante. Au cours de cette fraction de seconde, j'ai dû faire un choix : ou je restais pour vous secourir, ou je prenais Harrison et vous abandonnais là. Pour ensuite prétendre que j'étais arrivée avant l'accident et avais emmené mon petit-fils pour la matinée comme d'habitude en vous laissant vous doucher en toute tranquillité.

Et j'ai choisi Harrison. Je n'avais qu'une seule pensée en tête, ce petit garçon hurlant de toutes ses forces. Et je savais que je devais l'emmener loin de là. Car si je restais une seconde de plus, même pour composer le 999, la police estimerait probablement que ce n'était pas du tout un accident et que c'était Lee le responsable. Et alors, Harrison aurait perdu son père aussi bien que sa mère. Et aucun enfant ne mérite ça.

Donc, oui, c'est vrai, je l'ai pris dans mes bras et j'ai refermé la porte derrière moi en vous laissant mourir. Parce que je ne pouvais supporter d'infliger ça à mon petit-fils. Et même si j'ai pu sacrifier votre vie en agissant de cette façon, je me dis que c'est ce que vous auriez voulu. Parce que vous, entre toutes, savez qu'une mère fera tout pour sauver son petit garçon.

Et naturellement, la police m'a crue lorsque j'ai déclaré être arrivée à l'appartement après le départ de Lee au travail. Je veux dire, quelle sorte de femme laisserait sa belle-fille agonisante sur le sol de la salle de bains ? Et tout le monde m'a crue aussi au tribunal. Même après le passage à la barre de ces femmes qui ont dévidé toutes ces atrocités sur Lee.

Ce qui est fait est fait et il va falloir que je vive avec ça pour le restant de mes jours. Personne ne connaîtra jamais la vérité, parce que je n'en révélerai jamais rien à quiconque. Il est possible que Lee ait compris, naturellement. Mais uniquement s'il vous a effectivement tuée et je continue toujours à ne pas le croire coupable. Et je ne peux pas lui poser la question, même si je le voulais, parce que, sinon, il saura que c'est moi qui vous ai découverte à l'agonie sur le carrelage. Nous n'en avons jamais parlé et je doute très fort que cela se produise un jour. Il existe un lien spécial entre une mère et son fils. Et il est préférable de taire certaines choses à jamais.

JESS

Mardi 21 mars 2017

Je me suis tellement convaincue que j'allais donner le jour à mon bébé dans l'ambulance que je suis surprise de la voir s'arrêter. Les deux infirmiers m'installent aussitôt dans le fauteuil qu'ils descendent en marche arrière.

— On est arrivés ? je demande au plus âgé, celui qui m'a dit s'appeler Terry.

— Ouais, nous vous emmenons immédiatement à l'intérieur. Des gens vous attendent, ils vont prendre le relais.

— Est-ce que le bébé va bien ?

— Il sera parfait, dit-il avec un sourire. Sa maman, c'est une dure à cuire, non ?

J'acquiesce et gémis simultanément quand les contractions reprennent. Terry me pousse jusqu'à la réception du service maternité. Un médecin et une sage-femme m'attendent avec un brancard à roulettes. J'entends Terry qui leur parle très rapidement quand on me soulève pour me placer dessus. Je n'entends que des bribes de ce qu'il dit, le rythme de mes contractions et aussi le fait qu'il faudra me faire un examen complet après l'accouchement. L'autre infirmier me tend ma valise et le siège bébé et nous partons directement vers l'ascenseur. La sage-femme me prend la main et quand elle me donne son nom, Gloria, j'essaie de ne pas penser à l'hippopotame de *Madagascar*.

— Est-ce que papa est en route ? me demande-t-elle.

Je suis sur le point de répondre oui quand je réalise qu'elle veut parler du papa de mon bébé.

— Non, je lui réponds. Je viens de le quitter.

Elle hausse un peu les sourcils.

— Jeune fille, il est certain que vous savez choisir vos moments.

Sa réponse me fait sourire, pour la première fois depuis des jours et des jours. Sinon des semaines.

— Mais mon père arrive, dis-je. C'est la seule famille qui me reste. Bon, oui, et aussi ce petit bonhomme.

Elle me serre la main plus fort quand arrive une autre contraction.

— Il ne doit naître que dans trois semaines, je lui explique. J'ai fait une chute et j'ai peur de lui avoir fait mal.

— L'infirmier dit qu'il se porte à merveille. Vous l'avez réveillé, c'est tout, et il se dit maintenant que l'heure est venue de faire son entrée dans le monde.

Les portes de l'ascenseur s'ouvrent. On me sort sur le brancard et nous tournons à gauche.

— Nous allons faire un examen rapide, déclare Gloria.

— Je vous l'ai dit, le bébé veut sortir.

— Je sais, fait-elle en souriant. Nous devons vérifier l'avancement de la dilatation.

— OK, me dit-elle quelques instants plus tard en réapparaissant d'entre mes jambes. Je crois que nous allons vous conduire à la salle d'accouchement. Pas de panique, mais il semble impatient de faire la connaissance de sa maman.

— Vous ne laisserez entrer personne, n'est-ce pas ? je lui demande, certaine qu'Angela aura déjà téléphoné à Lee et qu'il pourrait être en chemin. Je ne veux voir que mon père.

— Pas de problème. Personne n'entrera. Vous êtes en sécurité ici, me répond Gloria en me pressant la main.

Je me demande si elle a deviné que ce n'est pas l'enfantement qui me préoccupe, mais bien ce qui arrivera ensuite.

On me transporte dans la salle d'accouchement et on me dépose sur le lit. Je m'en souviens vaguement, de cette salle, j'avais visité le service en compagnie de Lee. Ce jour-là, il avait fait une plaisanterie en disant qu'au moins il pourrait prendre un bain[1] pendant que je serai occupée et je ne l'avais même pas trouvée drôle.

— Vous n'êtes pas obligée de rester ici, dit Gloria. Je peux vous faire couler un bain ou sinon il y a un ballon de naissance là-bas, ou vous pouvez vous accroupir au sol si vous le désirez.

— Je vais rester ici, je réponds.

Elle attrape une tunique d'hôpital et m'aide à l'enfiler, puis me relie à une machine à côté du lit qui contrôle le rythme cardiaque du bébé.

— Il va toujours bien ? je demande.

— Il va très bien.

Je ferme les yeux. Tout ce que je vois, c'est le visage de H, ses petites fossettes, ses yeux qui sourient. Et la seule pensée qui me vienne à l'approche d'une nouvelle contraction, c'est combien j'ai hâte de rencontrer mon petit bonhomme.

Je ne suis pas sûre du temps qui s'est écoulé lorsque j'entends frapper à la porte. Tout ce que je sais, c'est que je suis à quatre pattes sur le lit, le visage dégoulinant de sueur, le cul en l'air, et je hurle à la lune comme une foutue louve.

— C'est qui ? je demande à Gloria. Je ne veux pas de lui ici. Je ne veux voir personne s'approcher de moi.

— Votre père ? répond Gloria.

— Non. Je ne parle pas de lui.

---

1. Au Royaume-Uni, les salles d'accouchement sont souvent équipées d'une baignoire. La pratique de la naissance aquatique y est courante.

— OK, dit-elle, je vais voir qui c'est. Y a personne qui va forcer le passage, rassurez-vous.

Elle va jusqu'à la porte. Ce n'est pas la voix de Lee ni celle de papa. C'est Sadie.

— C'est votre petite amie, s'écrie Gloria en haussant les sourcils dans ma direction. Jeune fille, il est sûr que vous ne perdez pas de temps.

Je me mets à rire, plus de soulagement que d'autre chose.

— C'est ma meilleure amie, je lui crie.

— Vous voulez qu'elle entre ?

— Oui !

Sadie se précipite vers moi.

— Hé, toi, dit-elle en me frottant les épaules.

— Pourquoi as-tu dit que tu étais ma petite amie ?

— Fallait bien que je passe le barrage de la réception, tu crois pas ? Ton papa attend là-bas. Il a pensé que tu préférerais me voir à ton côté plutôt que lui. C'est pour ça qu'il m'a prise au passage.

J'acquiesce et lâche un autre hurlement.

— Est-elle toujours aussi bruyante ? demande Gloria.

— C'est pire, d'habitude, répond Sadie. Où est Lee ?

— Je l'ai quitté.

— Quoi ? Pour quelle raison ?

— Puis-je te répondre plus tard ? Pour le moment, je suis comme qui dirait un peu occupée.

Elle acquiesce et me prend la main.

— Va dire à papa que le bébé et moi, on va bien, je lui dis, hors d'haleine. Ensuite, tu reviens et prépare-toi à te faire hurler dessus.

À son retour, Sadie ne pose plus de questions sur Lee. Et elle parvient à ne pas éclater de rire quand je lui présente Gloria, mais, avec un sourire entendu, me murmure « bébé *Madagascar* » quand la sage-femme est trop loin pour l'entendre. Elle est réellement la partenaire parfaite pour accompagner mon accouchement et je suis heureuse qu'elle soit là. Heureuse d'avoir à ma portée une autre cible que Gloria pour lui envoyer mes chapelets de jurons à la figure. Heureuse, quand je pousse avec la crainte de me déchirer en deux, qu'elle me rassure en me disant que je n'ai pas chié sous moi par accident. Et heureuse aussi quand elle pose les mains sur mes épaules tandis que je fais sortir de moi une petite chose glissante et toute ridée en ce bas monde.

— Il est très bien, dit Gloria, en examinant H rapidement avant de me le donner.

Et je pleure quand je le prends dans mes bras. Mon bébé. Le bébé pour lequel je me serais fait tuer, pour m'apercevoir au bout du compte que je n'y étais pas obligée.

— Oh, mon Dieu, dit Sadie avant de renifler de toutes ses forces en s'essuyant les yeux. C'est ton bébé. C'est ton fils.

Je hoche la tête.

— Il s'appelle Harry, dis-je. Parce que c'est le bébé qui a survécu[1].

Un peu plus tard, après qu'ils nous ont examinés sous toutes les coutures Harry et moi, on me transporte dans l'unité de soins postnatale. Gloria m'a expliqué que c'était juste une précaution parce que Harry avait trois semaines d'avance, ils tiennent simplement à le garder sous surveillance. Il n'y a rien qui cloche chez mon bébé.

Papa m'attend près du lit, un énorme bouquet de fleurs à la main, les joues mouillées de larmes avant même que je ne n'arrive jusqu'à lui.

Il se penche pour m'embrasser et sa main tremble quand il prend la mienne.

— J'étais mort d'inquiétude après le coup de téléphone d'Angela, murmure-t-il.

---

1. Référence à Harry Potter, surnommé « The Boy Who Lived » ou « Le Survivant ».

— Nous allons bien, je lui réponds. Nous allons bien tous les deux.

Je vois son regard se tourner vers le bébé. Il se mord la lèvre avant de sourire comme un bienheureux.

— Je te présente ton petit-fils. Il s'appelle Harry Joe Mount.

— Il est magnifique, dit-il. Absolument parfait. Merci.

Il reste une seconde silencieux, mais je sais déjà ce qu'il va me demander avant même qu'il n'ouvre la bouche.

— Que s'est-il passé ? Entre toi et Lee, je veux dire. Pourquoi n'est-il pas ici ? Pourquoi Harry ne porte-t-il pas son nom ?

— Je l'ai quitté, papa. Je vais te dire pourquoi et je vais tout t'expliquer et je sais que tu comprendras, mais je préférerais ne pas le faire maintenant, si tu le veux bien. Je ne tiens pas à gâcher ce moment. Tout ce que tu as besoin de savoir, c'est que je vais bien et que Harry va bien et que nous allons venir vivre avec toi à la maison à notre sortie de l'hôpital, si tu es d'accord…

— Bien sûr que je suis d'accord, dit-il en ravalant son émotion. Ta mère aurait été si fière de toi, tu sais.

J'acquiesce. Papa glisse la main dans la poche de sa veste et me tend une enveloppe à mon nom. Je reconnais immédiatement l'écriture.

— Je t'ai dit qu'elle en avait écrit quelques-unes, dit-il. Pour les événements importants et les urgences.

— Merci, dis-je. Je crois que je brûle les étapes plus rapidement qu'elle ne l'aurait pensé.

J'attends avant de la lire. Jusqu'au départ de papa et de Sadie, avec Harry qui dort à côté de moi, après que les sages-femmes m'ont rassurée une nouvelle fois que personne ne sera autorisé à entrer pour me voir sans ma permission. Mon bas-ventre est douloureux, j'ai mal partout et je suis si fatiguée que je ne rêve que d'une chose, dormir. Mais je ne pourrai pas fermer l'œil avant de savoir ce que dit la lettre.

J'ouvre l'enveloppe, sors le feuillet de papier et commence ma lecture.

Ma chère Jess,

Personne ne te prépare à ce moment, tu sais. Tu peux assister à tous les cours possibles et lire tous les livres de puériculture existant sur terre, rien ne te prépare à l'instant où tu tiendras ton enfant dans tes bras pour la première fois.

Et je sais ce que tu penseras, parce que je l'ai éprouvé moi-même quand je t'ai tenue. La même chose que toutes les mères du monde la première fois qu'elles ont leur bébé contre elles. Mais tu tiendras le coup, Jess. Et tu sauras ce qu'il faut faire. Non pas parce que tu auras lu des livres ou écouté ce que d'autres t'auront dit, mais tout simplement parce qu'il s'agit de ton bébé à toi et tu sauras instinctivement ce que tu dois faire. Il y a peut-être des personnes de ton entourage qui prétendent le contraire et essaient de te convaincre de faire les choses différemment. Peut-être que si j'étais encore là, je serais l'une d'elles. Mais il est inutile de les écouter, Jess. Tu as uniquement besoin d'apprendre à faire confiance à ton instinct. Comme tu seras trop angoissée, cela ne se fera pas tout de suite, mais petit à petit, tes inquiétudes diminueront et tu commenceras à faire confiance à ton propre jugement.

Et je vais te dire pourquoi tu auras toujours raison, Jess. Parce que tu aimes ce bébé plus que tout au monde. Tu es sa maman et tu te battras pour lui de la même façon que je me suis battue pour toi. Tout ce que tu auras à faire, c'est l'aimer, Jess. C'est aussi facile que ça. Et s'il te plaît, embrasse ton bébé de la part de sa grand-mère et dis tous les jours à mes petits-enfants que même si je ne les connaîtrai jamais, je les aime moi aussi. Et que je veillerai sur eux, comme je veillerai sur toi à jamais.

ANGELA

Mardi 21 mars 2017

J'attends le retour de Lee à la maison après sa journée de travail. Assise dans la chambre de bébé, entourée par tout ce que j'ai préparé pour mon petit-fils.

— Seigneur, dit-il en sursautant quand il m'aperçoit. Qu'est-ce que tu fais ici ?

— J'évoque des souvenirs, je lui réponds. Je me rappelle ta propre naissance.

— Où est Jess ? demande-t-il en posant son attaché-case avant de desserrer sa cravate. Elle fait un somme ?

— Non. Elle n'est pas ici.

— Qu'est-ce que tu veux dire ?

— Elle est partie, Lee. Elle est partie ce matin.

Il me regarde fixement et je vois la panique gagner son visage.

— Vaudrait mieux que tu t'expliques au lieu de raconter n'importe quoi.

Je me lève.

— Elle m'a appris ce qui était arrivé hier soir, Lee. Il a bien fallu, parce que sa valise était faite et l'attendait dans l'entrée et moi, je lui hurlais de ne pas partir.

Il baisse les yeux. Sans dire un mot.

— J'ai bien essayé de l'empêcher de s'en aller, je poursuis, surprise par le calme de ma voix. Je me suis rendue dans la salle de bains où elle prenait une douche et je l'ai suppliée de ne pas partir. C'est alors qu'elle m'a tout expliqué. Elle est au courant, tu sais. Je ne sais pas bien comment, mais elle sait pour Emma et les autres.

— Ne sois pas ridicule, dit Lee. Elle ne peut pas savoir.

— Et pourtant, si. Elle m'a aussi expliqué ce qu'elle pensait qui arriverait si jamais elle restait. Elle pensait que tu allais la tuer et que je mentirais devant le tribunal pour te couvrir.

— Seigneur Jésus ! Elle a complètement perdu la boule, non ? Elle a fini par se montrer telle qu'elle était.

— Non, je ne crois pas. Je suis restée assise ici toute la journée, à réfléchir à ce qu'elle m'avait dit, et je comprends maintenant comment cela aurait pu arriver. Je veux dire par là, nous savons toi et moi combien les choses peuvent dégénérer, tu n'es pas d'accord ? Lorsqu'un homme frappe une femme une fois et s'en tire comme une fleur, nous savons l'un et l'autre qu'en toute probabilité, il recommencera, encore et encore.

« Et moi, je t'ai couvert toutes les fois où tu étais passé à l'acte, et je ne vois pas pourquoi j'aurais agi différemment si tu l'avais tuée. Je t'aime, comprends-tu. Tu es mon fils et donc, mon amour pour toi est absolu et sans condition. Je ferais n'importe quoi pour toi. Même mentir et me parjurer à l'audience devant le tribunal. Seulement, et je ne m'en suis rendu vraiment compte que cet après-midi, ce ne serait plus un amour véritable, juste une sorte de dévotion aveugle. Et c'est ce que j'ai fait pendant toutes ces années, j'ai encaissé tout ce qu'on me faisait subir, et regarde où cela m'a menée.

— Je ne suis pas aussi mauvais que lui, dit Lee.

— Tu le deviendras si je te laisse continuer comme ça. Tu seras pire que lui. C'est pourquoi il faut que ça cesse.

— Que veux-tu dire ?

— C'est terminé, je ne te couvrirai plus jamais, Lee. Je ne vais plus prétendre que j'ignorais ce qui se passait. Il va falloir que tu te confrontes à celui que tu es devenu et moi je ferai de même. Tu n'as plus le choix.

Son visage est pâle et il semble plus petit qu'à son habitude.

— Je ne comprends pas, murmure-t-il.

— Jess a eu son bébé. Elle est tombée quand j'ai essayé de l'empêcher de partir et les contractions ont commencé. Les infirmiers sont venus et l'ont emmenée à l'hôpital. Son amie vient de poster un message sur son mur. Elle dit que le petit est né cet après-midi et que la mère comme l'enfant se portent bien.

Lee tourne les talons et se dirige vers la porte.

— Où vas-tu ? je lui demande.

— À l'hôpital, me répond-il. Voir mon fils.

— Pas question. Parce que Jess ne veut pas de toi là-bas. Et si tu y vas, je posterai sur Facebook ce que tu as fait, je révélerai à tout le monde ce que tu lui as infligé, à elle et aussi aux autres.

— Tu n'oserais pas, grogne mon fils, prêt à mordre.

— Avant, c'était vrai, je réponds. Mais ça ne l'est plus dorénavant.

Il se dirige vers moi, le poing levé. Je lève la main. La main qui l'a tenu quand il était bébé. La main qui l'apaisait quand il pleurait. La main qui lui avait dit au revoir de loin à son entrée à la grande école.

Il s'arrête juste devant moi. Baisse le bras, se retourne et donne un grand coup de pied dans son attaché-case qu'il expédie à l'autre bout de la chambre. Sa mallette frappe l'ours en peluche sur la commode qui abrite une boîte à musique, laquelle dégringole par terre après avoir joué quelques notes de « Rock a bye Baby ».

Lee fait la même chose et tombe à genoux sur le tapis. Secoué par les sanglots. Je pose la main sur son épaule. Ma main désormais plus forte que la sienne. Parce que j'ai trouvé un amour plus fort.

Le lendemain matin, je ne cherche pas à composer ma bonne figure. C'est fini, je ne me cacherai plus derrière un masque. Et c'est une sensation des plus étranges que de contempler le reflet de mon visage au naturel dans le miroir. Mes yeux semblent si petits sans le crayon qui souligne leur contour. Mais ils auront beau faire cet effet sur les autres, je sais que pour la première fois depuis des années, ils sont grands ouverts.

J'ai envoyé un message à Jess sur Facebook en lui demandant si je pouvais lui rendre visite. Je lui ai précisé que Lee ne serait pas avec moi, je viendrais seule. J'ai attendu un bon moment avant qu'elle ne me réponde. Je suppose qu'elle était occupée par son bébé. Ou peut-être se demandait-elle simplement ce qu'elle allait répondre.

Mais elle a accepté, elle a dit oui. Et j'ai été surprise, à vrai dire. Je l'ai remerciée avant de lui annoncer que je ne resterais pas longtemps. J'ai bien conscience qu'elle n'attend pas ma venue avec impatience et préférerait de loin rester seule en compagnie de son bébé.

Je prends le bus jusqu'en ville. Comme il est toujours difficile de se garer à l'hôpital, je ne tiens pas à arriver agacée et de mauvaise humeur. Je réussis à trouver le service de soins postnatals sans trop de difficulté.

Je donne mon nom à la dame de la réception et elle me demande mon lien de parenté avec le bébé.

— Grand-mère, je lui réponds, d'une voix ferme emplie de fierté.

Une sage-femme m'emmène jusque dans la chambre.

— Elle est là, dit-elle en souriant. Le bébé est en train de téter. Ils se portent très bien tous les deux.

J'ouvre la porte et entre avec précaution. Jess relève les yeux. Elle ne sourit pas, mais ne me fait pas non plus la tête. Son visage rayonne d'un contentement absolu et je pose mon regard sur le bébé qui tète. Rouge et minuscule, avec ses petits doigts qui agrippent la poitrine de sa mère.

— Félicitations, dis-je. Il est magnifique.

— Merci, répond-elle, avant que son visage ne devienne soucieux. Est-ce que Lee le sait ?

Je fais oui de la tête.

— Je lui ai dit hier soir. Après avoir vu le post de votre amie sur Facebook.

Elle fronce les sourcils.

— Alors, pourquoi n'est-il pas venu ?

— Parce que je lui ai ordonné de n'en rien faire.

Les sourcils se froncent un peu plus.

— Je lui ai également dit beaucoup d'autres choses. Des choses que j'aurais dû lui expliquer il y a bien longtemps. Il ne vous embêtera plus, Jess. Je lui ai annoncé qu'il allait devoir se faire soigner avant de pouvoir s'approcher de vous comme de l'enfant.

Elle se met à pleurer.

— Je regrette tellement, je lui dis en m'asseyant à côté du lit. Je suis désolée pour tout ce que j'ai tu délibérément et tout ce que je n'ai pas fait. Je m'étais persuadée que je n'aurais jamais le cran de lui tenir tête, vous comprenez. Pendant toutes ces années, mon mari m'a battue et je l'ai accepté. J'étais convaincue que j'étais trop faible.

Jess secoue la tête.

— Vous l'aimiez, dit-elle calmement.

— Oui, je réponds. Oui, en effet.

— Et l'amour vous aveugle, n'est-ce pas ?

J'acquiesce et essuie une larme.

— Et lorsque Lee a commencé à se comporter de la même façon, les filles qu'il ramenait à la maison finissaient par avoir ce même air résigné que je ne connaissais que trop bien, mais j'ai toujours refusé de le croire, je ne pouvais pas supporter l'idée qu'il prenait le même chemin que son père.

— Alors, qu'est-ce qui a changé ?

— Vous, je lui dis. Vous l'avez changé et moi aussi, vous m'avez changée.

— Il m'a quand même frappée.

— Oui, mais il s'est détesté ensuite. Et c'est vous qui m'avez donné la force. Seigneur, comme je regrette de n'avoir pas eu la moitié de votre courage à votre âge.

Nous restons silencieuses un moment, à écouter les bruits de succion du bébé en train de téter.

— Est-ce qu'il changera ? Le peut-il seulement ?

— Je l'ignore, je lui réponds. Tout ce que je sais, c'est qu'il ne peut pas continuer comme ça.

Elle baisse les yeux sur son enfant quand celui-ci a fini de téter. Il ferme les yeux et elle le serre contre elle.

— La sage-femme a déclaré qu'il allait bien, je lui dis.

— Ouais, c'est vrai. Il a eu de la chance. Nous avons tous les deux eu de la chance.

— Je suis désolée, je ne sais pas ce qui m'a pris.

— C'est OK, me répond-elle

Mais je sais que ça ne l'est pas. Jamais plus je ne pourrai effacer ce qui est arrivé.

— Bon, je lui dis en me levant. Vous devez être fatiguée. Je vais vous laisser vous reposer.

Elle regarde le grand sac de courses que je tiens à la main.

— Oh… J'ai failli oublier. Voici les nouveaux habits que je lui ai achetés. Vous n'êtes pas obligée de les prendre si vous n'en voulez pas.

— Merci, dit-elle.

Je pose le sac dans le coin de la chambre, à côté du siège-auto, et me retourne vers elle.

— Je n'y ai pas mis la robe de baptême, je lui précise. Elle porte une petite tache de sang, vous comprenez. Le père de Lee m'a cognée à notre retour de la cérémonie. En me disant que j'aurais dû être capable d'arrêter les pleurs de mon bébé dans l'église. J'avais encore Lee dans les bras, vêtu de sa robe, quand il m'a frappée.

Elle baisse les yeux et s'occupe à replacer la couverture autour du bébé.

— Désirez-vous prendre votre petit-fils dans vos bras ? me propose-t-elle.

Je la regarde. Je n'avais pas osé le lui demander.

— Merci, je lui dis.

Je me place à côté d'elle et elle me le passe, ce précieux paquet d'espoir. Je le contemple et me mords la lèvre quand mes larmes coulent. Parce que je l'aime tellement. Et parce que j'ai bien failli le perdre.

▶ **Jess Mount**
11 JUILLET 2017 20:33

Je n'étais pas censée voir ce jour. Peu importe maintenant de savoir pourquoi ou comment, mais je n'étais pas censée être là. Sauf que je le suis, et c'est pourquoi je vous remercie tous aujourd'hui, d'avoir été là pour moi quand j'avais besoin de vous, même si vous n'en saviez rien à ce moment-là.
Ces derniers mois n'ont pas été faciles, mais ils ont pourtant été les quatre plus beaux mois de mon existence. Oui, être une maman célibataire est difficile. Oui, je me sens comme une merde à cause du manque de sommeil et oui, parfois je m'effondre comme un gros tas à la fin de la journée et je pleure. Et il est important que je vous le dise, c'est pourquoi je vous ai aussi envoyé des posts sur les jours difficiles. Parce que pour chaque message radieux et souriant de Facebook, il en existe un autre qui n'est jamais envoyé. Un post qui montre le revers de la vie – les périodes difficiles, les pleurs, la terreur de devoir encore affronter un autre jour et de tenir bon.
Mais aujourd'hui, il s'agit d'une publication positive, c'est pourquoi j'ai mis une photo souriante de moi et de Harry pour l'accompagner. Parce qu'aujourd'hui, je suis simplement heureuse d'être en vie.

AU SUJET DE CE LIVRE

Avertissement : Alerte spoiler
(Ne pas lire ce texte avant le roman)

Tristement, ce sont les décès de deux amies qui m'ont conduite à écrire ce roman. J'entretenais depuis un moment l'idée d'une jeune femme qui découvre des pages de l'histoire de sa vie à venir et doit choisir entre se conformer à ce qui est annoncé, jusqu'au moindre détail, ou modifier le tout. Je m'intéressais à la manière dont nous disons vouloir changer le passé en oubliant souvent que ce que nous aimerions changer peut avoir des conséquences positives aussi bien que négatives. Néanmoins, ce thème ne tenait pas la route pour un roman et semblait manquer de pertinence à notre époque.

Lorsqu'une de mes amies est décédée d'un cancer du sein, ce fut ma première expérience de la perte d'une personne qui était mon amie sur Facebook aussi bien que dans la vraie vie. Avant sa mort, sa famille et ses amis ont utilisé les médias sociaux pour les aider à collecter des fonds pour ses enfants, ce qui lui a donné une grande paix de l'esprit pendant ses derniers jours. Ce que j'ai également découvert, c'est que les messages que ses amis postaient sur Facebook après son décès étaient un énorme réconfort et construisaient une communauté d'amis (dont beaucoup ne s'étaient jamais rencontrés auparavant).

Ma seconde amie est morte dans des circonstances très différentes. Elle avait détaillé ses problèmes de santé mentale sur son compte Facebook et lorsque, tristement, elle a mis fin à ses jours, s'en est suivie une avalanche de chagrin sur son mur, des gens dont je reconnaissais les noms et les visages car ils avaient, tout comme moi, tenté de lui offrir un soutien sur Facebook pendant sa vie troublée.

Une fois encore, j'ai trouvé un réconfort certain à lire les souvenirs d'elle que gardaient d'autres personnes et à remettre à leur bonne place des périodes de son existence dont je ne savais pas grand-chose. Lorsque j'ai assisté à ses funérailles, j'ai parlé à des gens dont j'avais lu les hommages à sa mémoire sur son mur.

Depuis leur décès, des amis de ces deux femmes ont continué à poster leurs réflexions et leurs souvenirs d'elles sur leur fil d'actualité, à des dates particulièrement significatives. Alors que je rédige ce texte, Facebook m'a rappelé que l'une d'elles devait fêter son anniversaire cette semaine. Ce qui ne sera pas possible, bien sûr, mais ce qui arrivera, c'est que ses amis chers posteront des hommages sur Facebook dans le cadre de ce phénomène nouveau de *deuil social.*

C'est ainsi que les prémices de ce roman ont vu le jour avant de gagner en épaisseur, à partir de l'idée que, si certains voyaient le déferlement de chagrin, sur les médias sociaux, suscité par leur propre mort dans un avenir plus ou moins lointain, cela pourrait peut-être avoir un impact sur la façon dont ils menaient leur vie.

Ne pas lire la suite si vous n'avez pas encore lu le roman. La situation la plus parlante à mes yeux pour servir de cadre à cette intrigue était la violence conjugale. En tant que journaliste, j'ai couvert tellement de cas effarants, interviewé tant de femmes sur leur expérience de la violence conjugale et aussi des hommes sur la manière dont ils en étaient venus à frapper leurs partenaires (et j'aimerais insister avec force sur ce point précis : bien que Lee encore enfant ait été témoin de violences conjugales, je ne dis en aucun cas que tous les garçons ayant vécu cette expérience à un très jeune âge frapperont leurs partenaires à leur tour. Nombreux sont les gamins à avoir connu cette situation qui ne deviennent pas des maltraitants une fois adultes et il arrive souvent, bien au contraire, qu'ils s'opposent en termes choisis à la violence masculine contre les femmes).

J'ai en tête une statistique précise : en moyenne, les femmes sont agressées trente-cinq fois avant leur premier coup de téléphone à la police. J'ai souvent entendu des gens s'interroger sur le fait qu'elles attendaient si longtemps, des gens qui ne comprennent pas la complexité de leurs motivations dans ce genre de situation – entre les comportements de mâle dominant, la façon dont les femmes sont souvent agressées sur les plans psychologique et émotionnel, l'érosion de leur estime de soi, sans même parler des inquiétudes qui les rongent dès que des enfants sont impliqués, à se demander si elles seront capables de veiller sur eux si jamais elles quittent la maison familiale.

Mais j'ai voulu donner à mon personnage central la capacité de voir dans l'avenir et d'explorer les implications de ce don : comment le fait de savoir que les violences se poursuivront et finiront par conduire cette jeune femme à sa propre perte pouvait avoir un impact sur sa vie. Je voulais également souligner le fait que trente pour cent des violences domestiques démarrent ou gagnent en intensité lorsque la femme est enceinte. Il y a vingt ans, quand j'ai lu les résultats d'une enquête sur ce sujet menée par le foyer d'accueil pour femmes battues de ma ville, mon rédacteur en chef a dit : « Ouais, ça, c'est parce que les hommes disposent d'une cible plus grosse. » J'avais aussitôt protesté contre cette « plaisanterie » et m'étais entendu répondre que les féministes manquaient d'humour. Il est regrettable que ces attitudes existent encore aujourd'hui et nous devons les contrer afin de nous assurer que les violences faites aux femmes soient un jour éradiquées.

Grâce aux droits d'auteur sur ce roman, je vais faire des donations aux organismes suivants, qui font tous un superbe travail dans leur domaine. Je vous serais extrêmement reconnaissante si vous pouviez les soutenir de votre côté – ou faire passer le numéro d'appel de l'assistance téléphonique à toutes celles qui seraient susceptibles d'avoir besoin d'aide et de soutien.

The White Ribbon Campaign – des hommes travaillant à mettre fin aux violences faites aux femmes :

www.whiteribboncampaign.co.uk

Women's Aid – organisme de charité national pour mettre un terme aux violences domestiques contre les femmes et les enfants :

www.womensaid.uk

Refuge – le plus grand fournisseur du pays de services spécialisés dans les violences domestiques :

www.refuge.org.uk

National Domestic Violence Helpline – dirigé par Women's Aid et Refuge.

Appel gratuit 24/24 heures : 0808 2000 247.

REMERCIEMENTS

Je me suis dit que cette fois, j'allais rédiger mes remerciements sur le mode du discours d'acceptation aux Oscars – en espérant ne pas m'être emmêlée dans mes enveloppes ! Écrire un roman est un processus solitaire, il n'empêche qu'un nombre incroyable d'individus se trouvent impliqués dans sa mise au monde et pour faire en sorte qu'il soit lu. Mille mercis à mon éditrice Kathryn Taussig qui m'a aidée à donner forme à mon récit (c'est elle qui en a fait un meilleur livre) et l'a défendu partout – ainsi qu'à tous les membres de l'équipe de Quercus pour l'énergie qu'ils ont mise en œuvre. Depuis le tout début, mon agent, Anthony Goff, dont l'expertise et la sagesse sont inestimables, m'a accompagnée sans faillir et j'ai pu compter sur le soutien de tous les membres de David Higham Associates.

Merci à Emily et Mylo qui ont bravé la caméra pour la bande-annonce du livre, ainsi qu'à Julia et Karen pour avoir trouvé un lieu de tournage ; à Lance Little qui, une fois encore, a magnifiquement rénové mon site Web ; et à David Earl qui a de nouveau accepté de répondre à mes questions sur les procédures policières. Merci à tous les auteurs qui ont lu les premiers jets du texte et fourni des citations ; aux blogueurs amoureux des livres qui en ont fait une chronique et ont aidé à le faire connaître. Et merci aussi aux librairies indépendantes de toujours être là afin de soutenir lecteurs et écrivains – la communauté du livre est vraiment adorable.

Merci à ma famille et à mes amis pour leur soutien infatigable et aussi pour avoir supporté mes phases de comportement antisocial.

À mon mari, Ian (plan de coupe sur celui qui a souffert le calvaire, l'homme aux cheveux gris assis au troisième rang), merci d'avoir filmé la superbe bande-annonce, merci d'avoir pris les photos de l'auteure, de t'être occupé de la maison et de m'avoir accompagnée au cours de ces longues promenades au cours desquelles je débats de l'intrigue et, de façon un peu exaspérante, d'avoir suggéré l'idée de Facebook. À mon fils, Rohan (mes yeux s'embuent), merci pour ton aide technique, tes idées et ton enthousiasme, et d'avoir été un acteur tellement « surfait » (plan de coupe sur une Meryl Streep hilare) que tu as choisi de participer à des spectacles sur scène et à l'écran pour me laisser ainsi le temps nécessaire pour terminer l'écriture de ce livre. Je te promets de porter une « robe appropriée » à l'occasion de tes futures cérémonies de récompense !

Aux survivantes de violences conjugales que j'ai interviewées au cours de mes années de journalisme, merci d'avoir partagé avec moi votre vécu dans le but d'aider les autres – votre force est mon inspiration (les larmes coulent).

Et à vous, mes merveilleux lecteurs, vous qui empruntez, achetez, recommandez et critiquez, vous dont les appréciations, les retours et les commentaires me rappellent à tout instant combien c'est un honneur de faire ce travail, merci. Gardez le contact s'il vous plaît sur Twitter@lindagreenisms, Facebook (Fans of Author Linda Green) et sur mon site Web (www.linda-green.com) et faites-moi savoir ce que vous pensez de ce livre-ci – tous autant que vous êtes, hormis l'individu qui a critiqué mon roman précédent sur Amazon en disant : « C'est le premier livre que je lis de Linda Green – et ce sera le dernier. » J'espère que vous avez trouvé quelque chose de meilleur à lire !

UNE INTRIGUE FASCINANTE INSPIRÉE D'UN FAIT DIVERS

HORTENSE

JACQUES EXPERT

N° 35381

1993 : Sophie Delalande est folle d'amour pour sa fille, Hortense, presque trois ans, qu'elle élève seule. Son ex-compagnon est un homme violent, auquel elle refuse le droit de visite. Un jour, il fait irruption chez elle et lui enlève Hortense. 2015 : Sophie mène une vie morne, solitaire. Un dimanche pluvieux, elle se fait bousculer par une jeune femme dans la rue. Persuadée qu'il s'agit d'Hortense, elle la suit. Sans rien lui dévoiler, elle sympathise avec elle. La relation qui se noue alors est pleine de mystères. Sophie ne serait-elle pas la proie d'un délire psychotique qui lui fait prendre cette inconnue pour sa fille ? Et cette jeune femme est-elle aussi innocente qu'elle le paraît ? Une intrigue fascinante et haletante, inspirée d'un fait divers réel.

LA FACE CACHÉE D'UN COUPLE IDÉAL

DERRIÈRE LES PORTES

B. A. PARIS

N° 34820

Jack et Grace ont tout pour eux. Le charme, l'amour, l'aisance financière, une superbe demeure. Lui, avocat brillant, elle, maîtresse de maison idéale. Le bonheur. Du moins, en apparence. Pourquoi ne voit-on jamais Grace sans son mari ? Nous avons tous dans notre entourage un couple comme celui qu'ils forment, le genre d'union qui fait rêver. Et pourtant, parfois, un mariage parfait cache un mensonge parfait. Et vous, connaissez-vous vraiment vos amis ?

PAPIER À BASE DE FIBRES CERTIFIÉES

Le Livre de Poche s'engage pour l'environnement en réduisant l'empreinte carbone de ses livres. Celle de cet exemplaire est de :
1,4 kg éq. CO_2
Rendez-vous sur www.livredepoche-durable.fr

Composition réalisée par PCA

Achevé d'imprimer en avril 2020 en Italie par
Grafica Veneta
Dépôt légal 1re publication : mai 2020
LIBRAIRIE GÉNÉRALE FRANÇAISE
21, rue du Montparnasse – 75298 Paris Cedex 06

85/4998/7